Os girassóis

Sheramy Bundrick

Os girassóis

um romance sobre
Vincent van Gogh

Tradução
DENISE TAVARES GONÇALVES

PRUMO
leia

Título original: *Sunflowers*
Copyright © 2009 by Sheramy Bundrick

Todos os direitos reservados. Nenhuma parte desta obra pode ser reproduzida ou transmitida por qualquer forma ou meio eletrônico ou mecânico, inclusive fotocópia, gravação ou sistema de armazenagem e recuperação de informação, sem a permissão escrita do editor.

Direção editorial
Soraia Luana Reis

Editora
Luciana Paixão

Editora assistente
Deborah Quintal

Assistência editorial
Elisa Martins

Preparação de texto
Luciana Garcia

Revisão
Rosamaria Gaspar Affonso
Denise Katchuian Dognini

Criação e produção gráfica
Thiago Sousa

Assistentes de criação
Marcos Gubiotti
Juliana Ida (projeto de capa)

Imagem de capa: Nordic / Nordic / Latinstock

CIP-Brasil. Catalogação-na-fonte
Sindicato Nacional dos Editores de Livros, RJ

B957g   Bundrick, Sheramy
        Os girassóis: um romance sobre Vincent van Gogh / Sheramy Bundrick; tradução Denise Tavares Gonçalves. - São Paulo : Prumo, 2009.

        Tradução de: Sunflowers
        ISBN 978-85-7927-046-8

        1. Gogh, Vincent van, 1853-1890 - Ficção. 2. Pintores - Ficção. 3. Romance americano. I. Tavares, Denise. II. Título.

09-5221.   CDD: 813
                                        CDU: 821.111(73)-3

Direitos de edição para o Brasil: Editora Prumo Ltda.
Rua Júlio Diniz, 56 - 5º andar – São Paulo/SP – CEP: 04547-090
Tel.: (11) 3729-0244 - Fax: (11) 3045-4100
E-mail: contato@editoraprumo.com.br
Site: www.editoraprumo.com.br

Para minha família.
E para Vincent.

*Há a descoberta de um novo hemisfério na vida
de uma pessoa quando ela se apaixona de verdade.*

(Vincent van Gogh)

Capítulo Um

O Pintor
Arles, julho de 1888

Prefiro pintar os olhos das pessoas a pintar catedrais, porque existe alguma coisa no olhar que não se encontra em uma catedral: a alma humana — seja ela a de um pobre mendigo ou a de alguém que passa na rua, é mais interessante para mim.

(Vincent para seu irmão Theo, Antuérpia, dezembro de 1885)

Eu ouvira falar sobre ele, mas nunca o havia visto, o estrangeiro de nome esquisito que pintava quadros por todo o interior. Horas a fio sob o sol escaldante, as pessoas diziam, de cachimbo na boca, resmungando baixinho como um louco. Algumas das meninas o haviam visto da Rue du Bout d'Arles, embora ele nunca tivesse visitado nossa casa. Ele era pobre, diziam, e provavelmente não tinha dinheiro para frequentá-la.

Algum lugar que não tivesse o cheiro forte e desagradável de cigarros baratos e perfume de má qualidade, algum lugar onde mãos estranhas não me tocassem; é o que eu buscava quando nos encontramos naquele dia de julho. Eu desejava percorrer a Avenue de Montmajour até chegar aos campos vizinhos à cidade — ver

Os girassóis

os camponeses levantando feixes de trigo no forcado e os depositando no debulhador, sentir o aroma doce do grão recém-colhido —, mas estava quente demais para ir para além do jardim público da Place Lamartine. Naquele dia, a vida que eu levava me sufocava, como o calor.

"O que *ela* faz aqui?", gritou uma mulher, reclamando, e eu não pude deixar de olhar. Aquelas respeitáveis damas deviam estar em casa descansando por trás de suas persianas cerradas, e não sentadas em um banco de parque, julgando os outros. "Luc, venha para a mamãe", a outra disse para seu filhinho. "Onde estão os guardas? Eles não deveriam proteger as pessoas decentes?"

Uma garota mais corajosa teria gargalhado e zombado, mas não adiantaria nada; não com a delegacia do outro lado da praça. Eu seria conduzida de volta à Rue du Bout d'Arles em um piscar de olhos se me pegassem — eu não devia ficar passeando pelo jardim público no meio da tarde. *Filles de maison* deviam permanecer dentro do *quartier reservé*, o ajuntamento de ruas estreitas no limite da cidade velha onde a lei previa que os bordéis deveriam se estabelecer. As *filles* que davam uma escapadela para ir a um café ou ao mercado tinham de evitar chamar a atenção se não quisessem ser confrontadas nem se envolver em confusão. Naquele dia eu tinha esquecido de prender o cabelo ou de colocar um chapéu.

Esquivei-me por entre as sebes, buscando um canto do jardim onde ninguém pudesse me ver. O limite mais distante, perto do canal, estava vazio, e eu mergulhei sob um arbusto de cedro, abanando a saia para ventilar minhas pernas. Os sinos de Saint-Trophime badalaram quatro vezes, e, para além das árvores, lavadeiras terminavam seu trabalho. "Estou nervosa com... você sabe", uma voz jovem se elevou sobre o barulho das pancadas na água. "O que devo *fazer*, exatamente?"

Uma voz mais velha respondeu: "Fique lá deitada e pense nos bebês que terá. Não é tão ruim depois que você se acostuma".

"Meu marido grunhe feito um porco. Eu nunca me acostumei com isso!", uma terceira voz interpelou, fazendo todas rirem.

O soldado que eu tinha divertido na noite anterior, que voltara do norte da África com a loucura do deserto nos olhos, também grunhira como um porco selvagem cavando a terra atrás de cogumelos. Ele rosnou no meu ouvido sobre a sensação de matar um homem e, quando terminou, perguntou, com desprezo: "O que foi, garota? Não gostou?". Mesmo depois que ele saiu eu não conseguia chorar, pois ele me assustou muito, mas agora, aqui no jardim, as lágrimas caíam livremente.

As cigarras de verão chiavam para mim enquanto eu enxugava os olhos com as mãos. *Fique mais um pouco*, elas murmuravam, *fique mais um pouco*. A grama estava macia e cheirosa, e a sombra das acácias, fresca e confortadora. *Durma*, diziam as cigarras. *Durma*.

As cinco badaladas dos sinos de Saint-Trophime me despertaram — eu não tinha a intenção de dormir tanto. As senhoras que estavam nos bancos do parque se dirigiam à missa enquanto, na *maison de tolérance* de Madame Virginie, as meninas se enfeitavam para uma movimentada noite de domingo. Jantariam todas juntas na longa mesa da cozinha e Raoul assumiria seu posto diante da porta, na entrada, por volta das oito horas, acendendo a lanterna para mostrar que a casa já estava aberta. Se eu quisesse ganhar algum dinheiro, precisava voltar.

Abri os olhos e percebi que não estava mais sozinha. Havia um homem ali perto, sentado sob uma faia, com lápis e papel nas mãos, o rosto escondido por um chapéu de palha amarelo, como os que usam os lavradores. Ele me desenhava.

A cabeça dele se levantou bruscamente quando gritei e me pus em pé, e ele também se levantou, deixando cair as coisas no chão.

Os girassóis

— Não se aproxime — eu alertei —, ou chamarei os *gendarmes*!

— Por favor, eu posso explicar. Eu não lhe farei mal. Meu nome é...

— Eu sei quem você é. É aquele estrangeiro, aquele pintor, e não tem o direito de me desenhar assim. Que tipo de moça acha que sou?

— O tipo que dorme em um jardim público — ele disse, segurando o riso. Eu bufei, dando um passo na direção dos arbustos. — Espere, desculpe-me. Qual é o seu nome? — Ele inclinou a cabeça e me analisou. — Eu diria que você mora na *rue des bonnes petites femmes* que fica do outro lado, a rua das moças boas, como eu a chamo.

Eu franzi a testa e cruzei os braços. Por que eu tinha de contar alguma coisa para ele?

— Esse chapéu é ridículo — eu disse, em vez disso.

O pintor tirou o chapéu de palha amarela, revelando uma emaranhada cabeleira ruiva da mesma cor de sua barba malfeita. O sol aqui do sul certamente o favorecia, cobrindo seu cabelo e barba com uma luz dourada que espalhava sardas em seu nariz. Ninguém poderia dizer que era bonito, mas seu rosto tinha personalidade. Sério, talvez, com as linhas da testa e da boca inclinando-se nos cantos, mas não desagradável. Mas suas roupas... Um jaleco de trabalho azul todo salpicado de tinta, calças brancas surradas que precisavam ser remendadas nos joelhos, sapatos cobertos de lama...

Ele sorriu, e um pouco de sua melancolia se dissipou.

— Agora, pode me dizer quem você é?

— Meu nome é Rachel — eu cedi —, e sim, moro na rua das moças boas, como você a chama.

— Meu nome é Vincent, e sinto muito se a assustei. Eu estava trabalhando aqui perto quando a avistei e tive vontade de retratá-la.

Eu estendi a mão.

— Posso ver?

— Meu desenho? Não está muito bom, é só um *krabbeltje* — ele procurou a palavra certa em francês. — Um esboço.

— Mas é justo que eu possa vê-lo, não acha?

O rosto dele ficou vermelho por baixo das sardas, e ele pegou o caderno, dizendo, nervosamente:

— Cuidado, pode borrar.

Ele havia desenhado de modo rápido com seu lápis preto, mas em poucas linhas me mostrara com a saia amarrotada e o cabelo desgrenhado, como eu realmente me encontrava sob o arbusto de cedro. Meu rosto me surpreendeu; eu deveria ter me sentido insultada por ele me desenhar com o rosto franzido, mas não me senti. Era como se ele soubesse como eu estava naquele dia, como se ele tivesse entrado em minha mente enquanto eu dormia.

Olhei para ele. Ele esfregava os sapatos na grama com uma expressão que eu não consegui entender.

— Parece comigo — eu disse. — É um bom desenho.

Ele levantou as sobrancelhas.

— Acha mesmo?

Olhei rapidamente as outras páginas. Algumas continham textos rabiscados, mas a maioria eram desenhos: um homem trabalhando no campo, uma mulher com seu bebê, um ramo de flores, uma garrafa de vinho. Parei quando vi a expressão dele e devolvi o caderno.

— Desculpe-me, foi grosseiro de minha parte...

— Não foi nada — ele interrompeu, inclinando a cabeça para me analisar novamente. — Quem sabe um dia eu possa pintá-la.

— Pintar-me? Para quê?

Ele riu.

— Porque eu gostaria... só por isso.

Os girassóis

— Vamos ver — eu disse, e dei um passo para trás, na direção da trilha do jardim. — Está ficando tarde, monsieur, eu preciso...

O pintor curvou-se para recolher o resto das suas coisas e olhou-me com avidez.

— Está indo para sua *maison* agora? Eu posso acompanhá-la, se quiser.

— Não está longe, e eu estou acostumada a andar sozinha. Mas agradeço.

Ele pigarreou, com o caderno de desenhos apertado contra o peito.

— Bem, poderia me dizer qual é a sua *maison*? Como sabia quem eu era, também deve ter ouvido que eu às vezes visito a *rue des bonnes petites femmes*, embora ainda não tenha ido ao seu estabelecimento. Espero que me permita visitá-la.

Como ele soava antiquado e esquisito, tropeçando nas palavras francesas... Tímido, como se achasse que eu diria não.

— Eu teria prazer em recebê-lo, monsieur — eu disse, após uma breve pausa. — Número um, Rue du Bout d'Arles, casa de Madame Virginie. A última à direita, vindo da Rue des Ricolets.

O olhar tímido do pintor se transformou em um grande sorriso e ele encaixou o chapéu amarelo na cabeça com um cumprimento desajeitado.

— Esperarei ansioso, mademoiselle. *Bonne journée.*

Retribuí o cumprimento e atravessei o gramado na direção da Porte de la Cavalerie, as duas torres que marcavam a entrada da cidade velha. Ao esgueirar-me por entre os arbustos para chegar à trilha do jardim, olhei por sobre os ombros. Ele ainda me observava.

"A maior cidade da Gália Romana", papai costumava dizer sobre Arles, "quando Paris não era mais que uma cidade de lama." Ele era o professor de nosso povoado e queria levar-me até Arles

SHERAMY BUNDRICK

para ver as antigas ruínas e a igreja de Saint-Trophime. Mamãe recusava. "Uma cidade ferroviária e imunda", ela desdenhava, "não é lugar para uma menina". "Deve haver meninas em Arles, querida", papai dizia, rindo, mas mamãe desdenhava mais uma vez, e ponto-final.

Quando finalmente desci do trem na estação de Arles, anos depois, a cidade parecia repleta de possibilidades. Uma inesperada nevasca havia coberto a cidade com um manto branco e, como qualquer *touriste*, fiquei boquiaberta com o anfiteatro romano e os campanários medievais que papai tanto admirava. Fiquei boquiaberta com os próprios turistas, embrulhados em pesados sobretudos e peles que não deixavam o frio impedir que passeassem pelo Boulevard des Lices ou pela Place du Forum. Era somente uma questão de tempo para que eu tivesse uma vida maravilhosa, eu disse a mim mesma; somente uma questão de tempo. Mas os dias foram passando e o punhado de francos na minha valise se dissolveu com a neve, e percebi que mamãe e papai estavam certos sobre Arles. A cidade tinha duas faces: uma que os turistas e os ricos viam, e outra que todos os demais podiam ver, com cafés encardidos e ruelas miseráveis necessitando de limpeza urgente. Uma moça sem família e sem dinheiro não iria muito longe — não muito adiante, como de fato sucedeu, do *quartier reservé*. Isso foi há seis meses.

— Rachel, está me ouvindo?

Era noite de sexta-feira na *maison* de Madame Virginie e os primeiros clientes já entravam, prontos para esquecer uma semana de trabalho duro mergulhando em uma caneca de cerveja ou entre as pernas de uma garota desejável. Eu estava de pé entre Françoise e o bar, guardando os copos limpos e tirando o pó das garrafas de vinho. Françoise, que já fora a *fille* mais popular na Rue du Bout d'Arles, guardava uma beleza esmaecida que mantinha seus

Os girassóis

clientes fiéis, e uma eficiência arrebatadora que mantinha o resto das meninas escravizadas. Havia rumores de que, um dia, ela se tornaria a *dame de maison*, quando Madame Virginie mudasse para o campo, como ela sempre afirmava desejar.

Ela franziu a testa.

— Eu sabia que não estava ouvindo. Eu perguntei se você tinha lido o editorial desta manhã no *Le Forum Républicain*.

Balancei a cabeça em negativa.

— O que dizia?

— O de sempre. Reclamava que os cafés próximos à estação ferroviária estão cheios de prostitutas à noite, lamentando que os *gendarmes* não fazem seu trabalho. A cidade está infectada com uma praga moral que precisa ser reprimida! — Ela riu, e eu passei o pano no copo que tinha nas mãos com mais força ainda. Quase uma semana depois, eu ainda ouvia as vozes das mulheres comentando: *o que ela faz aqui?*

— O caso dos *gendarmes* não tem nada a ver conosco — Françoise acrescentou quando viu minha expressão. — Somos legalizadas. Madame pagou muito dinheiro pela licença e, desde que sigamos as regras...

Depositei o copo com um suspiro.

— Não quero mais fazer isso. Já me cansei.

— Mas por que isso agora? Ainda está choramingando por aquele soldado? Raoul tem ordens de não deixá-lo entrar novamente, você não o verá mais.

— Não se trata dele. É por causa de todos.

Françoise colocou as mãos nos quadris e deu-me o mesmo sermão de minha primeira noite na *maison*, quando eu torcera o nariz para o primeiro cliente. O que mais eu poderia fazer? Tornar-me uma costureira e perder a visão dando pontos? Ser uma lavadeira com as mãos rachadas e a costas arqueadas? Ganhávamos bastante dinheiro, ela me lembrou, implacável, e o trabalho era mais fácil que lavar roupas no Roubine du Roi. Eu deveria me considerar afortunada por ter um teto sobre a cabeça e o suficiente para comer, quando outras moças passavam fome pelas ruas.

— Eu sei disso tudo, Françoise — eu disse —, mas...

— Mas o quê? — A voz dela ficou mais carinhosa. — Você tem tido clientes ruins, só isso. Precisa de alguns clientes fixos, uns bons *mecs* que ocupem a maior parte do seu tempo. Se tiver sorte, talvez encontre um sujeito rico que tome conta de você. Mas não o encontrará com essa cara amuada.

— Não estou amuada, estou...

A porta se abriu e a entrada de um novo cliente a distraiu.

— *Tiens*, aí vem alguém novo. Sorria e veja se consegue atraí-lo. Ah, não se preocupe, é aquele estrangeiro. Você merece coisa melhor.

Eu quase o havia esquecido e quase não o reconheci. Ele havia trocado as roupas empoeiradas por um terno preto amarrotado e usava um chapéu de feltro preto que já conhecera dias melhores. Seu cabelo rebelde tinha sido forçado a se comportar, sua barba estava aparada — ele parecia um homem que viera fazer a corte. Só faltava o buquê de flores.

Françoise não notou que eu sorria enquanto o pintor examinava a sala.

— Lá vai Jacqui — ela suspirou. — Ela está aqui há mais tempo que você; sabe muito bem que Madame Virginie faz as apresentações. Jacqui é venenosa. Eu disse a Madame para não contratá-la, mas ela queria tanto uma loira na casa.

A saudação de Jacqui, "*Boooonsoir, monsieur*", ecoou pela sala enquanto ela se aprumava para o pintor. Uma mulher do norte, alta, de olhos azuis, e não uma *provençale* baixinha com cabelos pretos, olhos pretos e pele morena, Jacqui sempre irradiava um ar altivo, gabando-se de ter vivido em Paris e trabalhado em uma

Os girassóis

maison de luxe perto do Opéra. Mas pergunte a ela por que trocou Paris pela Provença e ela sempre conta uma história diferente. Dizem que perdeu seu posto porque foi acometida por uma gravíssima gonorreia e passou três meses em um hospital-prisão; é o que afirmava Minette, que ficou ouvindo na porta quando o velho Dr. Dupin examinou-a pela primeira vez.

Françoise e eu estávamos longe demais para ouvir a conversa, mas vimos quando Jacqui enlaçou seu braço com o do pintor e Madame Virginie se aproximou para combinar o negócio. O pintor educadamente balançou a cabeça, não tão educadamente desvencilhou seu braço e disse algo que fez o lindo rosto de Jacqui franzir. Ele levou uma das mãos à altura do ombro, como se dissesse "Uma moça desta altura" e, em seguida, agitou as duas mãos para mostrar que a moça que ele queria tinha cabelos longos e a silhueta de uma ampulheta. Madame Virginie pareceu intrigada até o pintor tirar seu caderno de desenhos e mostrar uma página.

— É você que ele quer? — Françoise perguntou enquanto Jacqui escapava sorrateiramente e Madame acenava para mim. — Você o conhece?

Desamarrei meu avental e alisei meu vestido amarelo sem pressa.

— Eu o conheci na semana passada no jardim da Place Lamartine.

— Mas que matreiro de sua parte esconder isso! — Ela lançou um olhar desconfiado na direção do pintor. — Faça com que ele pague primeiro, e não comece a fazer nada se ele agir de modo estranho.

— Ele não vai agir de modo estranho. Ele é agradável. Desenhou um retrato meu.

Deixei Françoise lá parada, boquiaberta, entre as garrafas de vinho, e aventurei-me até o pintor.

— Este cavalheiro deseja sua companhia — disse Madame Virginie em um tom altivo que ela reservava para os clientes novos. — Tenha uma noite agradável, monsieur. — Ela alvoroçou-se para saudar três zuavos que chegavam e eu acompanhei o pintor até uma mesa vazia no canto.

— *Qu'est-ce que je vous sers?* — perguntei. — Vinho? Absinto?

— Vinho tinto, por favor. — A voz dele era mais grave do que eu lembrava. — Não muito caro.

Não pude resistir a dar um molejo especial ao meu jeito de andar quando fui pegar duas taças e uma jarra de vinho da casa no bar; não pude resistir a colocar a bandeja de lado e inclinar-me para arrumar meu sapato antes de caminhar displicentemente de volta à mesa. Ele tinha me seguido com o olhar o tempo todo? Não, não tinha. Quando voltei e servi o vinho, ele apressadamente enfurnou seu caderno no bolso e resmungou: "*Merci*". Ele ficara desenhando.

— Então, encontrou-me — eu disse, puxando minha cadeira para perto dele.

— Suas instruções foram excelentes. Obrigado. — Sentamos por um instante para beber, e então ele franziu a testa. — O rouge a deixa diferente.

— Bonita, espero.

— Fica mais bonita sem ele. — Antes que eu pudesse pensar em uma resposta, ele enrubesceu e disse: — Mas você cheira bem e o amarelo é minha cor favorita.

— E vejo que deixou o chapéu de palha em casa. Foi bom, porque senão Raoul poderia tê-lo tomado por um vagabundo qualquer e barrado sua entrada.

O pintor pareceu surpreso e, em seguida, sorriu, ao perceber que eu o estava provocando. Ele se instalou mais confortavelmente na cadeira, os olhos errando pelo *salon* enquanto tirava

Os girassóis

um cachimbo do bolso, enchendo-o em seguida de tabaco para fumar. Os três zuavos haviam escolhido uma das mesas centrais e se ocupavam com as meninas e as bebidas; Jacqui estava sentada no colo de um deles, com o barrete do soldado posicionado de modo coquete na cabeça dela.

— Aqui dentro parece uma escola de aldeia, com essas paredes caiadas e a mobília comum — o pintor disse depois de uma baforada de seu cachimbo. — Não há cortinas de veludo nem espelhos dourados? Nenhum balcão de caixa?

Eu ri.

— Não encontrará cortinas de veludo nesta rua, monsieur. Madame Virginie acha que um caixa é deselegante, então os clientes pagam lá em cima.

— É muito mais limpa que a *maison* da esquina da Rue des Ricolets.

— Ah, o lugar de Leon Batailler. — Não consegui evitar um tom esnobe na voz. A casa de Leon era a mais barata e a mais suja do *quartier.* — É lá que normalmente vai?

O pintor enrubesceu mais uma vez e não respondeu.

— É menos sombria que as *maisons* de Paris.

— Paris! — eu suspirei. — Ah, eu sempre sonhei em ir a Paris. Os cafés, os salões de baile, os edifícios grandiosos... Deve ser um lugar encantador! Existem mesmo lojas como no livro *Au bonheur des dames*, cheias de tudo o que é possível desejar?

— Você leu Zola — ele disse para si mesmo, e, em seguida, mais claramente, para mim. — Paris não é o que você imagina. Muito barulho, muitas tentações. É esse o verdadeiro tema de *Au bonheur des dames*: como é fácil ser seduzido por todas essas coisas inúteis.

— Que tipo de tentações? Mulheres? É por isso que veio para o sul: um *affaire* que terminou mal?

Por sobre o copo, ele me lançou um olhar mal-humorado.

— Sempre faz tantas perguntas?

— Ora, eu só quero conhecê-lo melhor, monsieur. Apenas isso.

A boca dele encolheu-se ao ver meu sorriso.

— Não precisa mais me chamar de monsieur, sabe. Vincent está bom.

— É um nome bonito. E o resto?

— Van Gogh.

Era difícil de pronunciar.

— Van Gogue?

— Não. Gogh. É holandês. Sou da Holanda.

— Gogh. E, em vez de mademoiselle, pode me chamar de Rachel.

— Rachel. Tenho vergonha de admitir que tinha esquecido seu nome, mas não esquecerei novamente. Rachel. — Ele o disse como um parisiense o faria, estrangulando o "R" em vez de deixá-lo deslizar por sobre a língua.

Nossas taças estavam quase vazias e Madame Virginie nos observava, do bar. Ela não gostava que as meninas ficassem muito tempo com um cliente em noites movimentadas — não se o cliente em questão pedia o vinho mais barato e não tinha intenção de consumir outras bebidas. Levantei-me e apontei para as escadas.

— Vamos, Vincent? — Ele esvaziou o copo, jogou alguns *centimes* sobre a mesa para pagar o vinho e ergueu-se da cadeira.

Eu sempre me sentia apreensiva em levar um estranho para o meu quarto. Você não sabia o que podia acontecer quando ele tirasse as calças; não sabia se o homem seria carinhoso ou se ele se transformaria em um animal com garras. Eu nunca tinha apanhado, mas outras meninas às vezes chegavam para o café da manhã com contusões que mal podiam ser disfarçadas por mangas compridas ou pó de arroz. Acho que Vincent percebeu meu

Os girassóis

nervosismo. Quando eu peguei sua mão, ele apertou meus dedos e me olhou de modo tranquilizador.

Lá em cima, acendi a lamparina e peguei seu chapéu, batendo nele para tirar a poeira e ajeitando a aba antes de colocá-lo sobre minha cômoda. Enquanto eu dobrava a colcha que cobria minha cama e tirava os grampos de meu cabelo, ele caminhava a furta-passo pelo quarto e examinava as coisas: o papel de parede floral azul e amarelo que Madame tinha comprado em uma liquidação e decorava todo o andar superior, o tapete azul surrado com um buraco de cigarro, meu xale cor-de-rosa cuidadosamente dobrado sobre o estrado.

— Você é muito arrumada — ele disse, enquanto estudava a coleção de garrafas e escovas sobre a pia do lavatório.

— O senhor não deve ser, ou não teria notado. Por favor, monsieur... — Indiquei-lhe uma cadeira.

— Vincent — ele corrigiu, sentando-se com um sorriso apologético.

Ele ficou me observando enquanto eu tirava o resto dos grampos dos cabelos, deixando-os ondular sobre minhas costas. Caminhei na direção dele e uma centelha brilhou em seus olhos. Em seguida, escarranchei suas coxas e desabotoei o meu vestido, para que ele visse meus seios apertados pelo espartilho.

— Qual é o seu prazer esta noite? — ronronei.

— O que você quiser me dar. — As mãos dele moveram-se devagar por minha cintura e me acariciaram as costas. Meu Deus, ele tinha olhos lindos. Verde-azulados, cor que, eu imagino, o mar deve ter...

— São dois francos.

Ele estremeceu, mas colocou as moedas em minhas mãos abertas sem discutir. Ele tomou o meu rosto em suas mãos e tentou me beijar, mas eu virei o rosto.

— Não deixa que os homens a beijem? — ele perguntou. — Por dois francos, até as meninas de Paris deixam.

— Não estamos em Paris — eu retruquei, e comecei a fechar os botões.

— *Ça alors*, você me deixou em uma posição constrangedora, então eu suponho que deva me contentar. — Ele passou a ponta do dedo em meu lábio inferior e acrescentou: — É lamentável. Eu gostaria de beijá-la.

O vinho deve ter me subido à cabeça, pois eu deixei escapar:

— Três francos, então, para um homem como o senhor.

— Você sabe negociar — ele riu, vasculhando o bolso, e reclamou quando me levantei e fui até a cômoda. Eu o silenciei fazendo um sinal com o dedo enquanto introduzia um franco na caixa onde guardava a parte de Madame Virginie e os outros dois francos na segunda caixa, que era minha. Françoise tinha razão: a pilha era maior do que seria se eu fosse uma lavadeira.

Tirar a roupa tinha sido uma das minhas primeiras lições quando cheguei à *maison*, embora eu tivesse levado algum tempo para perder a timidez. Primeiro, desamarro os sapatos de modo que o *mec* possa espiar por baixo do meu vestido. Em seguida, apoio o pé na cadeira onde ele está sentado — em seu joelho, se ele for bonzinho —, levanto a saia, deslizo uma meia pela perna. Depois faço o mesmo com a outra meia, jogando as duas no chão, sem nunca tirar os olhos do *mec*, que não consegue tirar os olhos de mim. Ergo-me antes que ele possa me tocar, termino de desabotoar o vestido, deixo que ele caia, empurro-o com o pé. Desaperto o espartilho, um gancho por vez, de baixo para cima, bem devagar, pois o *mec* já está doido para ver o que há debaixo. Fico somente com a blusa e as ceroulas, mas não por muito tempo.

Os girassóis

Vincent não grunhiu nem tentou me pegar, como faziam os outros. Ele me olhava de modo sério, com o rosto franzido, o olhar roçando em cada curva, e, quando eu terminei de me despir, ele se levantou e veio até mim.

— Pele cor de café; precisa de um pouco de amarelo-ocre — ele murmurou, e olhou para os meus cabelos. — Carmim e azul da Prússia.

— O que disse?

— Um preto desses levaria carmim misturado com azul da Prússia. E seus olhos... — Ele olhou bem dentro deles. — Eu usaria laranja com azul da Prússia. Escuros, mas quentes.

Ele me olhava como se eu fosse um quadro.

— Oh! — eu consegui exclamar, e agarrei minha blusa, apertando-a contra o peito.

— Desculpe-me se a desconcertei — ele disse —, mas eu tenho que olhar para você. Eu a desenharei agora mesmo, se permitir.

O sorriso dele era tão terno. Deixei a blusa cair no chão.

— Quer me desenhar? Mas eu achei que quisesse me beijar.

Como eu não permitia que os clientes me beijassem, exceto o primeiro, quando eu não tinha experiência — *mon Dieu*, ele tinha gosto de alho —, eu não tinha sido muito beijada. Deixei que Vincent tomasse a dianteira e rendi minha boca à dele, enrolando meus braços no pescoço dele enquanto sua barba comichava minha pele. Ele não tinha gosto de alho; tinha gosto de tabaco e *vin rouge*.

— Quem o ensinou a beijar assim? — eu perguntei, um pouco ofegante, um pouco surpresa por desejá-lo como desejei.

— Foi uma *signora* em Paris, que achou que eu precisava de muita educação. — Eu ri e o arrastei para a cama.

A primeira vez terminou quando mal tínhamos começado.

— Sinto muito, já faz quase um mês — ele disse, encabulado, mas eu me surpreendi novamente ao sugerir que ele ficasse e

SHERAMY BUNDRICK

aproveitasse o dinheiro que gastou. Ele me surpreendeu ao aceitar e, em breve, eu já havia me esquecido dos três francos, e passamos uma meia hora muito agradável sob a fraca luz da lamparina. Eu ri da brancura lívida da pele sob as roupas dele, ele riu de meus gritos sufocados quando me tocou de uma maneira que os outros clientes não tocavam e eu fiquei preocupada de que talvez estivéssemos perturbando Minette, no quarto ao lado.

— Não costumo me divertir tanto — eu admiti, ainda dando risadinhas contidas enquanto ele colocava suas roupas.

— Eu também me diverti. — O sorriso dele era quase de orgulho. — Os três francos foram excepcionalmente bem empregados.

Passei a mão nos cabelos dele antes de pegar minhas roupas.

— Então virá me ver novamente? As noites de domingo são as melhores, pois não têm tanto movimento e eu posso passar mais tempo com você.

Terminamos de nos vestir e eu o peguei observando-me enquanto eu colocava minha blusa e apertava meu espartilho.

— Adoro o modo como as mulheres fazem isso — ele disse, enquanto eu deslizava as meias sobre as batatas da perna e joelhos e as prendia com ligas de fita cor-de-rosa. — Não vai mesmo me deixar retratá-la? — Eu disse não e, brincando, joguei-lhe o chapéu.

Os sussurros dos clientes que o reconheceram nos seguiram escada abaixo, e o olhar desdenhoso de Jacqui acompanhou-nos o tempo todo. Vincent não pareceu notar, e eu nem estranhei. Ele me beijou antes de sair e eu me recostei no batente da porta para vê-lo partir — algo que eu nunca fazia; algo que nenhuma das meninas já havia feito. No final da rua, ele bateu na aba do chapéu com um sorriso visível sob a luz de gás.

Françoise surgiu ao meu lado, com ar surpreso.

— *Oh là*, devem ter se divertido muito. Quem diria!

Capítulo Dois

Vincent

Meu Deus, se eu tivesse conhecido este país quando tinha 25 anos!
(Vincent para o artista Émile Bernard, Arles, final de junho de 1888)

Duas semanas depois, em uma tranquila noite de terça-feira, eu me encontrava recostada à porta novamente, olhando para a Rue du Bout d'Arles. Sobre minha cabeça, a lanterna lançava sua luz bruxuleante sobre ninguém em particular, enquanto, mais adiante, na rua, as *filles* de outros bordéis atraíam possíveis clientes. Um garoto passou acompanhado de dois marinheiros bêbados — o filho de Leon Batailler, enviado aos cafés para angariar clientes quando os *gendarmes* não estavam de olho. Um embriagado *Bonsoir* dado por um dos marinheiros me remeteu de volta para dentro, mas não antes de dar uma espiadela na direção da Place Lamartine.

Françoise me convidou para beber alguma coisa de onde ela estava sentada com Joseph Roulin, o carteiro da estação ferroviária, e nosso cliente assíduo. Ela deslizou um caneco de cerveja para mim enquanto eu afundava na cadeira, lançando-me um daqueles seus olhares.

— Você sabe que Madame Virginie não gosta de nos ver na rua, como rameiras baratas. O que há com você? Não está mais pensando em nos deixar, ou está?

Os girassóis

— Partir, mademoiselle Rachel? A casa de Madame Virginie não seria a mesma sem a senhorita — afirmou Monsieur Roulin, em tom galante.

— Não, eu...

— Ou estava pensando naquele seu novo cliente? — provocou Françoise. — Ela arranjou um novo *mec*, Joseph. Ele já veio duas vezes. E ela o beija.

— Beija? — Monsieur Roulin assobiou. — Ninguém me beija quando eu venho aqui.

— É para isso que o senhor tem esposa — disse Françoise, empurrando o ombro dele.

— Quem é ele, mademoiselle Rachel? Algum tenente garboso do regimento zuavo? Um intrépido e jovem carniceiro?

— É aquele sujeito, o pintor — Françoise retrucou, e eu tive vontade de chutá-la por baixo da mesa.

As vastas sobrancelhas de Monsieur Roulin se uniram.

— Vincent?

— O senhor o conhece? — perguntei.

— *Bien sûr*, eu o conheço. Ele mora em cima do Café de la Gare, onde eu costumo passar de vez em quando. — Todos sabiam que Monsieur Roulin adorava fofocas, bilhar e cerveja. — Um bom homem.

— Dizem que ele é estranho — Françoise afirmou. — Fala sozinho, e outras coisas.

Roulin deu de ombros.

— Não é mais estranho que qualquer um. Ele fala sozinho enquanto pinta, mas, fora isso... Não se deixe enganar pela aparência dele. É um homem culto. De boa família, também.

Isso atraiu a atenção de Françoise.

— Rico?

— Tios ricos, acho que ele me disse. Ele recebe dinheiro do irmão, porque não ganha nada. É difícil ele vender um quadro.

Ela arqueou os sobrolhos.

— Então ele é um vagabundo que vive à custa do irmão.

— Theo é *marchand* em Paris — eu interrompi. — Theo envia dinheiro a Vincent e Vincent envia quadros para Theo. Um dia Vincent vai conseguir vender seus quadros e vai pagar tudo a Theo. Foi o que ele me disse.

— Muito bem; já é confidente dele, é? — Françoise perguntou, e senti meu rosto corar.

— Vincent não é vagabundo — Roulin afirmou. — Ele trabalha muito. Levanta cedo, passa o dia inteiro fora...

— Gastando o dinheiro do irmão em cafés e bordéis? — disse Françoise.

— Todo homem tem o direito de relaxar — disse Roulin, em reprovação.

Ela franziu o nariz.

— Por que um *mec* de uma família abastada viveria como pobre em cima do Café de la Gare? Simplesmente para pintar? Ele se considera bom demais para um emprego de verdade? — Ela olhou para mim procurando uma resposta, mas eu dei de ombros.

Roulin abaixou a voz.

— Ele tem uma história. Ele me contou um pouco dela, mas não sei se devo repeti-la. — Ao olhar nossas caras curiosas, no entanto, ele cedeu. — Dois anos em Paris haviam quase enlouquecido Vincent — disse Roulin —, bebendo e saindo muito com prostitutas, discutindo com seu irmão, e sua arte sofrendo em consequência disso. A cidade o estava comendo vivo e ele veio para o sul, esperando que o sol da Provença o ajudasse a ver as coisas sob uma luz diferente. — Senti uma certa angústia enquanto Roulin falava; uma angústia de compreensão, de afinidade. — E vou contar mais uma coisa — Roulin disse, e Françoise inclinou-se mais para perto: — Antes de se tornar pintor, ele era padre.

Os girassóis

— Mentira! — Françoise exclamou. — Está nos pregando peças.

— Pergunte a ele. Pastor protestante. O pai dele era pastor também.

Tentei pensar em Vincent com uma Bíblia na mão, socando um púlpito e alertando sobre os pecados.

— Deve ter sido há muito tempo — eu disse.

— Uma coisa eu digo: ele tem história — Roulin insistiu, tomando um grande gole de cerveja. — Ele já morou em mais lugares do que eu poderia lembrar neste momento. Ele me contou isso quando pintou meu retrato.

— Ele o retratou? — perguntei. Quando colocamos as roupas, da última vez, Vincent me disse novamente que gostaria de me pintar. Mesmo quando afirmou que eu poderia ficar vestida, eu recusei, e ele ficou desapontado.

Roulin passou a mão na barba, com orgulho.

— Duas vezes. De uniforme.

— O senhor e esse uniforme. — Françoise riu e dei um puxão em sua manga com galões dourados. — Você o usaria até para fornicar se eu não o forçasse a tirá-lo.

Roulin a ignorou.

— Foi difícil posar para ele. Eu tive que ficar parado durante muito tempo e ele se irritava quando eu me mexia. "Droga, Roulin", ele dizia, com aquele seu sotaque.

— Não parece agradável — murmurei para dentro de meu copo. — Estou contente por ter recusado.

— Ele quis pintar você? — Roulin perguntou e olhou para Françoise.

Françoise apertou os olhos e eu fiquei brincando com as pregas da minha saia para evitar seu olhar.

— Há quanto tempo ele vem visitá-la, Rachel? — ela perguntou.

— Dez dias — eu disse, em tom casual.

Ela enrugou os lábios.

— Você está contando! Eu não lhe disse...

— Deixe-a em paz, Françoise — disse Roulin às risadas. — Uma garota da idade dela terá um ou outro pequeno *affaire de coeur*, é natural. Ela não tem a sua experiência.

— Ou o bom senso. Eu sei que é melhor não se envolver com um vagabundo ruivo.

— Não sou uma menininha boba — protestei. — Ele é só um cliente.

— Talvez eu deva dizer a Vincent quanto sente a falta dele — Roulin brincou, piscando para Françoise — na próxima vez em que eu o encontrar no café.

— Não ouse! — Os dois riram e eu me senti mais boba do que nunca. — Vocês dois não gostariam de estar em outro lugar?

Roulin tirou um relógio do bolso.

— Ela tem razão; preciso me apressar ou ouvirei um sermão de minha esposa. Ela tem se irritado com muita facilidade ultimamente, pois o bebê não a deixa dormir. — Ele ficou tão envaidecido com o meu olhar de surpresa que por pouco os botões de seu uniforme não estouraram. — Augustine deu à luz nosso terceiro filho semana passada, uma menina. Nós a chamamos de Marcelle.

— Mas que ótimo! Parabéns! — eu disse, e vi Françoise apertar os lábios novamente.

— Vincent quer retratar Marcelle quando ela ficar mais velha — disse Roulin. — Ele tem muita vontade de pintar um bebê. Vamos, *ma chouchoute* — ele disse a Françoise. — *Bonne soirée*, mademoiselle Rachel. — Eles me deixaram sozinha com minha bebida e meus pensamentos.

As noites de domingo eram as mais fracas da semana no *quartier reservé*. A maior parte dos maridos ficava em casa com as esposas —

Os girassóis

até o sociável Monsieur Roulin —, e muitos dos soldados zuavos ficavam no quartel recuperando-se do sábado. Vincent deve ter se lembrado do que eu disse sobre os domingos na nossa primeira noite juntos, pois ele apareceu, com seu terno amarrotado e chapéu de feltro, atraindo minha atenção quando eu arrumava o bar. Eu trouxe vinho e nos acomodamos em uma mesa no canto.

— Seja bem-vindo. Já faz algum tempo — eu disse, e creio que parecia mal-humorada.

— Tive que esperar pela última carta de Theo. — Ele parecia constrangido, e mexeu no bolso. — Passei por um pomar hoje, enquanto caminhava, e trouxe-lhe um figo.

— Obrigada. — Sorrimos um para o outro por sobre nossas bebidas e eu fiquei observando a mão dele sobre a mesa, salpicada com tinta vermelha e azul. — Esteve pintando hoje?

— Acabo de finalizar o retrato de uma menina. Levou mais tempo do que deveria, quase uma semana.

— Uma das *filles* de Leon Batailler?

Pareci pior do que mal-humorada; pareci irritada. Fiquei tão vermelha quanto a tinta seca nos dedos de Vincent, mas ele parecia entusiasmado.

— Uma menina de doze ou treze anos, acompanhada da mãe, em meu ateliê. Eu as vi no jardim da Place Lamartine e tive vontade de pintar a menina, porque ela me lembrou uma personagem de um livro que li. Ela ficou lisonjeada e aceitou de pronto. — Ele me lançou um olhar com as sobrancelhas erguidas que me fez ruborizar ainda mais, e em seguida começou a descrever a pintura, as cores do vestido da menina, as cores do fundo. Verde-malaquita, azul real, azul da Prússia... Para mim, tudo isso era uma língua estranha. — Tudo é tão colorido aqui — ele proclamou. — Não é como Paris, nem como a Holanda, onde tudo é tão cinza.

— É verdade que você foi padre na Holanda?

Novamente as sobrancelhas se ergueram e seu tom tornou-se mais sério.

— Vejo que andou conversando com o bom Monsieur Roulin. O que mais ele lhe disse?

— Ah, nada de mais — eu falei, em tom ligeiro. — Só que você tinha andado muito por aí e que nem sempre foi pintor.

— É verdade, nem sempre fui pintor. Por muitos anos fui *marchand* em Londres e Paris...

— Como seu irmão?

Ele pressionou um lábio contra o outro com tanta força que eles desapareceram em meio à barba.

— Ele é melhor do que eu era. Depois disso, fui professor em uma escola primária por algum tempo, e em seguida tornei-me pastor, na Bélgica, não na Holanda, antes de a igreja me expulsar. E *então* eu me tornei pintor. Mudei de Bruxelas para Etten, com meus pais, para Haia, Drenthe, voltei para minha família em Nuenen, Antuérpia, Paris, com meu irmão...

— Por que não se casou? — perguntei. — Não encontrou uma boa moça com quem pudesse se ajeitar, em todos os lugares por onde passou?

Uma sombra entristeceu-lhe o rosto.

— O que a faz estar tão certa de que nunca me casei?

— Eu não sei — gaguejei. — Só pensei. Desculpe-me, não quis ofendê-lo...

— Por acaso, está certa. Eu nunca me casei. — Ele engoliu seu vinho antes de tirar o cachimbo e a bolsa de tabaco do bolso.

— Monsieur Roulin me contou que pintou o retrato dele — eu disse, tentando salvar a situação.

O rosto de Vincent se iluminou.

— Um sujeito interessante; parece uma caricatura de Daumier. — Ele brincava com o cachimbo nas mãos e olhava fixamente para a

Os girassóis

mesa. — Eu ficaria honrado se você viesse ver meu trabalho um dia. Teria imenso prazer em mostrar os retratos de Monsieur Roulin e outras pinturas. Contar as histórias delas. Isto é, se for do seu interesse.

— Isso me interessaria muito — eu disse —, mas... — Muitos homens vinham me visitar, nós nos divertíamos juntos, e depois eles voltavam para casa, ou qualquer que fosse o lugar de onde tinham vindo. Sair com homem fora da *maison*... Tentei ser gentil: — Ir a outros lugares com os clientes é proibido.

— Entendo. — A voz dele ficou gelada.

— Eu diria não a qualquer um que pedisse, Vincent. É minha obrigação.

— Você não é propriedade de ninguém.

— Tenho que tomar cuidado ou posso perder o emprego. Não tenho outro lugar para ir.

A mão dele cobriu a minha.

— Há quanto tempo está aqui? — ele perguntou, e sua voz havia ficado mais terna.

— Desde janeiro.

— Você é de Arles?

Meu corpo inteiro se retesou. Eu já tinha feito a ele todo tipo de pergunta, mas ele não havia me perguntado nada até agora.

— Não, sou de uma aldeia que fica perto daqui.

Eu não disse o nome e ele não perguntou. Seus dedos apertaram os meus.

— E sua família?

— Minha irmã e o marido moram lá, mas minha mãe morreu de tuberculose quando eu tinha onze anos. Meu pai, há menos de um ano, de cólera. — *Estou só*, eu procurava dizer. *Eles me abandonaram. Estou só.*

— Sinto muito. Meu pai morreu há mais de três anos. — Eu pude sentir seu pesar. — Era íntima de seu pai? — Quando eu

SHERAMY BUNDRICK

fiz que sim, Vincent deu um tapinha em minha mão e disse mais uma vez: — Sinto muito.

Se eu falasse mais sobre aquilo, choraria, e eu não queria que ninguém me visse chorar. Ele me abraçaria e me daria o seu ombro, eu sei que ele faria isso, e isso seria um erro terrível. Puxei minha mão.

— O que pintará em seguida? — perguntei, forçando um sorriso. Ele inclinou a cabeça e retribuiu o sorriso.

— Eu pintaria você se me permitisse, mas, como não permitirá, estou pensando em pintar flores. Girassóis. Há um bocado deles perto do banheiro público; posso pegar alguns e fazer umas telas. Eles dariam um ótimo efeito de cor.

— Girassóis — suspirei. Só de falar a palavra eu já me alegrei. Campos de girassóis circundavam minha aldeia e a casa de minha família, e todo verão eu esperava ansiosamente pelo dia em que eles abririam seus olhos para olhar o céu. — *Li virosouleù.* — Ao ver seu olhar intrigado, eu disse: — É a palavra em provençal para girassóis.

— *Viro-souleù* — ele repetiu comigo, e eu dei uma gargalhada. — Não falo uma palavra de provençal — ele disse, e agora parecia animado. — Às vezes as pessoas não compreendem o meu francês e é difícil conseguir as coisas de que preciso. Nunca saio do correio com a quantidade de selos que quero.

Eu podia imaginar o modo como as pessoas o encaravam; os olhares falsos e vazios fazendo-o falar devagar só por diversão, as risadas pelas costas depois que ele saía.

— Eles o compreendem, sim; só querem lhe dificultar as coisas. Muita gente por aqui não gosta de estrangeiros, e isso inclui qualquer um que fale francês como um parisiense.

— Talvez se eu aprendesse provençal as pessoas gostariam mais de mim, não?

Os girassóis

Ignorei sua imitação caçoadora de meu sotaque e fingi levar em consideração o seguinte:

— Creio que eu possa ensiná-lo. Mas precisará vir aqui mais vezes, se não estiver progredindo.

— Falou a professora da escola. Sim, senhora. — Ele pegou minha mão novamente e começou a brincar com meus dedos. — Posso sugerir que comecemos nossa instrução no andar de cima?

— Então, vamos — eu disse, tentando não parecer ávida demais. — *Anen aro, Vincèns.* — E esse foi o começo de uma aula bem divertida.

Capítulo Três

LE CAFÉ DE NUIT

Existem cores que realçam o brilho umas das outras intensamente, que formam um casal, que se completam como um homem e uma mulher.

(Vincent para sua irmã Willemien, Arles, junho de 1888)

Julho passou de modo agradável e transformou-se em agosto, e agosto transformou-se em setembro, e Vincent me visitava sempre que tinha dinheiro para pagar. Eu sempre sabia quando Theo mandava uma carta nova com novos francos, pois Vincent aparecia sem avisar, com aquele brilho já conhecido nos olhos e os dedos borrados de tintas novas. Nessas noites, ele pagava mais bebidas, o que agradava Madame Virginie, e nessas noites eu normalmente encontrava um franco extra escondido em algum lugar depois que ele partia. Um franco que ele sempre negava ter me dado e se recusava a aceitar de volta.

Se a casa não tinha movimento, ficávamos mais tempo apreciando o vinho, e ele me falava de seus quadros. Tudo nele mudava quando discorria sobre seu trabalho — ele ficava mais vivo, fazia gestos largos e falava com um ritmo acelerado. Ele tentava me convencer a posar ou, pelo menos, a visitar seu ateliê, e tentada eu fiquei, muitas vezes. "Você deveria ver", ele dizia, matreiro, ao descrever o retrato de um velho vaqueiro ou uma pintura de oleandros no vaso. "E os girassóis?", eu sempre perguntava. "Já pintou os girassóis?" "Talvez", ele respondia, de uma maneira que dava a entender que sim.

Ele me fascinava com seu sotaque e suas histórias e todas as coisas que sabia. Eu nunca tinha conhecido ninguém que tivesse lido tantos livros, que tivesse estado em tantos lugares, que falasse tantas línguas — nem mesmo papai. Quando eu falava, ele escutava com atenção e me tratava com respeito, como se eu fosse uma mulher decente, e não uma *fille de maison*. Eu lhe ensinei algumas palavras e frases em provençal; ele tentou me ensinar um pouco de holandês. Quando ele pegava minha mão e brincava com meus dedos, isso era um sinal de que ele estava pronto para subir, e eu estaria mentindo se dissesse que não apreciava sua companhia lá em cima também.

Apesar de todo o prazer que desfrutávamos juntos, havia mistérios entre nós. De vez em quando, algo lhe trazia lembranças ruins; eu percebia pelo modo como seus olhos escureciam antes de ele discretamente mudar de assunto. Ele falava sobre seus momentos felizes, mormente sobre sua arte, seus amigos pintores de Paris, mas da família ele mencionava somente seu irmão Theo e sua irmã Willemien. Nunca seus pais, nunca mulheres que ele conhecera, nunca algo triste. Ele tinha coisas que queria esquecer. Eu compreendia. Eu também tinha.

— Tenho uma nova ideia para um estudo — ele anunciou, certa noite de setembro, quando estávamos na cama, depois de fazer amor. — Vou pintar o Café de la Gare.

Fiz uma careta.

— Nossa! Aquele lugar horroroso?

— Será um tema muito moderno. Quero pintá-lo no meio da noite, quando houver somente os abandonados e vagabundos.

O Café de la Gare, cujos donos eram Joseph e Marie Ginoux, era um dos cafés em volta da estação ferroviária que ficavam abertos até muito tarde, um *café de nuit*. Sob a luz dos lampiões a gás, nas primeiras horas da madrugada, para lá ia gente que não tinha onde ficar ou qualquer um que preferisse gastar seus francos em absinto e não em uma cama de hotel. Os *habitués* do café noturno espantavam as horas bebendo, fumando, jogando bilhar ou olhando para o vazio. Eu sabia disso — eu já fora um deles.

— Vou levar duas ou três noites para conseguir acertar, eu acho — continuou Vincent. — Dormirei durante o dia e pintarei à noite. — Ele enrolou um cacho de meu cabelo em seu polegar. — Você poderia me fazer companhia parte do tempo, se quiser.

— Isso é um truque para eu posar para você?

Ele riu e puxou meu cabelo.

— Por que não me fazer companhia? Já nos vemos há tanto tempo, e você nunca me encontrou em outro lugar. Já me conhece o suficiente para confiar em mim, certo? Pelo menos pense nisso.

Na última noite em que Vincent estava pintando no café, quando me despedi de meu último cliente, eu pensei mesmo. Por que eu não poderia encontrá-lo para beber alguma coisa, para ver seu quadro? Que mal poderia fazer?

Na ponta dos pés, passei por Raoul, que cochilava, e ganhei a rua. O Café de la Gare não ficava muito longe: uma caminhada de alguns minutos pela Place Lamartine; mas o caminho não era fácil. Malandros e batedores de carteira espreitavam, escondidos na névoa que subia do rio, com marinheiros bêbados e prostitutas desatinadas, e, de vez em quando, um *gendarme* passava assobiando e balançando o cassetete. Até mesmo o jardim público se transformava: de um lugar ensolarado e inocente em um lugar onde se podia ouvir gemidos e risos vindos dos arbustos, acompanhados pelo barulho de moedas. Eu mantive os olhos fixos nas

Os girassóis

janelas fortemente iluminadas do café e atravessei a praça a passo largo. Uma prostituta sem dentes e como um olho roxo gritou:

— Meio franco, gatinha, os *mecs* não lhe fazem o que eu faço — e apressei ainda mais o passo.

As portas estavam abertas nessa noite quente, e os olhos dos homens debruçados sobre as mesas se derramaram sobre mim feito animais famintos. Esses *mecs* não tinham dinheiro para ir a um bordel ou estavam bêbados demais para se arrastar até um; eles queriam algo rápido e barato contra uma parede lá nos fundos. Um deles tentou chamar a minha atenção, mas eu continuei com o nariz empinado. Somente o homem com a paleta e os pincéis nas mãos me interessava — o que franzia a testa olhando a tela no cavalete.

Vincent não notou minha presença até eu parar bem ao lado dele.

— Rachel! Você veio! — Ele puxou uma cadeira para mim e varreu com a mão as migalhas que estavam no assento. — Venha, sente-se aqui. Vou lhe pegar um café. — Ele acenou para Monsieur Ginoux e fez o pedido, e o prazer dele me fez retrair. Eu esperava que ele perguntasse por que mudei de ideia, mas ele não perguntou.

Quando o café chegou, eu o tomei devagar e perguntei se podia ver a pintura.

— Naturalmente, naturalmente — ele disse, ávido, e levantou-se para que eu pudesse me sentar diante do cavalete.

Os lojistas da Place de la République sempre colocavam quadros em suas vitrines — lindas ilustrações das ruínas romanas ou da abadia de Montmajour. Mas a pintura de Vincent não tinha nada a ver com isso; cores vibrantes gritavam na tela: paredes vermelhas, tetos verdes, pisos amarelos. O tom, porém, não tinha nada de glorioso. O relógio em segundo plano marcava meia-noite e dez, e a maioria dos clientes já tinha ido para casa, deixando para trás cadeiras e copos vazios, sobras de absinto, sobras da sociedade. A mesa de bilhar estava montada, mas não havia ninguém jogando. Monsieur Ginoux estava parado ao lado dela, olhando fixamente para fora do quadro, e as lamparinas a gás do teto observavam tudo, como olhos que nunca piscam. O alegre buquê cor-de-rosa em meio a garrafas esquecidas no aparador conferia o único sinal de inocência, o único sinal de esperança.

Eu me vi naquela sala tão claramente como se Vincent tivesse me retratado ali. Uma jovem assustada cujo dinheiro tinha acabado e que não podia pagar um simples pernoite, que ficou com uma taça de vinho por horas a fio para poder cochilar sob uma das mesas em vez de fazê-lo em um banco de jardim. Uma jovem cansada de repudiar homens de hálito podre oferecendo centavos para que ela levantasse a saia, arrependendo-se do dia em que tomou o trem para vir a Arles. Arrependendo-se de tudo, e sentindo tanta saudade do pai que até doía. "Posso ajudá-la", disse Françoise quando me encontrou no café noturno. Ela parecia tão amigável, tão carinhosa... Como eu poderia ter resistido?

Vincent estava esperando minha reação, e eu não queria ferir seus sentimentos.

— Você captou o espírito do lugar — eu disse, com um leve sorriso.

— Você não gostou, não é?

Parecia que ele *não queria* que eu gostasse do quadro.

— Bem... não é o que eu esperava. Você disse que queria pintar abandonados e vagabundos, mas... — Eu imaginava que os quadros dele seriam agradáveis e suaves, como ele era comigo. Não algo sinistro e chocante como aquilo.

— Não foi feito para ser alegre — ele explicou. — Eu queria mostrar que este *café de nuit* era um lugar onde alguém pode se arruinar, enlouquecer ou cometer um crime. É tão diferente aqui tarde da noite... É cheio das terríveis paixões da humanidade.

Os girassóis

— O teto não é verde — eu disse, cética, olhando novamente.
— As paredes não são tão vermelhas assim. — Vincent tinha feito as paredes do quadro vermelho-sangue, em vez da desbotada cor de tijolo que escondia as manchas de sujeira e fumaça.

— Vermelho e verde são o que chamamos de cores complementares — ele disse, soando como meu pai em sala de aula. Ou um pregador. — Quando sobrepostos, eles vibram e se chocam, mas, em última instância, eles devem ficar juntos e formam um estranho tipo de harmonia.

Olhei de esguelha para uma das figuras sentadas à mesa, que estava de costas, usando um chapéu amarelo com uma mecha de cabelos ruivos de fora.

— Este homem é você?

Vincent sorriu.

— Você quer que seja eu?

— Talvez — respondi, e o sorriso dele alcançou as rugas em volta dos olhos. — Como sabe quando está acabado?

— Simplesmente sei. *En fait*, este aqui já está acabado. Deixe-me sentar um minuto. — Ele besuntou o pincel em uma nódoa de tinta marrom e em seguida assinou "Vincent" e "*le café de nuit*" no canto inferior da tela.

— Por que "Vincent"? Por que não o seu nome completo?

Ele me deu uma piscadela.

— Porque ninguém consegue pronunciá-lo. — Ele limpou os pincéis com um trapo manchado, guardou tudo em sua caixa de pintura e bocejou enquanto desmontava o cavalete. — Eu já ia dormir, mas por que não a acompanho até a *maison* primeiro? Eu a convidaria para subir, mas temo que hoje eu não seria boa companhia.

— Deve estar exausto. É bobagem me acompanhar se você está praticamente em casa.

— Há gente muito violenta por aí e não quero que fique andando sozinha. Só vou subir para guardar minhas coisas.

Concordei e esperei por ele na porta, ainda ignorando os olhares da clientela encharcada de absinto.

Não falamos enquanto atravessamos a praça e o jardim e passamos pelo lago, onde a lua tocava suavemente a água. A prostituta desdentada estava sentada sob um poste de luz e gritou: "Achou um ruivo, não é? Sabe o que dizem sobre os ruivos?". Vincent procurou minha mão quando ela deu uma gargalhada. Tal liberdade, segurar minha mão... — sim, eu já havia segurado a mão dele para conduzi-lo ao andar de cima da *maison*, mas isso fez meu coração acelerar de modo completamente diferente. Não parecíamos uma *fille* e seu cliente; parecíamos outra coisa, e eu desejei que tivéssemos outro lugar para ir, mais longe do que a Rue du Bout d'Arles.

Quando chegamos na casa de Madame Virginie, o agora desperto Raoul pareceu surpreso ao nos ver.

— *Bonne nuit*, Rachel — Vincent disse. — Eu virei em breve.

— *Bonne nuit*, Vincent. Obrigada por me acompanhar. — Ele curvou-se em resposta e, com outro bocejo contido, desapareceu na neblina.

Raoul falava demais para alguém que não abria muito a boca. No almoço do dia seguinte, uma das meninas me perguntou sobre meu encontro, e todas pararam para ouvir. Tentei fazer parecer que meu encontro com Vincent no café fora um acidente, e tentei contar-lhes como era o quadro.

— Ele fez um quadro feio de propósito? — disse Jacqui, zombando. — Talvez ele não saiba pintar! — As outras meninas trocaram olhares e eu pude ler seus pensamentos: "de todos os homens que visitavam a casa de Madame Virginie, por que Rachel teria escolhido ele?".

Os girassóis

Françoise lançou olhares furtivos para mim durante toda a conversa, e depois me chamou de lado.

— Você precisa parar de ficar tanto tempo com ele. É perigoso.

— Mas foi você quem me disse para ter clientes regulares — eu respondi.

Ela fez uma careta.

— Ter clientes regulares é bom. Ter alguém especial que lhe traz presentes e lhe trata bem é bom. Mas quando alguém começa a sair da *maison*, está buscando todo tipo de encrenca. Você me vê indo a algum lugar com Joseph? Ou com algum outro?

— Monsieur Roulin é casado e tem três filhos. É diferente. Vincent...

— Ele pode se aproveitar de você, conseguir que o visite de graça. — Antes que eu pudesse retorquir, ela continuou a arenga: — Pode se apaixonar por ele, e aí não vai querer deitar-se com mais ninguém. Não ganhará dinheiro e Madame Virginie a mandará embora. Esse pintor não tem um centavo, ele não pode cuidar de você. E quem disse que ele quer isso? Você pode perder seu lugar e perdê-lo também. E aí, para onde irá? Para a rua?

— Nós tomamos um café e ele me contou sobre o quadro, depois me acompanhou até aqui. Foi só isso. — Afastei a lembrança dele segurando minha mão.

— Não sou cega, Rachel. Não sou burra.

Senti o meu rosto corar.

— Por que você se importa tanto?

— Não quero que se magoe. — O repentino tremor na voz dela me fez encará-la. — Anos atrás, conheci um *mec* e perdi completamente a cabeça. Eu saía escondida, o visitava de graça, ele me segurou por vários meses. Um dia, eu... eu fiquei grávida. Quando eu disse a ele que queria casar, ele desapareceu: *puf!* As outras meninas me alertaram, mas eu não dei ouvidos, e olhe só onde vim parar.

Coloquei minha mão no braço dela.

— O que aconteceu com o bebê?

— O que acha que aconteceu? — ela disse, em tom áspero, e desvencilhou-se.

Não era difícil adivinhar. Madame Virginie havia me informado, meses antes, sobre a velha que vivia na estrada para Tarascon, que tinha ervas que poderiam ser úteis para as *filles de maison*.

— Não acontecerá isso — eu suspirei. — Não estou apaixonada por ele.

Lágrimas inundavam os olhos de Françoise, aquela Françoise durona, sem papas na língua, que ninguém parecia poder atingir. Agora eu compreendia o porquê.

— Por favor, tome cuidado, Rachel. Só estou tentando protegê-la.

Capítulo Quatro

A Casa Amarela

Desejo fazer dela uma casa de artista — não uma casa perfeita; pelo contrário, nada perfeita, mas tudo, das cadeiras aos quadros, tendo personalidade.

(Vincent para Theo, Arles, setembro de 1888)

Tome cuidado. Tome cuidado. Essas palavras ecoaram em minha cabeça durante uma semana — uma semana na qual Vincent não veio. Eu queria que ele viesse ou queria que se afastasse? Toda noite eu olhava para a porta quando ela se abria, toda noite eu me sentia desapontada e também aliviada quando ele não aparecia. Françoise observava cada movimento meu, e, quando eu quebrei não uma taça, mas duas, limpando o bar na hora de fechar, ela disse, assobiando: "Tire a cabeça das nuvens!".

Certa tarde de sol, uma tarde que detinha os últimos suspiros do verão, meus agitados pensamentos e passos me levaram ao jardim da Place Lamartine, onde Vincent e eu nos conhecemos. Eu não havia mais voltado lá e, com certa ansiedade, esgueirei-me por entre as sebes e atravessei o gramado, que naquele dia precisava ser aparado. Os oleandros estavam floridos, com suas sedutoras pétalas cor-de-rosa e brancas, mas eu sabia que era melhor não tocá-las, pois inalar seu perfume muito profundamente poderia fazer desmaiar. Em vez disso, apanhei

Os girassóis

um dente-de-leão e soprei as sementes, como uma garotinha, sorrindo ao vê-las flutuar na brisa.

Quando contornei o último canto, parei e deixei a haste vazia cair de meus dedos. Vincent estava lá, em pé diante de seu cavalete e pintando um menino com uma cesta ao lado dele. Ocultei-me rapidamente atrás de uma árvore antes que me vissem.

— Mas o céu não é verde, Monsieur Vincent. Por que o pintaria de verde?

Contive um riso quando ouvi a voz estridente e ouvi a explicação de Vincent sobre a pintura. A voz dele era paciente, até carinhosa, como se ele não se incomodasse de ser interrompido. Por fim, ele disse:

— Sua mãe não estará procurando por você? Ela não está esperando esses ovos?

O suspiro foi alto o bastante para que eu ouvisse.

— Maman me dá tarefas domésticas. Eu prefiro ficar aqui e conversar com o senhor.

Vincent riu.

— Acho que você deve seguir seu caminho, ou ambos ficaremos em apuros com sua Maman. Diga a ela que mandei lembranças, está bem?

— Eu direi, Monsieur Vincent, *salut*! — Depois disso, o menino saiu correndo.

Fiquei mais um pouco atrás da árvore, observando Vincent sorrir para si mesmo, tocar a tela com o pincel, tirar o chapéu para passar a mão pelo cabelo. Eu poderia ter me afastado discretamente, mas meus pés pareciam grudados na grama.

— Vai ficar aí atrás o dia inteiro? — ele perguntou, sem se virar.

— Você sabia! — eu disse, acanhada, e caminhei na direção dele. — Desculpe-me se fiquei ouvindo, mas não achei que o menino deveria me ver. Quem é ele?

SHERAMY BUNDRICK

— Camille Roulin, o filho do meio de Joseph. Uma família generosa, a dos Roulin; todos eles. — Ele jogou o chapéu no chão e me lançou aquele seu olhar tímido. — Achei que poderia ir embora se eu não dissesse nada. Creio que a ofendi porque não a visito há uma semana. Quase dez dias, na verdade. Mas não é minha culpa, eu...

Espantei uma mosca imaginária.

— Já faz tanto tempo? Eu nem notei.

Ele pareceu ofendido e eu me arrependi de ter dito aquilo. Ele acenou com o pincel para a tela.

— Gostaria de ver o que estou pintando? Acho que este aqui a agradará.

Aproximei-me por cima da grama. Antes que eu pudesse decidir se deveria cumprimentá-lo com um beijo, ele inclinou-se e me deu um beijinho em cada face.

— Você ficou queimado do sol novamente — eu disse. — Seu nariz está rosado.

— Eu fui pintar em La Crau há alguns dias e esqueci meu chapéu.

— Uma boa maneira de estragar sua visão — eu o repreendi.

— Deveria ter mais cuidado.

Voltei minha atenção para sua pintura e ignorei o sorriso que dizia que ele não se importava de ser repreendido. Todos os amarelos e verdes iluminavam plantas, árvores e a relva do jardim — o jovem Camille estava certo: até o céu era amarelo e verde, e não azul sem nuvens. Lá estavam a faia chorona, o emplumado arbusto de cedro e os oleandros com flores rosa, e, por sobre as árvores, a torre de pedra de Saint-Trophime. A única coisa que faltava era eu, dormindo sob o cedro com meu vestido cor-de-rosa e esperando que Vincent me encontrasse.

47

Os girassóis

— *Het schilderij* — Vincent disse em holandês, e bateu de leve na borda da tela. — Acho que não estudamos a palavra "pintura", por mais estranho que pareça.

Eu não queria ter aula hoje.

— Você pintou o lugar onde nos conhecemos. Por quê?

O rosto dele ficou ainda mais rosado.

— Sim... Bem... é um lugar lindo. Um jardim como este me faz lembrar de Boccaccio ou até de Petrarco. Petrarco viveu aqui perto, em Avignon... — Ele ficou tagarelando sobre poesia e trovadores, mas eu só ouvia: "Ele pensou em mim".

— Rachel, há algum problema? — Ele tinha parado de falar e agora olhava para mim de modo cômico. — Está se sentindo mal? Venha, vamos sair do sol. — Ele limpou rapidamente os pincéis com um trapo antes de deitá-los com a paleta no chão e, em seguida, conduziu-me pelo cotovelo até a faia antes que eu conseguisse fazer qualquer objeção. Ele estendeu seu casaco no chão para que eu não sujasse o meu vestido e me passou uma garrafa de vidro enquanto se acomodava ao meu lado. — É água da bomba atrás do café. Beba devagar. — A água estava quente, mas era fresca.

— Por que é tão gentil comigo? — A pergunta irrompeu dos meus lábios, e Vincent me encarou, surpreso. — Nunca nenhum homem foi tão gentil comigo como você é, exceto papai. Você já foi padre, e mesmo assim...? — Apontei minha mão trêmula para a pintura, sem saber como explicar.

Ele jogou a cabeça para trás e riu.

— Quer saber por que eu trato uma mulher decadente como um ser humano, quando a sociedade a repele?

Minhas faces queimaram.

— Não vejo nenhuma graça.

— Não tem graça, desculpe-me. — A voz dele mudou, tornando-se séria, mas ainda gentil. — Não dou a mínima para a sociedade, Rachel, e não me cabe julgar você. Ah, é fácil para os todo-poderosos dizer que é imoralidade, preguiça ou luxúria o que leva uma mulher a se prostituir, mas eu nunca pensei assim. Mesmo quando era pastor. Não importa quão boa ou nobre uma mulher possa ser por natureza. Se ela não tem meios e não é protegida por sua família, corre grande risco de se afogar no poço da prostituição. Essas mulheres devem receber compaixão e proteção, e não serem condenadas.

— Não preciso que tenha pena de mim. Não preciso que ninguém...

Ele levantou a mão e me silenciou.

— Não tive a intenção de dizer nada ruim. Quer dizer, eu não vou... eu não posso... condenar você nem ninguém pelas circunstâncias nas quais se encontram. Além disso, você não é igual às outras *filles* que conheci. Você pegou o jeito rude de falar e tudo o mais, mas você não é assim, de verdade.

— Quem sou eu? — sussurrei, apertando a garrafa com mais força.

— Uma das poucas pessoas que *me* tratam como um ser humano, e não como um estrangeiro excêntrico. — Ele mudou de lugar e sentou-se ao meu lado, tão perto que seu braço tocava meu ombro, e eu podia sentir o cheiro de tinta em suas roupas. — Uma das poucas pessoas aqui com quem eu gosto de ficar. Com quem eu gostaria de passar mais tempo.

— Eu também gosto de ficar com você — eu disse, e sorri para a grama antes de tomar mais um gole de água. Ele sentia o que estava dizendo, eu podia ver.

— Isso responde a sua pergunta? — ele indagou, e eu fiz que sim. — Então me desculpe se eu não tenho sido mais comunicativo. Estou mudando para minha casa nova e isso tem consumido meu tempo e meu dinheiro.

Os girassóis

— Sua nova...?

— A casa amarela aqui na Place Lamartine, na esquina ao lado do armazém. — Ele apontou para o outro lado da praça. — Eu a alugo desde maio e venho usando uma sala como ateliê, mas não tinha móveis e precisava de alguns reparos que eu não podia pagar. Meu tio Cent faleceu recentemente e deixou uma herança para Theo, então Theo me enviou trezentos francos. Comprei alguns móveis, comecei a consertá-la e pretendo mudar dentro de alguns dias. — Ele suspirou de alegria. — Uma coisa é ser um jovem de espírito livre aos vinte anos e vagar por aí sem destino, mas um homem de trinta e cinco deve ter sua própria casa.

— É essa a sua idade?

— Achou que eu era mais velho, não é? Todo mundo acha. — Não respondi, mas ele estava certo: as rugas de seu rosto e as linhas em volta dos olhos me enganaram. — Você também é só *une petite*.

— Não sou tão jovem. Tenho vinte e um.

Ele pegou minha mão e suspirou.

— Eu me lembro dos meus vinte e um anos. Eu era um homem diferente. Você ainda tem muitos anos pela frente, mas um dia vai acordar e se perguntar onde eles foram parar. Não deixe que as coisas que você deseja lhe escorram pelos dedos.

Libertei minha mão do modo mais delicado possível e esfreguei os dedos, tirando alguma tinta verde imaginária.

— Sua casa nova... é grande?

— Não é muito grande, mas tem uma luz muito boa; isso é o mais importante. E o preço também não é mau: quinze francos por mês. — Ele parou, tímido. — Eu estava pensando: será que você me ajudaria a arrumar a casa? Ela precisa de um toque feminino. Eu poderia lhe mostrar todos os meus quadros também.

A voz de Françoise murmurou em meu ouvido: "Primeiro ele lhe diz que não tem dinheiro, depois a convida para ir até a casa

50

dele. É assim que começa". *"Eu só vou limpar e arrumar as coisas"*, eu disse à voz. *"Vou voltar a tempo de trabalhar à noite, e pode ser que ele me dê um ou dois francos"*. Eu sorri para Vincent e disse:

— *Bien sûr*, eu adoraria ajudar.

— Esplêndido! — ele exclamou, e perguntou: — Está se sentindo melhor? Devo acompanhá-la de volta?

Ele estava pronto para voltar a pintar, mas não queria dizer nada. Levantei-me e sacudi a grama de minha saia.

— Estou bem, obrigada. Fique e termine seu quadro.

— Até a próxima vez, então. — Ele se pôs de pé e deu-me um beijo rápido, desta vez na boca. O nariz dele bateu no meu.

— Até a próxima — gaguejei, retirando-me apressadamente.

— Rachel? — ele me chamou. — Você nunca disse se gosta de minha pintura.

Eu me virei por sobre a sebe para gritar minha resposta:

— Eu adoro!

Um pequeno envelope amarelo apareceu na *maison* alguns dias depois, com meu nome escrito em um rabisco arredondado. Dentro dele, um esboço da casa de Vincent e a palavra "Hoje?", com o ponto de interrogação grifado e insistente. Eu não poderia recusar após dizer que iria, então meti o bilhete no peito do vestido e peguei algumas coisas de que poderia precisar para aquela tarde: um avental, panos limpos para tirar o pó, uma cesta. Quando eu estava prestes a sair, felizmente não havia ninguém por perto, exceto Jacqui, espreguiçada sobre o canapé com um cigarro e um jornal de moda. Quando perguntou, amuada, para onde eu estava indo, menti e disse: "Ao mercado".

Pude ver a casa de Vincent quando atravessava o jardim da Place Lamartine, banhado pelo sol. Eu devo ter passado por ela umas mil vezes, mas nunca tinha prestado atenção. Esquecida e malcuidada,

Os girassóis

ela ficava perdida entre as lojas e os cafés que circundavam a praça, o armazém de toldo rosa ao lado, o hotel mais alto atrás, o muro rosado do Restaurante Vénissat no próximo quarteirão, com uma *guinguette* de hera na frente. Mas com a nova pintura cor de manteiga, a casa agora brilhava, apesar de seu pequeno tamanho, e as venezianas eram de cor verde clara — ela não passava despercebida. Eu mal havia batido à porta quando Vincent a abriu, animado:

— *Bonjour*, que bom que você veio! Entre!

Um corredor estreito se estendia para a frente, duas portas à direita levavam até o ateliê e a cozinha, ele explicou, alguns degraus de escada seguindo até o segundo andar. Pilhas de livros e um baú entulhavam o saguão, e a poeira me fez espirrar. Vincent falava sobre o que ficaria ali, o que ficaria lá, arremessando os braços para a esquerda e para a direita.

— Uma casa só minha! — ele dizia, entusiasmado. — Tenho algumas camas para o andar de cima e um espelho... mas ainda preciso de uma penteadeira para o quarto de hóspedes... E preciso pendurar meus quadros e gravuras japonesas... Vou comer aqui e economizar tanto dinheiro... Pense no trabalho que vou poder fazer com todo este espaço!... *Et voilà*, o ateliê... — Ele abriu a primeira porta e me pediu que entrasse. — Tirei as venezianas das janelas para entrar bastante luz, e vou mandar instalar iluminação a gás para poder trabalhar até tarde.

— Não se preocupa se todo mundo ficar olhando? — perguntei, ao ver as grandes janelas que davam para a Place Lamartine e a movimentada Avenue de Montmajour. A *gendarmerie* ficava bem em frente, do outro lado da rua.

Vincent deu de ombros.

— Não tenho nada a esconder.

Eu teria ficado constrangida em deixar alguém ver tamanha bagunça: tubos de tinta espremidos e pontas pretas de carvão espalhados pelo chão; pedaços de tecido manchados empilhados na mesa de trabalho, junto a flores murchas, frascos de tinta vazios, buquês de lápis e cálamos; uma pilha de desenhos e gravuras sobre uma cadeira; outros, presos com tachas nas paredes. Um cheiro penetrante de terebintina perfumava o caos. Meus dedos estavam loucos para limpar tudo.

Mas as *pinturas*... Em todas as direções, cores ruidosas chocavam-se umas com as outras e disputavam minha atenção. Eu não sabia o que pensar: quanto mais eu via, mais sentia meus joelhos e a cabeça enfraquecendo. Bati palmas quando vi Monsieur Roulin em seu uniforme, com o semblante sábio e sério e sua barba abundante, o boné enfeitado com a orgulhosa palavra "*Postes*". Em outra pintura estava um velho usando um chapéu de palha, olhos atormentados em um rosto atormentado, e eu sabia que esse devia ser Patience Escalier, o antigo vaqueiro da Camargue, de quem Vincent falara com tanto respeito. O café noturno novamente e, além dele, uma cena de pôr do sol com as barcas de carvão no Ródano, o jardim da Place Lamartine e, no cavalete, o próprio Vincent, vestindo um terno marrom e olhando para mim com olhos tranquilos.

O Vincent de carne e osso tinha silenciado. Ele esperava à porta, parecendo ansioso, ávido e orgulhoso, tudo ao mesmo tempo. Olhando para ele, percebi o que significava o fato de eu estar ali. Ele estava permitindo que eu entrasse no lugar mais importante de sua vida — o lugar onde ele trabalhava, sonhava, criava —, e queria saber o que eu havia achado. O que eu dizia era importante. Eu não sabia o que falar, como expressar meus pensamentos embaralhados, então simplesmente sorri.

Foi então que eu vi. A pintura que eu havia esperado semanas para ver, que, sem saber, eu havia esperado a vida inteira para ver. Apoiada no peitoril da janela, na parte da frente do ateliê, emoldurada pela luz da tarde. Os girassóis.

OS GIRASSÓIS

Girassóis dourados incandescentes que deveriam ter parecido desamparados e tristes, colhidos da terra onde cresceram, presos dentro de um jarro, do qual ansiavam escapar. Mas eles não escaparam; eles se contorciam com vida e energia contra uma parede de amarelo indomável. Ah, eu queria tocar a pintura. Veio-me o ardente desejo de passar os dedos sobre a tela e saborear sua textura — do modo como passava meus dedos sobre o rosto dele, seu peito, todas as partes dele —, e, se não achasse que a danificaria, eu o teria feito. Cada movimento da mão dele estava visível aqui, a tinta se acumulando em picos e vales, remoinhos e traços. Ele tinha assinado esse quadro como assinara o do café noturno, um ousado azul "Vincent" contra o dourado do jarro.

"Por que não posso pegá-los, mamãe?", perguntei na primeira vez em que vi girassóis perto da casa de minha família. Eles eram tão majestosos, seguindo o sol com paciente devoção, tão lindos que eu queria mantê-los por perto a vida toda. "Eles não duram muito depois de colhidos, Rachel", disse mamãe. "Murcham depressa sem o sol para lhes guiar o caminho." Como eu não podia levar os girassóis para casa, fui me esconder nas sombras deles, a gargalhar, enquanto papai gritava o meu nome. Para os girassóis eu chorei quando mamãe morreu, depois papai; para os girassóis eu chorava quando me desapontava com o amor. Quando deixei minha aldeia em busca de uma vida nova, olhei pela janela do trem, olhei para os campos sem cultivo do inverno e fiquei me perguntando se haveria girassóis no lugar para onde eu me dirigia.

A voz de Vincent veio por trás de meu ombro.

— *Mi viro-soulèu*. Meus girassóis.

Eu pensava conhecer esse homem que conversava e fazia amor comigo, mas eu não o conhecia. Eu conhecia seu corpo e um pouco de sua mente, mas nada de sua alma. Aqui estava a alma dele; aqui, ali, em cada quadro da sala ele deixara partes de seu espírito. *Soun bèu esperit* — seu lindo espírito, como dizemos em provençal. Este não era um vaso de flores comum. Seus girassóis eram sua voz, e, pela primeira vez desde o dia em que nos conhecemos, eu comecei a ouvi-lo de verdade.

— Nunca vi nada igual — murmurei. — É mais lindo do que eu imaginava.

Minhas palavras o fizeram sorrir.

— Acho que ele funciona bem. Tenho mais três com girassóis até agora. — Ele os mostrou para mim; eram todos lindos, embora nenhum me cativasse como o primeiro. — Quero fazer uns doze, ao todo, e não os enviarei para o meu irmão. Em vez disso, quero que eles preencham a casa, em uma sinfonia de azul e amarelo. *Alors*, é difícil pintar girassóis...

— ...eles murcham tão depressa sem o sol para lhes guiar o caminho.

Ele me lançou um olhar curioso.

— *Exactement*. Vamos ao trabalho?

Enquanto Vincent trazia o resto das coisas que estavam no Café de la Gare e arrumava seu dormitório, eu tentava tornar a cozinha confortável e acolhedora. Um bule de café de esmalte azul e um saleiro sobre a mesa, pratos que não combinavam no guarda-louça, caixa de tabaco no consolo da lareira. Vincent tinha um fogão novo — "à prestação", ele dissera, virando os olhos —, e a pia tinha uma bomba para água fria corrente, mais do que eu esperava encontrar em uma casa caindo aos pedaços. Arrumei duas cadeiras ao lado da lareira, onde ele poderia ler e fumar seu cachimbo à noite, colhi algumas zínias do jardim para colocar em um jarro no peitoril da janela e ataquei os ladrilhos do assoalho com um esfregão ensaboado, contente em ver seu vermelho brilhar e tomar o lugar daquele cinza empoeirado.

Os girassóis

Nada para comer na cozinha; então dei uma saidinha para comprar legumes e ervas para fazer uma *soupe au pistou* e um pouco de pão fresco. Foi uma sensação muito estranha ir ao armazém com um cesto no braço e um avental na cintura, meu cabelo preso no alto da cabeça como se eu fosse a esposa de alguém, e não uma *fille* da Rue du Bout d'Arles.

— *Bonjour*, madame — eu disse à atendente, que estava varrendo a soleira quando eu saí da casa amarela. Ela deu um sorriso gentil e ajudou-me com as compras, mas devia ter ficado curiosa para saber quem eu era.

Acendi a lenha do fogão e comecei a preparar o jantar assim que voltei, cantarolando para mim mesma enquanto cortava os legumes e triturava as ervas. Como qualquer moça provençal, comecei a aprender com mamãe quando eu mal tinha altura para alcançar a estufadeira, e, como qualquer mulher provençal, mamãe tinha seu jeito especial de lidar com as ervas, que me ensinou. Depois que ela morreu, eu cozinhava para papai, e seu maior desejo era que eu cozinhasse tão bem quanto mamãe. Em um abrir e fechar de olhos, o aroma estimulante do basilicão e do alho desafiaram o cheiro de terebintina e, em um piscar de olhos, Vincent foi atraído para baixo.

— Está cozinhando para mim? — ele perguntou.

Eu sorri, enquanto mexia a sopa vigorosamente.

— Você tem que jantar muito bem na sua primeira noite. Que tal a nova cozinha?

— *Mon Dieu*, você fez um milagre por aqui. Está linda! — Ele fez uma careta quando viu o chão vermelho brilhando. — Mas você não precisava limpar o chão, *ma petite*, eu poderia ter feito isso.

— Eu queria que tudo ficasse perfeito — retruquei, e senti meu rosto enrubescer. *Ma petite*. Ele me chamou de sua pequena. Ele nunca havia feito isso.

SHERAMY BUNDRICK

Ele me convenceu a largar o fogão e segui-lo para o andar de cima, pela escadaria estreita, onde abriu a porta com um floreio. O quarto dele era pequeno demais para colocar muita coisa, então ele decidiu enchê-lo de cor: paredes azul-claras, cobertores vermelhos sobre a cama de madeira, gravuras e quadros alegres. No canto havia uma mesa comum em vez de uma pia para lavar as mãos e, acima dela, um espelho para barbear. Atrás da cama, ele havia pendurado cabides de madeira para suas roupas, incluindo seu chapéu de palha amarelo, e espremeu um baú de gavetas contra a outra parede ao lado da lareira. Mal havia sobrado espaço, mas, mesmo assim, ele tinha trazido do andar de baixo duas cadeiras com assento de palha. Também havia colocado dois travesseiros na cama, como se esperasse que alguém fosse ficar ali com ele.

As persianas totalmente abertas me convidaram a recostar-me no parapeito e ficar olhando para a praça. Alguns homens cruzavam o jardim público, provavelmente indo ao encontro de suas amantes ao final de um dia de trabalho, enquanto suas esposas iam correndo para casa com suas cestas transbordando com comida para o jantar. Amigos se visitavam, crianças riam com suas brincadeiras e, a distância, ouvia-se o assobio do trem que chegava de Marselha. Tantas histórias além daquela janela. Toda manhã, Vincent poderia ver a madrugada despertar a cidade, e, toda noite, ele veria as estrelas bem de onde estava.

— Você tinha que ver como isso estava antes — ele disse. — Um rato não teria dormido aqui. As coisas custavam mais do que eu esperava, mas eu queria camas boas e fortes, algo que durasse bastante. — Ele fez um sinal com a cabeça, apontando para a porta fechada. — O outro dormitório fica ali, mas eu cuidarei dele outro dia.

Ele continuou trabalhando com calma no dormitório enquanto eu terminava o jantar. Pão cortado, mesa posta, sopa quente. Enxugando as mãos em meu avental, gritei do saguão:

Os girassóis

— *À table!*

Os degraus da escada rangeram sob os pés de Vincent quando ele desceu.

— Está cheirando bem — ele disse, agarrando-me pela cintura antes de se deixar cair pesadamente em uma cadeira em volta da mesa.

— Você deveria ver o que acontece quando eu tento cozinhar.

— Fica com gosto de tinta? — eu provoquei, enquanto trazia duas tigelas, e ele deu aquele riso musical de um homem completamente satisfeito.

O casal mais rico da França, com a casa mais elegante, não poderia ter apreciado tanto uma refeição como apreciamos a nossa naquela noite. Vincent serviu-se duas vezes de minha *soupe au pistou*, e eu fiquei tão contente por ele ter gostado que ignorei seus jubilosos sorvos barulhentos e as gotas em sua barba. Depois que terminamos de comer, eu fiz café no alegre bule azul — ele me disse que tinha feito um quadro de seu bule de café; estava tão orgulhoso de tê-lo comprado — e conversamos à mesa até quase o sol se pôr. Ele me ajudou a lavar os pratos e a guardar tudo e, depois, com as bochechas coradas de timidez, perguntou-me se eu poderia remendar suas calças de pintura. Eu tive que sorrir para esse homem de trinta e cinco anos de idade que precisava desesperadamente de uma mulher para cuidar dele.

Ele acendeu a lareira da cozinha para iluminar meu trabalho e em seguida foi para o andar de cima buscar as calças. Depositou-as em meu colo com uma surrada caixa de chá e sussurrou:

— Deve haver agulha e linha aí dentro.

Abri a caixa e encontrei uma coleção de novelos de linha, cada um deles com duas, três ou quatro cores.

— Está aprendendo a tricotar?

— Não — ele disse, rindo, e ajoelhou-se diante de mim, tirando de minha mão o novelo de linha. — Quando eu morava

SHERAMY BUNDRICK

em Nuenen, fiquei fascinado com os tecelões que trabalhavam lá porque eles pegavam uma lã comum e a transformavam em maravilhosos quadros no tecido. Eu pensei: há melhor maneira de experimentar combinações de cores do que usar fios de lã?

Peguei outro.

— Neste aqui há vermelho e verde, como no quadro do café.

— Precisamente, e este aqui tem mais amarelo e violeta: é o segundo par de cores complementares. Azul e laranja formam o terceiro e você pode ver que... — O rosto dele brilhava como o de um ávido estudante enquanto ele vasculhava a caixa em busca de outro novelo de linha, e eu olhava mais para ele que para a lã em sua mão. Ele percebeu e comentou: — Você acha estranho, não é?

— Eu acho maravilhoso. — Peguei a linha da mão dele e a recoloquei na caixa, depois acariciei sua face, suas costeletas eriçadas sob meus dedos. A luz da lareira dava ao cabelo dele uma cor de cobre flamejante, e o azul de seus olhos ficava ainda mais profundo, quase negro.

A lenha da lareira se acomodou sozinha com uma rajada de centelhas, e nós dois demos um pulo. Vincent recolheu-se para sua cadeira com um livro, e eu comecei a remendar suas calças. Ele havia tentado remendar os buracos nos joelhos, mas tinha feito uma trapalhada com pontos desajeitados, e tive de recomeçar. Eu não conseguiria fazer com que as calças parecessem novas — isso seria um milagre —, mas, pelo menos, elas ficariam com aparência melhor. Quando eu havia quase terminado, olhei para ele: seu rosto estava franzido e ele parecia totalmente absorvido pela leitura.

— Vincent? — chamei, baixinho.

Ele não levantou a cabeça.

— Sim?

— Você certa vez me perguntou de onde eu era e eu não lhe disse. Gostaria de dizer-lhe agora.

Os girassóis

Ele levantou a cabeça, fechou o livro e inclinou-se para frente.

— Eu cresci em uma aldeia não muito longe daqui, chamada Saint-Rémy — comecei. — Meu pai era o professor da escola e minha família morava em uma casa perto da cidade. Na fazenda ao lado vivia um menino chamado Philippe.

Coisas que ninguém sabia — nem Françoise, nem Madame Virginie — saíam de minha boca como se eu estivesse em um confessionário de igreja. Nomes que eu não pronunciava em voz alta havia meses, momentos que eu procurava esquecer. Durante todo o tempo, Vincent falou muito pouco; só me olhou com olhos sérios.

"Você disse que me amava."

Philippe pigarreou.

"Se eu me casar com você, meu pai me deserdará e eu perderei tudo."

"Tudo por causa de sua mãe!", eu gritei.

"Porque você e eu pecamos", ele me corrigiu. "Porque não devíamos ter feito o que fizemos no celeiro aquela noite."

"Na hora você não achou que fosse algo ruim. Se ela não tivesse nos visto..."

Eu estremeço ao me lembrar de Philippe vestindo as calças apressadamente, as manchas de sangue em minha camisola branca, o rosto lívido e estarrecido da mãe dele sob a luz da lua.

"Rachel, está tudo acabado. Sinto muito."

Ele me dá as costas, mas eu seguro seu braço. "Philippe, eu o amo. Se você não se casar comigo, minha irmã me mandará embora. Ela diz que eu não posso mais ficar com a família dela, ela diz que eu sou..."

"Sinto muito", ele diz novamente, e vai embora.

Eu não espero que Pauline me jogue na rua. Tia Ludovine, em Avignon — foi isso o que ela ameaçou; a devota tia Ludovine, com seus velhos vestidos pretos e constantemente falando do fogo do inferno. Faço minhas malas e corro para a estação de trem, levando somente o que acho que vou precisar, o dinheiro que papai me deixou quando morreu, e algumas lembranças de dias mais felizes. Algum outro lugar; deve haver algum outro lugar. Quando o trem chega em Tarascon, eu entro na estação e leio os nomes da lousa.

Arles. Vou para Arles.

— Foi por isso que não gostou de meu quadro do café noturno — Vincent disse, em tom melancólico, quando terminei. — Ele lhe lembrou do que aconteceu e de como mademoiselle Françoise a encontrou.

Eu olhei para minhas mãos, dobradas sobre meu colo e ainda agarrando as calças remendadas. Eu tinha parado minha história no Café de la Gare, e não contara a ele o que aconteceu a seguir. Quando Françoise me trouxe para a *maison*, Madame Virginie pegou meu queixo com seus dedos roliços e disse: "Aparência doce, modos educados, corpo bonito, bons dentes. Eles vão gostar de você; você trará um bom dinheiro para nós". Ela elogiou Françoise: "Excelente escolha", como se eu fosse um vestido, um toucado, ou um corte de carne vindo do açougue.

— Tenho tanta vergonha, até agora — eu disse para Vincent. — Como eu pude ser tão idiota?

Vincent balançou a cabeça.

— Aquele jovem é que foi um idiota. Ele se comportou como o pior dos cafajestes, usando uma menina casta de boa família e depois abandonando-a.

— Mas eu o seduzi; armei uma armadilha para que ele casasse comigo. Eu o amava e pensei...

Os girassóis

— Um homem honrado teria recusado, de modo educado, mas firme, em vez de tirar proveito de sua inocência. — Vincent veio ajoelhar-se diante de mim novamente e levantou a mão esquerda, com a palma para cima. Dentro dela, em meio às calosidades, havia uma cicatriz rosada que eu nunca havia notado. — O amor nos faz cometer atos desesperados, Rachel. Naquele dia — ele balançava a cabeça, olhando para a cicatriz —, eu achei que colocar minha mão sobre a chama de uma vela provaria que eu era digno das afeições de uma mulher. Eu estava errado.

Um arrepio percorreu meu corpo ao pensar em Vincent se flagelando daquela maneira. Percorri a marca com os dedos, como se pudesse remendá-la e fazê-la desaparecer.

— Quem era ela?

Ele olhava fixamente para o fogo, e sua resposta era um sussurro.

— O nome dela era Kee. — Ele olhou de volta para mim e deu um leve sorriso. — O que aconteceu não foi culpa sua. Você procurou somente amar e ser amada. Isso não é pecado. E algum dia... — Ele se deteve quando o relógio do corredor bateu nove vezes.

— Eu tenho que ir — eu disse, dando a Vincent as calças e a caixa de chá antes de me levantar, com um suspiro.

Ele também se levantou.

— Não vá. Fique comigo.

— Hum, eu poderia ficar o bastante para experimentar aquela sua cama nova, suponho — eu disse, e pisquei. — Depois, tenho mesmo que...

Ele jogou suas coisas na cadeira e pegou minha mão.

— Fique a noite toda.

— Madame Virginie ficaria muito brava. E pode estar movimentado...

— Eu lhe darei quatro francos; isso deve satisfazê-la. Por favor.

SHERAMY BUNDRICK

Mais do que qualquer coisa, naquele momento, eu queria ficar.

— Muito bem. Eu fico.

Ficar junto dele naquela noite, unir meu corpo ao dele, foi uma sensação diferente de todas as outras vezes na casa de Madame Virginie. Sem o ruído das botas dos soldados nos corredores para nos distrair, sem risinhos de moças ecoando através das paredes — só a respiração dele e a minha, misturando-se no escuro. Minha visita à casa dele tinha mudado tudo. Eu senti isso tão intensamente... E, pela centelha nos olhos dele quando roçou levemente meu rosto com seus dedos, ele também sentiu.

Foi somente depois, quando ele tinha reacendido a vela e estava vasculhando sua cômoda em busca de algo que eu pudesse usar como camisola, que eu pensei no que viria a seguir. Eu nunca tinha dormido ao lado de um homem antes. Os clientes sempre voltavam para casa, ele sempre voltava para casa, e eu dormia sozinha, sem ninguém para me incomodar. Dormir na cama de Vincent parecia uma coisa tão íntima que eu me senti mais tímida do que nunca. Ele vestiu suas ceroulas, voltou para a cama e me olhou, em expectativa.

— O que foi? — ele perguntou. Eu devia estar parecendo uma boba, em pé, nua, segurando seu camisão de dormir.

— Nada — eu disse, jogando o camisão sobre minha cabeça. Ele era muito comprido e tinha alguns buracos — quem sabe um dia eu os remendasse —, mas, pelo menos, estava limpo. Com as mãos tremendo, fiz uma trança no cabelo, apaguei a vela com um sopro e entrei na cama. Eu tinha escolhido ficar perto da beira, olhando para o centro da sala, mas ele chegou mais perto de mim para me envolver em seus braços e se aconchegou contra minhas costas. Pelo ritmo de sua respiração, senti que ele caiu no sono quase imediatamente, enquanto fiquei olhando para a escuridão, com a cabeça inquieta demais para sossegar.

63

Os girassóis

Não é isso o que você queria?, indagou a voz dentro de minha cabeça. *Alguém para abraçá-la, para fazer com que se sinta segura?* Eu não me sentia segura desde que papai morrera; não até hoje. *Alguém para ouvi-la, alguém para compreendê-la?* Vincent compreendia. Eu lhe contara a verdade sobre a minha vida e ele compreendera. *Feche os olhos, Rachel. Feche os olhos.*

Em meus sonhos, voltei a ver os girassóis dele. Eu nos vi à mesa, ao lado da lareira, cada segundo daquele dia maravilhoso. Acordei no meio da noite e toquei seu rosto tranquilo para me certificar de que ele não era um sonho, e depois me abriguei novamente em seu abraço quente.

Capítulo Cinco

Segredos e Alertas

Eu não quero enganar nem abandonar mulher alguma.

(Vincent para Theo, Haia, maio de 1882)

Estava sozinha quando a luz do sol me acariciou, despertando-me, na manhã seguinte. A luz do sol e o barulho cadenciado do trem expresso Paris-Lyon-Mediterranée que avançava, soltando sua fumaça, pela ponte ferroviária mais próxima. Vincent tinha levantado cedo para trabalhar, eu supus, e um repentino ruído vindo do ateliê confirmou minhas suspeitas. Fiquei sob as cobertas mais um pouco, escutando o burburinho lá fora, na Place Lamartine, e olhando para os quadros e as gravuras na parede. As duas gravuras sobre a cama eram japonesas, Vincent me dissera; duas entre as centenas que ele e Theo colecionavam. Uma mostrava as montanhas ao lado de um lago; a outra, um grupo de pessoas atravessando apressadamente uma ponte, debaixo de chuva. Eu lhe pediria que me contasse mais sobre elas da próxima vez que viesse vê-lo.

Quando eu me convenci a levantar, vi que ele havia trazido um jarro de porcelana com água e uma bacia para que eu pudesse lavar o rosto, e o tinha feito tão silenciosamente que eu continuara dormindo. Deixei minhas mãos percorrerem as outras coisas sobre a mesa — uma escova de cabelo, uma barra

Os girassóis

de sabão, uma lâmina de barbear — e, em seguida, usei a escova dele para assentar meu cabelo. Seus passos para lá e para cá, indo e voltando do ateliê para a cozinha, ecoavam escadaria acima... e ele cantava! Tinha uma bela voz de barítono; não totalmente afinada, mas cheia de boas intenções.

No ateliê lá em baixo, as mãos dele já estavam manchadas de tinta, e seus olhos se iluminaram quando eu apareci.

— *Bonjour, ma petite*, espero que não a tenha acordado. Dormiu bem?

Uma noiva deve sentir o que eu senti ao encarar seu noivo pela primeira vez depois da noite de núpcias. Eu sabia coisas sobre ele que não sabia no dia anterior: que ele roncava quando dormia sobre o lado esquerdo, que seus pés eram frios, mesmo debaixo de cobertas pesadas. Que ele cantava.

— Você não me acordou, *mon cher* — eu disse, timidamente, tropeçando no "meu querido". — Dormi muito bem, obrigada. E você?

— Já fazia muito tempo que eu não dormia com alguém ao meu lado — ele confessou, e parecia também constrangido. — Muito tempo. Acordei pronto para pintar... e que linda manhã!

Olhei para o cavalete.

— É um dos cafés do centro, na Place du Forum.

— Eu vinha querendo pintar um céu estrelado já há algum tempo. Tenho orgulho de dizer que este é um quadro noturno onde o preto não foi usado uma só vez. — O terraço do café brilhava com o amarelo lançado por uma única lamparina a gás e, sob o toldo, um garçom de avental branco corria, atarefado, por entre as mesas ocupadas. Estrelas dançavam lá no alto, distribuindo suas bênçãos em uma agradável noite de verão. — No escuro, posso ter confundido um azul com um verde, um azul-lilás com um rosa-lilás, mas posso consertar isso no ateliê, se necessário — ele prosseguiu. — A maior parte dele fiz no próprio lugar. Em breve tentarei um quadro noturno próximo ao rio.

— Eles parecem tão felizes.

— Quem?

— As pessoas de seu quadro. Elas estão longe, mas dá para ver que estão felizes pelo modo como se sentam. Não é como no café noturno. São dois mundos diferentes. — Com um sinal da cabeça, apontei o quadro do Café de la Gare, no outro lado do ateliê.

— Você é muito observadora — disse Vincent.

— Não é difícil ver as coisas quando olhamos de verdade para elas.

Ele inclinou a cabeça para me estudar, e percebi que estava vendo algo — em mim — que não tinha reparado antes. Gesticulando para o quadro, perguntou:

— Já esteve lá?

Eu tive que rir.

— *Filles de maison* não são bem-vindas nesses lugares.

— Nem pintores sem dinheiro. Eles me toleraram o tempo suficiente para fazer o quadro. — Ele me deu um sorriso de lado. — Hoje, mais tarde, vou fazer um estudo do arbusto de cedro do jardim.

— Onde nos conhecemos? De novo? — Ele tocou meu nariz com seu dedo sujo de tinta amarela e riu da minha reclamação. Eu limpei a mancha. — Já tomou café?

Ele deu de ombros, voltando a atenção para o quadro.

— Café?

— Não pode trabalhar de estômago vazio.

— Sempre faço isso.

— Vou preparar o desjejum — eu disse, em tom firme —, e você vai comer.

— Se insiste — ele cedeu, sorrindo em seguida. — Já faz muito tempo que uma mulher não me importuna para comer no café da manhã!

Os girassóis

Faz muito tempo que eu não tenho para quem preparar o café da manhã , pensei, enquanto cortava as batatas para fritar, reacendia a lenha do fogão e abria um novo pote de café. Eu preparava o café da manhã para papai todos os dias; às vezes, ele também não queria, mas sempre cedia diante de minha insistência. "Você dará uma boa esposa", ele me dizia, com um sorriso carinhoso. "Vai manter seu marido sempre alerta." Eu ouvia a mim mesma dizendo: "Ah, papai!", em resposta à sua provocação.

— *À table!* — eu gritei, algum tempo depois, e ouvi um abafado *"Une minute!"* vindo do ateliê. Dois minutos se passaram, depois cinco. — O café está servido! — eu chamei mais uma vez. — *Viens*, está quente!

Vincent veio, devagar, limpando as mãos nas calças, e eu indiquei-lhe a pia.

— Eu poderia me acostumar com isso — ele disse. — Café fresco, comida quente... cama quente. — Ele piscou enquanto pegava o bule de café e eu lhe passava uma travessa com batatas e pão torrado.

— Vai trabalhar muito melhor agora — eu lhe disse, e ele fez que sim com a cabeça, pois a boca estava cheia demais para responder.

Comemos em silêncio — Vincent claramente ansioso para voltar a trabalhar. Até ele terminar de comer, quando pareceu repentinamente sério e começou a desenhar sobre a mesa com seu garfo. Eu levantei e peguei mais batatas, mas ele balançou a cabeça e pigarreou.

— Rachel, há algo que eu gostaria de conversar com você. Na outra noite, quando eu lhe perguntei sobre seu passado...

Recostei-me na cadeira, com o coração pulando dentro do peito.

— Sim?

— Você também perguntou alguma coisa. Você perguntou por que eu não tinha me casado. A verdade é que eu quase me casei.

— Ele me viu olhar para sua mão esquerda, que descansava sobre a mesa, onde eu não podia ver a cicatriz. — Não foi ela. Foi alguém que conheci depois, em Haia; uma prostituta chamada Sien.

— Uma prostituta? — eu disse, entorpecida. — De um bordel?

— Das ruas.

A história dele não jorrou do modo como a minha jorrara. Ela veio devagar, cuidadosa, frase após frase, e ele manteve os olhos baixos, olhando para o prato vazio. Ele conheceu Sien em uma noite solitária em um beco escuro, onde ela buscava homens e dinheiro para engrossar o salário insignificante que ganhava como lavadeira. Ela estava grávida, ele disse, jogada fora feito um trapo velho por algum homem que lhe prometera uma vida melhor, e ela já tinha uma filha pequena. Vincent queria ajudá-la, então ele a pagou para que posasse para seus desenhos, e logo a convidou para morar com ele e dividir o pão. Ele a manteve em segredo enquanto pôde, pois sabia o que sua família diria: que ela não era bonita, que não era refinada, que o estava usando. Ela mal sabia ler e escrever; fumava charutos, bebia gim e falava palavrões sem parar. Uma vida dura tinha marcado sua aparência e postura, com cicatrizes de varíola cobrindo-lhe o rosto. Estava muitos degraus abaixo na hierarquia social, no que concernia à família dele; não se achava à altura de um Van Gogh.

— Você a amava? — ousei perguntar.

— Muito, e queria me casar com ela.

— Por que não se casou?

— *Ele* não deixou — Vincent respondeu, e eu sabia que se referia ao pai. — Finalmente, contei a Theo sobre Sien, porque precisava da ajuda dele. Ele não aprovou mais do que meus pais aprovariam, mas me ajudou mesmo assim, porque é um homem bom e um bom irmão. Sien deu à luz um saudável menino, e,

Os girassóis

embora não pudéssemos nos casar, vivemos como marido e mulher, como uma família, por mais de um ano. — Ele levantou os olhos, não para olhar para mim, mas para olhar para o passado, com um sorriso melancólico no rosto.

Mais de um ano. Ela havia cuidado dele e ele havia cuidado dela. Ela limpava a casa e cozinhava e eles viveram juntos em um lar de verdade. Era ela quem havia dormido ao lado dele, era ela que o importunava para comer no café da manhã.

— O que aconteceu?

Ele começou a desenhar na mesa com o garfo novamente e sua voz mudou.

— Não durou. Quando eu finalmente contei a meus pais, meu pai pensou que eu tinha enlouquecido. Sien e eu nunca tínhamos dinheiro, e ela reclamava que eu gastava muito com minhas pinturas e meus desenhos. Começamos a brigar cada vez mais. Theo vinha me visitar e me ajudou a ver que a situação não tinha solução; que, pelo bem de meu trabalho e por minha saúde, eu precisava partir. Fui para Drenthe, morar no pântano, e depois para Nuenen, viver com meus pais. Eu vi Sien e as crianças somente uma vez mais, quando voltei para Haia para pegar umas coisas que havia esquecido.

— Você a deixou? — eu perguntei, ofegante. — Sem mais nem menos?

— Ela não me amava mais, e, se Theo não tivesse cortado minha mesada... — Os olhos dele se encheram de lágrimas. — Durante meses fiquei me perguntando se eu havia feito a coisa certa, e às vezes ainda me pergunto. Partiu meu coração deixar as crianças. Se eles fossem meus, não haveria força nesta terra que me pudesse me separar deles, mas...

Naturalmente, para um homem da idade dele, teria havido outras mulheres — eu não era tão ingênua a ponto de acreditar que não —, mas eu não esperava por isso. Ele construíra um lar com Sien e depois a abandonara, porque Theo disse que ele deveria fazer isso. O que Theo diria se soubesse de mim? Fiquei pensando. Eu estava mais à altura do que Sien Hoornik?

Vincent aproximou-se e tomou minha mão.

— Rachel, o que aconteceu entre mim e Sien foi há muito tempo. Cometi muitos erros que não cometeria novamente, erros dos quais me envergonho agora, mas senti que você deveria saber. Especialmente depois de ontem. Espero que isso não mude nada entre nós, mas eu compreenderia se... — Ele deixou o pensamento escapar.

Eu podia levantar e sair sem olhar para trás. Eu poderia esquecê-lo, os girassóis, a sensação de ter seus braços me envolvendo, fingir que nunca acontecera. Ou eu podia acreditar, como queria acreditar, que eu significava mais para ele do que mais uma prostituta de bordel, que eu não terminaria como Sien. Eu estava em uma encruzilhada, com dois caminhos à minha frente que levavam a um horizonte distante, coberto de névoa. Na minha mente, eu sabia que tinha uma escolha. Mas em meu coração, eu sabia que não.

Eu imaginava que seria repreendida quando voltasse à *maison*, mas não esperava que fosse Françoise quem estaria esperando por mim.

— Por onde andou? Madame Virginie está furiosa, e tem todo o direito de estar. Ficar fora a noite inteira sem avisar ninguém...

Jacqui juntou-se a ela.

— Ela estava com aquele pintor maluco. — Ao ver minha expressão de sobressalto, acrescentou: — Ontem não era dia de mercado, *idiote*. Eu a segui até a Place Lamartine. A casa dele é tão feia quanto ele.

Os girassóis

— Rachel, o que você está pensando? — gritou Françoise. — Não se lembra do que eu...

— Ele precisava de ajuda com a mudança — eu interrompi. — Eu fiz o jantar e consertei as roupas dele. Para ser gentil. — Françoise apertou os lábios e eu olhei para Jacqui de modo feroz. — Ele *não* é maluco.

— Brincando de casinha, não é? — Jacqui zombou. — A noite toda? Não consigo imaginar por que alguém iria querer dormir com aquilo. A não ser que ele tenha um grande... pincel!

— Você nunca saberá — eu disse asperamente antes de me voltar para Françoise. — Ele me pagou quatro francos e eu darei metade a Madame Virginie, como devo fazer.

Jacqui intrometeu-se novamente.

— Quatro francos! Faz-me rir! Eu ganhei dez francos ontem à noite. Ah, e aposto que ele lhe disse que você é a garota mais bonita de Arles e que ele se sentia sozinho e triste. — Ela tentou imitar o sotaque de Vincent. — Rachel, você me inspira tanto...

Meu rosto ficou fervendo.

— Não foi assim.

— ...e você caiu nessa. Fazer o jantar, pelo amor de Deus!

— Você está brava porque ele não a quis! — explodi. — Você se acha tão especial, mas ele a ignorou completamente!

A boca dela se retorceu de raiva e ela quase pulou em cima de mim.

— *Petite salope*, por que eu me importaria com o que aquele ruivo idiota pensa?

— Não o chame assim!

Nossos gritos tinham atraído as outras meninas para o andar de baixo. Françoise colocou-se entre nós.

— Parem! Madame Virginie vai brigar com vocês duas, e você, Rachel, já está bem encrencada.

— O que me importa, afinal? — reclamou Jacqui, dando de ombros e saindo furtivamente. — Ela vai pegar pulgas ou então gonorreia, então quem a quererá?

— E você sabe tudo sobre gonorreia, não é? — eu gritei, e as meninas deram risinhos contidos enquanto ela subia as escadas e me olhava com fúria.

Françoise segurou meu braço antes que eu disparasse escada acima.

— Está perdendo o seu tempo — ela disse. — Um dia ele voltará para o lugar de onde veio e se esquecerá de você. Ele não é diferente de todos os outros.

Dei um puxão e me libertei.

— Você está errada. Ele é gentil, carinhoso e atencioso. — Tentei não pensar em Sien enquanto falava. *Tinha sido diferente. Ela era diferente.*

— Mas, ainda assim, ele é homem.

A voz de Madame Virginie trovejou pela sala, gritando meu nome, e ela surgiu, vindo apressada em nossa direção.

— O que você tem a dizer, mocinha? Onde estava?

— Com o pintor — Jacqui disse, presunçosa, do bar. — A noite toda.

Mordi meu lábio com tanta força que senti o gosto do sangue, mas minha voz estava calma enquanto eu pegava minha cesta.

— Ele me pagou, Madame.

Ela olhou as moedas, sem acreditar no que via em suas mãos.

— Você passou a noite toda fora e só me dá esses dois francos? Foi uma noite movimentada; você poderia ter atendido quatro ou cinco clientes. Você trabalha para mim, não para ele!

Joguei os outros dois francos em cima dela.

— Então pegue minha parte também, e deixe-me em paz!

Os girassóis

Ninguém falava desse modo com Madame Virginie. O rosto dela ficou roxo, e seu sinistro e composto tom de voz me fez encolher, a despeito de mim mesma.

— Se eu a expulsasse, mocinha, para onde você iria? Seu nome está registrado na polícia e, até que tenha dinheiro suficiente para limpá-lo, só lhe resta um bordel ou as ruas. E você sabe o que isso significa.

Eu sabia. Na casa de Leon Batailler, as meninas dormiam sobre duros catres em um sótão úmido e não recebiam nem metade do que produziam. Meio franco por vez, algo assim, e elas faziam coisas para os homens que Madame Virginie não toleraria em sua casa. As outras *maisons* não eram muito melhores. Ou trabalhar nas ruas, como aquelas *filles soumises* bêbadas de absinto e usando muito rouge, gemendo, por alguns centavos, para os marinheiros que passavam... Seria somente uma questão de semanas, talvez meses, para que eu terminasse em um hospital com gonorreia ou em um manicômio com sífilis. Ou até em um cemitério.

— Rachel é uma boa menina, Madame — disse Françoise, passando um braço sobre meus ombros. — Ela cometeu um erro, só isso. Não fará novamente. — Ela me apertou para que eu falasse, mas eu não conseguia.

Madame Virginie olhou para ela e em seguida para mim, e seu rosto voltou à cor normal.

— Então é melhor você não desperdiçar mais seu tempo com aquele estrangeiro, a menos que ele pague um preço justo. Você tem que ganhar a vida. Está me ouvindo?

Eu queria sair correndo, ir a algum lugar, qualquer lugar — talvez a casa de Vincent, e implorar a ele que me acolhesse. Mas ele não podia me sustentar; nisso Françoise tinha razão. E ir para Pauline, em Saint-Rémy, ou para a casa de tia Ludovine, em Avignon, estava fora de cogitação. Não; eu tinha que permanecer

SHERAMY BUNDRICK

com Madame Virginie até economizar dinheiro suficiente para limpar meu nome dos registros policiais e ganhar a vida honestamente. Que escolha eu tinha?

— Está me ouvindo? — Madame repetiu.

Françoise me cutucou novamente e eu forcei um pedido de desculpas, olhando para o chão de modo submisso. Naquela noite, enquanto eu divertia mais um soldado, e depois mais um agricultor para "ganhar a vida", fechei os olhos e vi o rosto de Vincent.

Capítulo Seis

Uma Noite Estrelada no Ródano

Eu sempre acho que a noite é mais viva e que tem cores mais intensas do que o dia.

(Vincent para Theo, Arles, setembro de 1888)

Madame Virginie me colocara em sua lista. *Aonde vai, Rachel? Quando volta, Rachel?, Quantos clientes atendeu ontem à noite?* Ela me empurrava para os clientes mais bem vestidos — os donos de lojas, os oficiais zuavos —, assobiando em meu ouvido para pedir três francos em vez de dois. Sua implicância esmoreceu com o passar dos dias, mas eu sabia que precisava tomar cuidado.

Em uma noite de pouco movimento, entre um cliente e outro, eu estava sentada sozinha no *salon* quando Raoul me deu um recado. Ele teve o bom senso de dizer sussurrando:

— *Monsieur le peintre* está aí fora e quer vê-la.

Madame Virginie estava fechada em sua sala de estar e Françoise se encontrava no andar de cima, ocupada com Joseph Roulin, então eu escapei sem ser notada. Vincent estava parado sob a lanterna, usando suas roupas de trabalho — até o chapéu de palha —, com o cachimbo na boca, a caixa de pintura na mão, tela e cavalete amarrados às costas.

Os girassóis

— Chegou a hora de tentar fazer um quadro noturno no rio — ele informou. — Quer vir comigo? Não iremos muito longe.

Olhei para dentro, nervosa.

— Não posso. Madame Virginie ameaçou me expulsar depois da última vez.

Uma centelha de raiva brilhou nos olhos de Vincent.

— O que ela disse?

— Que eu não poderia mais sair com você e perder uma noite de trabalho.

— Não seria a noite toda, somente algum tempo. Posso lhe dar algum dinheiro, se isso ajudar.

— Não quero que pague por isso. — Pensei naquela caixinha na minha cômoda. Se eu fosse apanhada, poderia dar a ela alguns francos meus. — Espere um minuto — eu disse a ele, puxando Raoul de lado. — Se Madame Virginie perguntar, você não me viu. Aqui está um franco para você. — Ele concordou, com um sorriso e um *"Oui, mademoiselle"*.

— Vamos lá — eu disse a Vincent —, mas vamos logo, antes que alguém me veja. — Viramos a esquina na direção da porta da cidade e da Place Lamartine, mas, em vez de atravessarmos o jardim na direção da casa amarela, ele nos guiou para o rio. Notei como a carga nas costas o fazia curvar-se. — Quer que eu carregue alguma coisa?

— Não, obrigado. — Ele sorriu para mim enquanto passávamos sob um poste de luz. — Pareço um porco-espinho, mas estou acostumado.

A Place Lamartine terminava na margem do Ródano, em uma ribanceira muito alta, construída alguns anos antes para proteger a cidade contra enchentes. Vincent abriu seu cavalete.

— Não quer ir até a margem? — perguntei, olhando para baixo da escadaria, para a costa de pedras lá embaixo. Eu poderia tirar os sapatos e as meias e mergulhar os dedos na água.

SHERAMY BUNDRICK

— Lá embaixo é muito escuro — ele murmurou. Em seguida, colocou uma tela no cavalete e a amarrou para que a brisa não a levasse. — Aqui de cima a posição é mais favorável.

De onde estávamos, na curva do rio, podíamos ver todas as luzes de Arles e a ponte que ligava a cidade ao subúrbio de Trinquetaille. Uma lua cheia inundava de luz o céu do sul e cobria as estrelas, mas era possível encontrá-las virando para o norte — um tapete delas, reluzindo feito diamantes. Quase toda noite, vagabundos e prostitutas vagavam pelo aterro, ou pescadores em busca de um cardume tardio, mas esta noite não. Estávamos a sós com as estrelas.

Vincent puxou uma paleta da caixa que tinha trazido e, em seguida, fez uma busca minuciosa entre os tubos de tinta.

— Desculpe-me por ter-lhe causado problemas com sua *patronne*.

— Não foi culpa sua — suspirei. — Fui eu que saí sem permissão.

— Eu gostaria... — ele parou, com um tubo de tinta em cada mão e a cara fechada. — Eu gostaria de poder ajudá-la, de alguma forma.

— Não se preocupe comigo. Ficarei bem. Ela ficará brava com outra e esquecerá o assunto. — Joguei a cabeça para trás e tentei contar as estrelas em seu fulgor dourado e prateado. Quem se importava com Madame Virginie ou com a *maison de tolérance*? O que interessava todo o resto além de estar ali, naquele momento? O vento que vinha da água me arrepiava; em minha pressa, havia esquecido o meu xale. Vincent percebeu que eu tremia e cobriu meus ombros com seu casaco. Um suave cheiro de tinta e fumaça de cachimbo me envolveu. O cheiro dele.

Depois de espremer azuis, verdes e amarelos sobre a paleta e usar uma pequena faca para misturar as cores, Vincent pegou

Os girassóis

seus pincéis e começou a pintar. Estava escuro, mas a lua iluminava o suficiente para ele poder trabalhar. Sentei-me na beira do muro e fiquei balançando os pés, satisfeita em observar e me deleitar com a noite. Às vezes, ele parava para olhar para cima e em volta, inclinando a cabeça e resmungando sozinho. Uma ou duas vezes ele colocou suas coisas de lado e levantou as mãos, formando uma espécie de moldura, selecionando o que ele queria ver; depois sorria e pegava novamente os pincéis. A mão dele passava da paleta para a tela com graça, fazendo pequenos pontos de tinta aqui, dando pinceladas longas e arrebatadas ali. Uma vez ele pegou um tubo de cor amarela e espremeu pequenos glóbulos diretamente sobre a pintura.

— Pronto. Está vendo, Rachel? — ele disse, enquanto trabalhava. — Não basta colocar pontos brancos sobre a tela. Algumas estrelas são amarelo-cidra, outras, cor-de-rosa, enquanto outras têm um brilho azul-miosótis. Elas não são todas iguais. — Ele suspirava e olhava para o céu. — As estrelas me fazem sonhar, como quando eu olho um mapa e sonho com os lugares nos quais nunca estive. Assim como tomamos o trem para Tarascon ou Paris, precisamos morrer para alcançar as estrelas, e lá viveremos para sempre. Ah, sentir as infinitas alturas e a liberdade que existe lá em cima torna a vida quase encantada!

Era fácil acreditar nos sonhos em uma noite como aquela. As estrelas pareciam guardar segredos ancestrais, pairando e cintilando sobre nossas cabeças — segredos que só elas sabiam, e que nós só podíamos tentar adivinhar. Haveria alguém lá em cima observando, cuidando de nós, como sempre me haviam ensinado e eu quase sempre acreditara? Teria esse alguém trazido Vincent para mim? Meus olhos se voltaram para ele: novamente ocupado com seu quadro, contemplando a pintura com uma careta; e eu agradeci às estrelas.

Por coincidência, ele olhou para mim no mesmo segundo.

— O que é? Você está com uma expressão absolutamente extraordinária neste momento.

— Eu estava pensando em quanto o amo.

Uma expressão de assombro lhe tomou o rosto. Ele me olhou fixamente por um momento e em seguida voltou-se para a tela e bateu de leve com o pincel na paleta, com um suave "Oh".

A água batia na margem. O vento soprava. Esperei, mas Vincent não dizia nada; só pintava. Levantei os joelhos e os abracei sem dizer mais nada, com lágrimas brotando dos olhos. Eu não conseguia mais olhar para ele, e então fiquei olhando para o rio.

— Venha ver — ele disse, carinhosamente, depois de algum tempo. Só isso: *Venha ver.* Enxugando os olhos nas mangas de seu casaco, desci da mureta e fiquei em pé ao lado dele, sem tocá-lo, sem dizer nada, tentando, em vão, fingir que não havia dito nada.

A pintura pulsava com energia e movimento, a luz de gás dos faróis dourados de Arles sob o céu noturno. Reflexos agitados tremeluziam e brilhavam nas agitadas águas, estrelas floresciam lá no alto como flores, constelações se desfraldavam pelo horizonte. Barcos vazios balançavam no mar e na margem do rio, e, no barranco, ele tinha pintado um par de amantes caminhando de braços dados. A mulher usava um vestido azul, como o meu, e o homem também vestia azul. E tinha um chapéu de palha amarelo.

Vincent voltou-se para mim e, em seu rosto, como ele mesmo definira, havia uma expressão absolutamente extraordinária.

— Como se chamam as estrelas em provençal?

— *L'estelan* — murmurei.

— *L'estelan* — ele repetiu, e segurou meu queixo entre seus dedos e deu-me um beijo. Um leve roçar de lábios, tão suave

Os girassóis

quanto a brisa em meu rosto, mas foi o beijo mais doce, mais amoroso em toda a sua ternura, do que qualquer palavra que ele pudesse ter proferido. Palavras não eram necessárias. Os olhos dele me diziam, seu beijo havia me dito o que eu queria saber. Sua pintura também.

Capítulo Sete

O Ateliê do Sul

Montar um ateliê e um refúgio às portas do sul não é um plano assim tão louco.

(Vincent para Theo, Arles, setembro de 1888)

Depois daquela noite no rio, Vincent me cobriu de pequenas atenções: poemas que ele reproduzia dos livros, flores que colhia em suas caminhadas, romances gastos com capas amareladas escritos por Zola ou pelos irmãos Goncourt. Em certa visita, ele me surpreendeu com um ninho de pássaro que encontrou caído em um pomar, apresentando-o como se fosse a maior de todas as joias. "Eu tinha mais de uma dúzia de ninhos em meu ateliê de Nuenen", ele disse, tímido. "Eu vi este aqui e pensei em você. Pássaros são artistas por mérito próprio, não?" Jacqui, sentada à mesa ao lado com um cliente, caiu na risada ao ouvir isso; eu a ignorei e beijei-o, em agradecimento, bem diante de todos. Não me importava o que ela pensava; não me importava o que ninguém pensava. As flores de Vincent me observavam do vaso em minha cômoda, e o ninho de pássaro ganhou um lugar de honra no peitoril da janela.

Sua casa amarela tornou-se meu refúgio, o ninho para onde eu voava quando era livre para fazê-lo. Juntos, apreciávamos os

Os girassóis

jantares que eu fazia em minhas noites de folga, conversávamos ao pé da lareira, satisfazíamos um ao outro no quarto de paredes azuis. Talvez eu estivesse "brincando de casinha", como dissera Jacqui; talvez Vincent também estivesse. Certas noites, sob seu cobertor vermelho, imaginava como seria ficar lá sem ter de sair de manhã e ir para a Rue du Bout d'Arles, e não me entregar a mais ninguém além dele. Uma ou duas vezes ousei pensar o que significaria carregar um filho dele, construir uma família como a que ele tivera com Sien na Holanda. Mas aí chegava a madrugada, ele levantava da cama e ia para o ateliê, e minhas fantasias desapareciam, junto com a lua.

Alguns dias eu o acompanhava em suas excursões de pintura. Eu estava com ele na Place Lamartine quando retratou a casa; caminhei com ele até os parreirais nos arredores da cidade, quando quis pintar os colhedores de uvas. Com meu cabelo preso no alto da cabeça e o rosto escondido por um guarda-sol, ninguém me notava, embora Vincent fosse alvo de olhares curiosos onde quer que estivéssemos. Ele falava comigo enquanto trabalhava, dizendo-me os nomes das cores que usava e por que ele compunha o quadro daquela maneira. "Pronto. Está vendo, Rachel?", ele sempre começava. "Se eu pintasse todas as árvores que estão na frente da minha casa, não seria possível ver minha casa. Louvado seja, olhe para o céu! Cobalto puro. Um ótimo efeito." Por vezes ele ficava frustrado e quieto, e eu sabia que não devia incomodá-lo até que ele terminasse o quadro, mas na maioria das vezes, naqueles dias felizes, ele sentia-se animado, e eu também.

Felizmente, Madame Virginie andava muito ocupada para perceber quanto tempo eu passava com Vincent. Uma das meninas, Claudette — que estava na *maison* havia dois anos e deveria saber —, foi presa por prostituir-se fora do *quartier reservé*, na Place du Forum. A polícia veio ao bordel para investigar e Madame teve medo de perder sua licença. Depois veio a notícia que Louis Farce, o maior rival de Madame Virginie, havia reformado o seu estabelecimento, que ficava mais adiante na mesma rua, e colocara espelhos dourados e pesadas cortinas vermelhas em toda a casa, na tentativa de roubar nossos clientes. Em meio a tudo isso, eu era uma das meninas comportadas, e, contanto que trouxesse dinheiro, Madame não dava a mínima para o que eu fazia nem com quem fazia.

O fato de aceitar dinheiro de Vincent começou a me incomodar cada vez mais com o passar das semanas. Eu não sabia ao certo como lhe dizer que não queria mais que ele pagasse; eu não queria que ele encarasse como caridade. Então, certa noite na *maison*, quando eu me aconchegava no colo dele e ele estava prestes a tirar do bolso os três francos, dobrei seus dedos sobre as moedas e balancei a cabeça.

— Eu não quero que você me compre, como os outros.

— Considero isso uma ajuda — ele disse —, para que um dia você possa deixar este lugar. Eu a ajudaria mais, se pudesse. Por favor, quero que aceite.

Eu pensei sobre isso.

— Só quando você vem aqui; não quando vou à sua casa. E dois francos, não três. Eu o beijo de graça.

— Você sabe negociar — ele provocou, e jogou uma moeda de volta no bolso.

Ah, sim, passamos dias felizes enquanto o verão terminava e o outono chegava sem pressa na Provença. E então chegou o mistral.

Um vento furioso vindo do norte que varria o vale do Ródano a caminho do mar, o mistral surgia a qualquer época do ano, mas era mais violento durante os meses de outono e inverno. Os habitantes do lugar o chamavam de *le vent du fada*, o vento

Os girassóis

idiota, porque um mistral que gemia pelas ruas e fazia as janelas baterem tinha o poder de levar a alma mais sã à loucura. Os sábios ficavam em casa e os mais fracos caíam de cama, afligidos por dores de cabeça trazidas pela força do vento. Até mesmo Vincent, que sempre achou que pintar era mais importante que o mau tempo, aceitou a derrota quando o mistral tornou-se mais forte, e passou a trabalhar dentro de casa.

Certa noite, por volta do fim de outubro, o bater das venezianas me assustou, tirando-me de um sono profundo, e elas não pararam de bater durante seis dias seguidos. As meninas estavam entediadas com os negócios mirrados, enquanto Madame Virginie batia os pés pela *maison* amaldiçoando o mistral em vez do velho Louis. Não tive notícias de Vincent, e, assim que os ventos acalmaram, atravessei a Place Lamartine para ver como ele estava.

Um irritado *"Oui, oui, j'arrive"* veio do saguão antes de a porta se abrir.

— Rachel! — A careta de irritação no rosto de Vincent se transformou em um leve sorriso, mas mesmo este não conseguiu disfarçar sua aparência abatida.

— Vincent, você está bem? — perguntei. — Você ficou doente? Seus olhos estão vermelhos.

— Eu estava me sentindo esquisito, mas agora estou melhor. Andei trabalhando muito, só isso, e com este maldito vento soprando a noite inteira eu não conseguia dormir.

Corri para a cozinha, jogando meu xale sobre o corrimão.

— Você tem se alimentado? — Minha cozinha arrumada não estava mais lá. Xícaras manchadas rodeavam o bule de café vazio sobre a mesa, e a estufadeira estava sobre o fogão, esquecida. Levantei a tampa e encontrei uma massa congelada de... alguma coisa... que parecia estar lá havia muito tempo.

SHERAMY BUNDRICK

— Fiquei sem dinheiro — ele disse, da porta. — A última carta de Theo só chegou hoje. De qualquer maneira, não tive vontade de comer.

— Por que não mandou me chamar? Eu podia ter cuidado de você.

— Não foi nada, *chérie*. Às vezes isso acontece quando trabalho demais, e depois tenho que dormir bastante para me sentir melhor. Dormi dezesseis horas seguidas depois que o vento parou, e hoje fui tomar uma sopa no restaurante Vénissat.

— Vincent...

A cara de irritação voltou.

— Rachel, por favor. Não deve se preocupar comigo. Agora, venha ver o que eu tenho feito. — Suspirei fundo e acompanhei-o até o ateliê. — Olhe — ele disse, gesticulando na direção do cavalete —, eu pintei o meu quarto, como lhe disse que faria. — Antes que eu pudesse dizer alguma coisa, ele continuou: — E quase terminei de decorar o segundo quarto lá em cima. E, já que você está aqui... — Ele saiu apressado do ateliê, e seu cansaço parecia ter desaparecido.

Ele havia dado mais atenção ao segundo quarto do que ao seu próprio. A cama era de nogueira sólida e parecia mais cara que a dele, e a cômoda com gavetas também parecia melhor. Quadros cobriam o quarto: duas telas de girassóis penduradas sobre a cama e quatro pinturas do jardim da Place Lamartine — quatro! — penduradas em outros pontos da parede branca.

— Fiquei sem dinheiro por causa das molduras de nogueira — Vincent disse, enquanto eu andava na direção dos quadros do jardim —, mas valeu a pena.

Eu já conhecia o primeiro deles, mas os outros eram novos para mim. O segundo mostrava o lugar onde ele me encontrou dormindo, o arbusto de cedro, desta vez sob um imenso céu azul

Os girassóis

com pequenas figuras vagando em segundo plano. O terceiro, outro canto do jardim, onde o caminho fazia uma curva ao lado de um pinheiro e um casal de amantes caminhava, de mãos dadas. Um casal de amantes aparecia no quarto quadro também, perambulando por entre ciprestes enquanto uma lua ardente os observava, de um céu poente cor-de-rosa. Os rostos das figuras nos dois últimos quadros não tinham feições, mas em ambos o homem usava um chapéu amarelo bem característico.

— Somos nós — sussurrei. — Você nos pintou.

O quarto era para mim, eu sabia que era. Ele ia me pedir para compartilhar a vida com ele na casa amarela. Compartilhar de sua vida como Sien havia compartilhado, mas desta vez daria certo, eu sabia que daria, juntos nós *faríamos* dar certo. Quem sabe ele já teria explicado tudo a Theo. Eu poderia deixar a casa de Madame Virginie e ficar sempre com ele. Tomaríamos conta um do outro e seríamos tão felizes...

Vincent interrompeu meu devaneio.

— Gostou do quarto?

— Adorei o quarto. — Tentei não demonstrar minha empolgação, mas um "sim" pairou nos meus lábios.

— Bom. Acho que Gauguin também vai gostar.

Meu "sim" desapareceu.

— Quem?

— Paul Gauguin. Um pintor, um grande pintor. — Vincent andou até um dos quadros e endireitou a moldura sem olhar para mim. — Theo combinou que ele viria morar aqui. Já estamos negociando há meses, mas agora ele concordou em vir e chegará semana que vem. É por isso que tenho trabalhado tanto. Eu queria ter bons quadros para mostrar a ele.

Negociando há *meses*? Desci correndo as escadas com lágrimas escorrendo pelo rosto.

— Rachel! — Vincent chamou. — Aonde você vai?

Eu não me virei, não parei.

— Deixe-me em paz!

— Não, espere! Diga-me o que houve! — Ele correu atrás de mim pelas escadas e segurou meu braço quando meus dedos já estavam na maçaneta da porta de entrada.

Com um puxão, desvencilhei-me e girei o corpo para encará-lo.

— Você tem vergonha de mim. Tem vergonha de estar aqui comigo.

— O que você está dizendo?

— Você não contou ao seu irmão sobre mim, não é? Todas essas cartas que eu vejo você escrever e nem uma palavra sobre mim, não é? Você diz coisas tão lindas, age como se gostasse de mim...

Mais uma vez ele tentou pegar minha mão, mas eu me encolhi contra a porta.

— Rachel, eu *gosto* de você. Por que tudo isso?

— E o quarto? Eu achei que fosse para mim.

Os olhos dele pularam de surpresa.

— Para você?

— Os quadros! — Eu chorava e quase batia meu pé de impaciência. — Os girassóis, os quadros de nosso jardim... Achei que estivesse me pedindo para morar com você. Como eu fui idiota! Elas tinham razão, todas elas tinham razão!

— O que quer dizer, todas tinham razão? Quem tem razão?

Enxuguei o rosto com minha manga.

— Françoise, Jacqui... Elas acham que você está me usando.

— Isso não é verdade, eu juro que não é. Por favor, não vá embora.

Minha outra mão ainda estava na maçaneta.

— Não vá — ele repetiu. — Eu lhe imploro. Venha. Venha aqui para o ateliê e vamos conversar sobre isso.

Os girassóis

Foi somente o tom de apelo na voz dele que me fez ficar. Relutante, eu o segui até o ateliê, cruzei os braços e esperei enquanto ele calmamente circulava pela sala fechando as janelas. Senti que todos os quadros dele me encaravam.

— Não, eu não contei a Theo sobre você — ele começou, quando virou. — Ainda não é o momento. Você tem que entender; é provável que ele não aprove e é melhor se eu...

Não deixei que ele terminasse.

— Você tem vergonha de mim, exatamente como tinha vergonha de Sien.

Seu tom paciente transformou-se em um grito.

— Você não sabe nada sobre Sien! Não sabe nada sobre o que eu passei com ela!

— Eu sei o que você me contou! — gritei de volta. — Você disse que manteve sua relação com ela em segredo. Era porque você tinha vergonha dela!

— Não, não era! Eu sabia que minha família me forçaria a abandoná-la!

— Você não a abandonou por causa de sua família, você a abandonou por causa de sua pintura!

Foi como se eu o tivesse esbofeteado. O rosto dele ficou lívido e ele pegou um trapo da bancada para secar a testa. Quando ele falou, sua voz estava calma e triste.

— Sim, eu pensei que Theo fosse parar de me mandar dinheiro, mas a essa altura tudo já havia desmoronado. Meu trabalho foi só mais uma coisa, entre muitas outras.

Minha voz também estava mais calma agora.

— Você a abandonou, Vincent, e um dia também me abandonará.

— É isso o que pensa? — O olhar dele denotava que ele percebera. — Então o problema é esse?

SHERAMY BUNDRICK

— Você não me diz que me ama, no entanto eu sei que me ama, eu *sei*. — Atirei a mão na direção da noite estrelada no Ródano. — Olhe os casais que você pinta... você não lhes dá rostos. Eu não adivinharia quem eram não fosse por seu chapéu idiota. Você tem vergonha de mim porque sou uma prostituta. — Desabei sobre uma cadeira e enterrei o rosto nas mãos.

Ele veio correndo ajoelhar-se diante de mim.

— Sou o último homem do mundo a pensar tal coisa. Certamente já deve saber disso.

— Então por que você não...

— Minha menina querida — ele disse, fatigado. — Se você soubesse... — Ele abriu a palma da mão e eu pude ver a cicatriz. — Quando eu disse a Kee quanto a amava, quanto queria casar com ela e cuidar dela, ela disse: "Não; nunca, nunca", e deixou a cidade para fugir de mim. Foi assim toda a minha vida. Fui rejeitado, ridicularizado, meu coração foi partido mais vezes do que posso lembrar. Quando cheguei aqui, eu tinha me resignado a pensar que nunca mais... eu não esperava nada disso.

— Não esperava nada do quê? De mim?

Ele olhou para os quadros, buscando uma forma de explicar.

— É como... como os campos de trigo. Neste momento, na planície de La Crau, os agricultores estão arando o solo e plantando as sementes. As sementes criarão raízes, enfrentarão o inverno, e depois o trigo vai crescer e amadurecer, ficar forte e pronto para a colheita. Mas isso não acontece de imediato. O agricultor tem que ser paciente e ter fé, deixar que as coisas aconteçam a seu tempo. — Ele olhou dentro dos meus olhos e envolveu minhas mãos nas suas. — Compreende o que estou tentando dizer? Certas coisas me amedrontam demais e não consigo dizê-las, mas isso não significa que eu não as sinta.

Os girassóis

Ele parecia tão perdido, tão indefeso. Como um garoto, não um homem de trinta e cinco anos. Uma onda de ternura levou embora minha raiva e eu soltei minhas mãos e corri os dedos pelo rosto dele.

— Não tem o que temer, Vincent. Você sabe que eu...

— Precisa ter paciência comigo, *chérie*. Quando chegar o momento certo... — Ele tocou minha face e em seguida me puxou para que eu ficasse de pé. — E quanto a você pensar que eu a abandonarei... Quero montar uma colônia de artistas aqui em Arles, um *atelier du midi*, um ateliê do sul. Sonho com isso desde que saí de Paris e agora sei que vai acontecer. O primeiro a vir será Gauguin, depois, espero, virão outros, na primavera. — Ele balançou a cabeça. — Não vou a lugar nenhum.

— Mas por que não me disse que ele viria? — perguntei. — Por que escondeu isso de mim?

— Não tive a intenção de esconder. Eu não tinha certeza de que ele viria até alguns dias atrás. Será esplêndido tê-lo aqui; outro pintor com quem eu possa conversar e trocar ideias. Acho que gostará dele. — Ele me passou o trapo de sua bancada.

Assoei o nariz e sequei os olhos.

— Você o conhece há muito tempo?

— Eu o encontrei brevemente em Paris, mas neste momento ele está na Bretanha com outro amigo pintor, Émile Bernard. Tenho um autorretrato que ele pintou e enviou para mim. Diz mais sobre ele do que eu poderia dizer. — Vincent pegou uma tela que estava no canto e a apoiou em uma cadeira.

Bastou um olhar para eu não confiar no homem do quadro. Com sua compleição avermelhada e olhos astutos, Gauguin parecia um marinheiro bêbado, o tipo de homem que se achava superior, com seu bigode voltado para cima e seu cavanhaque pretensioso. O tipo de homem que achava que uma mulher deveria ficar aos pés dele, para tratá-la como seu brinquedinho de aluguel quando a levasse para o quarto. Era difícil crer que Vincent fosse amigo de um *mec* como esse.

— Vejo desespero nesse retrato — Vincent disse, por trás de meu ombro. — Um homem que está doente e atormentado; um prisioneiro. Alguém que precisa de paz e quietude, como eu precisava quando vim para o sul. Arles lhe fará bem.

Vi alguém incapaz de pensar em outra pessoa além dele próprio, alguém que poderia atormentar os outros e apreciar isso. Eu já tinha encontrado gente como Gauguin, com mais frequência do que gostaria de lembrar.

— Gosto mais dos seus quadros — eu disse. — Este aqui, por exemplo. — Eu passei para o novo quadro do dormitório de Vincent e lancei-lhe um olhar matreiro. — Deste aqui eu gosto muito.

— Gosta? — ele perguntou, sorrindo. — *Petite coquette.*

— Não será a mesma coisa com ele aqui — eu disse, tristonha, enquanto olhava para a cama pintada com seus travesseiros roliços e cobertor pesado, pensando sobre o lindo quarto que poderia ter sido meu e agora seria de Gauguin.

Vincent desenhou algo em minhas costas com a ponta dos dedos.

— Bobagem. O fato de ele estar aqui não mudará nada.

— Mas você estará tão ocupado trabalhando com ele... E se me esquecer?

Ele pôs meu cabelo de lado para aninhar o rosto em minha nuca e suas mãos ficaram mais audaciosas.

— Isso não acontecerá, eu garanto.

Eu esperava que ninguém visse através das janelas.

— Humm... é mesmo?

— Devo provar para você? — Ele me arrebatou em seus braços enquanto eu ria e me contorcia. — Pare de mexer, ou a largarei no chão! — Eu parei de me mexer e continuei somente rindo enquanto ele me levava para cima.

Os girassóis

Paul Gauguin chegou a Arles uma semana depois, embora a notícia tivesse chegado ao estabelecimento de Madame Virginie antes dele. Joseph Roulin o encontrou primeiro, bem cedo, assim que ele chegou, no trem das cinco da manhã. Vincent, distraído como era, havia esquecido de dizer a Gauguin onde morava, então Gauguin parou no Café de la Gare para pedir o endereço. Pensando que ele poderia fazer isso, Vincent havia emprestado o retrato de Gauguin para Monsieur Ginoux, para que ele ficasse de olho. Monsieur Roulin estava saboreando seu último café antes de começar seu turno quando Gauguin entrou, aparentando cansaço e mau humor, e foi saudado por Monsieur Ginoux: "Ah! Você é o amigo de Vincent!". Gauguin riu quando Monsieur Ginoux tirou o quadro de trás do bar, e Roulin apresentou-se de pronto.

"Ele é um verdadeiro marinheiro", Roulin dissera a Françoise e a mim na *maison*. "Já viajou pelo mundo todo: Bretanha, Dinamarca, Martinica... E ele nasceu no Peru. Já foi um homem muito rico, mas deixou tudo pela pintura. Podem acreditar nisso?" Ele balançou a cabeça. "Essa é a burguesia."

Meu primeiro encontro com Gauguin aconteceu algumas noites depois. A porta da *maison* abriu-se com um alegre golpe ruidoso e todos os olhos se voltaram para os dois pintores. Vincent, como sempre, tentou não chamar muita atenção, mas Gauguin claramente apreciava os olhares curiosos. Ele tinha um andar pomposo, uma arrogância, e analisou a sala enquanto acariciava o bigode. Seu rosto era exatamente como ele havia pintado, e o seu jeito, exatamente como eu havia imaginado.

Gauguin olhou-me de cima a baixo quando me juntei a eles, o que me fez sentir nua e desconfortável, mesmo estando totalmente vestida. Vincent me apresentou como "minha amiga Rachel" e Gauguin tirou o chapéu, curvando-se de modo exagerado.

— Já ouvi muitas histórias sobre a beleza das arlesianas, mademoiselle — ele disse, falando mais para os meus seios do que para mim. — Agora acredito nelas.

— É muito gentil, monsieur — respondi, com um sorriso contido. — Desejam beber alguma coisa?

— Absinto, por favor, mademoiselle. Vincent, um absinto para você também?

— Uma cerveja, por favor — Vincent disse. — Bebi absinto demais ontem à noite.

— Eu não sabia que bebia absinto — eu disse.

— Não deve conhecê-lo muito bem — Gauguin riu. Enquanto eu me afastava, ele disse a Vincent, baixinho: — Garota bonita, bons quadris, bom traseiro. Peitos que dão vontade de morder. — Não ouvi a resposta de Vincent.

Demorei algum tempo no bar e, para meu alívio, eles estavam falando sobre trabalho quando voltei.

— O que acha dos quadros de Vincent? — perguntei a Gauguin, com a voz cheia de orgulho.

Gauguin deu de ombros enquanto misturava seu absinto.

— Ele está progredindo. Os girassóis que colocou no meu quarto é o melhor quadro que fez até o momento. — Vincent sorriu exultantemente, como se tivesse recebido o elogio mais desbragado, e não o mais indiferente, e eu não sabia o que dizer. Quem esse Paul Gauguin achava que era? — Mas ele precisa aprender a manter as coisas em ordem e a se preocupar com dinheiro — Gauguin acrescentou. — Eu criei um sistema para podermos controlar as despesas e não ficarmos sem dinheiro até a mesada de Theo chegar. Já fui corretor da bolsa — ele afagou seu bigode uma vez mais —, então sei lidar com dinheiro e negócios de um modo que Vincent não sabe. — Eu esperei Vincent se defender, mas em vez disso, ele aquiesceu.

Os girassóis

— E o que está achando de Arles, Monsieur Gauguin? — perguntei.

— É mais suja do que eu esperava. — Ele encolheu os ombros novamente. — Os sulistas parecem uma raça diferente. Não compreendo uma palavra do patoá provençal, e todo esse sol os torna indolentes. — Ele contou que ele e Vincent tinham ido comprar telas de juta no dia anterior, e comentou como o atendimento na loja fora lento, e como ele tivera que repetir o pedido três vezes para que alguém pudesse entender. — Nunca tive esse tipo de problema em Paris — ele concluiu.

Agora eu esperava que Vincent fosse defender Arles e sua gente, mas ele ficou olhando para dentro do caneco de cerveja, como se não estivesse ouvindo.

— Não nos achará diferentes dos outros quando nos conhecer bem, monsieur — eu disse, fazendo um esforço violento para continuar sendo educada. — Além disso, Arles foi a maior cidade da Gália romana quando Paris era somente uma cidade de lama. Todos sabem disso.

— Por que não nos acompanha em uma de nossas excursões de pintura, Rachel? — Vincent interrompeu, antes que Gauguin pudesse responder. — Vamos voltar ao Alyscamps amanhã.

Um antigo cemitério ao sul da cidade, Alyscamps estava abandonado, mas ainda abrigava antigos sarcófagos romanos e capelas medievais cristãs.

— *Non, merci*, prefiro não ir.

Vincent provavelmente achou que eu recusara ir por causa de Gauguin.

— Por quê? Já me acompanhou antes.

— Alyscamps é um lugar assustador — eu disse, relutante.

— Assustador? — Vincent e Gauguin perguntaram, em uníssono.

SHERAMY BUNDRICK

— Não ouviram as histórias? O campanário da igreja de Saint-Honorat é chamado de *la lanterne des morts*, a lanterna dos mortos, e dizem que, à noite, uma chama macabra abre o caminho para o inferno. — Vincent e Gauguin trocaram olhares que me fizeram corar, mas eu continuei: — Desde que a ferrovia foi construída, dizem que os antigos mortos cujas covas foram perturbadas assombram o lugar. É horripilante, acreditem!

Gauguin revirou os olhos.

— Não vim aqui esta noite para falar de superstições sulistas. — Ele ficou de pé e meu coração parou. *Por favor, não me peça, por favor, não me peça.* — Pode recomendar uma boa garota para mim, mademoiselle?

— Que tipo de garota o senhor gosta: doce ou selvagem?

— Selvagem — ele respondeu, tirando toda a minha roupa com o olhar. — Uma garota que precise ser domada. Uma garota tão linda quanto você.

Olhei para ele pedindo que me deixasse em paz.

— Peça a Jacqui, ela é bem selvagem.

Gauguin foi até Madame Virginie e Vincent e eu ficamos observando seu caminhar, fincando ruidosamente a bengala no chão. Madame acenou para Jacqui, que deu a Gauguin seu sorriso mais ardente e deixou que ele passasse o braço em volta de sua cintura. Quando eles se viraram para subir as escadas, ele deu uma apalpadela em seu *derrière* e depois piscou para nós, dando um largo sorriso de aprovação.

— Ele queria ir com você — Vincent resmungou, olhando com deslumbramento para as costas de Gauguin. — Ele não tirou os olhos de você desde que pusemos os pés aqui dentro.

Eu dei risada.

— Sei como lidar com *mecs* como ele, não se preocupe comigo. — Vincent riu com desdém e encheu a cara de na cerveja.

97

Os girassóis

— Por quê, está com ciúme? — acrescentei, surpresa. Tantos homens vinham me visitar e ele nunca tinha agido dessa maneira. Ele normalmente fingia que eles não existiam.

— Não exatamente, mas... ele já teve muitas mulheres. As mulheres gostam dele.

Cobri a mão dele com a minha.

— Acho encantador você ter ciúme. Significa que se importa.

Os olhos dele se enterneceram.

— Você tinha dúvidas?

— Pelo jeito, você é que deve duvidar de mim, se acha que eu o preferiria em vez de você. Venha comigo, *mon cher*, e lhe mostrarei que não há motivos para ter ciúme.

Em vez de me pegar pela mão quando levantamos, Vincent colocou o braço em volta de minha cintura, como Gauguin havia feito com Jacqui — de modo protetor, possessivo, como se não quisesse que eu fosse embora. Fiz o possível para tranquilizá-lo de que aquilo não aconteceria.

CAPÍTULO OITO

ALYSCAMPS

Arrisco esperar que, em seis meses, Gauguin e você e eu teremos fundado um pequeno ateliê que será duradouro.

(Vincent para Theo, Arles, final de outubro de 1888)

Quando Françoise me levara para ver o Alyscamps, na primavera, ela não havia entendido por que o lugar me deixara nervosa. "Não seja boba, é só um monte de caixões. Eu dei meu primeiro beijo debaixo daquela árvore ali. Não há o que temer." Contudo, ela não conseguiu me convencer, e, desde aquele dia, eu nunca mais voltara ali.

Mas, olhando a intensa luz da manhã, fiquei pensando que deveria ir com Vincent e Gauguin. Eu não queria que eles me vissem como uma aldeã supersticiosa, como certamente já viam, e eu não apreciava pensar em ser deixada para trás. Então, entrei de fininho na cozinha e enchi uma cesta com pão, linguiças e uma garrafa de vinho, coloquei um romance que Vincent havia me dado também dentro da cesta, e rumei para fora das muralhas da cidade, na direção de Alyscamps.

O portão de ferro da entrada do cemitério rangeu de modo triste quando o empurrei. Adiante, estendia-se um comprido caminho ladeado por estreitas fileiras de abetos e álamos; a cada

Os girassóis

lufada de vento, mais folhas de outono caíam, cobrindo o chão. Alyscamps dava a sensação de ser um mundo fechado em si mesmo, mas eu podia ver as chaminés das oficinas da linha ferroviária Paris-Lyon-Marselha além das copas das árvores, o ruído distante de metal batendo contra metal que competia com o gorjeio dos pássaros. Mais adiante, no caminho, ficavam as ruínas da igreja de Saint-Honorat, com suas grossas paredes de pedra e seu lendário campanário.

Não havia sinal de Vincent e Gauguin — ou melhor, de ninguém —, e eu caminhei estrada acima olhando para a esquerda e para a direita em busca dos dois pintores. Sarcófagos romanos de pedra jaziam entre as árvores: alguns completamente abertos, com as tampas quebradas ou há muito perdidas; outros, caídos de lado; mais alguns fechados, abrigando sabe-se lá o quê. Apesar de minha confiança anterior, começava a me sentir desconfortável. Fazia pouco tempo, o *Forum Républicain* havia relatado, uma jovem de dezoito anos havia se afogado no Canal de Craponne, que ficava ali perto, abandonada por seu amante casado e desgraçada por uma inesperada gravidez. Outra jovem afogara não a si própria, mas a seu bebê recém-nascido, naquelas águas tenebrosas. Um pescador encontrou o pequenino corpo, e ninguém sabia o paradeiro da mãe. Os sarcófagos podiam ter séculos de idade, mas a morte pairava sobre Alyscamps como um fantasma.

Também lembrei que dia era: 31 de outubro, véspera de Todos os Santos. Nessa noite, os provençais colocariam lugares à mesa para seus parentes mortos, em uma refeição especial, *le repas des armettos*, a ceia das almas errantes. Mamãe me ensinou a colocar castanhas sob meu travesseiro para satisfazer os espíritos, algo que ainda faço todos os anos. Amanhã, as famílias levariam suas cestas de comida aos cemitérios para compartilhar com os mortos — e aqui estava eu, carregando tal cesta, no cemitério mais antigo de Arles.

O vento ficou mais forte e uma nuvem desgarrada cobriu o sol. De repente, eu não conseguia mais ouvir o som das oficinas da ferrovia nem mais pássaro algum. Exceto pelo vento, estava silencioso. Cerrei os dentes e apertei o passo no caminho.

— Vincent? — Eu parei e olhei à minha volta. — Vincent?

Um arrepio percorreu o meu corpo, a sensação inconfundível de que não estava sozinha, e eu podia jurar que passos mexeram as folhas atrás de mim. Comecei a correr, não sei bem para onde, tropeçando nas pedras do caminho e quase derrubando minha cesta. O vento nas árvores se transformou em sussurros que chamavam meu nome. *Rachel, Rachel.*

Eu tinha de encontrá-lo antes que os espíritos me encontrassem.

— Vincent! — chamei. — Onde você está? Responda!

— *C'est toi*, Rachel? — Ele surgiu atrás das árvores e desceu com dificuldade pelo barranco alto que ladeava o canal. Eu corri, tropeçando, na direção dele, e ele me abraçou forte. — Você está tremendo! O que foi? Parece que viu um fantasma!

— Eu não consegui encontrar você... Pensei ter ouvido algo... Achei que tivesse perdido você...

— *Shhh*! Sua imaginação lhe pregou uma peça; foi só isso. Eu não fui a lugar algum. Está tudo bem. — Os pássaros gorjeavam novamente e as nuvens tinham ido embora, deixando o sol aparecer novamente.

— Onde você estava? — perguntei, depois de me recompor.

— Pintando na margem do rio. Gauguin está trabalhando lá também. — Estudando meu rosto, ele acrescentou. — Tomou um susto, não foi? *Pauvre petite.*

Apaguei *la lanterne des morts* de minha mente e tentei sorrir.

— Estou bancando a boba. Imaginando coisas, como você disse.

— Achei que não viria. O que você trouxe? — Ele levantou o canto do pano branco que cobria a cesta e olhou lá dentro. — Você

Os girassóis

é um anjo — ele murmurou, e colocou as mãos em torno da boca e gritou por Gauguin.

— Não diga a ele como fui boba — implorei, e Vincent prometeu que não diria nada.

Abri a toalha no chão e tirei tudo da cesta, com a ajuda de Vincent. Gauguin juntou-se a nós alguns minutos depois.

— Não sei o que uma jovem tão boa quanto ela está fazendo com você, *mon ami*, mas se isso significa que vamos comer... — Ele riu e apanhou a garrafa de vinho.

— Eu também não sei o que ela está fazendo comigo — Vincent disse, sorrindo, enquanto eu lhe passava um pedaço de linguiça e queijo envoltos em um guardanapo.

Perguntei como estava indo a pintura e Gauguin foi o primeiro a responder:

— Estive trabalhando em uma vista ao lado do canal, que provavelmente terminarei no ateliê amanhã. — Vincent falou, em cadência, que tinha quase terminado sua terceira tela, o que levou Gauguin a murmurar em minha direção: — Ele pinta muito depressa.

— Não pinto — Vincent disse, revirando os olhos.

— Pinta, sim — Gauguin retrucou. — O modo como amontoa tanto a tinta na superfície... é desleixado. Você precisa trabalhar mais devagar com a imaginação. Não se limite às coisas que está vendo.

A cada sentença, a carranca de Vincent piorava.

— Mas são as coisas que vejo que me interessam. A natureza, as coisas que são reais. Como Daumier, como Millet.

— Millet? Um sentimentalista. Daumier? Trivial. Dê-me Ingres! Degas!

— O quê, aquelas insípidas bailarinas? — Vincent zombou.

— Pode ficar com elas. Delacroix... Aí sim está um homem que entendia de cores. Ingres não tinha ideia do que era cor.

— *Você* não tem ideia do que é cor, lambuzando-as sem rima nem razão. — Gauguin fez uma careta e imitou Vincent pintando.

— Precisa pensar no que está fazendo.

A voz de Vincent elevou-se sobre as árvores.

— Eu sei exatamente o que estou fazendo, droga!

— Rapazes! Rapazes!— Bati palmas para chamar a atenção deles. — Comam e comportem-se. — Vincent e Gauguin sorriram, sem jeito, e encerraram a contenda.

Depois do almoço, os dois pintores subiram nos barrancos do canal para trabalhar, tendo o companheirismo amistoso vencido, enquanto eu tirava da cesta o romance que havia trazido. Algumas pessoas passeavam ao longo da estrada — entre elas, um zuavo novato e uma menina, andando de braços dados. Pela aparência, ela não era prostituta; uma menina bonita que deve ter contado alguma lorota para alguém, a fim de sair com um soldado sem uma dama de companhia. Ele provavelmente esperava roubar um beijo em uma das velhas capelas e eu não consegui adivinhar, pelo sorriso dela, se ele teria sucesso.

Não prestei atenção ao tempo que passava, e o sol cruzou o céu enquanto eu me perdia na história que estava lendo. Até que, mais uma vez, tive a sensação de que não estava sozinha. Que estava sendo vigiada.

Vincent tinha voltado dos barrancos e estava sentado no chão, desenhando-me, como no dia em que nos conhecemos. Desta vez eu sorri e não interrompi seu trabalho.

— Fique assim — ele disse. — Leia seu livro e faça de conta que eu não estou aqui. — Eu tentei, mas estava tão ciente da presença dele que não podia resistir a dar uma olhadela de vez em quando, ao que ele me retribuía com uma careta provocadora e acenava para que eu ficasse com a cabeça onde devia. Fui tomada por uma sensação de amor tão grande por ele enquanto estava sentada debaixo daquela árvore, que pensei que fosse explodir.

Ele me mostrou o desenho depois que terminou. O lápis dele tinha me transformado. A *fille de maison* desgrenhada do esboço anterior, de cabelo desalinhado e saias que amarrotavam durante o sono, havia desaparecido. O leve sorriso desta jovem recatada sugeria que ela guardava lindos segredos dentro de seu coração — segredos que nada tinham a ver com seu livro. Analisando meu retrato — vendo a mim mesma como ele me via —, eu desejava que aquela fosse a Rachel que eu sempre pudesse ser.

Capítulo Nove

Absinto

Fiz o esboço de um bordel e tenho a firme intenção de retratar um bordel.

(Vincent para Theo, Arles, novembro de 1888)

A parceria artística entre Vincent e Gauguin parecia florescer nas semanas que se seguiram. Eles trabalhavam juntos quase todos os dias, levantando com o sol e continuando noite adentro, com a ajuda da iluminação a gás que Vincent havia instalado no ateliê. Algumas noites eles visitavam o estabelecimento de Madame Virginie, embora as visitas de Vincent não fossem tão frequentes quanto antes. Ele me pediu desculpas e insistiu que não tinha nada a ver comigo, que ele só estava muito ocupado. Eu insistia em acreditar nele.

Mesmo quando ele vinha me ver, as coisas eram diferentes. Antes de Gauguin chegar, Vincent e eu tínhamos o nosso próprio mundo, conversando e bebendo vinho e dividindo coisas que os amantes dividem. Mas, com Gauguin exigindo a atenção só para si, eu me sentia em segundo plano. Eles conversavam sobre arte e sobre Paris e sobre coisas das quais eu pouco sabia; a maior parte do tempo eu ficava sentada, escutando, como uma boneca de porcelana muda. Vincent tentava me incluir

Os girassóis

nas conversas, mas eu suspeitava que Gauguin me excluía de propósito, achando que eu era ignorante demais para sustentar uma conversa com eles.

Uma vez fui até a casa amarela depois da chegada de Gauguin, e, embora ele tivesse saído e fosse passar a noite fora, sua presença invisível estava em toda parte. Ele havia tomado metade do ateliê com seus quadros e pertences, e até a arrumação da casa remetia a ele, e não a Vincent. Vincent me disse que Gauguin cozinhava, surpreendentemente, muito bem; eu odiava imaginá-lo usando os mesmos potes e panelas que eu usava, arrumando a mesa como eu fazia, tratando a *minha* cozinha como se pertencesse a ele.

Infelizmente, Gauguin voltou mais cedo de onde ele tinha ido e entrou no quarto de Vincent sem bater, surpreendendo-nos em um momento bastante impróprio. Eu dei um grito e puxei o cobertor.

— Desculpe-me, Brigadeiro, pensei que tivessem terminado — Gauguin disse arrastadamente, enquanto atravessava o quarto na direção do seu, com a lamparina nas mãos, como se nada estivesse acontecendo, como se ele não estivesse nem um pouco constrangido em nos ver daquele jeito.

Quando a porta de Gauguin fechou, Vincent riu e tentou recomeçar o que estava fazendo, e protestou quando eu o empurrei.

— Aonde você vai?

— Voltar para Madame Virginie. — Eu nem me incomodei em colocar o espartilho e me vesti o mais depressa que consegui. — Acha que vou ficar aqui depois disso?

— Foi engraçado, ele não teve a intenção de...

— Ele sabia exatamente o que estava fazendo — eu disse, em voz alta, sem me importar se Gauguin me escutaria através da fina parede. — Quem abre uma porta fechada sem bater? Ele queria estragar nossa noite.

Vincent deu um suspiro profundo e recostou-se nos travesseiros.

— Bem, agora ele estragou mesmo, não é? Está agindo como uma criança.

— Não estou. Eu nunca me senti tão constrangida em toda a minha vida, e prefiro dormir na rua a ficar aqui com ele. Boa noite, Vincent. — Corri escada abaixo, parando um instante na porta da frente para calçar meus sapatos e ver se Vincent viria atrás de mim. Ele não veio.

O tempo estava igual ao meu humor, pois chovia havia dias sem parar, e as águas do Ródano batiam vigorosamente contra as barrancas de pedra. No *quartier reservé*, estávamos seguras atrás dos robustos muros da cidade, mas a Place Lamartine ficava vulnerável à ira do rio. Dois anos antes, Françoise disse, as barrancas do rio se romperam e a praça fora inundada até o Café de la Gare. Se o rio invadir novamente... Eu tinha a esperança de que Vincent e Gauguin se precaveriam, mas, conhecendo Vincent, ele deveria estar tão irritado por não poder pintar ao ar livre que não deveria ter pensado no assunto mais profundamente.

Os céus clarearam e as águas baixaram enquanto novembro se arrastava, e os arlesianos suspiraram de alívio. Os negócios na *maison* voltaram a esquentar, pois a chuva incessante tinha prendido muitos clientes em casa, e Vincent e Gauguin também voltaram para a Rue du Bout d'Arles. Fiquei tão contente de ver Vincent que esqueci toda minha irritação e passei meus braços em volta de seu pescoço.

— Desculpe-me pelo que aconteceu naquele dia — ele sussurrou em meu ouvido, e eu o beijei com um "Desculpe-me também".

— Dois absintos, por favor, mademoiselle — Gauguin interrompeu. — E um para você.

Tentei não pensar na última vez em que eu o vira, como ele me vira nua na cama de Vincent.

Os girassóis

— *Merci*, eu tomo vinho — eu disse, e senti que fiquei vermelha como o *vin rouge*.

— Que espécie de *fille* não toma absinto? — Gauguin perguntou, com as sobrancelhas levantadas e uma ligeira ênfase no *fille*. — Em Paris, todas tomam.

— Nunca tomei — admiti. — Mamãe sempre disse que era uma bebida diabólica.

Gauguin caiu na gargalhada e Vincent disse:

— Uma vez não fará mal.

— Não, obrigada — repeti. Eu já tinha visto quão intensamente algumas das outras meninas ficavam dominadas pela *fée verte*, a fada verde, e nossos clientes também; com que ânsia eles se encharcavam de absinto e como seus olhos ficavam vidrados. Já me incomodava bastante que Vincent estivesse bebendo na companhia da Gauguin, mas imaginei que ele não me daria ouvidos se eu tentasse impedi-lo.

Quando voltei com nossas bebidas e os equipamentos para preparar o absinto, Vincent e Gauguin travavam profunda discussão.

— Eu pintei você outro dia — Vincent me disse animadamente enquanto eu lhe servia o absinto.

Senti que ruborizava novamente e estava prestes a responder, quando Gauguin irrompeu:

— É um quadro de bordel.

— É só um *pochade* — Vincent disse —, um desenho a óleo para elaborar a composição. Em seguida, precisarei que pose para mim, para que eu possa começar de verdade o quadro. Talvez você possa convencer as outras meninas a posar também. Será a cena de grupo mais ambiciosa que já tentei desde que saí da Holanda.

Fechei a cara.

— Quer me colocar em um quadro de bordel?

Vincent tirou rapidamente um caderno e um toco de lápis do bolso. Ele explicou sua ideia enquanto desenhava: meninas e clientes conversando no *salon*, em duplas e trios, talvez alguns zuavos jogando cartas, muitas cores, muita alegria. A verdadeira *joie de vivre*, ele disse, a animação do sul, diferente do quadro do café noturno. Quanto mais ele falava, menos eu ouvia, e quando ele tentou me mostrar o desenho, recusei-me a olhá-lo.

— Não me interessa. Não vou fazer isso.

Ele ficou olhando fixamente para mim como se não pudesse acreditar no que ouvia. — Mas, se não posar para mim, não conseguirei mais ninguém.

— Deveria se sentir lisonjeada porque ele deseja sua *fille* predileta na pintura, mademoiselle — Gauguin disse, sorrindo. — Não quer se tornar imortal?

Vincent lançou um olhar mal-humorado para Gauguin e enfiou o caderno no bolso.

— Não seria você de verdade, *ma petite*, você seria somente o modelo — ele disse, tentando engabelar. — Quando terminarmos, pintarei seu retrato sozinha, que tal?

— Eu também poderia pintá-la, como quando Madame Ginoux posou para nós — Gauguin disse, ávido.

— Quer que eu me vista como uma prostituta também? — perguntei.

Vincent disse "não", Gauguin disse "sim". Vincent encarou Gauguin de modo feroz, e eu encarei os dois.

— Acho que vou tomar um pouco de absinto — resmunguei. Gauguin pulou e foi correndo buscar um terceiro copo de absinto no bar, enquanto eu respondia ao olhar preocupado de Vincent. — Você ouviu o que ele disse: todas as prostitutas de Paris tomam absinto. Se quer me pintar feito uma *putain*, tenho que desempenhar bem o papel, não tenho?

Os girassóis

— Rachel, você me interpretou mal, eu não quis dizer...

Ruidosamente, Gauguin fez aparecer um copo vazio na mesa à minha frente.

— *Faites attention*, mademoiselle. O ritual da preparação do absinto é tão importante quanto o ato de bebê-lo. — Ele passou a garrafa de absinto para Vincent. — Como nossa pequena mademoiselle é virgem, você deve ter o privilégio de deflorá-la.

Vincent deu um suspiro e pegou a garrafa de Gauguin. Ele serviu líquido verde o suficiente para encher o reservatório no fundo de meu copo e estendeu o braço para alcançar uma colher com furos que estava sobre a mesa. Equilibrando a colher sobre a boca do copo, colocou dois cubos de açúcar, e em seguida derramou água sobre o açúcar.

— Rápido demais — Gauguin resmungou —, como sua pintura. Não derrame, deixe pingar.

Vincent ignorou-o e continuou derramando. Conforme a água adoçada caía sobre o absinto no fundo do copo, a cor começava a mudar.

— Observe, mademoiselle — Gauguin disse. — O verde-esmeralda dá lugar ao amarelo-cidra, e em seguida ao branco-nuvem. A água deve estar bem gelada para surtir o efeito desejado; três partes para cinco, dependendo da preferência. Ah! Existe algo mais adorável do que esse redemoinho de cores?

Vincent terminou de derramar a água no momento em que o açúcar derreteu. Ele mergulhou a colher no copo para mexer um pouco antes de dá-lo para mim, e eu tomei um pequeno e cauteloso gole. Era *terrível*. Amargo demais, forte demais — fez-me engasgar e Vincent teve de bater nas minhas costas.

Gauguin ria e eu empurrei o copo para ele.

— Não, não, eu insisto que tente novamente. Quem sabe precise de mais água, pois Vincent não o serviu da maneira correta. — Ele colocou mais água no copo e o empurrou de volta para mim.

— Eu preparei a bebida muito bem — Vincent retrucou de pronto, e acrescentou, falando para mim: — Vai sentir mais o açúcar conforme for bebendo.

O segundo gole não teve gosto tão ruim; era parecido com as balas de alcaçuz que papai costumava me trazer quando eu era pequena. Gauguin perguntou se estava melhor e, quando balancei a cabeça, ele sorriu de modo pretensioso.

— Parece que eu sei como satisfazê-la melhor, mademoiselle. — Eu o ignorei e continuei bebericando.

Gauguin virou-se para Vincent.

— Você já viu aquelas garrafas grandes que há em Paris, com tubos que encaixam um no outro e onde você pode largar seu copo e fazer a água pingar o mais devagar que quiser?

— Sim — Vincent disse, agora concentrado em preparar sua própria bebida. — Agostina Segatori comprou uma para o Le Tambourin enquanto eu estava lá.

Agostina Segatori? Era ela aquela *signora* italiana que ele mencionara na nossa primeira noite juntos, a que o ensinou a beijar e sabe-se lá mais o quê?

— La Segatori! — Gauguin exclamou. — Antes ou depois de ela dar-lhe um chute no traseiro?

Vincent encarou-o de modo cortante.

— Ela não me deu um chute no traseiro; foi um dos garçons. Não foi culpa minha. Eu dei a ela alguns quadros para ela pendurar no café, pois eles não estavam vendendo, e os queria de volta. Ela foi teimosa.

E lá ficaram eles discutindo, Gauguin alegando que não era isso o que ele ouvira, Vincent retrucando que ele tinha ouvido errado.

Os girassóis

— Todos sabem que vocês dois estavam tendo um caso — Gauguin disse. — Não sei por que você acha que isso é um grande segredo. Ouvi dizer que ela o deixou pintá-la nua, seu danado.

— Maldito Lautrec fofoqueiro — Vincent resmungou.

— Então é verdade! — berrou Gauguin. — Mademoiselle Rachel, deveria ver essa mulher. Ela era modelo artístico, tinha até posado para Corot. Os olhos negros, e, mesmo na idade dela, um suculento par de... — Ele assobiou e em seguida riu da expressão de Vincent. — Ela é uns doze ou treze anos mais velha que você, *mon ami*? *Oh là*, você teve sorte em dormir com uma mulher daquelas. Bem-vindo à Paris! — Ele gargalhava e batia na mesa, enquanto eu fechava a cara para Vincent por sobre o meu absinto. Vincent tentava não olhar para nenhum de nós, com as bochechas vermelhas. Gauguin colocou os cotovelos na mesa e acrescentou: — Não deixe esse holandês de olhos caídos enganá-la. Ele é vivido.

— Como diabos pode saber disso? — Vincent indagou. — A única vez que o vi por lá foi na galeria de meu irmão.

— As pessoas falam, Brigadeiro — Gauguin disse, calmamente. — As pessoas falam.

Vincent virou seu copo de absinto e pegou a garrafa.

— Muito falatório. Foi por isso que fui embora.

— Minha jovem, a senhorita está bebendo muito devagar — Gauguin observou, olhando para o meu copo. Em seguida, olhando para Vincent, ele disse: — La Segatori deixa qualquer uma delas no chinelo, não deixa?

Consumi meu absinto até a última gota, assim como Vincent tinha feito, e bati o copo na mesa.

— Se ela pode, eu posso! Vou tomar outro, Monsieur Gauguin, por favor.

— Rachel, tem certeza de que é uma boa ideia? — Vincent perguntou.

— Não me diga o que fazer, Vincent. Terei que preparar eu mesma? — Sob o olhar atento de Gauguin, equilibrei a colher sobre o copo, o açúcar na colher, e misturei meu segundo copo de absinto. Não muito tempo depois, o meu terceiro. Depois *desse...* depois desse não me lembro de mais nada.

Meu Deus. Quero morrer.

Onde estava eu? Em minha própria cama. Onde estavam minhas roupas? Eu estava vestindo minha blusa e ceroulas, mas todo o resto encontrava-se empilhado no chão. Que horas seriam? Manhã, o sol entrando através da janela revelava Vincent dormindo em minha poltrona.

— O que está fazendo aqui? — perguntei, e ele acordou, assustado.

— Eu fiquei aqui para me certificar de que você estava bem — ele disse, e veio até a cama sentar-se ao meu lado. — Como se sente?

— Quanto eu bebi?

— Três copos cheios. Eu tentei fazer com que parasse, mas você me mandou cuidar de minha vida. Você cantou também. — Ele riu, sem querer. — Você não conseguia andar, então eu a carreguei aqui para cima.

Minhas pernas se enrolaram na cintura dele, meus braços em seu pescoço, e eu ri em seu ouvido, dizendo seu nome repetidas vezes. *Vincent, Vincent.* Disso eu me lembrei.

— Mas nós não...?

Ele balançou a cabeça em negativa.

— Eu a coloquei na cama e dormi na cadeira, caso precisasse de mim. — Ele foi até o lavatório e trouxe um pano úmido. — Você não tem que provar nada, Rachel — ele disse carinhosamente, enquanto limpava meu rosto. — Nem para Gauguin, e certamente não para mim.

Os girassóis

— Mas... Em Paris, você tinha uma vida excitante, com mulheres excitantes. Deve se sentir entediado com Arles e com uma camponesa rústica como eu — funguei.

— Isso é efeito do absinto. Paris estava me matando. Mais um mês por lá e eu teria enlouquecido completamente.

Funguei novamente.

— Você a amava?

— Quem? Agostina? Eu sentia muita afeição por ela, mas não a amava. Era só... — ele tossiu e corou — diversão. Eu estava sozinho e ela... — Ele tossiu novamente. — Sinto muito que tenha sabido por Gauguin. Quer tentar se sentar?

Quando eu fiz que sim, ele deslizou seu braço por trás de meus ombros para me ajudar e aprumou o travesseiro para eu poder me recostar. A sala toda girava.

— Ah, meu Deus — murmurei. — Sinto-me horrível. — Vincent foi novamente até a pia pegar um copo de água e o inclinou suavemente sobre meus lábios, firmando minha cabeça para eu poder beber. Percebi que ele já havia cuidado de pessoas doentes. Talvez quando fora padre? Eu o imaginei cuidando de uma criança doente ou de um velhinho, com seu jeito brando e seu sorriso carinhoso. A visão me fez amá-lo ainda mais. Depois me fez chorar.

— *Tiens,* o que é isso? — Ele apoiou o copo no chão e aconchegou minha cabeça contra seu ombro. — Pobre pequena... Nada mais de absinto para você.

— Não quero estar em um quadro de bordel — eu disse, soluçando. — Não quero que me pinte como uma prostituta. É assim que me vê, somente como uma prostituta pintada?

— É claro que não, só achei que você seria um modelo bonito. Juro que não tive a intenção de ofendê-la. Pintarei seu retrato como eu a vejo de verdade, *d'accord*?

SHERAMY BUNDRICK

— Sem Gauguin?

— Sem Gauguin. Só você e eu. — Ele beijou minha testa e ficou abraçado comigo até eu parar de chorar. — Sei que descuidei de você, *chérie*, e quero compensá-la por isso.

Ele me disse que seria encenado um Auto de Natal no Folies Arlésiennes no sábado, contou-me que Augustine Roulin os havia convidado para ir com sua família e disse que ele poderia levar alguém. Ele parecia animado com a ideia, mas eu olhei para ele como se tivesse ficado maluco.

— Vincent, não posso ir a uma peça com os Roulin. Monsieur Roulin sabe quem eu sou. — E, por acaso, o filho mais velho dele também sabia. Eu tinha sido o presente de Armand Roulin em seu décimo sétimo aniversário, em maio último.

— Joseph não diria nada desagradável. Ele sabe se comportar.

— Mas alguém mais pode me reconhecer. Eu o deixaria constrangido.

Vincent sorriu e tirou o cabelo de meus olhos.

— Isso é ridículo. Você ficaria constrangida se fosse vista com "aquele pintor", "aquele estrangeiro"? — Eu sorri para ele e balancei a cabeça. — Por favor, venha. Dará tudo certo, eu prometo. Não deve deixar que o medo a impeça de fazer algo que deseja. — Pensei sobre isso e assenti. — Muito bem. Passaremos uma noite maravilhosa.

Alguém bateu forte na porta, e Françoise a abriu antes que eu pudesse dizer qualquer coisa.

— Rachel, eu queria ter certeza de que você estava... O que *você* faz aqui?

— Estou cuidando de Rachel — Vincent respondeu. — Ela está doente.

Françoise colocou os braços na cintura e olhou-o de modo penetrante.

Os girassóis

— Não é de surpreender, com todo o absinto que deu a ela.

— Eu disse que era culpa minha e não dele, e ela respondeu: — Bem, ele não deveria estar aqui. Você sabe que Madame Virginie não permite clientes aqui em cima durante o dia.

Vincent me ajudou a deitar e disse que iria embora, mas eu agarrei o braço dele e implorei:

— Não vá, por favor.

— Vá, por favor — Françoise disse, empurrando-o para o lado para que ela pudesse arrumar meu cobertor do modo como ela achava que deveria ser arrumado. Vincent resignou-se, recolheu seu chapéu e o casaco e me deu um sorriso antes de passar pela porta.

— Eu queria que ele ficasse — reclamei.

Françoise apanhou minhas roupas do chão.

— Esse aí só traz problemas. Ele lhe dará um *gueule de bois* pior do que o absinto, preste atenção ao que estou lhe dizendo.

— Acho que vou vomitar. — Ela pegou a bacia e segurou meu cabelo enquanto eu vomitava. Pelo menos ele não viu isso. *Ah, meu Deus, quero morrer.*

Ela deixou escapar um *tsc-tsc*.

— Nada mais de absinto para você.

Capítulo Dez

Pastorale

Uma vez restabelecida de meu assustador flerte com a fada verde, parecia que o sábado não chegava nunca. Consegui que Françoise me ajudasse a me vestir como uma verdadeira arlesiana, embora ela reclamasse quando eu disse o porquê.

— Não visto esse tipo de roupa há anos — ela disse, enquanto tirava um vestido azul de seu guarda-roupa e uma caixa empoeirada que estava sob a cama. Ela me ajudou a prender o cabelo no alto da cabeça, em um coque, e então o envolveu com uma *cravate* de renda com duas pontas. Por fim, o *fichu* de renda branca, dobrado sobre meus ombros como um xale, preso em meu cinto pela frente e com um alfinete formando um triângulo nas costas. Pela força do hábito, estendi a mão para pegar a caixa de pó, mas me detive. Nada de pó; nada de rouge. Nessa noite, Vincent me veria como realmente sou.

Ele já estava esperando lá em baixo.

— Que linda você está!

— *Merci* — eu disse, brincando com o *fichu*. — Nunca me vesti assim. — Notei seu garboso casaco de veludo preto e um novo chapéu nas mãos. — Olhe só para você, como está elegante!

Ele sorriu e olhou para baixo.

— É a primeira vez que ouço isso.

Os girassóis

Nossa caminhada até o teatro nos levou até o coração da cidade, onde o esqueleto de pedra da antiga arena ainda estava de pé, fantasmagórico sob a lua que subia. Essa era a Arles que os turistas conheciam, a Arles dos romanos, a poderosa cidade parecida com o próprio Júlio César. Recordei-me de estar sentada na sala de aula de papai, recitando os nomes latinos para as cidades da Provença — *Arlate, Nemausus, Massilia* — e ouvindo-o nos dizer como deveríamos ter orgulho de descender de toda essa grandeza.

— Já viu algum Auto de Natal? — Vincent perguntou. — Madame Roulin disse que não é o que estou esperando.

— Nós os tínhamos em Saint-Rémy, mas eu tenho certeza de que este será mais grandioso. — Como eu ficava ansiosa quando vestia minhas roupas de igreja e caminhava orgulhosamente com mamãe e papai através da cidade para ver a encenação... — Não é só a história bíblica; as *pastorales* mostram diversos tipos de personagens indo visitar o Jesus menino. Há canto e música, e as peças podem ser muito engraçadas. Às vezes eles faziam troça dos políticos e coisas do gênero. Ah, por Deus, espero que você consiga entender, porque é tudo em provençal, e não em francês. — Vincent me garantiu que, mesmo que ele não compreendesse todas as palavras, apreciaria a música e a minha companhia do mesmo modo.

Chegamos na Place de la République, dominada pela prefeitura e pela igreja de Saint-Trophime. Em torno da fonte coroada com um obelisco, que ficava no centro da praça, *santonniers* locais haviam montado suas barracas para o Natal. A maioria fechava à noite, mas um comerciante empreendedor manteve sua barraca aberta para atrair clientes entre os que passavam a caminho da *pastorale*. Vincent parou para admirar as estatuetas de cerâmica.

— O que são?

— *Santons* para a *crèche* de Natal — eu respondi —, as cenas do Auto de Natal nos lares das pessoas. Você pode ter quem quiser em sua *crèche*: um pescador, um vendedor de queijos, um amolador de facas...

— Você tinha uma *crèche* em sua casa quando era pequena?

— É claro. Eu brigava com minha irmã para ver quem colocaria os *santons*. — A lembrança me fez rir. — Madame Virginie vai montar uma *crèche* na *maison* também.

— Esse trabalho é muito bonito — Vincent disse ao *santonnier*. — Você tem algum pintor?

— Sinto muito, monsieur, não tenho pintores. Quem sabe um vendedor de tintas? São três francos.

— Este é para a senhora, creio eu. — Vincent levantou um moleiro que segurava um saco de grãos antes de vasculhar seu bolso. — *Voilà*, três francos.

— Não precisava me comprar nada — protestei, ao nos afastarmos.

Vincent depositou o *santon* dentro de minha mão e fechou meus dedos sobre ele.

— Mas eu quero. Para que se lembre desta noite e se lembre de mim.

Dentro do teatro apinhado, bem na esquina do Boulevard de Lices, segurei o braço de Vincent com força para que não nos separássemos. A maior parte das mulheres estava vestida como eu, e seus vestidos formavam um arco-íris sob a iluminação a gás. Todos conversavam e riam, e uma alegre inquietação preenchia o ar. No começo, eu olhava à minha volta com apreensão, temerosa de que algum cliente pudesse aparecer, até que Vincent me deu um tapinha no braço e sussurrou:

— Quem puder reconhecê-la não o admitirá aqui. Relaxe e divirta-se.

A voz de Joseph Roulin ecoou pelo saguão, gritando o nome de Vincent, e ele abriu caminho pela multidão para vir ter conosco.

Os girassóis

Era estranho vê-lo em outra roupa que não o seu uniforme azul e amarelo de carteiro. Nessa noite ele usava um terno preto, já ruço, de tanto lavar, e sua barba estava aparada e penteada.

— *Bonsoir,* Roulin — Vincent disse, e os dois apertaram as mãos. — Posso lhe apresentar mademoiselle Rachel Courteau.

Monsieur Roulin, abençoado seja, não demonstrou me conhecer, embora seus olhos cintilassem.

— *Enchanté,* mademoiselle. E posso apresentar minha família... Aonde eles foram? Ah, lá vêm eles. Minha esposa Augustine, nosso filho mais velho, Armand, nosso filho de onze anos, Camille, e nossa menininha, Marcelle.

Madame Roulin batia no peito do marido, roliça, matrona, a perfeita *maman* provençal com seu bebê no colo. Mais atrás, e maravilhado com tudo o que via ao seu redor, vinha o jovem Camille, quase engolido por um sobretudo que provavelmente já pertencera a seu irmão.

— *Bonsoir,* Monsieur Vincent — ele disse, fazendo um sinal. Armand era o último, tentando fingir que não estava com os pais e se mostrando mais interessado nas meninas bonitas. Sendo o mais velho, isso significava que seu casaco de um amarelo bem vivo era novinho em folha, e seu chapéu preto estava colocado no alto da cabeça em um ângulo vistoso. Ele havia ganhado um bigode desde a última vez em que eu o vira.

— Estamos contentes que tenha vindo, mademoiselle — disse Madame Roulin, em um agradável sotaque do campo. Armand me reconheceu e ficou vermelho de vergonha.

— Obrigada, Madame. Foi gentileza sua me convidar.

A bebê abriu os braços para Vincent.

— Posso, Madame? — ele perguntou, e, com sua permissão, pegou Marcelle nos braços. No mesmo instante, ela tentou puxar a barba dele. — Não é tão comprida quanto a de seu papai,

SHERAMY BUNDRICK

pequenina — ele disse, fazendo-lhe um carinho no queixo. Ela riu e escondeu o rosto no ombro dele.

Enquanto entrávamos no teatro e procurávamos nossas cadeiras, Madame Roulin me perguntou:

— Conhece Vincent há muito tempo?

— Desde julho. — Ela provavelmente pensou que eu fosse alguém respeitável; uma costureira ou uma atendente de loja.

— Nós o conhecemos um pouco antes disso. Ele e meu marido tornaram-se grandes amigos.

Eu sorri para ela.

— Vi um retrato de Monsieur Roulin pintado por Vincent. É muito bom. Ele disse que a senhora também posou para ele.

— Vincent tem feito quadros de todos nós desde que Marcelle nasceu. Ele pintou Armand e Camille e insistiu em pintar o bebê também. — Ela olhou para Vincent, ainda embalando Marcelle no joelho. — Ele se dá bem com ela, fica muito à vontade com crianças. Agora ele precisa uma família própria para pintar. — Ela olhou para mim incisivamente com seus gentis olhos verdes, e eu fiquei tão vermelha quanto Armand.

As luzes diminuíram e vivas e aplausos invadiram o teatro. Vincent passou Marcelle para sua mãe e pegou minha mão enquanto as cortinas se abriam. Os olhos dele cintilavam de animação. Eu não o via alegre assim havia semanas.

A *pastorale* era igual às de minha cidade, embora muito mais elaborada. As crianças riram dos personagens apalhaçados e ficaram extasiadas com uma dramática batalha entre Saint Michel e um dragão, enquanto os adultos morriam de rir com os discursos satíricos dos "políticos" que apareciam sem motivo algum (exceto para fazer discursos satíricos). Muito do humor provavelmente fugiu à Vincent, mas ele ficou enlevado do mesmo modo, inclinando-se ocasionalmente para que eu traduzisse alguma

Os girassóis

coisa rapidamente. Olhei para Camille Roulin durante um dos números musicais e os olhos dele estavam arregalados. Os meus também, por sinal, assim como os de Vincent — especialmente no final, quando o personagem da feiticeira arrependida cantou um deslumbrante solo ao pé do berço de Jesus.

Vincent foi o primeiro de nós a aplaudir de modo entusiasmado. Toda a plateia se pôs de pé quando os atores se curvaram para os agradecimentos, um coro de vozes femininas e masculinas gritando seus elogios em provençal: *Osco! Osco!* Depois de uma rodada de *Bonne Nuits* e *Joyeux Nöels*, apertos de mão e beijos no rosto, os Roulin foram para casa colocar os menores para dormir. Percebi o sorriso astuto de Madame Roulin quando Vincent pegou em meu braço, seu olhar de mim para Vincent e de volta para mim, e não foi a primeira vez naquela noite em que eu desejei ser qualquer outra coisa, menos uma *fille de maison*.

Quando Vincent e eu atravessávamos a Place de la République, voltando para casa, ele parou à frente da Saint-Trophime, olhando fixamente para as esculturas do Juízo Final sobre a porta de entrada, iluminada pela luz de gás. Ele tombou a cabeça e ficou a analisá-las até que eu comecei a me sentir desconfortável e dei um puxão em seu braço. O Cristo, com as mãos aprumadas para receber os abençoados e condenar os malditos, havia se tornado um estranho para mim; os apóstolos e santos juízes assustadores, ansiosos por decidir meu destino. Mas Vincent não se mexeu, e surpreendeu-me ao gesticular para entrarmos.

— Na igreja? — perguntei. — Eu e você?

— Por que não? Eu gostaria de ver a *crèche*, nunca estive lá dentro.

— Eu também não, mas isso não significa que eu queira agora.

Ele olhou para mim com um olhar estranho e, em seguida, olhou novamente para as esculturas.

— Você se importa se eu entrar por um minuto? — Eu disse que não e ele galgou os degraus.

Eu me sentei e coloquei o queixo nas mãos, em um suspiro: o que havia dado nele? Talvez a peça tivesse trazido à tona velhos sentimentos religiosos; ele *já tinha* sido padre. Ela trouxera à tona velhos sentimentos em mim também, nas não o suficiente para que eu ousasse entrar em Saint-Trophime. Para passar o tempo, abri minha bolsa e tirei meu *santon*, examinando sua graciosa roupa e outros detalhes mais de perto. Um moleiro com um saco de grãos. Eu sorri ao lembrar o que Vincent disse sobre os campos de trigo e a colheita, naquele dia no ateliê, antes da chegada de Gauguin. O que ele estava tentando dizer ao escolher esse *santon* em especial?

Eu esperava que Vincent saísse de lá mal-humorado, resmungando coisas sobre clérigos e hipócritas, mas ele tinha a aparência calma e relaxada, com os olhos brilhando. Ele não comentou sobre o que viu ou o que fez dentro da igreja; somente pegou minhas mãos e me ajudou a levantar. Em vez de nos dirigirmos à maison quando saímos da Place de la République, ele rumou para o outro lado.

— Para onde vamos? — perguntei, puxando o braço dele novamente.

Ele sorriu.

— É uma surpresa.

Ele estava me levando para aquele café na Place du Forum, o que estava em seu quadro. Eu soube antes de chegarmos, e minha ansiedade crescia conforme nos aproximávamos da praça. Eu nunca havia estado em um lugar assim antes — nem aqui em Arles, nem em Saint-Rémy, onde havia somente dois cafés, e nenhum deles era especial. Vincent nos levou diretamente ao toldo amarelo, galantemente puxando uma cadeira

Os girassóis

de uma mesa vazia para mim, sentando-se à minha frente. Era uma noite amena para o clima de dezembro, e quase todas as mesas e cadeiras estavam ocupadas.

Arrumei minhas saias e sentei-me ereta, como se sentaria uma dama, sem aquela postura desajeitada, sem colocar meus cotovelos sobre a mesa. Olhei para os outros casais que apreciavam a noite, de mãos dadas, conversando, rindo. Foi o amor que uniu esses homens e essas mulheres, não o dinheiro. Era possível ver isso em seus olhos, em seus rostos, em cada parte de seus corpos.

— É como se tivéssemos entrado em seu quadro — eu disse a Vincent. — É um mundo totalmente diferente.

O garçom se aproximou e nos saudou respeitosamente antes de Vincent pedir "*Une bouteille de vin rouge, s'il vous plaît*". Quando ele saiu, Vincent sussurrou:

— É o mesmo garçom do meu quadro, mas acho que ele não me reconheceu.

Considerando que ele era o único ruivo de Arles, achei isso muito improvável, mas sussurrei de volta:

— Ninguém nos reconheceria esta noite.

Vincent ainda estudava o garçom quando ele veio atender um casal sentado na mesa ao lado. Antes que eu pudesse perguntar o que ele estava olhando, Vincent colocou o dedo nos lábios e tirou o caderno e o lápis que sempre levava consigo. Com um sorriso levado no rosto, desenhou por alguns minutos, seu lápis riscando o papel em traços rápidos. Quando o garçom se foi, sem notar que alguém o observava, Vincent me passou o caderno. Lá estava ele: colete perfeitamente abotoado, avental impecavelmente branco, o desenho se movendo com a mesma energia controlada que o homem possuía. Eu ri.

— Você sempre faz isso?

Vincent tirou seu cachimbo do bolso e piscou.

SHERAMY BUNDRICK

— Só quando não estão olhando.

Ficamos no terraço do café por uma hora depois que o garçom trouxe nosso vinho; talvez um pouco mais. A fumaça do cachimbo se retorcia preguiçosamente sobre nossas cabeças enquanto falávamos de tudo e de nada, nossas mãos se tocando, um sorrindo para o outro sob o toldo amarelo. Eu gostava de ver Vincent sorrindo, e não de cara feia, como ele tinha andado ultimamente. Eu gostava de como o vinho se demorava em minha língua, saboroso e frutado — muito melhor do que o vinho que tomávamos no estabelecimento de Madame Virginie. Eu gostava de ter Vincent só para mim novamente.

O céu estava claro o suficiente para ver as estrelas enquanto caminhávamos da Place du Forum na direção da *maison*. Passamos novamente pelas *arènes* e fiquei olhando o anfiteatro antigo com o mesmo espanto que sempre sentia.

— Por que nunca pintou a arena? — perguntei. — Ou qualquer outra ruína romana da cidade?

Vincent deu de ombros.

— A natureza e as pessoas significam mais para mim do que pedras velhas. Esta semana fiz um estudo de uma tourada que aconteceu na arena. Mas não se pode ver a arquitetura. Eu mostrei os espectadores nas arquibancadas. — Quando perguntei como ele havia conseguido pintar uma tourada se a temporada já havia terminado, ele explicou: — *De tête*... de memória. Estava chovendo demais para sair naquele dia, e Gauguin anda me estimulando para que eu trabalhe com minha imaginação.

Foi a primeira vez naquela noite em que pronunciamos o nome de Gauguin, e eu o ignorei. Perguntei a Vincent se ele já tinha visto uma tourada e ele respondeu:

— Algumas vezes, em abril. Fui no domingo de Páscoa.

— Eu também fui na Páscoa! O que achou?

125

Os girassóis

Vincent fez uma careta.

— Não achei que eles fossem matar os touros. Nas outras em que fui eles não mataram. Mas a multidão é uma coisa à parte, todos vestidos com cores vibrantes sob o sol. Todas as lindas arlesianas em seus *fichus* e chapéus. — Ele apertou meu braço. — É isso o que quero captar em minha pintura. O que *você* achou? Não consigo imaginar uma mulher gostando daquilo, embora houvesse muitas naquele dia.

— Ah, eu também não gostei de terem matado o touro. Eu saí depois da primeira luta. — Eu tinha aplaudido com os outros quando o matador apareceu, com sua roupa bordada e alegre; ficara apreensiva e aplaudi quando ele começou a escarnecer do touro, negro como ébano. Parecia um jogo... A capa vermelha, a espada cintilante... Até que a espada foi enfiada entre as espaldas do touro e o sangue jorrou sobre as costas dele, caindo na areia da arena. O touro atordoado cambaleou em círculos e caiu de joelhos, o líquido vermelho golfando de sua boca, e então o matador o liquidou com um golpe no coração. A multidão irrompeu em gritos selvagens, até as mulheres pulando de júbilo. Eu queria ir embora, mas Françoise segurou meu braço. "Não, não vá", ela disse. "Olhe." Um picador aproximou-se da carcaça caída e decepou uma das orelhas do touro com uma faca longa e depois a limpou e a entregou ao matador. Eu tapei minha boca com a mão, achei que fosse vomitar. "Olhe", insistiu Françoise. Uma linda jovem surgiu na arena, com um alegre vestido florido cor-de-rosa e um sorriso determinado. O matador colocou a orelha do touro dentro de uma pequena caixa e, com um cumprimento gracioso, entregou a caixa para a jovem. "O matador sempre dá a orelha para sua amada", Françoise explicou. "Não é romântico?" Eu achei que Françoise tinha enlouquecido, assim como o resto dos arlesianos que aplaudiam, e abri caminho atravÃ©s da multidÃ£o, descendo as escadas, correndo atÃ© alcanÃ§ar a rua. Eu ainda podia ouvir os gritos enquanto me afastava.

Vincent e eu viramos na Rue des Ricolets e depois na Rue du Bout d'Arles. Ele tinha comeÃ§ado a cantarolar uma das canÃ§Ãµes da *pastorale*, tomou-me em seus braÃ§os, e foi danÃ§ando comigo atÃ© a porta da *maison*, rodopiando comigo sem parar enquanto eu guinchava de tanto rir.

— Pare, pare! VocÃª Ã© um pÃ©ssimo danÃ§arino!

Ela parou e tambÃ©m riu.

— NÃ£o Ã© culpa minha. Eu nunca dancei em toda a minha vida.

— Um dia eu lhe ensino — eu disse, e o beijei. Ele me retribuiu com o tipo de beijo que havÃamos experimentado na primeira noite: o tipo de beijo que dizia que ele gostaria de entrar comigo. Eu queria que ele entrasse comigo.

Ele tomou meu queixo em seus dedos e olhou bem dentro dos meus olhos.

— Rachel, eu... — Ele pigarreou e desviou o olhar. — Eu... eu tenho que levantar cedo, entÃ£o acho melhor me despedir.

— Tem certeza de que nÃ£o quer entrar um pouco? — Dei-lhe meu melhor sorriso coquete, o tipo de sorriso que dizia que seu tempo seria bem empregado e que ele seria um bobo em recusar.

— Uma outra noite, eu prometo. *Bonne nuit*, Rachel. Eu me diverti muito.

— Eu tambÃ©m. Obrigada por me convidar. — Tentei nÃ£o soar desapontada. — *Bonne nuit*.

Ele fez uma de suas reverÃªncias desajeitadas e ganhou a rua, ainda assobiando a melodia da *pastorale*.

Capítulo Onze

Chuva

Penso que Gauguin estava um pouco aborrecido com a boa cidade de Arles, com a casa amarela onde vivíamos, e especialmente comigo.

(Vincent para Theo, Arles, dezembro de 1888)

"Uma outra noite" tornou-se outra noite e mais outra noite. Eu repetia a nossa conversa em minha cabeça enquanto andava de um lado para outro em meu quarto no estabelecimento de Madame Virginie e olhava para o *santon* de pé em minha cômoda. Vincent estava quase dizendo que me amava, eu tinha certeza, mas por que ele havia parado? Por que ele se mantinha distante agora? "Não deve deixar que o medo a impeça de fazer algo que deseja", ele me dissera. Por que ele não seguia o seu próprio conselho?

Françoise não era muito compreensiva.

— Eu tentei avisar — ela disse. — Ele é como todos os outros. — Não vi razão para discutir. Ela nunca entenderia.

— Onde está o seu pintor? — Jacqui perguntava, satisfeita em me humilhar. — Esqueceu você? Ohhh, eu queria que o amigo dele voltasse... *Nom de Dieu*, aquele me deixou exausta! Eu fiquei andando esquisito depois que ele saiu. — Ela ria. — Você

129

Os girassóis

soube que eles foram expulsos de um café na Rue de la Cavalerie por brigarem?

— Você está inventando — eu disse, com raiva.

— Uma das meninas do velho Louis estava lá e me contou. Seu pintor atirou um copo de absinto no outro e tudo começou. Foi preciso que Joseph Roulin e o dono do café os apartassem, embora eu imagine que... qual é o nome dele... Paul? Ele poderia dar cabo rapidamente daquele seu *mec* magricelo, se quisesse. Ele seguramente deu cabo de mim. — Ela riu novamente. Eu ignorei a história, achando que era mais uma tentativa de me irritar, até que uma das meninas também a mencionou, e a partir daí eu só pude imaginar. E esperar.

Em uma noite chuvosa, uma semana após a *pastorale*, Raoul veio até o bar onde eu estava sentada.

— *Monsieur le peintre* está aqui, mademoiselle. Não sei se devo deixá-lo entrar. Venha ver.

Vincent estava parado sob a chuva forte debaixo da luz da entrada, ensopado até os ossos e apenas com um guarda-chuva velho para cobri-lo. Parecia um rato que tinha caído no Ródano e saído novamente. Fiz um gesto para que Raoul se afastasse e o empurrei para dentro.

— Vincent, que diabos está fazendo fora de casa em uma noite dessas? Vai morrer de frio! Venha para perto do fogo agora mesmo! Ele resmungou algo que não consegui entender enquanto eu enfiava seu guarda-chuva no suporte ao lado da porta e o guiava até uma mesa perto do fogo. Felizmente, Madame Virginie se recolhera cedo, pois o movimento estava fraco, então ela não se encontrava lá para reclamar dessa pessoa enlameada sujando o chão limpo.

— Olhe só como você está molhado! — eu ralhei com ele antes de ir pegar uma toalha e um copo de conhaque. — Não engula; tome aos poucos. Ele afastará o frio de seus ossos. — Esfreguei

seu cabelo molhado com uma toalha até ela ficar encharcada.
— Sair na chuva sem um chapéu. Meu Deus! Nem os soldados saíram do quartel esta noite para procurar mulheres.

— Eu quero um absinto — ele disse. Eu recusei, e ele tensionou o queixo. — Traga-me um absinto, droga.

— Eu disse que não. É a última coisa de que você precisa agora.

Ele franziu as sobrancelhas como se fosse discutir comigo, e então seus olhos passaram rapidamente pela sala.

— Quero ir lá para cima. As pessoas estão olhando.

Com exceção de Claudette, aconchegada com um *mec* em um canto, o *salon* estava vazio.

— Não há ninguém aqui... Os outros homens têm mais juízo do que você. Vamos ficar aqui e secá-lo.

Eu suspirei e tomei o copo vazio da mão dele. Não havia como discutir.

Em algumas noites, a porta do meu quarto mal se fechava, e nossas bocas e mãos já tocavam todas as partes de nossos corpos, e nos livrávamos das roupas em um frenesi. Outras noites eram mais calmas, mais carinhosas, permitindo que a centelha construísse a chama lentamente. Mas, naquela noite, enquanto eu acendia a lamparina e puxava as cobertas, Vincent circulava pelo quarto e passava as mãos no cabelo como se eu não estivesse lá.

— Está frio aqui dentro — ele murmurou.

— Eu lhe disse que devíamos ficar perto do fogo. Quer voltar lá para baixo? — Ele balançou a cabeça em negativa e eu disse: — Então por que não me deixa aquecê-lo? — Eu o levei até perto da cama, deslizei seus suspensórios pelos ombros e comecei a desabotoar sua camisa. Meus lábios seguiam meus dedos através de seu peito.

A princípio, ele parecia ávido: jogou a cabeça para trás, o coração palpitando ao meu toque; mas, de repente, ele se afastou e foi olhar a chuva pela janela.

Os girassóis

— Não consigo — ele sussurrou, enquanto abotoava a camisa.

— Vincent, o que foi? — perguntei, agora assustada. — Você está agindo de modo estranho... Ah, meu Deus, você encontrou outra mulher. — O quarto começou a girar e eu me apoiei na cômoda para não cair.

— Não existe mais ninguém, eu juro — ele insistiu. — Eu quero dizer que... *não consigo.* — Ele virou de costas para a janela e me olhou de modo intenso, com o rosto vermelho, desejando que eu entendesse para que ele não precisasse dizer em voz alta.

Foi então que eu entendi. Não pude evitar sentir-me aliviada por ser somente isso, embora eu não demonstrasse. Os homens levam essas coisas tão a sério; não seria bom magoá-lo.

— Eu sinto muito — ele murmurou. — Não achei que isso pudesse acontecer com você.

Cruzei o aposento para apertar as mãos dele nas minhas.

— Acontece com todos os homens de vez em quando, meu querido, não precisa se desculpar. Existe alguma coisa incomodando-o, sobre a qual você queira conversar? Quem sabe eu possa ajudar.

— Theo vendeu dois quadros de Gauguin na Bretanha por seiscentos francos. Um terceiro, se Gauguin retocá-lo, mais quinhentos francos. Eu não vendi nada. — Ele suspirou com a cabeça baixa, e eu apertei seus dedos. — Gauguin também foi convidado a expor com o grupo Les Vingt, em Bruxelas. É uma oportunidade importante para ele expor, com outros pintores trabalhando em novos estilos. — Em voz mais baixa, ele acrescentou: — Eu esperava que Theo fosse negociar um convite para mim.

— Estou certa de que ele tentou... — Vincent riu com desdém, sem responder. — Sinto muito, eu sei que deve estar muito desapontado.

— A única oportunidade para expor que me ofereceram foi pendurar algumas coisas nos escritórios de um jornal de arte chamado *La Revue Indépendante*.

— Bem, já é alguma coisa — eu disse com alegria. — Você vai aceitar?

Ele se exaltou.

— Aquilo é um buraco dirigido por canalhas. Eles querem que eu doe um de meus quadros pelo "privilégio", como se eu fosse fazer isso. Theo está bravo comigo, mas qual é o propósito? Eu quero fazer uma exposição digna no ano que vem, com os novos quadros.

— Será uma exposição maravilhosa — eu disse, acalmando-o. Eu nunca o tinha visto assim, e não sabia como fazer com que ele se sentisse melhor. O que eu sabia sobre *marchands* e exposições além do que ele mesmo me dizia?

— E isso não é tudo — ele disse, com outro suspiro. — Agora que ganhou mais dinheiro, Gauguin está pensando em ir embora.

— Por que ele faria isso? Ele acabou de chegar.

Aos poucos, Vincent começou a me contar a verdade: como as coisas entre ele e Gauguin haviam mudado. Quanto Gauguin detestava Arles e os arlesianos, quanto ele estava cansado da casa amarela. Gauguin achava que Vincent falava demais, não gostava do modo como Vincent pintava, achava que Vincent era muito desleixado, e assim era, dia após dia, uma ladainha de reclamações. O tempo não tinha ajudado; eles ficavam encerrados no ateliê, sem poder ir a lugar nenhum.

— Não pode imaginar como tem sido — Vincent ficava repetindo, mas eu podia. Eu havia visto o bastante, havia escutado o bastante para imaginar tudo aquilo, e o pensamento da casa amarela como um campo de batalha me dava náuseas. — Eu sei que não sou uma pessoa fácil de conviver — Vincent disse —, mas eu tentei. Eu tentei.

OS GIRASSÓIS

Lembrei-me da história de Jacqui.

— É verdade que brigou com ele em um café?

— Ah, meu Deus, você soube disso? — ele gemeu. — Eu estava tão bêbado, não quis machucá-lo. Eu só fiquei farto de...

— Então por que não o deixa ir? — perguntei. — Ele pode voltar para Paris ou para onde ele quiser, e você e eu...

Vincent balançou a cabeça.

— Ele dirá a todos como odiou ficar aqui. Ele dirá a todos que foi tudo culpa minha, e que eu sou um fracasso. Eu serei humilhado.

Envolvi o rosto dele em minhas mãos e o forcei a olhar para mim.

— Você *não* é um fracasso. Seus quadros são lindos e algum dia todos os adorarão tanto quanto eu os adoro. — Novamente, ele riu com desdém e desviou o olhar. — Você não pode convidar outro, algum de seus amigos pintores?

— Você não compreende... Se Gauguin partir, ninguém mais vai querer vir. Ele os afastará, e isso acabará com meu projeto de criar um ateliê no sul. Ele só dará certo se ficar.

Engoli o que eu realmente queria dizer com relação a isso.

— Então, por que não conversa com ele? Por que não discute com ele, sem ficar alterado? Ou quem sabe Theo possa conversar com ele. Talvez você possa...

— Gauguin não me dará ouvidos e duvido que dê ouvidos a Theo também.

— Vincent, estou tentando ajudar — suspirei. — Estou tentando entender.

— Você não consegue entender! — A voz dele ficou aguda, raivosa. — Como você poderia entender?

Soltei as mãos e virei o rosto.

— Não quero ser ranzinza com você, *chérie* — ele disse, com a voz menos áspera. — Estou com os nervos tão à flor da pele que nem sei o que digo. — Ele inclinou a cabeça para me consolar e, por um instante, parecia que acabaríamos na cama, mas ele recuou e deixou escapar: — Gauguin acha que sou louco.

— Louco? O que o faz dizer isso?

— Nós retratamos um ao outro. O modo como ele me retratou, o rosto, a expressão... Eu pareço um idiota, ou um louco. Gauguin não seria o primeiro a achar isso. Meu próprio pai quis me internar depois do que aconteceu com Sien. — Vincent andou até o espelho sobre a pia, parou e ficou olhando sua própria imagem. — Talvez seja verdade. Há oito anos faço isso, e o que tenho para mostrar exceto salas cheias de quadros que ninguém quer? Isso certamente é loucura, não é?

Fui ter com ele ao lado do espelho e toquei seu ombro.

— Deve ter paciência, *mon cher*. Sei que é difícil, mas...

— Eu tenho sido paciente! — Ele se afastou e começou a andar de um lado para o outro, gesticulando desordenadamente enquanto falava. — Tenho trabalhado e esperado... Larguei *tudo* para fazer isso. Eu poderia ter me tornado um bem-sucedido *marchand* como Theo e tido uma vida normal, mas larguei tudo, e agora olhe só para mim! Trinta e cinco anos e ainda sustentado pelo irmão mais novo. Sou um fracasso, e sou um fardo para Theo. — Ele acrescentou, baixinho: — Está acontecendo o mesmo que aconteceu em Paris... — E apalpou seus bolsos vazios, fechando a cara em seguida.

Dei-lhe um cigarro e fósforos do suprimento que tinha em minha cômoda para os clientes. Ele inalou profundamente e soltou uma nuvem de fumaça com uma baforada que pareceu mais um suspiro. As mãos dele tremiam.

— Theo acredita em você e quer ajudá-lo — eu disse. — O que ele diz sobre a venda de seus quadros?

Mais uma longa tragada do cigarro. Mais uma baforada.

Os girassóis

— Diz o mesmo que você: tenha paciência. Os colecionadores agora estão investindo nos impressionistas e a opinião pública é ainda mais lenta para absorver novos artistas. Theo diz que a maré vai mudar.

— Pronto, está vendo? Eu ouviria a opinião dele, e não a de Gauguin. O que Gauguin sabe?

Ele batia no cigarro com dedos impacientes.

— Não sei quanto tempo mais eu consigo aguentar, Rachel. Às vezes, sei exatamente o que quero, e sinto que posso fazer isso eternamente; outras vezes, acho que isso será a minha morte. Mas não posso parar. Posso viver sem todo o resto: dinheiro, gente, até mesmo Deus, mas não posso viver sem minha pintura. Mesmo se algum dia ela me matar.

Cheguei perto dele e ele me abraçou como um homem prestes a se afogar se agarraria a um frágil bote em meio a uma tempestade, com o rosto úmido roçando o meu pescoço. Tudo à volta dele podia desmoronar. Eu tentei dizer-lhe com meu toque e meu abraço que eu estaria lá. Eu sempre estaria lá.

— Por que não fica comigo esta noite? — sussurrei.

A voz dele roncou em meu ouvido:

— Já incomodei demais.

— Você não me incomoda, querido. Quero que fique.

Àquela hora, a *maison* já havia fechado, e Vincent não seria descoberto, desde que fôssemos cuidadosos. Ele sorriu pela primeira vez quando eu lhe trouxe um cobertor felpudo de lá e riu quando eu brinquei, dizendo que ele deveria usar uma de minhas camisolas para dormir. Mas, quando eu estava pronta para dormir e prestes a assoprar a lamparina, ele balançou a cabeça e disse:

— Deixe acesa. — Eu reduzi ao máximo a chama e entrei na cama ao lado dele, aconchegando as cobertas de modo que nos envolvesse em um casulo. Ele se enroscou em mim e fez de meus seios seu travesseiro, como uma criança.

— Tudo vai ficar bem, meu amor — eu lhe disse, beijando sua cabeça. — Você verá.

Ele fechou os olhos com um leve suspiro e dormiu, mas eu continuei acordada, afagando seu cabelo com carinho enquanto meus pensamentos viajavam a lugares estranhos. Como ele teria sido quando criança? A mãe dele o abraçava desse jeito na escuridão da noite, quando vinham as tempestades e o mundo o assustava? Eu o imaginava lendo livros enquanto as outras crianças brincavam, ou deitado sozinho na grama buscando imagens nas nuvens. Eu gostaria de tê-lo conhecido então, ou em algum outro momento antes dos trinta e cinco anos marcarem seu rosto com linhas quase invisíveis à luz da lamparina.

Lá fora, a chuva continuava a cair. Quando o óleo da lamparina estava quase no fim, inclinei-me e soprei a chama.

Capítulo Doze

23 de Dezembro de 1888

Nossas discussões são incrivelmente elétricas; às vezes, saímos delas com nossas cabeças exaustas, como pilhas usadas.

(Vincent para Theo, Arles, final de dezembro de 1888)

Se Gauguin partisse *mesmo...* O homem nervoso e receoso que se agarrava a mim em meu quarto não era o homem que eu conheci na Place Lamartine, aquele que sorria e ria e andava tão cheio de esperança em sua casa amarela. Em questão de semanas, Gauguin tinha conseguido trazer à tona todas as inseguranças de Vincent — e Vincent ainda não o via como ele era. Gauguin teria inveja do talento de Vincent, mesmo tendo vendido mais quadros? Será que ele tinha prazer em dominar outro pintor para se fazer sentir superior? A cada dia eu esperava ouvir que Gauguin tinha subido em um trem para Paris, e que nunca mais voltaria a Arles. Mas, em vez disso, recebi uma mensagem de Vincent dizendo somente: "Tudo está bem agora. Ele não irá embora". Talvez Vincent se sentisse aliviado. Eu, não.

Não soube de mais nada durante duas semanas. Jacqui disse que viu Vincent e Gauguin no estabelecimento do velho Louis

Os girassóis

bebendo absinto feito água, e, embora eu a desafiasse a provar a história, fiquei magoada. As garotas de Louis andavam a esmo pelo salão usando penhoares transparentes. Não era como em nossa *maison*, onde Madame Virginie achava isso indecoroso. As meninas de Louis faziam qualquer coisa por dinheiro, por mais revoltante que fosse. Eu esperava que Jacqui estivesse mentindo, e, se não estivesse, que Vincent tivesse ido lá somente para beber ou fazer esboços para seus quadros de bordel enquanto Gauguin ia para o quarto com uma *fille* ou duas.

Françoise tentava me animar, convidando-me para ir com ela e as meninas a um balé no Folies Arlésiennes — eu recusei — ou para ver a exposição de animais ferozes no Boulevard des Lices — que também recusei. Quando Madame Virginie montou a *crèche* de Natal em sua sala de estar e as meninas se reuniram em volta dela para cantar canções, eu fiquei no andar de cima, segurando o *santon* que Vincent me dera e lembrando da *crèche* de minha família. Imagens do passado penetravam meus sonhos — imagens de mamãe e papai. Uma noite, imaginei Vincent e papai sentados juntos ao lado do fogão a lenha, fumando seus cachimbos e conversando. O que papai acharia de Vincent, se o conhecesse?

Vincent, sempre Vincent. Talvez eu é que estivesse ficando louca.

Domingo, 23 de dezembro. A *maison* não estava movimentada, mas o frio vento do norte trouxe Vincent e Gauguin de volta à Madame Virginie. Fiquei olhando para Vincent de trás do bar, sem saber se eu queria correr e beijá-lo ou se o repreenderia por se esquecer de mim novamente. Quando enchi uma bandeja de bebidas e fui até a mesa deles, Gauguin me cumprimentou como se tudo estivesse em perfeita ordem, mas Vincent fez uma carranca, baixou a cabeça e não disse nada.

SHERAMY BUNDRICK

— Mademoiselle Rachel — disse Gauguin quando sentei-me entre eles —, tenho notícias que partirão seu coração. Estou de partida. Vou voltar a Paris.

Olhei para Vincent, que preparava seu absinto e agia como se estivesse sozinho.

— Ah, mas que pena. Por quê?

Gauguin derramava vagarosamente a água em seu próprio copo de absinto.

— Talvez eu volte à Bretanha, talvez vá à Martinica ou até ao Taiti. O irmão de Vincent vendeu alguns quadros para mim, então poderei pagar a viagem. Mil e cem francos. Já era hora. — Ele mexeu sua bebida e anunciou: — Creio que precisamos brindar. Primeiro, a mim e a meus empreendimentos futuros.

Levantei minha taça de vinho, mas não disse uma palavra. Vincent ignorou o brinde completamente.

— Segundo, a Theo van Gogh e sua futura noiva Johanna Bonger, cujo noivado soubemos esta manhã.

— Oh! — eu disse, e voltei-me para Vincent. — Theo está noivo!

— Sim — Vincent resmungou, sua primeira palavra da noite.

— Não está feliz por seu irmão? — perguntei. — Não gosta da moça?

— Eu não a conheço — Vincent respondeu, ainda resmungando. — Ela é irmã de um amigo nosso. É holandesa.

Gauguin interrompeu.

— É uma jovem educada e espirituosa, de acordo com Theo. A esposa perfeita para um jovem *marchand* em ascensão.

— Mas que ótimas notícias! — eu disse para Vincent, com um sorriso encorajador. — Você deveria estar feliz por eles. — Tentei pegar a mão dele, mas ele se desvencilhou sem responder.

— Vou lhe dizer qual é o problema dele — Gauguin retrucou. — Ele acha que assim que Theo se casar e tiver uma

Os girassóis

esposa para sustentar, e depois os filhos, não sobrará nenhum dinheiro para ele. E isso o deixa apavorado porque seu trabalho não está vendendo.

Vincent olhou para ele.

— Vá para o inferno, Gauguin.

— E não é verdade? Theo também tem me sustentado enquanto estou aqui, mas, agora que ele vendeu alguns trabalhos, não preciso mais do dinheiro dele. Mas você... você não vendeu nada.

— Eu disse para ir para o inferno. Você não tem a mínima ideia do que está dizendo. — Os olhos dos dois homens se apertaram e uma eletricidade tensa pulsava entre eles.

Eu quase sugeri a Vincent ali mesmo para subirmos. Em meu quarto, poderíamos ter conversado, ele poderia ter se acalmado, eu poderia tê-lo ajudado a ver que o casamento de seu irmão não era nada para invejar, nada para temer. Mas não sugeri. Em vez disso, virei para Gauguin e tentei parecer o mais animada possível, dizendo:

— Conte-nos sobre seus planos em Paris.

— Um pouquinho disso, um pouquinho daquilo — ele disse, airosamente. — Tenho saudade das moças de Paris. Não há nada igual em lugar algum, exceto talvez nos trópicos.

— Você não tem uma esposa esperando na Dinamarca? — Vincent comentou, escarnecendo.

Gauguin o ignorou e deslizou a mão por baixo da mesa para acariciar minha coxa.

— Sabe, mademoiselle Rachel, meu amigo ruivo tem sido muito egoísta guardando-a só para ele. Parece que ele se esqueceu dos princípios de caridade cristã de seus dias de pregação. Que tal um pequeno... presente de despedida?

Vincent parecia que ia explodir.

— Ah, você! — eu disse, fingindo brincar, e afastei Gauguin. — Jacqui pode mantê-lo totalmente entretido, não precisa de mim.

— Falo sério. — A mão migrou para minha perna e buscava a barra da minha saia. — Aquela pequena amostra que vi lá na casa aguçou meu apetite. Ou que tal uma última colaboração, Vincent, meu amigo? Poderíamos nos revezar e fazê-la muito feliz...

— Tire essas mãos nojentas de cima dela! — Vincent gritou, pulando da cadeira, do mesmo modo que eu. Ele me puxou para o lado dele, e estávamos ambos tremendo: eu de repulsa, e ele, de ódio. Todos na sala nos observavam e Raoul deixou seu posto para averiguar o que acontecia.

Gauguin levantou as mãos em uma sarcástica rendição.

— Minhas desculpas, *mon ami*, não tinha ideia que a jovem estava reservada. — Ele olhou para nós com curiosidade, primeiro para Vincent; depois, para mim, e, em seguida, novamente para Vincent. — Espere... Está apaixonado por ela? O filho do clérigo está realmente apaixonado por uma *fille de maison*? — Ele urrava de rir e batia no joelho. — Mijnheer van Gogh, o que diria sua mãe? Seu irmão escolhe uma virgem, e você, uma prostituta! — Os dedos de Vincent se fincaram em meu quadril e eu apertei ainda mais o ombro dele.

Gauguin enfiou a mão no bolso e jogou algumas moedas sobre a mesa.

— Aqui estão dois francos para compensar minha imperdoável grosseria de querer sua mulher. Leve-a para cima e faça o que quiser fazer com ela. Fogosa como ela é por baixo dessa saia, tenho certeza de que ela permitirá. — Ele olhou maliciosamente para mim enquanto lágrimas de vergonha brotavam em meus olhos.

— Não preciso do seu maldito dinheiro — Vincent escarneceu, recolhendo os dois francos e arremessando-os com violência sobre Gauguin. Eles caíram, rolando sobre o chão de madeira.

Os girassóis

— Por quê não? Ela lhe faz de graça?

Jacqui apareceu e passou o braço sobre o ombro de Gauguin.

— Deveria ter pedido a mim, Paul. Eu vou lhe proporcionar uma noite inesquecível.

— Aposto que sim — disse Gauguin, dando palmadas no traseiro dela e depois colocando-a no colo e fazendo-a gargalhar.

— Que cor de ceroulas está usando hoje, meu benzinho?

Ela levantou o vestido na frente dele.

— Por que não dá uma olhada para ver?

— Vamos subir, Vincent — eu disse, baixinho, e o puxei na direção das escadas.

— Você ouviu isso, *mon ami*? — Gauguin perguntou, e Jacqui gargalhou ainda mais alto. — Sua pequena está pronta e esperando! Tem certeza de que não quer meu dinheiro? Ou não consegue manter sua parte do negócio?

— Por que não o deixa em paz? — eu gritei. — Você tem inveja porque os quadros dele são melhores que os seus... Você não passa de um parasita!

— Inveja? Parasita? — Gauguin empurrou Jacqui e deu um passo na minha direção. — Alguém precisa lhe ensinar bons modos, menina.

Vincent se colocou entre nós, e seu tom de voz foi gelado.

— Se tocar nela, eu juro por Deus que o mato, seu desgraçado.

Eu esperava que Gauguin fosse atacá-lo, esperava uma briga; mas, para minha surpresa, Gauguin recuou.

— Fique aí com sua prostituta barata. Eu vou pegar minhas coisas e encontrar um hotel. Vou para Paris amanhã, não quero ficar mais um só dia neste buraco nojento. Você e seu maldito irmão podem ir para o inferno!

Ao dizer isso, Gauguin caminhou para a porta, mas Vincent arremessou um copo nele antes que pudesse alcançá-la. Ele quase o acertou, e o copo se espatifou contra a parede. Gauguin veio para cima de Vincent, sacudindo-o até seus dentes tremerem.

— Solte-o! — eu gritava, tentando separar os dois, mas Gauguin me deu um empurrão e eu caí com um grito, batendo meu ombro no chão duro.

Abrindo caminho feito um touro raivoso, Vincent alcançou a garrafa de absinto e bateu com ela na cabeça de Gauguin enquanto Jacqui gritava blasfêmias e eu gritava para que ele parasse. Joseph Roulin veio correndo do andar de cima e entrou no meio, com Raoul, para apartá-los — Raoul segurando Gauguin e Roulin tentando arrancar a garrafa das mãos de Vincent. Madame Virginie saiu às pressas de seus aposentos, ganindo feito um espírito vingativo:

— Tire-os daqui! Fora! Fora!

— Solte-me, maldito! — Gauguin urrava, mas Raoul era muito maior que ele, e Gauguin não iria a lugar algum exceto a rua. Ele parou um pouco para continuar gritando para Vincent enquanto Raoul o empurrava porta afora. — Você é uma fraude! Maluco! Todos vão saber quem você é!

— Por favor, solte-me, Roulin — Vincent disse calmamente. Tenho certeza de que todos pensaram que ele dispararia atrás de Gauguin, mas, em vez disso, ele se ajoelhou diante de mim e perguntou se eu estava machucada.

Fiz que não, mas eu sabia que ficaria bem roxa.

— Não dê ouvidos a ele — eu implorei, colocando meus braços em volta do pescoço dele. — Não vale a pena.

— Tire-o daqui — Madame Virginie ordenou a Roulin, ainda olhando para Vincent. Ela olhou para mim também, como se tudo tivesse sido culpa minha.

— Vamos, Vincent — Roulin disse com sua voz de trovão. — É melhor você ir para casa. — Vincent seguiu-o resignadamente, parando à porta para me olhar uma última vez.

Os girassóis

Eu comecei a ir atrás deles, mas Françoise me pegou pelo braço. Ela viera do andar de cima com Roulin por causa da gritaria.

— Não há mais nada que possa fazer, Rachel. Você precisa se limpar. — Ela olhou feio para os clientes que ainda nos encaravam. — O que estão olhando?

— Algo mais vai acontecer. E se Gauguin for atrás dele? E se....

— Raoul deve ter levado Gauguin para um hotel, tenho certeza, e Joseph está com Vincent. Eles vão dormir e, com sorte, Gauguin partirá pela manhã. No primeiro trem.

Eu a segui escada acima, tão resignadamente quanto Vincent seguira Roulin. Permiti que ela me ajudasse a vestir minha camisola e que limpasse meu rosto, e também que examinasse a mancha amarela em meu ombro. Ela me pôs na cama, colocou um copo de água na cabeceira e me disse que tudo ficaria bem. Eu balancei a cabeça e, com cuidado, puxei o cobertor de modo que cobrisse meu queixo, mas continuei vendo os olhos de Vincent quando ele me encarou da porta. Assustado. Como um animal preso em uma armadilha.

— Não se preocupe — Françoise disse, apagando a lamparina. — Vai ficar tudo bem.

Não devia fazer muito tempo que eu estava dormindo quando uma batida insistente me acordou. Estremeci por causa do ombro dolorido, apanhei meu xale e dirigi-me para a porta. Era Françoise novamente, lívida, pedindo que eu descesse imediatamente.

— Vincent está aqui — ela disse. — Ele quer vê-la. Ele...

Antes que ela pudesse terminar, eu já havia disparado, descalça, pelo corredor, e passado pelo relógio na entrada. 11h30, o relógio marcava; somente 11h30. Uns poucos clientes ainda estavam no *salon*, esperando sua vez com as meninas, mas ninguém conversava; ninguém dizia uma só palavra. Vincent estava em pé, parado no centro da sala, e, quando cheguei ao final da escada, ele caminhou vagarosamente em minha direção.

Nunca, nem mesmo naquele noite de chuva, ele tivera essa aparência. Um fantasma de si próprio, mais pálido do que nunca, sob uma boina preta. Desde quando ele usava boina? Seria de Gauguin? Foi somente quando ele se aproximou que notei o trapo manchado de tinta que envolvia sua cabeça. Quando ele chegou mais perto, pude perceber: o fio vermelho que escorria por seu pescoço e ombro não era tinta vermelha.

Isso não pode ser real. É um sonho. Preciso acordar.

Ele estava perto o bastante para que eu pudesse sentir o cheiro do sangue — um cheiro adocicado e persistente que me deixou tonta.

O que eu deveria dizer?

Eu deveria tê-lo pegado em meus braços, deveria ter pedido ajuda, mas não conseguia falar; não conseguia me mexer. A mão dele procurou a minha, levantou-a e abriu-a, de modo que a palma ficasse voltada para cima. Tudo aconteceu tão devagar, tão docemente, como se estivéssemos sozinhos em meu quarto ou na casa amarela e esta fosse somente mais uma carícia, mais uma noite.

Ele levantou a outra mão, onde segurava alguma coisa embrulhada em jornal. Ele colocou o que segurava em minha mão e fechou meus dedos; era algo úmido e frio, e ele não tirou os olhos do meu rosto.

— *Tu te souviendras de moi* — ele disse, com a voz vazia.

Você se lembrará de mim.

Ele largou a minha mão e deu alguns passos para trás, observando, esperando. Eu fiquei olhando para meus dedos manchados de sangue, o embrulho em minha mão manchado de sangue, e uma náusea profunda se apossou de mim. Parte de mim queria arremessar longe o que quer que ele tivesse me dado, mas outra parte de mim...

Não olhe. Não olhe.

Eu abri minha mão e desembrulhei o papel. O resto foi escuridão.

Capítulo Treze

Pesadelos

Estou parada na avenida dos álamos no Alyscamps.

O mistral está soprando e as folhas vermelhas que caem das árvores me cobrem com um manto rubro. Folhas vermelhas por toda parte — cobrindo o chão, jorrando de antigos e frios caixões. O vento sussurra em meus ouvidos, e, no campanário de Saint-Honorat, uma luz ardente brilha entre as sombras. *La lanterne des morts* — acenando para todos que a veem, mostrando o caminho para o inferno.

Vincent está lá.

Ele está subindo a estrada que leva à capela, com o cachimbo na boca, telas penduradas nas costas. Eu chamo seu nome, mas ele não pode me ouvir por causa do incessante gemer do vento. Eu chamo repetidas vezes, mas ele continua andando... devagar, firme... cada passo o leva para mais longe de mim.

Ele está quase chegando à luz.

Eu começo a correr atrás dele, cada vez mais depressa, gritando do seu nome.

E não paro nunca.

Eu não estava no Alyscamps. Eu estava em meu quarto, o frio sol da manhã atravessando a janela. Alguém dormia em minha cadeira, tomando conta de mim. Graças a Deus, fora somente um sonho. Ele estava aqui. Ele havia estado aqui o tempo todo.

Os girassóis

Françoise acordou bruscamente com minha voz chamando o nome de Vincent.

— Rachel, graças a Deus! — Ela correu para mim e colocou a mão sobre minha testa.

— Onde está Vincent? Eu tive um sonho horrível, um sonho muito estranho...

Ela afastou o cabelo dos meus olhos e disse, com a voz trêmula:

— Não foi um sonho.

Eu me esforçava para limpar as teias de aranha da minha memória e lembrar. Ele saiu da *maison* depois da briga, mas voltou. Seus olhos assustados, e então... Minha mão. O sangue. O sangue vermelho, vermelho...

Uma tontura me envolveu e eu segurei o braço de Françoise, tentando ficar sentada.

— Foi Gauguin! A polícia tem que prendê-lo antes que ele saia da cidade!

Ela tentou me convencer a deitar a cabeça no travesseiro novamente, mas eu não fiz nada disso. Será que ela não tinha ouvido o que eu dissera? A polícia, eu ficava repetindo, você tem que chamar a polícia. Gauguin o esfaqueou. Gauguin o feriu. Foi minha culpa, foi tudo minha culpa, se eu tivesse ido com ele...

— Fique deitada, querida — ela implorou. — Por favor, deite-se e escute. — Ela pegou minha mão e disse, com voz paciente e terna: — Não foi Gauguin. Vincent fez isso consigo mesmo.

— É mentira! Onde ele está?

— No hospital, e os médicos estão cuidando dele. Por favor, Rachel, tente se acalmar. — Ela apoiou meus ombros com seu braço e levou um copo de água a meus lábios. — Agora recoste-se, assim.

— Ele vai morrer? — sussurrei.

Ela colocou o copo de lado e evitou meus olhos.

— Ele está muito doente. Perdeu muito sangue.

— Eu quero ir até o hospital. Quero vê-lo.

— Agora você não pode. Dr. Dupin disse que você tem que descansar. — Ela alisou o cobertor, ainda sem olhar para mim. — De qualquer maneira, é dia de Natal, eles não a deixarão entrar.

— Natal? Por que eu dormi tanto tempo?

— Dr. Dupin lhe deu algo para ajudá-la a descansar.

Eu sabia que havia mais alguma coisa. Algo que ela não me dizia, algo que eu ainda não estava lembrando. Algo que eu não queria lembrar.

— Eu desmaiei...

Françoise tirou mais uma vez o cabelo de minha testa, seus dedos cálidos roçando minha pele fria.

— Você teve um aborto natural, querida. Dr. Dupin disse que o choque... — As palavras dela foram desaparecendo.

Lampejos de memória, lampejos de dor me invadiram, dor no meio da noite. Eu tinha acordado do desmaio com sangue manchando minha camisola, escorrendo por minhas pernas. Alguém chamou o médico, Raoul me levou para cima e eu gritava de terror — o sangue de Vincent, ainda fresco nos meus dedos, se misturando ao meu próprio sangue. Eu não conseguia parar de gritar e sentia a vida dentro de mim se esvaindo, no mesmo instante em que eu soube que carregava uma nova vida. Nosso bebê, nosso bebê, eu gritava, e me debatia na cama enquanto Françoise e Madame Virginie me seguravam e Dr. Dupin me aplicava uma injeção. Tudo ficou vermelho, o quarto todo ficou vermelho.

Lembrei-me de tudo.

Sacudi-me violentamente, esperando ver os lençóis brancos e o cobertor de lã cobertos de sangue, minhas mãos cobertas de sangue.

— Não... não... Vincent! — eu gritei, e a sala começou a girar, como se ele tivesse, por mágica, aparecido para me proteger e espantar tudo o que era vermelho.

Os girassóis

Françoise me embalava feito uma criança e tentava me acalmar, murmurando "Não era para ser" suavemente em meu ouvido. "Não era para ser, não era para ser" — eu só conseguia ver lampejos do que *poderia* ter sido um bebê, uma família, um lar. Agora não havia mais bebê e talvez não houvesse mais Vincent tampouco; talvez ele morresse no hospital, e eu nem poderia dizer-lhe adeus.

Por favor, não morra, eu implorava a ele dentro de minha cabeça. *Por favor, não me deixe.*

— Você não sabia? — Françoise perguntou no dia seguinte, quando eu me sentia bem o suficiente para me sentar. Ela ficara a noite toda ao meu lado, limpando meu rosto com panos frios, contendo-me quando eu vagava por meus pesadelos.

Balancei a cabeça, em negativa. Eu não percebera os sinais... Eu estava cega.

— O médico disse de quanto tempo...

Ela suspirou e me deu uma xícara de chá.

— Beba isto. *Millepertuis* e verbena espantam o diabo, minha *grand-mère* sempre dizia. — Eu segurei a xícara e esperei uma resposta. — Nove semanas — ela disse, enfim. — Talvez dez.

Nove ou dez semanas. Deve ter sido naquele dia antes de Gauguin chegar, eu pensei, quando discutimos e depois nos entendemos e Vincent me arrebatou, me levou para cima e fizemos amor durante horas. Naquele dia eu não me lavei com vinagre depois; naquele dia não nos precavemos.

— Diga-me o que aconteceu depois que eu desmaiei — eu disse. — O que aconteceu com Vincent?

— Ah, Rachel, isso vai irritá-la, é melhor não saber...

— Mas eu quero saber. Diga-me.

Vincent olhava para mim quando eu desmaiei a seus pés, e então ele ajoelhou-se ao meu lado, acariciando meu cabelo.

Ele não tinha ideia de quem era ou de onde estava, Françoise disse. Ela fora correndo me ajudar enquanto Joseph Roulin apressava-se em levar Vincent de volta para casa e Minette fora chamar o Dr. Dupin. Roulin reapareceu e disse que a casa amarela estava cheia de trapos e toalhas manchados de sangue e que Vincent tinha perdido a consciência. O médico poderia ir até lá? Os *gendarmes* apareceram — avisados por quem, Françoise não sabia — e foram com Roulin levar Vincent para o hospital. Os policiais interrogaram Gauguin, certos de que ele tinha algo a ver com o fato, mas ele havia permanecido no hotel o tempo todo. Vincent havia mutilado a si próprio. Ele enloquecera.

Se eu tivesse percebido, se eu soubesse... Vincent teria querido o bebê e teríamos sido tão felizes... Todas as outras coisas — seu sentimento de fracasso, a tensão de dividir a casa com Gauguin, o noivado de Theo —, essas coisas não o magoariam tão profundamente se ele soubesse dessa criança. Eu me torturei com o pensamento de que se ele soubesse eu poderia tê-lo salvado; eu poderia tê-lo salvado e a nosso bebê também. Salvado todos nós.

O velho Dr. Dupin veio me examinar novamente de tarde.

— Poderá ter outros filhos, se quiser, mademoiselle Rachel. A senhorita é jovem e forte. Mas deve tentar comer.

Françoise puxou Dr. Dupin de lado para que eu não ouvisse o que ela perguntou. Ele balançou a cabeça.

— Eu não sei. É difícil dizer.

Sabendo que eles falavam sobre Vincent, pressionei minha mão em meu ventre vazio, e lágrimas rolaram lentamente pelo meu rosto. Françoise levou o médico até o corredor e os dois continuaram sussurrando.

Os girassóis

Quando ela voltou, eu a chamei e ela tentou aparentar alegria.

— Ah, não chore, ele disse que você vai ficar boa. Está com fome? Quer um pouco de caldo?

— Como está Vincent?

Ela me serviu um copo de água fresca.

— Ainda no hospital. Mas o irmão veio vê-lo. Alguém mandou-lhe um telegrama. Joseph, creio eu.

— Theo está aqui?

— Estava. Ele já voltou a Paris. Gauguin também partiu.

Por que Theo iria embora tão depressa? Vincent estava sozinho.

— Posso visitar Vincent em breve?

— Dr. Dupin disse que você deve descansar mais alguns dias. Quando estiver melhor, o visitaremos juntas, *d'accord*? Agora, vamos sentar na cadeira, para que eu possa trocar seus lençóis.

— Françoise — eu disse baixinho —, o bebê era dele. Eu sei que era.

Os olhos dela se encheram de lágrimas.

— Eu também.

Capítulo Quatorze

O Hôtel-Dieu

A perspectiva de perder meu irmão... me fez perceber que vazio terrível eu sentiria se ele não estivesse mais aqui.

(Theo para sua noiva Johanna Bonger, Paris, 28 de dezembro de 1888)

29 de dezembro, o dia da festa de Saint-Trophime. Finalmente eu me sentia forte o bastante para sair, apoiando-me no braço de Françoise enquanto caminhávamos em direção ao hospital. Antes de sairmos, ela me alertou que talvez não conseguíssemos ver Vincent, uma informação que quase me deixou histérica. Ela tinha encontrado Joseph Roulin no Café de la Gare — Madame Roulin visitara Vincent uns dias antes e ele parecia melhor, mas depois ele tivera outro ataque. O médico que cuida dele proibiu qualquer visita. Eu ouvi tudo isso e mesmo assim insisti que tentássemos.

Os fiéis haviam comparecido à primeira missa, de manhã bem cedo, para pedir a Saint-Trophime que continuasse a proteger Arles e suas famílias. Com o serviço terminado, os pais e seus pequenos, vestidos em seus melhores trajes de igreja, caminhavam, sossegados, pelas ruas e pelos jardins. Vê-los me lembrou o que eu havia perdido e trouxe um frio ao meu coração, que refletia o

Os girassóis

frio do ar de inverno. Um menino minúsculo com roupa amarela passou correndo por nós, com o pai correndo atrás dele; os risonhos olhos azuis do menino, que sorria para nós, trouxeram-me um sentimento de mágoa profunda.

Ao passarmos pela igreja de Saint-Trophime, a visão das esculturas me remeteu à última noite feliz que eu e Vincent tivemos juntos, e uma estranha sensação me compeliu a parar. Se o bom santo tinha ouvido as preces de outros arlesianos hoje, talvez ele ouvisse as minhas também. Dei um puxão no braço de Françoise e disse que queria entrar.

Ela olhou, incrédula, para a porta da igreja, como eu fizera na noite da *pastorale*.

— Você está bem para entrar sozinha ou precisa que eu vá junto?

— Eu vou sozinha. — Cobri o cabelo com meu xale e abaixei-me para entrar pela porta lateral, evitando o portal principal com o julgamento de Cristo. Uma concha marinha entalhada saudava os peregrinos a caminho de Santiago de Compostela, como fizera desde a época medieval. Eu era a única peregrina presente.

Fui tomada por uma sensação de temor religioso enquanto adentrava a igreja lentamente e meus olhos se ajustavam à escuridão. Eu nunca havia visto um edifício como aquele — tão maior, tão mais antigo que a igreja de minha família em Saint-Rémy. A longa abóbada lá no alto chegava a vinte metros de altura, e, nos corredores, alinhavam-se pilastras enormes. Um pungente aroma de incenso persistia nas pedras, revivendo memórias de missas nas quais eu me ajoelhava com mamãe e papai, mesclando minha voz à deles enquanto recitávamos as respostas e cantávamos os salmos. Pequenas janelas no alto das grossas paredes e janelas de vitrais atrás do altar deixavam entrar luz suficiente para ver que a igreja estava vazia. Somente a miríade de velas incandescentes nos castiçais de ferro dizia que alguém havia estado ali.

SHERAMY BUNDRICK

A *crèche* de Natal estava ali perto, com suas altas figuras sorrindo, alegres. Em breve os Três Reis seriam acrescentados para a Epifania, e a *crèche* estaria completa. Até lá, *santons* vestidos como pastores da Camargue observavam discretamente enquanto Maria e José olhavam, em adoração, para o recém-nascido. Depois que mamãe morreu, olhava para a face serena de Maria em todas as *crèche* que via e invejava o menino Jesus por ele ter uma mãe. Hoje, eu invejava Maria.

Eu queria me sentar em um banco nos fundos, rezar e sair depressa, antes que alguém me visse. Em vez disso, forcei-me a caminhar com ousadia pelo corredor entre as enormes pilastras, reunindo toda a minha coragem para o que eu desejava. Parei diante do altar e olhei para cima, para uma grande pintura de um dos milagres de Deus, uma pintura escurecida por séculos de fumaça das velas que haviam testemunhado séculos de orações. Mas as minhas orações para o meu milagre não vieram. Nem mesmo as lágrimas vieram. A raiva se apoderou de mim em seu lugar; uma suspeita de que éramos todos peões em um jogo de xadrez divino. Eu queria derrubar as estátuas, rasgar as tapeçarias das paredes e gritar: "Onde está você? Como permitiu que isso acontecesse?".

Que santo respeitável ouviria os gritos de uma mulher decadente cujo filho ilegítimo havia morrido e cujo amante enlouquecera? Uma prostituta que queria vê-lo curado para que ela pudesse sentir os braços dele envolvendo-a, que não sentisse remorso por amá-lo e desejá-lo com toda a força de seu ser? O que eu tinha feito para merecer que Cristo, a Virgem, Saint-Trophime ou qualquer um me escutasse? Eu não podia dizer nada. Eu só podia ficar lá parada, apertando o xale que me envolvia e estremecendo de emoção.

Um padre com expressão bondosa e uma batina preta surgiu ao meu lado. Eu não ouvi seus passos.

157

Os girassóis

— Mademoiselle? Precisa de alguma coisa?

Eu precisava de tantas coisas, eu queria tantas coisas! Mas não podia pedi-las. Não tinha coragem. Balancei a cabeça e apressei-me em sair da igreja escura, em voltar para a luz do sol.

O hospital ficava a alguns minutos da igreja. O portal de pedra com "Hôtel-Dieu" escrito acima da entrada parecia tão intimidador quanto a entrada da Saint-Trophime, e estanquei na frente dele.

— O que deu em você? — Françoise perguntou. — Há dias que quer vê-lo, agora é a sua chance.

Não sei o que me assustava mais: vê-lo ou não vê-lo.

— E se... e se... — Ela fez um sinal de silêncio e me empurrou portão adentro.

O porteiro de plantão nos explicou o caminho e cruzamos o jardim do pátio na direção da ala masculina. No caminho, Françoise explicou que estávamos procurando o Dr. Félix Rey. Joseph Roulin dissera a ela que o Dr. Rey era um homem generoso e que ele conhecia todos os últimos tratamentos e remédios, e que, se alguém poderia ajudar Vincent, esse alguém era ele. Ela me disse isso para eu me sentir melhor, mas quando chegamos no consultório dele — guiadas por uma freira que servia como enfermeira — fiquei assustada novamente. Françoise bateu à porta. Uma voz que pareceu eficiente disse *"entrez"*, e Françoise precisou praticamente me empurrar para que eu entrasse.

Eu não podia acreditar que aquilo era um médico. Ele não devia ser muito mais velho do que eu.

— Desculpe-me, mas vocês uma consulta marcada? — ele perguntou. Quando Françoise lhe disse meu nome e que queríamos ver Vincent, pensei ver um sinal de reconhecimento nos olhos dele. — Por favor, entrem e sentem-se — ele disse, indicando umas cadeiras muito acolchoadas. — Desejam chá?

— Sim, por favor. — Eu falei pela primeira vez, e novamente ele me olhou de modo curioso antes de nos dar xícaras e ir sentar em sua mesa.

— Vincent está muito mal — ele começou.

— Ele vai viver? — perguntei de pronto.

— Estou fazendo o possível para garantir que sim, mademoiselle, mas não tem sido fácil. A situação era crítica quando ele chegou aqui semana passada. — Ele descreveu o estado de Vincent com voz distante: delirante com alucinações, choque mental extremo, grande perda de sangue. E acrescentou: — Não pudemos fazer nada com a orelha exceto cobrir o ferimento para evitar uma infecção. Era tarde demais para tentar religar a porção do lóbulo que ele arrancou, mesmo o *gendarme* tendo tido a presença de lembrar de trazer a orelha.

Meu estômago se revirava e Françoise dava palmadinhas na minha mão.

— Como ele está agora? — ela perguntou.

— O irmão veio de Paris para vê-lo e parece que isso ajudou. Depois que ele se foi, a maior parte das alucinações parou e Vincent voltou a comer. Madame Roulin veio visitá-lo e Vincent manteve uma conversa lúcida com ela. Mas algo deflagrou uma recaída depois que ela saiu; ele começou a alucinar novamente e tornou-se violento. Nós o confinamos em um quarto isolado para sua própria segurança. Quando fizemos isso, ele passou a não falar, não comer, não fazer nada além de sentar e ficar olhando fixamente para a parede ou para o piso.

Vincent, meu Vincent, engaiolado feito um animal perigoso. Não era possível.

Dr. Rey olhou para o meu rosto e pigarreou.

— Há algumas horas, ele tentou falar e tomou um pouco de sopa. Ele está descansando agora, e não tem alucinações há vinte e quatro horas. Isso representa uma melhora notável.

Os girassóis

Perguntei se podia vê-lo e o médico me disse o que Roulin havia dito a Françoise: que as visitas estavam proibidas, exceto a do pastor protestante, o reverendo Salles. Em seguida, a voz dele ficou mais terna:

— Vê-la pode deixá-lo muito excitado, mademoiselle. Ele não se lembra do que fez, mas ele sabe que a assustou, e isso o perturba. Devemos evitar qualquer estímulo adverso desnecessário.

Minha mão tocou meu peito.

— O senhor sabe quem eu sou? Ele disse meu nome?

— Ele chamava seu nome quando o trouxeram para cá.

— Deixe que ela o veja — Françoise implorou. — O senhor não sabe o que ela tem passado, preocupada com ele. E quem pode afirmar que vê-la bem não o ajudará? Talvez ele esteja preocupado com ela!

Olhei para Françoise com gratidão e o Dr. Rey olhou para ela, em seguida para mim, e voltou a olhar para ela. Ele bateu a caneta na mesa e suspirou.

— Vou ver como ele está. Volto em seguida.

O relógio dele marcava a hora enquanto esperávamos. Tentei beber meu chá, mas ele já tinha ficado frio e amargo. Françoise se entretinha vasculhando as estantes de livros.

— Que diabos é anti... antissepsia? — Ela puxou um volume da prateleira e começou a folheá-lo. — *Tiens*, o médico tem livros indecentes. Olhe esta foto.

— Françoise, pare! — sussurrei com seriedade. — Se ele a pegar, pode não...

Ela recolocou o livro na prateleira e voltou a sentar no exato momento em que o Dr. Rey abriu a porta.

— Permitirei que o veja por alguns minutos, mademoiselle — ele me disse. — Eu havia lhe dado um sedativo leve, então ele está descansando calmamente. Se ele ficar agitado, deve sair imediatamente.

Françoise e eu seguimos o médico pelo corredor até uma sala ampla, com longas fileiras de camas, todas elas com uma leve cortina branca. A maioria estava ocupada por pacientes: alguns dormiam, outros liam, sentados, ou então conversavam em voz baixa com os visitantes. Outros pacientes jogavam cartas, acotovelados em volta de uma estufa roliça e mantendo a voz baixa para não perturbar os companheiros mais doentes. Freiras com trajes pretos e aventais brancos moviam-se rapidamente, feito sombras, servindo água e tigelas de caldo, ou dando sorrisos de conforto para os homens que estavam sob seus cuidados.

— Esta é a ala principal — disse o Dr. Rey. — Quando Vincent demonstrou melhoras hoje pela manhã, eu decidi tirá-lo do isolamento. Ficar sozinho o deixou mais irritado. Esperarei aqui para que tenham um pouco de privacidade. A cama dele fica no final desta fileira.

Françoise disse que ficaria na porta, então eu caminhei sozinha por entre as fileiras de camas. Quando encontrei Vincent, procurei entrar sem fazer nenhum barulho, mas rocei levemente na cortina fechada, sentando-me em uma cadeira ao lado dele. Ele cochilava, e tinha o rosto perturbado mesmo dormindo. O Dr. Rey tinha amarrado uma atadura em volta da cabeça dele e seu rosto pálido estava abatido, em contraste com os lençóis brancos e o travesseiro. Ele deve ter ouvido ou sentido a minha presença, pois seus olhos se abriram e tentaram se concentrar. Quando ele percebeu quem era, tentou sentar.

— Não, não faça isso — eu disse imediatamente. — Poupe sua energia e fique deitado.

Ele afundou de volta no travesseiro com um suspiro e um sorriso.

— Esperei por você tantas vezes. Eu tinha tanto medo de que não viesse.

Os girassóis

— É claro que eu viria. — Com uma mão, peguei a mão dele, e, com a outra, acariciei seu rosto. Sua pele fria e úmida me assustou. — Mas eu só posso ficar alguns minutos. O médico não quer que você se canse.

Suas palavras eram o mais leve sussurro.

— Sinto muito. Por favor, perdoe-me.

— Está tudo bem. — A mão dele estava tão fria... — Já acabou. *C'est fini.*

— Você está pálida. Esteve doente.

Eu não poderia dizer a ele sobre o bebê. Eu nunca diria.

— Agora estou bem. Vai ficar tudo bem. Você vai sarar e vai voltar a pintar coisas lindas. Eu ficarei com você na sua casa amarela ou onde precisar de mim... Vai ficar tudo bem.

Ele fechou os olhos e sorriu para si mesmo, vendo quadros em sua cabeça que eu só podia imaginar. Ele falou tão baixo que eu tive que me inclinar para ouvi-lo.

— Eu a amo, Rachel.

Suas palavras simples fizeram brotar lágrimas que eu não conseguia parar. Ajoelhei-me ao pé da cama e enterrei meu rosto nos cobertores, sua mão flácida tocando meu cabelo. As preces que haviam me fugido dentro da igreja se apossaram de mim, e eu rezei com toda a força que possuía para Deus, que poderia ou não escutar. *Ouça-me, por favor, permita que ele viva, por favor. Ele não pode morrer. Ele não deve morrer.*

Um sinal de alerta tomou o olhar de Vincent e uma única lágrima lhe correu pela face.

— Não chore — ele murmurou. — Por favor, não chore.

Enxuguei minhas lágrimas, depois as dele, com a ponta do meu xale.

— Estou bem, não se preocupe comigo. — Puxei a cadeira para mais perto e sentei-me novamente, pressionando a mão dele contra meu peito. — Você deve lutar. Prometa-me que lutará. — A resposta foi um leve balançar de cabeça, mas ela estava lá. Nesse momento, Dr. Rey apareceu e fez um sinal para que eu saísse. — Preciso ir, Vincent. O médico está aqui.

Levantei-me e ele agarrou minha mão com força surpreendente.

— Não me deixe.

— Meu querido, eu preciso. Mas vou voltar. — Apertei meus lábios contra a testa dele. — Eu amo você. — Soltando a mão dele, passei pela cortina branca e fechei-a atrás de mim.

Capítulo Quinze

Recuperação

Quando eu o deixei ele estava muito triste, e eu senti não poder fazer nada para tornar sua situação mais suportável.

(Reverendo Salles para Theo, Arles, 31 de dezembro de 1888)

Quando Françoise e eu chegamos ao Hôtel-Dieu na tarde do dia seguinte, o porteiro não permitiu que entrássemos, com um apologético "Visitas são proibidas aos domingos". Na segunda-feira ele nos deixou passar, mas a freira que ficava na entrada da ala masculina nos mandou embora. A mesma freira tinha sido prestativa anteriormente, quando nos disse como encontrar o Dr. Rey, mas hoje ela estava implacável e rude. "Queremos ver o médico", Françoise insistiu. Dr. Rey estava ocupado em uma cirurgia e não podia nos receber. Não, não podíamos falar com outra pessoa. Não, a Irmã não podia nos levar para ver Monsieur Van Gogh. Não, ela não podia nos dizer nada sobre seu estado. Não, ela não podia entregar um bilhete.

Eu tinha vontade de chorar quando cruzamos o pátio e chegamos à rua.

— Não entendo. Eu prometi a ele que viria. Temos que tentar novamente amanhã. Temos que tentar.

Françoise acabara de responder com um comentário sobre a severidade das freiras virgens quando vimos Joseph Roulin

Os girassóis

caminhando em nossa direção a passos largos. Françoise contou o que havia acontecido e ele disse:

— Também não me deixam entrar. Mas o Dr. Rey tem me dado notícias e o reverendo Salles também. Estou mantendo o irmão de Vincent, em Paris, e a irmã, na Holanda, informados sobre o estado dele.

— O Dr. Rey permitiu que Rachel o visse no sábado — Françoise disse, dando-me um cutucão.

— *Vraiment?* Ele ainda estava no quarto isolado?

— Não, o Dr. Rey o havia transferido para a ala principal — eu respondi. — Ele estava fraco, tinha tomado um sedativo. Não pude ficar muito tempo, mas consegui falar com ele por alguns minutos.

Roulin balançou a cabeça.

— Que bom! Escutem, vamos reunir um grupo de pessoas hoje no Café de la Gare, minha esposa, Joseph e Marie Ginoux, para discutir o que podemos fazer para ajudar Vincent. Por que vocês não vêm?

Uma coisa era ir à *pastorale* com os Roulin quando Vincent estava comigo, mas encontrá-los no café era algo completamente diferente. Eu nem conhecia Monsieur e Madame Ginoux, só de vista.

— Não sei se é uma boa hora...

— Venha — ele disse. — Minha esposa ficará contente em vê-la. Nós nos reuniremos às cinco. — Françoise me cutucou novamente e eu concordei. — Os editores do *Le Forum Républicain* devem dar graças a Deus por eu não ir lá hoje, mas temos coisas mais importantes para tratar — Roulin acrescentou, com cara séria.

Françoise olhou para Roulin com olhar de advertência.

— O que houve com o *Le Forum Républicain?* — eu perguntei.

— Françoise?

— Nada — ela resmungou. — Você precisa ir para casa, está frio. *Salut*, Joseph.

Eu segurei a língua até chegarmos à *maison*, e então vasculhei a pilha de jornais velhos na sala de Madame Virginie, sob protestos de Françoise. Lá estava, no *Le Forum Républicain* de domingo, olhando para mim, em preto e branco, como havia olhado para todos os habitantes da cidade. Afundei em uma cadeira ao lado da lareira, com as palavras girando diante dos meus olhos.

LE FORUM RÉPUBLICAIN
Domingo, 30 de dezembro de 1888
Crônica local

Domingo passado, às 11h30 da manhã, um certo Vincent Vangogh, pintor de origem holandesa, apresentou-se à *maison de tolérance* nº 1, perguntou por uma certa Rachel e deu-lhe sua orelha, dizendo: "Guarde este objeto com cuidado". Em seguida, desapareceu.

— Esses miseráveis... — Françoise disse, com cara ainda mais séria que a de Roulin. — Tínhamos esperança de que você não descobrisse.

Forcei-me a ler até o final. O artigo dizia que a polícia fora até a casa de Vincent e que ele estava no hospital — só isso, mas era o bastante. Eu devia ter adivinhado que os jornalistas do *Le Forum Républicain* adorariam publicar uma história horrível como essa. Isso provava como Arles estava infectada com uma praga moral; era mais uma razão para os cidadãos respeitáveis balançarem a cabeça, consternados.

— Vincent não pode ver isto — eu disse. — Meu Deus, como todos o tratarão agora?

Françoise tirou o jornal de minhas mãos.

Os girassóis

— Eles nem entenderam direito. Não foi isso o que ele disse para você.

— Você acha que eles se importam em entender direito? Ah, foi por isso que a freira do hospital não nos deixou entrar. Ela sabe de toda a história. Todo mundo sabe.

— Não pode deixar que isso a abale nem que a faça ficar doente novamente. Vá encontrar Joseph e os outros mais tarde e ajudar Vincent. Esqueça essa bobagem. — Françoise sacudiu as páginas com força antes de jogá-las no fogo.

— Não posso ir ao café! Quem eu sou está aí, para todos verem! Madame Roulin... — Ela fora tão gentil comigo na *pastorale*... Havia me tratado como qualquer jovem decente. Eu não podia imaginá-la me tratando de modo rude, como certamente o faria. Como tinha todo o direito de fazer.

— Quem se importa com o que ela pensa? Além disso, se Joseph achasse que você não devia encontrar a esposa dele — a carranca de Françoise ficava cada vez pior —, ele não a teria convidado. Você precisa ir. Por Vincent.

Eu vi o *Le Forum Républicain* retorcer-se no fogo e transformar-se em cinzas. Se todas as cópias pudessem desaparecer tão facilmente...

— Por Vincent. Tem razão.

— Agora, eu tenho notícias que devem animá-la um pouco — Françoise disse, aninhando-se no sofá. — Eu consegui que o Dr. Dupin dissesse a Madame Virginie que você não poderá entreter ninguém até que seu corpo sare e que você tenha superado o choque. Por algumas semanas, talvez um mês. — Ela estava excepcionalmente confiante, e eu sabia o que ela deveria ter feito. Aquele velho! — E, como você não poderá ganhar nenhum dinheiro, quero dividir uma parte do que ganho com você.

SHERAMY BUNDRICK

— Françoise, eu agradeço, mas não posso fazer isso. Não posso aceitar seu dinheiro.

— Pode, sim. Lá fora as pessoas não entendem, mas aqui nós precisamos ajudar umas às outras. — Ela piscou para mim. — Eu tive bastante trabalho com você, é melhor aceitar. Vai precisar.

O relógio bateu cinco vezes quando eu cruzei a porta do Café de la Gare e Joseph Roulin acenou de uma mesa no canto para chamar a minha atenção. Monsieur e Madame Ginoux já estavam lá, assim como Madame Roulin, e meus joelhos tremeram quando eu me aproximei da mesa. Será que ela olharia para mim como as bondosas senhoras cristãs sempre olhavam? Ela levantaria e iria embora? Mas ela me surpreendeu levantando para me dar um beijo em cada face, insistindo que eu me sentasse ao lado dela. Talvez ela não soubesse quem eu era, afinal. Talvez Roulin — e Vincent, quando ela fora visitá-lo — tivessem mantido essa parte em segredo. Talvez ela não tivesse lido o jornal.

— Meu marido disse que o Dr. Rey deixou que visitasse Vincent — ela disse. — Ele ficou feliz em vê-la? — O sorriso dela era amável como o daquela noite da *pastorale*, e seus olhos, igualmente gentis.

Antes que eu pudesse responder, Monsieur Roulin gritou:

— Reverendo Salles! Aqui! — Um senhor de idade em um terno preto entrou correndo. Eu queria me esconder debaixo da mesa; Roulin não tinha mencionado que um padre viria! Ele se desculpou pelo atraso e sentou-se, cumprimentando a todos. Para mim, ele disse um *Bonjour* educado, analisando meu rosto até eu me contorcer na cadeira. — Traz notícias, reverendo? — Roulin perguntou, enquanto Madame Ginoux trazia o café.

— É realmente milagroso — ele disse, ainda esbaforido. — Quando eu vi Vincent pela última vez, ele estava letárgico, mal

Os girassóis

conseguia falar, mas hoje ele se encontrava perfeitamente calmo e coerente, como se não houvesse nada de errado com ele. Ele estava sentado na cama e lendo quando eu cheguei. — Madame Roulin deu um tapinha na minha mão e eu sorri para dentro do meu café. *Merci, mon Dieu.*

— Esplêndido! — Roulin exclamou. — Então ele poderá vir para casa em breve!

O reverendo franziu a testa.

— Eu não sei. Eles o colocaram novamente no isolamento.

Todos na mesa reagiram com surpresa, e Roulin perguntou:

— Por que diabos eles fariam isso? Minhas desculpas, reverendo, senhoras.

O reverendo Salles parecia tão preocupado quanto o resto de nós ao explicar que tinha falado com dois médicos diferentes, infelizmente, não com o Dr. Rey, e que nenhum deles dera uma resposta satisfatória. Apesar das melhoras de Vincent, a direção do hospital achou que ele deveria ser transferido para um asilo, talvez em Aix ou Marselha. Um relatório já tinha sido enviado ao prefeito pedindo a transferência. O prefeito conduziria uma investigação, os resultados iriam para o governador da província, e, dependendo do que ele dissesse, Vincent poderia ser transferido em uma semana.

— É um absurdo! — Roulin explodiu, e todos começaram a falar ao mesmo tempo. Todos menos eu: eu não conseguia falar. Um asilo. Havia um asilo nos arredores de Saint-Rémy e eu costumava passar na frente dele em minhas caminhadas, com seus muros altos e segredos ocultos. Alguns aldeões juravam que os fantasmas de antigos pacientes assombravam os campos em volta dele à noite, e uma das proezas favoritas dos meninos era tentar encontrá-los. Papai sempre dizia que isso era pura ignorância, mas, como todo mundo, ele não se aproximava de lá.

E os médicos queriam mandar Vincent para um lugar assim? Não importava o que ele havia feito consigo mesmo; ele não era louco. Eu sabia.

— Talvez ficássemos melhor — Monsieur Ginoux resmungou baixinho. Ao olhar de surpresa de sua esposa, ele pigarreou e disse mais claramente: — Talvez ele fique melhor. Em Aix ou em Marselha.

— Como pode dizer isso? — perguntou Madame Ginoux. — Ele tem sido um bom amigo para nós!

Monsieur Ginoux parecia constrangido.

— Em Aix ele estaria em um hospital, onde poderia receber o tratamento adequado. Ele se recuperaria mais depressa.

— Nada seria melhor para Vincent do que retornar à sua pintura e a seus amigos — Roulin declarou, e todos, exceto Monsieur Ginoux, concordaram, balançando a cabeça. Eu estava tão intrigada quanto Madame Ginoux; eu também ouvira o que ele havia dito. Mas por quê? Porque Vincent e Gauguin pintaram retratos de sua esposa? Porque Vincent fez um quadro feio de seu café?

— O que diz o irmão de Vincent? — perguntei, timidamente.

O reverendo Salles olhou bem dentro dos meus olhos e disse, com ternura na voz:

— Se ficar decidido que Vincent deve ir para um asilo, não há muito o que Monsieur Van Gogh possa fazer, a não ser que ele leve Vincent de volta para Paris. Ele está muito ansioso e espera que o irmão se recupere, tanto quanto nós. — Ele suspirou. — Vincent me pediu para escrever ao irmão dele pedindo que o visite novamente, mas, como ele é um homem muito ocupado, creio que isso não acontecerá.

O irmão à beira da morte no hospital e Theo vem a Arles e fica somente um dia. Agora Vincent corre o risco de ser enviado para um asilo e Theo não volta para ajudar? Ele tinha mais poder

Os girassóis

do que o resto de nós; ele era da família. Estaria ele tão assustado que achava melhor permanecer a distância? Ele não acreditava haver esperança?

— Será que Vincent sabe o que eles planejam? — perguntou Madame Roulin.

— Acho que ele imagina. Mesmo depois de se acalmar, ele continuou inconformado com a situação e disse diversas vezes que queria ir para casa. Preocupa-me que ele possa ter outra crise, de tanta indignação.

Roulin deu um soco na mesa.

— Eu irei ao hospital amanhã e exigirei que ele saia do isolamento porque isso não é justo! Aqueles malditos médicos burgueses! Perdão, reverendo, senhoras.

— Irei com você — disse o reverendo. — Talvez o Dr. Rey possa nos ajudar a convencer os outros médicos. Ele parece um homem sensato e é quem melhor conhece o estado de Vincent.

Madame Roulin balançou a cabeça.

— Justo quando o senhor disse que Vincent está melhorando!

— Não devemos perder a esperança, mesmo que tudo pareça perdido — disse o reverendo Salles. — Tudo vem para o bem e devemos ter fé em que Deus cuidará de nosso amigo.

A resposta de Roulin veio em voz baixa, mas determinada:

— Se Deus não cuidar, nós cuidamos.

Capítulo Dezesseis

Regresso à Casa Amarela

Tenho o prazer de informar que os meus prognósticos se cumpriram e que a excitação excessiva foi apenas temporária.

(Dr. Félix Rey para Theo, Arles, 2 de janeiro de 1889)

— Rachel, Joseph Roulin está lá fora e diz que tem uma entrega para você.

Mais de duas semanas tinham se passado desde o ataque de Vincent. Ele ainda se encontrava no hospital de Arles — não totalmente recuperado, mas juntos, Monsieur Roulin, o reverendo Salles e o Dr. Rey impediram que ele fosse transferido para um asilo. Ele inclusive fora transferido do quarto isolado de volta à ala principal. Visitas não eram autorizadas, com exceção do reverendo Salles — Dr. Rey não conseguiu dobrar seus superiores acerca disso —, mas Roulin devotadamente conseguia para mim os relatórios sobre o estado de Vincent e, fielmente, enviava notícias sobre ele. Naquele dia, a voz de Minette na porta do meu quarto fez-me saltar da cadeira, pegar meu o xale e debandar escada abaixo. Se Roulin trouxera um recado escrito de Vincent, isso significava que ele estaria se sentindo bem o suficiente para escrever?

Era muito melhor que isso. O próprio Vincent se encontrava ao lado de Roulin, envolto em seu paletó verde com um gorro

Os girassóis

de pele enfiado na cabeça, de modo que escondesse o curativo. Queria ter me atirado nele, jogar meus braços em volta de seu pescoço e cobrir seu rosto de beijos, mas o medo de machucá-lo fez com que eu me segurasse.

— Não se preocupe, não vou quebrar — disse ele com um sorriso. — Não sou um *santon*, embora, quem sabe, uma orelha nova de papel maché me pudesse ser útil. — Ele abriu os braços, e voei em sua direção. Como ele estava magro! Eu podia sentir sua magreza através do casaco e, quando olhei para cima, vi que seu rosto estava enrugado. Mas seus olhos brilhavam, vívidos.

— O que está fazendo aqui? — perguntei. — Está indo para casa?

— Somente por esta tarde; depois tenho que voltar para o Hôtel-Dieu. Roulin persuadiu-os que me deixassem ver minhas pinturas.

— Tive uma longa conversa com o Dr. Rey e um dos outros médicos ontem — Roulin explicou — e disse a eles que meu amigo Vincent PRECISAVA ser autorizado a retomar suas pinturas. — Ele emitiu esse pronunciamento assentindo firmemente com a cabeça, as sobrancelhas apertadas.

— Posso ir com você? — perguntei.

— Não vejo mal nenhum, mas penso que não devemos contar nada ao médico — disse Roulin, piscando um olho. — Ele provavelmente acharia pouco recomendável que um homem que até pouco tempo estava tão doente ficasse em companhia de uma moça bonita assim tão cedo.

Segurei o braço de Vincent, de modo que ele pudesse se apoiar em mim enquanto andávamos, e Roulin disse que se ele começasse a se sentir cansado, que avisasse.

— Estou bem — Vincent respondeu, concordando com a cabeça. — A ferida está cicatrizando bem, estou forte o suficiente para escrever cartas e ler novamente... Só quero ver minhas pinturas.

SHERAMY BUNDRICK

Qualquer fraqueza que ele estivesse sentindo desapareceu ao chegarmos à Place Lamartine, e ele nos apressou através do jardim público. A maioria das árvores e flores ainda adormecia, exceto os sempre verdejantes abetos, que permaneciam silenciosos e atentos enquanto aguardavam a primavera. Em qualquer outro dia, Vincent teria parado para saudá-los, mas não naquela hora. Estava muito interessado em chegar em casa, e senti-me contagiar à medida que nos aproximávamos da casa amarela. Sob o céu cinzento, parecia ainda mais amarela que o habitual, como se estivesse vestindo sua melhor roupa para saudá-lo de volta.

Vincent movia-se impacientemente de um pé para o outro enquanto Roulin remexia em seu bolso à procura da chave.

— Paciência, meu amigo — Roulin ria. Ao destrancar a porta, acrescentou: — A arrumadeira colocou tudo em ordem novamente. Ela trabalhou duro para deixar a casa pronta para você.

— Quero que ela receba um extra por ter que arrumar a bagunça que fiz — disse Vincent, e tentei não pensar sobre aquela bagunça.

Já dentro do corredor, ele se soltou de mim e sumiu para dentro do ateliê.

— Ele se preocupa com suas pinturas desde que começou a apresentar sinais de melhora — Roulin me disse baixinho enquanto deixávamos que ele ficasse um momento sozinho. — Quando se trata de suas pinturas, *il est doux comme un agneau*: doce como um cordeiro.

— Você não contou a ele sobre aquele artigo, contou, Monsieur Roulin? — perguntei.

Roulin ficou ofendido.

— Não sou nenhum bobo, mademoiselle Rachel.

Vincent retirava pilhas de telas que estavam em um canto e colocava-as apoiadas nas paredes: tocava cada uma delas, sussurrando para elas como um pai que passara muito tempo longe de seus filhos.

175

OS GIRASSÓIS

— Estão exatamente onde as deixei, sãs e salvas — disse, com os olhos brilhando. Gostaria de poder começar alguma coisa hoje. Mal posso esperar para sentir um pincel em minha mão novamente.

Fiquei surpresa ao ver como as pinturas tinham se multiplicado desde a minha última visita. Semeadores sob sóis se pondo, um retrato de Madame Ginoux, aquela da tourada que Vincent havia me contado... tantas delas. Nem todas eram suas, entretanto. Uma das pilhas que estavam em um canto ele não tocou, e só de olhar para ela vi que era de Gauguin. Ele devia ter se esquecido de levá-las na pressa de ir embora. Vincent começou a arrastar sua mesa de trabalho para o espaço vazio onde o cavalete de Gauguin ficava.

— Cuidado —, disse Roulin e apressou-se para ajudar. — Olhe, mademoiselle Rachel, Vincent pintou toda a minha família.

— Manteve-me ocupado nos dias de chuva — disse Vincent enquanto pegava tubos de tinta do chão fazendo conchas com as mãos. Aproximei-me do conjunto de pinturas em cores vivas com um sorriso, mas, quanto mais eu olhava para elas, mais aquilo me incomodava. Vincent não pintara um retrato de cada membro da família de Roulin: pintara vários retratos de todos eles. Joseph Roulin mais uma vez em seu uniforme de carteiro, Madame Roulin roliça e serena próximo a uma janela, três retratos de Camille e, duas pinturas mais adiante, Armand, em uma delas olhando timidamente para longe, e em outra com o olhar confiante em seu melhor chapéu, vestindo um casaco amarelo. A pintura inacabada no cavalete de Vincent — aquela em que estivera trabalhando antes de sua doença — revelava Madame Roulin em um vestido verde à frente de um fundo florido, balançando através de um cordão um berço que não se via.

— Ainda preciso terminar as mãos — Vincent murmurou, ao passar pelo cavalete — e a camada da saia. Ah, como eu gostaria de poder trabalhar hoje.

SHERAMY BUNDRICK

Pintara a rechonchuda Marcelle mais do que todos — duas vezes nos braços de sua *maman*, três vezes sozinha. Se o nosso bebê tivesse sobrevivido, pensei, ele nos teria pintado. A mãe embevecida sobre o fundo amarelo teria sido eu; o filho, o nosso filho ou filha, agitando-se e querendo tocar *Papa*, enquanto *Papa* tentava pintar. "Segure a pose, pequenino", diria Vincent, rindo ternamente. Quando a pintura estivesse acabada, ele a penduraria em um lugar especial; talvez na cozinha, onde eu pudesse vê-la enquanto acalentasse o bebê perto do fogo. Em vez disso, lá estava Marcelle, encarando acusadoramente através do quadro, e o orgulho no rosto maternal pertencia à outra pessoa.

Monsieur Roulin supunha-me fascinada.

— Não fez um excelente trabalho com a minha menina? Dá para notar como ele adora Marcelle.

— Tive que trabalhar rápido nesse estudo — disse Vincent — porque, da primeira vez, ela não gostou de posar. Da segunda vez que Madame Roulin a trouxe, ela se comportou lindamente e nem se importou. A criança possui o infinito nos olhos, *n'est-ce pas?*

Não pude mais suportar e desapareci para a cozinha para fazer café, feliz em escapar daqueles olhares pintados de *la famille Roulin*. Ouvi Vincent e Roulin falando mais sobre as imagens — Vincent animadamente discorrendo sobre retratos modernos — enquanto me seguiam. Seus olhos se iluminaram quando, ao entrar na cozinha, avistou seu cachimbo sobre uma cadeira. Ele o prendeu entre os dentes, enchendo-o com tabaco, riscou um fósforo na lareira e fechou os olhos para saborear a primeira baforada.

— Deus, senti falta disso — disse ele, suspirando, feliz. — Dr. Rey não me deixa fumar no hospital.

— Vai poder voltar logo para casa? — perguntei, enquanto servia o café.

Os girassóis

— Em poucos dias, se estiver bem. Preciso ir ao hospital para mudar o curativo da orelha a cada dois dias até que a ferida esteja totalmente cicatrizada. — Vincent fechou-se em si mesmo de cara amarrada, fitou a mesa e, em seguida, anunciou abruptamente: — Quero ver meu quarto.

— Quer que eu vá com você? — perguntei, e ele fez que sim com a cabeça. Roulin ficou onde estava, bebendo café e fumando seu próprio cachimbo.

O quarto de Vincent encontrava-se tão puro e intacto como ele o pintara no quadro que estava no andar de baixo. A arrumadeira tinha limpado os lençóis, esfregado o chão, e disposto todas as suas coisas em uma linha sobre a penteadeira. Incluindo a navalha. Isso é o que ele deve ter usado, percebi, tirando-a de sua vista e encolhendo os ombros.

— Não me lembro de nada após a briga com Gauguin — disse Vincent, enquanto andava pelo quarto passando a mão pelas suas coisas. — Tudo o que sei é o que o médico me disse que fiz, e não tenho a menor ideia do porquê — sua voz virou quase um sussurro. — Você deve ter ficado tão assustada quando... agi muito mal assustando você daquele jeito.

— Eu estava assustada por você, mais do que qualquer outra coisa — eu disse, tocando seu ombro. — Você não tem por que se desculpar.

Ele abriu as persianas da janela para que entrasse luz e ar, e ambos sorrimos ao ouvir os sons de risos copiosos e carruagens ruidosas vindos da Place Lamartine. Ele começou a falar suavemente sobre o que faria quando chegasse em casa, como o clima em breve estaria bom novamente, como ele pintaria nos pomares fora da cidade, até que de repente um olhar de pânico atravessou seu rosto. Ele correu para o outro quarto e arremessou-se para abrir a porta.

— Ele não os levou — disse, ofegante.

Corri para o seu lado.

— Quem não levou o quê?

— Gauguin não levou os girassóis. — Vincent abria as persianas, analisando cada peça do mobiliário, cada pintura, como se estivesse fazendo um inventário. A arrumadeira havia limpado ali também. Não ficara nenhum traço de Gauguin.

— Por que você acha que ele os levaria?

— Ele os queria — Vincent disse simplesmente, enquanto trancava bem as persianas, no caso de o mistral reaparecer. Então ele se virou para mim e perguntou: — O que havia de errado no ateliê, quando falávamos sobre o retrato do bebê?

Então ele reparou, afinal.

— Não havia nada de errado.

— O olhar em seu rosto, a maneira como você saiu apressada... Sei que há algo, *ma petite*. Por favor, diga-me.

— Não há nada — insisti.

Ele estudou a minha expressão até que eu sorrisse e então disse:

— Devemos ir antes que Monsieur Roulin fique conjeturando sobre o que estamos fazendo aqui em cima. — Ele riu daquilo e foi tão bom ouvir aquele som que momentaneamente esqueci Marcelle Roulin.

Quando íamos descer a escada, ele limpou a garganta e disse, encabulado:

— Rachel, queria lhe dizer... Eu tive mesmo a intenção de dizer o que disse no hospital.

Eu parei e o espiei por debaixo dos meus cílios.

— E o que foi que quis dizer?

— Eu a amo — ele murmurou, enrubescido.

— Como se diz isso em holandês?

— *Ik hou van je.*

Os girassóis

— *T'ame, mon amour* — eu disse a ele em provençal.

Ele me enlaçou pela cintura e me beijou — um beijo que reavivou todas as noites que passáramos juntos; um beijo que eu não experimentava desde a noite da *pastorale*. Encaminhávamos-nos de volta ao quarto quando um ruído de tosse vindo do corredor abaixo nos separou.

— Temos que voltar para o hospital, Vincent — chamou Roulin.

— Prometi para o Dr. Rey que não nos demoraríamos muito.

Arrumei meu cabelo para trás em um coque, Vincent ajeitou suas roupas e descemos, encabulados.

Vincent deu uma última volta pelo ateliê e pegou seu caderno de desenho e lápis para mantê-lo ocupado no hospital. Deu um suspiro ao trancar a porta da casa amarela e devolveu a chave para Roulin, por segurança.

— Vou escrever a Theo e dizer-lhe que está tudo bem com a casa. Só tenho a lhe agradecer por tudo o que tem feito.

Roulin retrucou que o prazer era seu e começamos nossa caminhada para a Rue du Bout d'Arles.

— Por falar nisso — Vincent perguntou —, você tem escrito à minha mãe e à minha irmã Willemien? Vou escrever a elas eu mesmo em breve, mas não quero que elas saibam o que aconteceu. Você não disse nada a elas, não é?

— Não; só escrevi a seu irmão. — Roulin estava mentindo para não magoar Vincent. Alguns dias antes, ele havia dito que dera notícias dele a mademoiselle Van Gogh.

— Melhor assim; não quero que se preocupem. Já foi bastante ruim Theo ter vindo para nada.

— Não foi para nada que ele veio — interrompi. — Vincent, você poderia ter morrido!

— Mas não morri — disse ele calmamente, e acrescentou, para si próprio: — Preciso escrever a Gauguin também.

SHERAMY BUNDRICK

— Para quê? — interroguei.

— Para pedir-lhe que seja discreto ao falar sobre o que aconteceu, e deixá-lo saber que eu ainda o considero um amigo.

— Humm... Não sei por quê!

A voz de Vincent soava fatigada.

— Rachel, por favor...

Fiquei quieta, mas fervi de raiva por dentro só de pensar em Gauguin. Tive vontade de pegar todas as suas pinturas e atirá-las no Ródano para que apodrecessem. Será que ele pensara em Vincent depois de fugir para Paris? Preocupara-se ao menos em averiguar se Vincent estava vivo ou morto?

Quando chegamos na *maison*, dei um último abraço em Vincent e o beijei.

— Venha logo para casa — sussurrei. Ele limitou-se a assentir com a cabeça, emocionado demais para falar. Continuei na soleira da porta observando enquanto ele e Roulin desceram a rua em direção ao hospital.

Um envelope com meu nome escrito em uma letra conhecida apareceu no estabelecimento de Madame Virginie poucos dias depois. Nenhuma palavra acompanhava o esboço que se encontrava dentro do envelope, mas não havia a menor necessidade disso. Mal consegui conter um sorriso ao disparar para a Place Lamartine, indiferente ao ar gélido e às nuvens que ameaçavam chuva. A porta da casa amarela abriu antes que eu levantasse minha mão para bater.

— Vi você pela janela — disse Vincent, com o sorriso que lhe era tão peculiar.

— Quando você voltou? — perguntei, enquanto o seguia para o ateliê. O aroma de terebintina, tão fraco e inexpressivo no começo da semana, estava agora presente e forte novamente.

Os girassóis

— Ontem à tarde. Foi maravilhoso dormir na minha própria cama, e ainda melhor voltar ao trabalho. Resolvi começar com uma natureza-morta para me habituar a pintar novamente. — Ele fez um sinal na direção de uma coleção de objetos cuidadosamente dispostos sobre a mesa: garrafa de vinho vazia, cebolas em um prato, um livro, carta, vela, bastão de lacre e seu cachimbo com a bolsa de tabaco. — Logo farei uma pausa. Sente-se.

Era difícil acreditar que, doente como ele estivera e tão perto da morte, pudesse estar agora lá, pintando, como se nada tivesse acontecido — mas era exatamente isso o que ele fazia. Exceto pelo fato de estar visivelmente mais magro e com um curativo em torno da cabeça, não parecia em nada diferente do que era antes. Ele parecia ser novamente o Vincent que eu havia conhecido no verão, antes de Gauguin chegar.

— O que o médico disse que você precisa fazer agora? — perguntei.

— Descansar, fazer caminhadas ao ar livre, comer bem, não trabalhar demais. Não beber, com exceção de um copo de vinho no jantar. E... — ele virou para mim com um olhar triste em seu rosto — ...nada de mulher.

— Ah! Por quanto tempo?

Ele golpeava a tela com o seu pincel.

— Até que ele me diga que posso. Não sei... algumas semanas? Tempo demais, em minha opinião.

— Acho que está certo — eu disse. — É cedo ainda.

— Para ele parece fácil. Ele não tem você esperando.

— É mais importante que você fique bem. Temos todo o tempo do mundo. — Fui me aproximando do cavalete, espiando a pintura. — O que significam todas essas coisas?

Ele não respondeu à minha pergunta, colocando seus pincéis e a paleta de lado para pegar meu rosto em suas mãos.

SHERAMY BUNDRICK

— *Mon Dieu*, queria tanto poder beijá-la. — *Mon Dieu*, queria beijá-lo também. Precisava de suas mãos sobre mim, precisava apagar as más lembranças das últimas semanas.

Poucos minutos depois, fomos interrompidos por alguém que batia à porta, e eu me virei para abri-la sob um resmungo aborrecido de Vincent. Abafei uma risadinha ao encontrar o sério Dr. Rey, que tirou o chapéu e disse educadamente:

— *Bonjour*, mademoiselle. Vincent está?

— Ele está trabalhando no ateliê. Venha por aqui. Posso pegar seu chapéu e o casaco?

— Sim, obrigado. — Ele tossiu e disse: — Perdoe-me, mademoiselle, mas você tem um pouco de tinta em sua bochecha. — Limpei as digitais de Vincent e me perguntei se o médico nos vira em cenas íntimas pela janela. Pelo menos era só o meu rosto que estava manchado de tinta.

Dr. Rey arregalou os olhos quando entramos no ateliê e viu as pinturas.

— *Bonjour, Docteur* — disse Vincent. — Bem-vindo à minha casa.

— *Bonjour*, Vincent. Vim me assegurar de que você esteja satisfatoriamente instalado. Fico satisfeito em vê-lo trabalhar — as sobrancelhas do médico se franziram ao reparar nos objetos sobre a mesa —, mas não abuse do trabalho.

— Estou indo com calma, prometo. Gostaria de ver meus quadros?

Vincent guiou o médico pelo ateliê, sua voz ficando mais animada a cada quadro que puxava para mostrar. O médico parecia pouco à vontade em seu belo terno, tomando cuidado para não esbarrar em alguma coisa que pudesse sujá-lo de tinta. Pela expressão branda que fazia, não dava para dizer se apreciava ou não as obras de Vincent, até que seu rosto se iluminou diante de uma das pinturas: a noite estrelada sobre o Ródano.

183

Os girassóis

— Esse é um dos meus favoritos — eu disse, quando ele se inclinou para olhar mais de perto.

Dr. Rey sorriu para mim pela primeira vez.

— Você tem gostos requintados, mademoiselle. Eu quase posso ouvir o som da água.

— Olhe para este — interrompeu Vincent, exibindo a tela do café à noite.

— Sinto muito dizer isso, mas não tenho certeza se gosto deste — Dr. Rey disse.

Vincent sorriu de satisfação e prontamente iniciou uma explicação detalhada sobre cores complementares. O médico escutou com atenção, assentindo com a cabeça e fazendo perguntas, e a boa impressão que já tinha dele tornou-se ainda melhor.

— Por muitas vezes pensei que deveria me arriscar na pintura — ele refletiu, voltando seus olhos para a noite estrelada.

Vincent sacudiu a cabeça.

— Um homem na sua posição deve se tornar colecionador, não pintor, apesar de que, mesmo para fazer isso, é preciso refinar o olhar. — Ele escolheu uma reprodução impressa de uma pilha que se encontrava sobre a cadeira e a entregou ao Dr. Rey.

— Um médico! É uma bela imagem!

— É a *Lição de Anatomia do Dr. Tulp*, de Rembrandt. O original encontra-se em Haia, onde eu costumava viver. Vou pedir a meu irmão que lhe envie uma cópia de presente. — Dr. Rey lhe agradeceu e Vincent acrescentou: — Eu ficaria honrado se me permitisse pintar seu retrato, também de presente.

O médico teve um sobressalto tão rápido que, em seu afã, Vincent nem notou, mas eu sim.

— Não quero que trabalhe demais.

— Praticar ajudaria o meu restabelecimento. Por que o senhor não volta ainda esta semana e posa para mim?

— Eu poderia vir domingo depois da igreja — disse o médico, ainda duvidoso. Ele se curvou ligeiramente em minha direção. — Mademoiselle, espero que nos acompanhe. Embora, admito, ficarei nervoso sendo retratado.

Vincent balançou a mão em negativa.

— Vai ser ótimo. O senhor passa seus dias retalhando e espiando as pessoas por dentro, agora eu é que devo espiá-lo.

— Aguardarei ansioso. E agora tenho de voltar ao hospital. *Au revoir,* mademoiselle.

Sorri e entreguei a Dr. Rey seu chapéu e o casaco.

— *Au revoir, Docteur.* Obrigado por toda a ajuda. — Vincent seguiu-o até a sala, onde ouvi suas vozes, baixas e indistintas.

Vincent estava com uma cara péssima quando voltou para o ateliê.

— Ele me lembrou que devo "manter-me afastado das mulheres". — Seus olhos estreitaram. — Por que será que pensei que o bom doutor suspenderia a proibição com você? — Quando ri e disse que ele estava sendo ridículo, Vincent insistiu: — Eu vi como ele a olhou.

Eu tinha visto isso também, mas não me preocupara com aquilo.

— Acho que o que precisamos é mudar de assunto, isso é o que acho. Você trabalha em sua pintura e eu vou fazer o jantar.

— O jantar é um pobre substituto para aquilo que eu realmente quero — ele resmungou e tomou os pincéis nas mãos.

Quando eu já tinha feito as compras e terminado de cozinhar o jantar, o novo quadro de Vincent já estava quase acabado, e seu humor ranzinza tinha passado como uma chuva de verão. Eu suspirava, feliz, enquanto fazia o ensopado e reorganizava a cozinha do meu jeito, passando a mão sobre os pratos e utensílios, assim como Vincent fizera com as coisas em seu quarto e ateliê.

Os girassóis

Fiquei contente em ver seu apetite sincero enquanto eu servia a ceia; eu tinha gastado um pouco mais para garantir que a carne do cozido ficasse bem temperada.

— Recebi uma carta de Johanna — ele disse enquanto comíamos.

Levei um momento para me lembrar quem ela era.

— A noiva de Theo?

Ele assentiu.

— Uma carta muito amável; apenas algumas linhas. Ela parece charmosa e inteligente. E desesperada para que eu goste dela.

— Não me surpreende — eu disse. — Ela está se casando com o seu irmão. Tenho certeza de que ela gostaria que fossem amigos. — Quanto será que ela sabia sobre a doença de Vincent, eu me perguntava. — Você aprova a união agora? — perguntei cautelosamente.

Ele me olhou diretamente nos olhos.

— Fui apanhado de surpresa, só isso. Ele a ama há muito tempo, mas, quando lhe propôs casamento, ela disse não. Ele ficou arrasado. Então, após um ano, sem nenhuma notícia, ela reaparece em Paris, encontra-se com ele "por acaso" e, dez dias depois, ficam noivos? Você tem que concordar, isso é suspeito. — Eu tinha que concordar, era mesmo. — Eu temia que ela o machucasse novamente, mas parece que ela realmente o ama. Parece que eu é que estava enganado.

— É natural que se preocupe com Theo e que queira o que é melhor para ele. — Levantei-me para servir mais ensopado a Vincent e, ainda de costas, eu disse: — Às vezes, me pergunto se o que você sentia não era ciúme.

— Ciúme?

— Por pensar que Johanna poderia se colocar entre você e Theo.

Escutei-o levantar-se da cadeira atrás de mim.

— Talvez. Mas agora não acredito. — Quando voltei com sua tigela e novamente tomei meu lugar, ele acrescentou: — Rachel, quando Gauguin disse que eu estava chateado sobre o dinheiro... não é verdade. Ou pelo menos não completamente. Naturalmente, não posso deixar de pensar nisso, mas nunca quis que Theo ficasse sozinho por minha causa. Não sou o miserável egoísta que Gauguin espalhou por aí, e não gostaria que você também pensasse que sou.

— Sou a última pessoa a acreditar em qualquer coisa que aquele homem diz — exclamei, bufando, e, em seguida, estendi a mão sobre a mesa para segurar a dele. — Só quero que tudo fique bem de novo, Vincent.

— Vai ficar — ele me prometeu.

Após a refeição, ele fumou seu cachimbo e escreveu uma carta a Theo, enquanto eu fazia alguns remendos em suas coisas e, em seguida, lia um livro. Quando o relógio bateu nove horas, Vincent olhou para mim e deu um tapinha no joelho; fui até ele e me empoleirei em seu colo.

— *Ma petite* — disse ele calmamente, puxando meus grampos e fazendo meu cabelo cair sobre os ombros —, gostaria que você ficasse aqui esta noite, em vez de voltar para a *maison*.

— Você sabe que eu não posso. O médico disse...

— Não é isso o que quero dizer. Quero dizer ficar e dormir no outro quarto. Queria somente saber que você está aqui.

Ele acendeu uma vela para nos conduzir para cima e me deu uma camisola limpa. Após ter certeza de que eu estava bem instalada, beijou-me e fechou a porta entre nós. Subi na cama e abracei meus joelhos, ouvindo-o movimentar-se o em seu quarto, olhando demoradamente suas pinturas à luz das velas. Os girassóis dourados e os jardins verdejantes anunciavam dias felizes, e

Os girassóis

sorri para mim mesma ao apagar a vela e me enfiar por baixo das cobertas. Vincent voltara para casa. Assim como eu.

— NÃO!

O grito de Vincent ressoou através da casa. Escancarei a porta entre os quartos e encontrei-o debatendo-se sobre a cama. Com as mãos tremendo, acendi a luminária de sua penteadeira e então disse suavemente o seu nome. Ele se sentou, ofegante, e o abracei.

— Estou assustado, Rachel — disse em meu ombro. — Estou tão assustado...

Ele não parava de tremer, mesmo quando beijei sua testa e alisei seu cabelo em desalinho.

— Foi só um pesadelo, meu querido.

— O que faço, Rachel? O que vou fazer se eu acordar um dia e não puder mais pintar?

— Isso não vai acontecer. Estava pintando esta tarde, não estava?

— Era só uma natureza-morta, só isso. — Sua voz aumentou. — E se eu não puder pintar o Dr. Rey? E se não puder pintar mais coisa nenhuma?

— *Shhh*. Você pode, *mon cher*, é claro que pode. Por favor, não fique agitado. — Continuei a segurá-lo até que sua respiração se acalmou e ele relaxou as mãos que me seguravam. — Vou lá embaixo pegar um pouco de água para você.

— Não me deixe.

— É só por um momento. Já volto.

Deixei a luz acesa e desci no escuro. Quando voltei, ele estava agarrando o lençol contra o peito e olhava para a lareira vazia.

— Aqui, beba isso. Agora, deite-se e deixe que eu cubra você; você chutou todos os cobertores para longe. Quer o fogo aceso?

Ele puxou o cobertor até o queixo e balançou a cabeça.

— Você ficará comigo?

— Claro, meu querido, se é isso o que você quer. — Subi na cama e apoiei sua cabeça de volta em meu ombro. — Estou aqui e nada vai lhe acontecer. Vá dormir, você precisa descansar. Não tenha mais medo.

Não consegui adormecer até que amanhecesse. Passei a maior parte da noite assegurando-me de que Vincent estivesse descansando profundamente e de que não tinha febre. E se ele não estivesse tão bem como parecia? E se sua doença tivesse voltado? Ele já não estava lá quando acordei e, ao lavar o rosto e me pentear, percebi que o espelho que costumava ficar sobre sua penteadeira não estava lá. Será que já não estava lá na noite anterior? Não me recordava, mas o mistério foi resolvido quando fui para baixo, ao ateliê. Vincent tinha ido pintar um autorretrato.

— De pé tão cedo, meu querido? — exclamei, e ele murmurou, com o cachimbo entre os lábios:

— Queria trabalhar.

Bocejei enquanto acendia o fogão e passava o café e continuei bocejando ao fatiar o pão e me enfiar por dentro do armário para procurar a geleia. Quando retornei ao ateliê, Vincent pegou a xícara de café e um pedaço do pão que lhe estendi e eu o olhei cautelosamente.

— Como está se sentindo? — perguntei. — Esse seu pesadelo...

Ele mudou de assunto.

— Não foi nada. Apenas um sonho.

— Você tem pesadelos como esse com frequência?

— Quase todas as noites. Desde que... — Ele fitava o pão em sua mão. — Dr. Rey diz que vai passar. Ele me deu alguns brometos de potássio para tomar.

— Vou preparar um chá calmante para tomar antes de dormir com algumas ervas que Françoise tem; isso também vai ajudar. Verbena-limão e *millepertuis* mandam o diabo para longe, dizem.

Os girassóis

— Superstição pagã — ele disse, fazendo pouco caso.

— Isso realmente ajuda. Fez muito bem para mim quando... — parei. — Quando eu não estava me sentindo bem, enquanto você estava doente.

Ele apontou na direção do quadro e disse:

— Trabalhar vai me ajudar mais do que qualquer outra coisa. — Tentei convencê-lo, mas ele me interrompeu com um olhar firme que dizia: "Pare de se preocupar e olhe para a minha pintura".

— Vincent van Gogh, você é o homem mais teimoso que eu já conheci — reclamei, mas fui até o cavalete, como ele queria. Seus temores, e os meus, da noite anterior, pareciam nunca ter existido. Aquele quadro não era diferente, tampouco menos forte do que os outros. Ele usava seu sobretudo verde e gorro de pele no retrato, como no dia em que deixara o hospital, mas se retratara sem barba e com os olhos verdes. O fundo fora dividido em vermelho vivo e laranja forte, e o branco do curativo em torno da cabeça se destacava fortemente das outras cores.

— Pensei que seria bom praticar antes de o Dr. Rey vir posar — disse ele. — O que você acha?

— Cores complementares — murmurei. — Azul e laranja, vermelho e verde.

— Excelente. O que mais?

Estudei mais a pintura antes de responder.

— Parece que as cores se chocam, que não há a menor harmonia entre elas, mas, quando você olha mais de perto, percebe que ela existe. Seus olhos são verdes para combinar com o casaco, e o vermelho na boca corresponde ao vermelho no cachimbo e no fundo. O casaco é verde, mas você coloca azul e laranja nele para combinar com o seu chapéu e o laranja no topo.

Recebi um sorriso cheio de dentes como resposta.

SHERAMY BUNDRICK

— Você já tem um olhar bem apurado.

— Não é preciso passar muito tempo com você para aprender mais sobre cores — falei modestamente.

— Acho que não. — Ele inclinou a cabeça, estudando por vários minutos a pintura ao meu lado. Quando falou de novo, sua voz tremia. — Será que é o rosto de um louco, Rachel?

Não hesitei.

— Não. É o rosto do homem que eu amo.

Capítulo Dezessete

O Retrato do Médico

Agora pretendo fazer um retrato do Dr. Rey e, possivelmente, outros retratos, assim que me acostumar a pintar novamente.

(Vincent para Theo, Arles, janeiro de 1889)

— Vieram assaltantes aqui e limparam tudo? — perguntei ao chegar ao ateliê de Vincent no domingo. Os tubos de tinta vazios e os potes de tinta seca tinham desaparecido; o chão varrido, sem poeira nem pedaços de tela; e sua melhor poltrona fora colocada próximo à janela. Vincent estava tão arrumado quanto o aposento, usando uma calça limpa e um novo paletó de artista. — *Tiens*, você está bonito — falei, ajeitando a faixa do paletó e alisando o tecido sobre os ombros. — Você cheira bem também. Cheira a sabão, em vez de aguarrás.

Ele se remexeu e fez uma careta.

— Não uso um desses desde Paris. Eu deveria ter um longo bigode para torcer as pontas e vários moldes de gesso espalhados ao redor, igual a alguns imbecis pretensiosos da *Académie*. — Ri e disse que ele estava parecendo profissional. — Se o Dr. Rey ficar contente com o retrato — continuou ele —, talvez recomende a outros

Os girassóis

que sejam retratados também. Vou vestir um paletó de artista, se isso significa cobrar pelo meu trabalho e fazer algum dinheiro.

— Vamos lhe proporcionar um dia agradável. Vou preparar um chá. Por acaso você não teria biscoitos?

— Biscoitos? — Seus olhos se arregalaram. — Eu deveria ter biscoitos?

Ri novamente.

— A *boulangerie* ainda está aberta; vou comprar uma lata.

Uma batida na porta anunciou a chegada do médico logo após eu ter voltado. Corri para colocar a chaleira no fogão e arrumar os biscoitos em um prato e, em seguida, dei uma espiadela na sala para dar a Vincent um sorriso encorajador antes que ele abrisse a porta. Deixara meu avental na cozinha na última visita, e o tinha amarrado em torno da minha cintura. Agora parecíamos um casal respeitável.

— Boa tarde, doutor — cumprimentei, quando me encontrei com eles no ateliê. — Gostaria de um chá?

— Boa tarde, mademoiselle. Sim, obrigado.

— Penso que gostaria de ver meu último trabalho — ouvi Vincent dizer enquanto me ocupava do chá na cozinha. — Fiz um estudo concentrado de cores complementares neste autorretrato.

— Seu domínio do pincel parece não ter diminuído em nada — disse Dr. Rey.

— Também fiquei contente ao constatar.

Servi o chá nas melhores xícaras de porcelana azul de Vincent — na verdade, as únicas de que dispunha que combinavam —, coloquei tudo em uma bandeja e, em seguida, fui para o ateliê ostentando o que eu esperava ser um sorriso hospitaleiro. — Espero que se junte a nós, mademoiselle — Dr. Rey disse ao aceitar uma xícara de chá, equilibrando os biscoitos no pires.

194

— É claro. Vincent? — estendi a bandeja para Vincent, que me olhou agradecido. Uma vez que já estavam servidos, coloquei a bandeja sobre a mesa e fui me servir. Vincent provavelmente esperava conversar sobre suas pinturas, mas, em vez disso, Dr. Rey perguntou como ele estava dormindo e se continuava tendo pesadelos. Vincent amarrou a cara e mexeu na xícara.

— Não tanto quanto antes.

— Em breve cessarão totalmente — Dr. Rey garantiu. — Tonturas?

Vincent sacudiu a cabeça e o médico perguntou sobre o seu apetite. Ao perceber que a carranca de Vincent aumentava, resolvi entrar na conversa:

— Ele está comendo bem, doutor. Está fazendo tudo o que pediu que fizesse. — *Incluindo não dormir comigo*, acrescentei por dentro.

— Excelente — Dr. Rey disse. — Venha duas vezes na próxima semana para irmos controlando o curativo e, na semana seguinte, já poderemos retirar a bandagem.

— Não há pressa — Vincent murmurou para dentro de sua xícara de chá.

— Teremos que retirá-la mais cedo ou mais tarde — disse o médico suavemente. A resposta de Vincent foi algo entre uma bufada e um grunhido.

Queria ter segurado sua mão, mas percebi que não seria adequado; portanto, em vez de fazê-lo, mudei de assunto.

— Vincent me disse que o senhor nasceu em Arles — eu disse ao Dr. Rey — e que estudou em Montpellier.

— Sim, mademoiselle, é verdade. Entretanto, ainda não completei meus estudos. Estou finalizando minha tese e em breve vou a Paris para defendê-la.

— Vai se mudar para Paris? — perguntei. Vincent ainda mantinha a testa franzida.

OS GIRASSÓIS

Dr. Rey sorriu e desta vez não se pareceu tanto com um médico.

— Ah, meu lugar é em Arles. Quero servir ao povo desta região. E, além do mais, minha família está aqui. Na verdade, estou morando com meus pais, até me casar.

— Vou dar-lhe o endereço da galeria de meu irmão em Paris, para que possa procurá-lo, se precisar — Vincent interrompeu.

— Vários dos seus clientes são médicos. — Dr. Rey começou a agradecer-lhe, mas ele acenou com impaciência. — *Ce n'est rien.* Agora gostaria de começar o seu retrato. A luz está perfeita.

Assim que o Dr. Rey tomou seu lugar na poltrona e Vincent começou a ajeitá-lo em sua pose, corri com os pratos para a cozinha, voltando logo para não perder nada. Vincent andava para um lado e para o outro, agachava-se, ia mais para trás, chegava mais perto. Fazia o médico virar para um lado e para o outro testando a luz, movendo a cadeira pra frente, para trás. Murmurava, perdido em seus pensamentos:

— Hmmm. HMMM. — O Dr. Rey parecia acanhado por estar sendo tão cuidadosamente observado, mas ia fazendo como lhe era pedido, sem reclamações nem comentários. Finalmente, Vincent estava pronto para começar.

— Rachel, viu meu cachimbo? — Fui encontrá-lo em uma jarra de pincéis, para onde haviam migrado durante a limpeza. Mais outro minuto ou dois de procura se seguiram até que ele percebeu que os fósforos que procurava estavam no bolso de sua calça.

— Você não está fumando demais, está? — Dr. Rey perguntou, da poltrona.

— Não. Segure a pose, por favor.

Vincent fez primeiro um esboço na tela com carvão, o suficiente para ter uma ideia aproximada de como o retrato ficaria. Pegou sua paleta e espremeu tinta de vários tubos, usando seu estilete para misturar as cores enquanto seus olhos, e os meus, examinavam o elemento sentado. Dr. Rey tinha o cabelo preto-azeviche de um verdadeiro provençal, elegantemente penteado para trás, um cavanhaque igualmente elegante e um bigode revirado para cima nas extremidades. Vestira-se para ser retratado em um belo terno feito em tecido de qualidade, coberto por uma jaqueta azul com detalhes em vermelho. Ele era um pouco rechonchudo — alguém que apreciava uma boa comida caseira e não ficava muito ao ar livre —, mas tinha um jeito agradável e não era feio. Um cavalheiro cortês e com dinheiro; por que não era casado? Certamente as senhoras *bourgeois* de Arles fariam tudo para ter suas filhas casadas com um médico. Talvez ele não deixasse o hospital por tempo suficiente para conhecer nenhuma.

O Dr. Rey pegou-me a observá-lo.

— Olhe para mim — disse Vincent, irritado. — Sei que mademoiselle Rachel é mais agradável de olhar, mas não é ela que o está pintando. — O pobre médico corou até as orelhas com essa observação.

Vincent murmurava em voz alta enquanto pintava, por vezes dirigindo-se ao Dr. Rey, por vezes a mim, por vezes a si próprio.

— Resolvi retratá-lo do tronco para cima, pois penso que funciona melhor nos retratos quando quero fazer um verdadeiro estudo de caráter — ele dizia. Ou: — Droga, vermelho demais. — A certa altura, parou de pintar e fitou o médico. — Por que sempre usa gravata?

A mão de Dr. Rey moveu-se instintivamente para a garganta.

— Perdão?

— Toda vez que o vejo, está usando uma gravata encorpada. Não fica sufocado?

Tentei fazer com que Vincent me olhasse. Se estivesse mais perto, eu o teria chutado. Isso não era forma de tratar um cliente! Mas Dr. Rey sorriu e disse:

Os girassóis

— Estou acostumado.

— Não me lembro da última vez em que usei uma gravata dessas. — Vincent batia ligeiramente com o pincel na pintura e continuava seu trabalho, para logo parar novamente e dizer: — Vou dizer o que falei à minha irmã uns anos atrás: na vida não basta apenas estudar, é preciso *viver*. Divertir-se. Ter tantos divertimentos quantos forem possíveis, apaixonar-se. — Ele balançava o pincel, efusivamente. — Deixe de lado seus livros e sua gravata, doutor. De que adianta curar as pessoas, se não cura a si mesmo?

Dr. Rey ficou mais entretido que ofendido.

— É um bom conselho. Talvez, assim que conclua meus estudos, eu tenha mais tempo para divertimentos, como você diz.

— Humm — foi a resposta de Vincent, e ficou pintando em silêncio o resto da sessão.

Quando estava terminado, ele assinou o retrato em vermelho forte contra o azul do casaco do médico e o apresentou ao Dr. Rey, lembrando que fosse cuidadoso, pois a pintura não estaria totalmente seca por algumas semanas. A expressão no rosto do médico era indecifrável ao examinar a pintura.

— É muito bonito — disse, com um sorriso cerimonioso e uma rápida olhada para mim. Então eu percebi: ele não tinha gostado. E não queria que Vincent soubesse.

— Fico contente que lhe agrade — disse Vincent com um suspiro de alívio. — Se conhecer alguém que queira fazer um retrato pintado, talvez seus pais ou um dos outros médicos...

— Eu me lembrarei disso — disse Dr. Rey educadamente, e consultou seu relógio de bolso. — Devo voltar para casa agora. *Maman* sempre pede ao cozinheiro que prepare um grande jantar aos domingos e deve estar se perguntando onde eu estou. Obrigado pela tarde agradável, Vincent, mademoiselle.

SHERAMY BUNDRICK

— Vou acompanhá-lo até lá fora — disse Vincent, e, quando voltou para o ateliê, estava sorrindo.

— Talvez este seja o começo de alguns trabalhos! — Ele cantarolava uma melodia alegre enquanto limpava os pincéis e arrumava as tintas. Não tive coragem de lhe dizer que o retrato do médico provavelmente terminaria encerrado no sótão de *Maman.* — Por que não pintar você agora? — ele indagou.

— Ah, Vincent, não sei...

— Não me diga que está com medo!

— Acho que sim — confessei. — O que você disse ao Dr. Rey sobre como você espia dentro das pessoas quando as pinta... O que você veria se espiasse dentro de mim?

Ele parou de arrumar as tintas e me olhou.

— Você não tem com o que se preocupar, *chérie*. Por favor? Isso o faria tão feliz.

— Algum dia, em breve.

— Será o mais belo retrato que farei, tenho certeza — disse ele ansiosamente, remexendo mais uma vez em sua caixa de tintas. — Já posso vê-lo em minha cabeça. Promete-me?

— Algum dia, em breve — repeti. — Prometo.

Capítulo Dezoito

Sussurros na Place Lamartine

Juntamente com outros jovens, eu costumava zombar desse pintor esquisito.

(Arlesiano não identificado, entrevistado na década de 1920)

Na vez seguinte em que visitei a casa amarela, vozes alteradas me cumprimentaram pela porta semiaberta. Vincent e o homem barrigudo que estava com ele pararam de discutir quando entrei apressada na sala.

— Este é Monsieur Soulé, proprietário do hotel ao lado e também desta casa — disse Vincent. Monsieur Soulé olhou-me de cima a baixo com um sorriso malicioso, como se dissesse que gostaria de ter-me em um dos quartos do seu hotel. — Ele veio para me despejar — Vincent acrescentou.

— O quê? — Eu olhava com os olhos arregalados de um para o outro. — Por quê?

— Monsieur van Gogue me deve dois meses de aluguel — Monsieur Soulé respondeu.

— Gogh — murmurou Vincent através dos dentes cerrados.

— Diabo, já disse que tenho o dinheiro. — Ele correu para a cozinha e, em seguida, voltou com um punhado de moedas e notas. — *Voilà*, trinta francos. Agora, tenho trabalho a fazer, muito bom dia para você.

Os girassóis

— Não é assim tão simples, Monsieur van Gogue — Monsieur Soulé disse, presunçoso, enquanto enfiava o dinheiro no bolso do colete. — Já aluguei a casa para outro inquilino, um dono de tabacaria. Disse a ele que poderia se mudar no final do mês.

Vincent olhou furioso para ele.

— E por que fez isso?

— O que se falava por aqui há algumas semanas é que o senhor não se recuperaria.

— Como você pode ver, estou recuperado, por isso você pode encontrar outro lugar para o seu dono de tabacaria.

— Ele será um inquilino mais responsável — Monsieur Soulé disse no mesmo tom presunçoso.

— Quem pagou para pintar a casa toda, por dentro e por fora? Quem providenciou a instalação de luz a gás na sala da frente? — Coloquei minha mão sobre o braço de Vincent, mas ele me ignorou e continuou gritando. — Cristo, esta casa estava destruída quando me mudei e você quer que eu saia para poder cobrar de alguém um aluguel mais alto? Graças às *minhas* melhorias?

— Quem está sempre atrasado com o aluguel? — Monsieur Soulé gritou de volta.

— Não vou mais atrasar, juro! — Vincent correu os dedos pelo cabelo e falou, persuasivo. — Por favor, não me ponha para fora. Preciso desta casa para fazer o meu trabalho. Tínhamos um acordo quando eu a aluguei em maio passado: um ano de locação. Deixe-me ficar com ela até o final de abril, e então, se você não estiver satisfeito com a forma como cuido das coisas, eu saio. *D'acord*?

Monsieur Soulé continuava de cara amarrada enquanto ponderava sobre a proposta de Vincent.

— *D'acord*. Fim de abril. Mas é melhor que eu não ouça mais nenhuma história sobre você, ou sairá daqui.

— Sim, sim, obrigado — Vincent murmurou. – Agora realmente tenho trabalho a fazer, por isso, desculpe-me... — Conduziu Monsieur Soulé até a saída e disse, hesitante: — *Bonne journée*.

— Maldição! — ele explodiu, assim que fechou a porta. — Não estava esperando dar a ele todos os trinta francos hoje! — Foi pisando duro até a cozinha enquanto eu seguia atrás dele.

— Trinta francos à arrumadeira — ele marcou em seus dedos —, trinta francos para o hospital. Vinte francos para o aquecedor a gás e os móveis que ainda tenho que pagar. Doze francos e cinquenta para lavar minhas roupas. Quinze francos para os novos pincéis e para substituir as roupas que estraguei. Cinco francos para a madeira e o carvão. Agora o aluguel! Maldição! E o meu *irmão* — ele agarrou as folhas de papel que estavam na mesa, sacudindo-as — só enviou cinquenta francos! Tudo o que me resta são precisamente vinte e três francos e cinquenta centavos; como poderei viver treze dias assim? Como poderei me recuperar se não tenho condições de comprar comida? Já tenho dívidas acumuladas no Restaurante Vénissat...

Interrompi seu discurso.

— Não faça mais isso, Vincent. Vou lhe dar o dinheiro.

— Theo e eu temos um acordo comercial. A responsabilidade é dele, não sua. Estava justamente escrevendo para lembrá-lo disso. — Ele olhou para as folhas de papel em sua mão e sacudiu-as novamente.

— Mas, se você pensar melhor, seria simplesmente devolver a você seu próprio dinheiro. Todas aquelas visitas de três francos...

— Já disse que não. Não vou ficar com o seu dinheiro. — E desabou em sua cadeira ao lado da lareira, com um suspiro. — E agora Gauguin quer meus girassóis.

— O quê?

— Leia a carta que está em cima da mesa.

Os girassóis

Peguei a carta e tentei lê-la enquanto Vincent se queixava.

— Primeiro ele vai até Theo e dá a entender que o estávamos explorando. Insiste que Theo lhe deve dinheiro, o que é absurdo. *Então* conta histórias a Theo sobre o que se passou aqui, a maioria das quais *totalmente* exageradas. Isso tudo depois de eu lhe pedir *especificamente* que mantivesse esse assunto só entre nós.

Levantei a cabeça e olhei para ele.

— Não disse nada sobre mim?

— Acho que não, ou eu já teria ouvido falar. — Vincent revirou os olhos. — Gauguin disse a Theo que preferiria trabalhar só com ele na parte comercial e manter-me fora do resto. Será que pensou que Theo não me contaria? — Sua voz elevou-se de novo com a irritação. — Depois, tem o descaramento de me escrever esta carta, transbordando de elogios sobre as minhas pinturas que Theo mostrou-lhe em Paris. Pendurou o autorretrato que lhe dei no seu ateliê etc., e então ele vai ao que realmente lhe interessa: meus girassóis.

A carta de Gauguin estava aparentemente recheada de bons sentimentos e disponibilidade, mas, conhecendo o autor como eu o conhecia, transbordava de ganância e manipulação nas entrelinhas. "*Un style essentiellement Vincent*", referindo-se aos girassóis — um estilo tipicamente Vincent —, e foi específico sobre a pintura que tanto queria: os girassóis amarelo-sobre-amarelo, aqueles que eu amava mais que tudo. Prosseguia dando conselhos a Vincent sobre como recuperar telas danificadas — já não tínhamos ouvido seus conselhos o bastante? — e, em seguida, terminava a carta com um alegre *Mes amitiés à tout le monde* — desejos de amizade para todos em Arles —, o que só me deixou ainda mais zangada. Coloquei sua carta sobre a mesa. Tive vontade de lavar as mãos após tocar nela.

— Você não vai fazer o que ele pede, vai?

SHERAMY BUNDRICK

— É claro que não! — Vincent apertou a boca com tanta força até virar quase uma linha. — Vou lhe enviar suas próprias pinturas, vou lhe enviar suas coisinhas infantis de esgrima que estão lá em cima no armário, mas ele nunca, nunca vai ter meus girassóis.

Por mais que quisesse dizer "Eu bem que avisei", eu contive.

— Você precisa se acalmar, *mon cher* — eu disse, ajoelhando-me ao lado de Vincent e colocando minha mão sobre a dele. — Esqueça o dinheiro, esqueça Gauguin.

— Se ao menos eu vendesse uma pintura — Vincent lamentou. — Apenas uma maldita pintura. Que diabos Theo está fazendo lá? Vendendo aqueles malditos quadros de Corot, isso é o que ele está fazendo, em vez de cuidar do que é de seu próprio irmão.

Suspirei e acariciei sua mão.

— Sabe o que faria você se sentir melhor? Ir pintar ao ar livre. Você não pintou ao ar livre nem uma vez desde que deixou o hospital. Eu poderia ir com você, poderíamos fazer um piquenique. As amendoeiras estão começando a florescer...

— Eu tentei.

— Como assim? O que quer dizer?

Ele fitava o fogo.

— Depois que recebi a carta de Gauguin ontem, arrumei meu material e fui direto para os pomares. Eu queria sair de casa. Mas...

— Mas o quê?

— Algumas crianças me viram. — Ele se remexeu em sua cadeira. — Bem, não eram propriamente crianças, eram mais velhos, um grupo de cerca de doze ou treze meninos.

— E...?

— Disseram-me coisas.

— Que coisas?

— O tipo de coisa que meninos dizem a um maluco. — Eu olhei para ele boquiaberta, e agora suas palavras saíam em desabafo.

205

Os girassóis

Disse que os meninos inventaram uma música e que a cantavam sem parar enquanto ele se apressava em ir embora. Ele lhes implorou que fossem embora, mas eles cantavam cada vez mais alto, até que ele desistiu e voltou para a casa amarela. — Eles imitavam o meu jeito de caminhar, Rachel. Não paravam de rir, e vieram me seguindo até aqui. — Uma lágrima rolou por seu nariz. — Um deles sabia que eu ia ao prostíbulo quando eu... E ele sabia o seu nome. Ele disse que saiu no jornal. Isso é verdade? Saiu alguma coisa sobre eu... e você... no jornal?

Eu não quis mentir.

— Sim. Há algumas semanas.

— Cristo — ele murmurou, e colocou a cabeça entre as mãos. — A cidade inteira sabe.

Coloquei meu braço em torno de seus ombros.

— Foi um artigo minúsculo, meu querido. Duvido que a maioria das pessoas tenha visto.

— Isso explica tudo. Quando Soulé disse que havia histórias sobre mim, a forma como todos me encaram, o jeito que sussurram quando vou ao restaurante ou ao café... Eu dizia a mim mesmo que estava imaginando coisas, mas não estava. — A voz dele estremeceu, e tudo o que eu queria era enfrentar aqueles hipócritas e dizer-lhes exatamente o que eu pensava. E se eu encontrasse aqueles meninos...

— Ignore-os, ignore a todos — eu suplicava. — E, quanto aos *catiéu mòssi*... são apenas crianças, não vale a pena se aborrecer. Avise-me da próxima vez que quiser sair, e eu vou com você.

— Você vai me proteger? — ele perguntou com um sorriso carinhoso.

— Talvez eu possa — respondi, levantando o queixo. — Provavelmente conheço a maior parte dos pais desses meninos.

Ele riu e voltou a ser como era, mas, logo em seguida, tornou a ficar melancólico novamente.

SHERAMY BUNDRICK

— Tudo o que eu quero é trabalhar e me recuperar em paz. É pedir muito? — Eu não sabia como responder a essa pergunta, então sugeri lhe preparar um belo jantar. Novamente o mesmo sorriso carinhoso. — Sua solução para todos os meus problemas é alimentar-me.

— Mas sempre o anima, não é? — Eu sorri de volta e o apertei em meus braços. —Vamos nos sentar perto do fogo. Eu fico esta noite se você quiser... Esqueça toda essa besteira.

Ele me olhou atenta e solenemente.

— De todas as pessoas nesta cidade, quem deveria estar mais zangada comigo e ter mais medo de mim é você. E, no entanto, você está aqui. Por quê?

Afaguei seus cabelos.

— Acho que você sabe a resposta para isso.

Na mercearia de Marguerite Favier, ao lado da casa, vi com meus próprios olhos o que Vincent estivera falando. Ela sempre fora amigável, mas naquele dia não sorriu, não respondeu ao meu *Bonjour*. Coloquei as compras sobre o balcão e disse:

— Vou preparar um jantar especial para Vincent esta noite. Ele tem estado muito triste com o modo como as pessoas o têm tratado.

Ela olhava para as compras, evitando me encarar.

— É?

— Seus próprios vizinhos o têm evitado e dizem-lhe coisas horríveis pelas suas costas — Fiz um muxoxo dramático. — Você não ouviu nada disso, não é?

— Ah, não, não ouvi nada. — O rosto dela enrubesceu. Estava mentindo.

— Bem, se ouvir alguma coisa, diga-lhes que ele está muito melhor e que *não* está louco. E eu que pensava que bons cristãos

Os girassóis

soubessem que é errado fazer fofocas e julgar. — Peguei minha cesta e voei para fora da loja, desejando ser um homem para poder dizer mais. Ou ser menos dama.

Capítulo Dezenove

Girassóis

Eu sou um homem, e um homem de paixões. Preciso ter uma mulher;
caso contrário, congelarei ou me transformarei em pedra.

(Vincent para Theo, Etten, dezembro de 1881)

Quando voltei da mercearia, Vincent ainda estava escrevendo sua carta para Theo, páginas e páginas de uma letra pequena que o fazia rosnar e franzir a testa. Ele não fez nenhum comentário sobre o cheiro bom do jantar e mal beliscou a comida, desenhando com o garfo no prato em vez de comer. Tentei puxar conversa, mas tinha de repetir tudo antes que ele me ouvisse e respondesse. Após o jantar, fitara tristemente a lareira, ignorando o livro em seu colo, o cachimbo pendendo apagado em sua boca. Agora eu me encontrava no segundo quarto, o olhar perdido em seus quadros, perguntando-me o que mais eu poderia fazer.

O jardim de um poeta era como Vincent chamava o jardim da Place Lamartine. Um jardim de amor. Os jovens dos quadros na parede nunca deixariam de segurar as mãos por entre as árvores, eu pensava comigo mesma. Eles seguiriam por aqueles caminhos para sempre — ao longo dos pinheiros, ao longo dos ciprestes —, sem que ninguém os separasse. Ninguém poderia.

Para o inferno com o médico.

Os girassóis

Nas pontas dos pés, fui até a porta e a abri um pouquinho. Vincent estava em pé no outro lado.

— Achei que estivesse dormindo — gaguejei.

— Eu estava pensando... — limpou a garganta. — Estava pensando se você não gostaria... Acendi o fogo aqui e está bem mais quente que lá.

— Está mesmo — eu disse, sentindo-me ridícula. E nervosa.

Ele pegou minha mão, guiando-me para dentro de seu quarto e fechando a porta atrás de nós para que o calor do fogo não escapasse. Segurou meu queixo delicadamente com os dedos e me deu um beijo. Outro. Outro. Então nossos braços se enlaçaram, e nos devoramos mutuamente, sua mão apalpando meus seios através da camisola, enquanto as minhas percorriam seu cabelo...

— Espere. — Soltei-me um pouco para trás. — Pare, por favor.

— Desculpe-me, eu pensei...

— Talvez não devêssemos fazer isso ainda — eu disse, o mais delicadamente que pude. — Talvez seja cedo demais.

— Você não me quer mais. Por causa disso. — E apontou o curativo. — Eu sabia que não me aceitaria quando o momento chegasse. Por que aceitaria um homem abatido quando...

— Não, não, isso não é verdade — eu insisti e tomei o rosto dele em minhas mãos. — É o que aconteceu com você, mas não quem você é. Eu sei quem você é. Talvez *eles* não saibam. — Fiz um gesto com a cabeça na direção da janela e do mundo lá fora.

— Mas eu... eu amo você. Quero você como sempre quis.

Seus olhos ficaram maiores à luz do fogo.

— Verdade?

— Verdade.

Ele pegou a ponta da minha camisola e passou-a sobre a minha cabeça, e fiquei nua diante dele, laranjas e amarelos dançando pelo meu corpo. Sua boca e mãos deslizavam, subindo e descendo, como se me explorando pela primeira vez, provocando-me até que eu mal pudesse aguentar. Sentia-me totalmente vulnerável e frágil, como se ele fosse um escultor em vez de um pintor, e eu, o barro sendo moldado e tomando forma de acordo com seus toques. Deixei meus dedos percorrerem seu peito, ombros, rosto, até que ele me suspendeu e deitou-me na cama.

Entreguei-me àquele momento que eu pensava que nunca mais fosse acontecer, saboreando o ritmo do seu corpo, o calor da sua pele. Fechei os olhos tão fortemente que via cores dançando sob minhas pálpebras — amarelos, azuis, rosas, verdes —, e depois as senti explodirem dentro de mim, arrastando-me como em uma correnteza, afogando-me em seu brilho até que, ofegante, chamei seu nome. De longe veio o seu grito, e ele desabou sobre mim, tremendo, assim como eu, segurando-me enquanto eu também o segurava. Lágrimas se derramavam sobre meu rosto. Ele sorriu à meia-luz, beijando-as.

Desta vez, o romper do amanhecer não o levou para o ateliê. Quando despertei, ele ainda estava ao meu lado, e me apoiei em meu cotovelo para vê-lo dormir. As linhas de preocupação em sua testa haviam se suavizado; suas feições estavam mais tranquilas. Como se soubesse que eu o olhava, seus olhos abriram-se, agitados.

— Desculpe, acordei você — eu disse, baixinho. — Como se sente?

Seu sorriso sonolento foi uma das coisas mais bonitas que eu já tinha visto.

— Vivo.

— Independentemente do que o médico diria? — dei uma risada.

— Ele vive com os pais, pelo amor de Deus... Quem é ele para saber? — Vincent afastou alguns fios de cabelo do meu rosto. — Você nunca esteve tão linda quanto agora.

Os girassóis

Pressionei meus lábios contra a penugem vermelha de seu peito.

— Gostaria que ficássemos aqui para sempre — murmurei. — Bem aqui nesta cama. — A resposta dele foi rolar-me para baixo de seu corpo, afastando minhas pernas e se aninhando naquele lugar atrás da minha orelha que infalivelmente me fazia tremer.

— Ohhh... a noite passada não foi suficiente para você?

Para mim também não tinha sido suficiente. Avidamente o recebi dentro de mim e, à luz daquela manhã, ressuscitamos, renascemos. Vivos.

— Não vá — insisti mais tarde, quando Vincent disse que precisava trabalhar. — Fique comigo, o trem da manhã para Marselha nem passou por aqui ainda. — E então soou o apito na Place Lamartine. — Maldito trem!

Vincent riu e jogou as pernas para o lado da cama.

— Duas vezes é quanto posso dar conta por enquanto — ele disse enquanto vestia a calça e a camisa manchadas de tinta. — Não sou mais tão jovem como costumava ser.

Contornei sua coluna com meus dedos. Por mais que eu o forçasse a comer, ele ainda estava muito magro.

— Está bem então. Ordens do médico!

Ele revirou os olhos e retirou-se para o outro quarto. Sentei-me imediatamente quando vi o que ele levava.

— Aonde você está indo com o girassol? — Ele respondeu que estava fazendo uma cópia e insisti: — Para quem? Gauguin?

— Tenho que vender algo, Rachel — disse ele, pacientemente. — Presumo que Theo poderia conseguir 500 francos por uma pintura de girassóis, então vou copiar esta e aquela com fundo azul. Os originais vão ficar aqui comigo. — Ele parou e, em seguida, acrescentou: — Se não venderem, então Gauguin poderá ficar com qualquer cópia que lhe agrade para calar sua boca.

Pulei para fora da cama e alcancei minhas roupas.

— Não entendo você, Vincent. Por que deixaria aquele homem ter qualquer coisa sua?

— Não sou tão ingênuo como você pensa, *chérie* — ele disse.

— Nem como pensa Gauguin. Se ele tiver uma das minhas telas de girassol, outros pintores a verão em seu ateliê. Com o meu nome assinado. — Estive a ponto de perguntar quem se importaria com aquilo, quando ele continuou: — Mais de um pintor já acusou Gauguin de plágio. Não digo que ele faria isso com meus girassóis, mas... — Agora eu havia entendido. — por que não ter certeza? — e ele sorriu como quem dizia que sabia exatamente o que estava fazendo.

Do momento em que me aventurei a ir à padaria — meu Deus, estava frio! — até preparar o café da manhã, o girassol de Vincent já estava bem encaminhado.

— Está mais amarelo que o original — observei, ao lhe entregar uma xícara de café e *une tartine*, pão com manteiga e geleia generosamente espalhados.

— Tinta diferente — disse ele. — Mas estou sentindo esse tom amarelo-claro especialmente bom, em parte por conta desta manhã. — E piscou-me o olho com malícia.

Pisquei de volta, retirei alguns desenhos da cadeira e fui tomar o meu café.

— Vincent... — eu disse, tentando soar casual, mas sabendo estar hesitante. — Estive pensando... Talvez seja hora de contar a Theo sobre mim.

Ele levantou os olhos por cima da xícara.

— O que a faz pensar isso?

— Bem... já que Theo está noivo e tão feliz, talvez agora ele consiga entender. Você poderia lhe escrever, assim como fez Johanna ao escrever para você. Então ele veria que não sou como...

Os girassóis

— Sien. — Vincent pousou o café e a *tartine* semicomida em cima da mesa, entre tubos de pintura e bastões de carvão, e caminhou de volta ao cavalete. — Não é apenas Theo, você sabe — ele disse, pegando sua paleta. — É também minha mãe, minhas irmãs...

— Mas imagine como a vida poderia ser melhor para você... Para nós dois. Você não estaria mais sozinho. Teríamos um verdadeiro lar. E, se você ficar doente outra vez...

— Não vou ficar doente de novo.

— Mas, se ficasse, eu cuidaria de você. Não percebe? Eu amo você, poderíamos ser tão felizes. E eu... — titubeei — poderia dar-lhe filhos. Poderíamos ter uma família.

Ele olhava para o girassol, o pincel suspenso em sua mão.

— Já causei problemas demais a Theo... Agora ele tem que se ocupar de sua mulher... Ele veria isso como uma sobrecarga, pensando que teria que cuidar de nós. Ficaria zangado por eu ter mantido você em segredo. — Ele balançou a cabeça e declarou: — Não é hora.

— Theo não teria que cuidar de nós — protestei. — Eu tenho dinheiro guardado e, assim que conseguir limpar meu nome, poderei arranjar outro emprego, talvez como lavadeira.

— Esse tipo de trabalho acabaria com você.

— Então outra coisa, talvez em uma loja ou em um café...

Ele balançou a cabeça novamente.

— Não quero que você me sustente.

— Só até que seu trabalho comece a vender. Poderíamos dar conta sem importunar Theo. — Soltei um suspiro profundo. — Você não me ama? Não quer que fiquemos juntos?

— É claro que sim. — Ele pousou a paleta e os pincéis e segurou minhas mãos nas dele. — Mas agora temos que esperar. Não posso arriscar perder...

— ...o dinheiro de Theo não é? — eu disse em um estalo.

— Você. Não posso arriscar perder você. — Eu corei imediatamente e olhei para o chão. — Sei que é pedir muito, mas temos que ser pacientes por mais algum tempo.

— Paciência de novo — eu suspirava. — Aposto que agora você vai me falar sobre os campos de trigo.

— Ia lhe dizer que em breve o inverno vai terminar e, antes que você se dê conta, já será primavera. — Ele inclinou a cabeça para me beijar e deslizei meus braços em volta de seu pescoço. Ele estava com um gosto doce; gosto de geleia de morango. Sons de riso desviaram minha atenção para a janela, onde um trio de rapazes zombava, beijando uns aos outros e fazendo barulho. Vincent virou-se para enfrentá-los, e os garotos mexiam em suas orelhas enquanto seus gritos de *"fou rou, fou rou"* penetravam através do vidro espesso. Ruivo louco. Ruivo louco. O olhar de Vincent partia meu coração.

Soltei-me de seus braços e corri para a cozinha para pegar a vassoura. Escancarei a porta e gritei:

— Saiam daqui! E, se voltarem, vou bater em vocês até ficarem roxos! — Eles estancaram, boquiabertos, e dispararam em retirada.

Vincent ria de se arrebentar.

— Depois dessa acho que você pode me proteger. Parece que ficaram com medo... Até eu fiquei!

— É bom se lembrar disso! — eu caçoei, sacudindo a vassoura para ele.

Ele ficou sério novamente.

— Muito em breve, Rachel. Prometo.

— Acho que está com medo de ser feliz, Vincent — eu disse, séria. — E não sei por quê.

Capítulo Vinte

Revelação

Pelo que me dizem, estou obviamente melhor; interiormente, meu coração está cheio de sentimentos e esperanças divergentes, de modo que fico até espantado de estar melhorando.

(Vincent a Theo, Arles, final de janeiro de 1889)

Eu já havia sido uma das *filles* mais procuradas na Rue du Bout d'Arles nº1, mas agora, não mais. Era sábado à noite, o fluxo de clientes era constante, e eu estava sentada sozinha no bar: a única mulher sem um único *mec* ou um único franco. Jacqui já tivera três clientes, a pequena Minette, quatro — eu estava contando. Até mesmo Madame Virginie tivera alguns.

Comecei a trabalhar de novo alguns dias depois daquela noite na casa amarela. Não poderia continuar usando o dinheiro de Françoise e, mesmo com a sua ajuda, semanas sem trabalhar haviam deixado um rombo em meu cofre. Eu precisava ganhar mais e rápido — por Vincent, pelo nosso futuro. Mas os francos não vinham tão rapidamente como de costume. Na primeira noite, dois dos meus clientes regulares ignoraram meus sorrisos e acabei pegando as sobras: um agricultor que disse a Madame Virginie

Os girassóis

em provençal grosseiro: "Ela é a única que está livre? *Acord*, mas vou pagar apenas um franco". Depois, no quarto, ainda tentou barganhar cinquenta centavos.

— O que havia de errado comigo? — perguntei a Françoise depois que tomei um banho para me livrar do cheiro de chiqueiro.

— Parece até que estou cheia de manchas ou com uma doença!

— As coisas vão melhorar — ela disse, mas eu sabia que o *Le Fórum Républicain* era o responsável por aquilo tudo. Ninguém queria se deitar com a prostituta do pintor louco.

O velho Louis Farce parou-me quando eu estava indo ao mercado na manhã seguinte e me ofereceu um lugar em sua *maison*. Puxou as pregas da minha capa e, abrindo-as, disse:

— Boas *nénés*; nem muito pequenas, nem muito grandes. Mudamos seu nome, colocamos boas roupas em você, e em pouco tempo será uma menina rica. Fechei minha capa de volta e disse-lhe o que achava que ele deveria fazer com aquela ideia.

Eu não incomodava Vincent com meus problemas de dinheiro. Fazia a melhor cara que podia durante as visitas diárias à casa amarela: via-o pintar, ajudava-o com as tarefas, tomava conta dele, sem, no entanto, ser óbvia quanto a isso. A cada dia ele parecia mais forte, e, aos poucos, parei de procurar sinais de fraqueza ou de lembrá-lo de que não trabalhasse demais. Outros cinquenta francos de Theo levantaram o ânimo dele, pois assim ele pôde saldar suas dívidas. Retomou o retrato de Madame Roulin, que começara antes de ter o ataque, assinando-o com um floreado *La Berceuse*, a mulher balançando um berço. Estava tão feliz com aquela pintura que fez uma segunda versão e, em seguida, iniciou uma terceira. Apesar de insistir, não consegui convencê-lo de ir pintar ao ar livre.

A porta da *maison* se abriu, e olhei para ver quem Madame Virginie empurraria para mim.

— Vincent! — Corri para ele e agarrei suas mãos. — O que você está fazendo aqui?

— O Dr. Rey disse que estou quase recuperado. Isso pede uma comemoração, *non*?

Levei-o até uma mesa no canto e fui para a cozinha buscar um café. Quando voltei, seu rosto transbordava de memórias e seus olhos percorriam nervosamente a sala. Os outros clientes olhavam para ele, provavelmente pensando se faria alguma loucura.

— Não precisamos ficar aqui — eu disse. — Podemos ir lá para cima, ou voltar para casa...

Ele virou-se para mim com o olhar firme.

— Não posso me esconder para sempre. — Peguei a mão dele e sorri. Naquele momento, pensei que ele era a pessoa mais corajosa que eu jamais conhecera.

Conversamos em voz baixa e bebemos juntos nosso café até que os outros clientes cansaram de nos olhar e voltaram sua atenção para as meninas. Vincent sussurrara que queria ir lá para cima, e respondi-lhe apertando sua coxa por debaixo da mesa, quando então Madame Virginie apareceu:

— Monsieur Vincent! — Sua voz soou mais alto que o habitual. — Bem-vindo de volta! É muito bom vê-lo recuperado da sua doença.

Ele piscou para ela, tão perplexo como eu.

— Obrigado, senhora, mas tenho de pedir desculpas pelo meu comportamento durante a minha última visita. Não era eu. Não vai acontecer novamente.

— *Pas de problème* — disse ela, e acrescentou com cumplicidade: — Todo mundo perde a razão de vez em quando; é o mistral, você sabe. Bem, vou deixá-lo em companhia de Rachel. *Bonne soirée.*

Os girassóis

Então, algo maravilhoso aconteceu. Uma por uma, as meninas vieram falar com Vincent, apesar de a maioria nunca ter nem conversado com ele antes. Elas sorriam e expressavam grande prazer em vê-lo, querendo-lhe bem. Françoise até beijou-o na bochecha. Vincent parecia inebriado de tanta atenção, e eu estava enternecida com as meninas, tratando-o com tanta compaixão. Sabíamos como era a sensação de ser evitada e tratada como marginal. Ele era um de nós.

Jacqui foi a última a se aproximar e sentou-se à mesa sem perguntar.

— Quero pedir desculpas pela forma como agi com vocês — disse ela, com um sorriso. — Gostaria que fôssemos amigos.

— *Ce n'est rien* — disse Vincent, sendo mais generoso do que eu conseguiria ser. — Sua desculpa está aceita.

— Obrigado, monsieur. Mas onde está o seu amigo? — Vincent disse-lhe que Gauguin voltara para Paris, e então ela respondeu: — Que pena... Ele sabe muito bem como fazer uma garota feliz. Bem, *salut*, tenho alguém à minha espera. — Jacqui levantou-se e saiu para em seguida voltar como se tivesse esquecido algo importante.

— Oh, monsieur, esqueci-me de dizer...

Vislumbrei um lampejo de triunfo nos olhos dela ao me olhar de relance. De repente compreendi, e nada que eu pudesse fazer ou dizer a impediria.

— Sinto muito pelo bebê.

Vincent olhou-a, estarrecido.

— Que bebê?

Jacqui levou a mão ao peito fingindo inocência.

— Rachel não lhe disse? Eu não ia dizer nada, mas tinha certeza de que ela... Ah, querida, desculpe-me... — E se afastou com um olhar de arrependimento fingido.

— Disse-me o quê? — Vincent perguntou, virando-se para mim com medo nos olhos. — Que bebê? Do que ela está falando?

— Não vamos falar sobre isso aqui, *mon cher* — eu disse, apressadamente. — Vamos para casa.

Quanto tempo Jacqui deve ter esperado, silenciosa e imóvel, como um gato que observa sua presa, aguardando a oportunidade para atacar. Vincent não disse nada enquanto andávamos pela Place Lamartine, mas eu podia imaginar a suspeita que corroía sua mente: que eu tinha ficado grávida, mas abortei em vez de dar à luz o seu filho. O filho do pintor louco.

Ao entrar no ateliê, ele não se conteve mais e me agarrou, sacudindo-me.

— Diga-me, Rachel... Você tem que me dizer!

Olhei de relance os muitos rostos de Marcelle Roulin. *Talvez, se eu sussurrar as palavras, não o machucarei.*

— Vincent, naquela noite em dezembro... tive um aborto espontâneo.

Soltou as mãos dos meus ombros.

— O quê?

— Eu estava grávida e perdi a criança.

— Era minha? — Eu não conseguia responder; concordei com a cabeça, olhando para o chão. — Oh, Deus! Oh, meu Deus! Por que não me disse?

— Eu não sabia que estava grávida. Se soubesse teria dito, juro.

— Você me contaria?

Balancei a cabeça.

Ele ficou andando em círculos, correndo as mãos pelo do cabelo, olhando para a pintura, para o piso, para qualquer lugar, menos para mim. Então foi para o cavalete, agarrou a paleta, espremeu alguns tubos de tinta e começou a trabalhar na terceira repetição do retrato de Madame Roulin, como se eu não estivesse lá. O silêncio era tanto que tudo o que se ouvia era o toque do pincel contra a tela e o tique-taque do relógio no corredor. Eu segurava a respiração, observando-o, à espera de uma explosão.

Os girassóis

— Todas essas pinturas que fiz do bebê — ele finalmente disse.
— Parece que era um pressentimento.

Tique-taque. Tique-taque.

— Pintei Roulin pela primeira vez após o nascimento de Marcelle. Pedi-lhe que posasse porque sabia como era sentir-se tão orgulhoso e feliz. Quando Sien chegou em casa do hospital com seu bebê, eu ficava vendo-o dormir em seu berço por horas a fio, e o desenhei também. Quando ficou maior e passou a engatinhar, ele puxava o meu casaco, ou então escalava minha perna até que eu o subisse para o meu colo, e ele assim ficava, por horas se eu o deixasse, vendo-me trabalhar. Pensei que nunca mais sentiria algo assim novamente. Se ao menos eu tivesse sabido...

Vincent arremessou a palheta contra a parede e as cores esparramaram-se em arco-íris contra o branco inflexível da parede. Em seguida, atirou seus pincéis e caiu ao chão, chorando e soluçando com o rosto entre as mãos. Ajoelhei-me sobre o chão e o trouxe junto a mim. Ele murmurava para si mesmo, mas eu não o compreendia. Quando finalmente consegui, suas palavras cortaram meu coração como uma navalha.

— É minha culpa. Eu matei o nosso filho.

— Não, Vincent, não pense assim, não foi culpa de ninguém. Não... — engasguei em minhas próprias palavras — ...não era para ser.

— Assustei você quando... Se eu ao menos suspeitasse... Perdoe-me...

Acariciei seu cabelo e tentei acalmá-lo.

— O Dr. Dupin disse que posso ter outros filhos. Ainda posso ter outro bebê.

Ele olhou através de mim para as pinturas de Marcelle.

— Você poderia ter morrido, Rachel. Se você tivesse morrido...

SHERAMY BUNDRICK

— Fiquei doente por algum tempo, mas estou bem agora. Françoise e o Dr. Dupin tomaram conta de mim. Estou bem agora.

Segurei-o até que seu pranto se apaziguasse. Mal pude ouvir a próxima pergunta, de tão suave que soou.

— Por que você não ia me contar?

— Temia que fosse magoá-lo demais — sussurrei.

— Mas teve de suportar tudo isso sozinha. Todo este tempo que você esteve sofrendo, e eu...

— Era mais importante que você ficasse bem — comecei a dizer, mas minhas forças me abandonaram. Foi a minha vez de me entregar aos soluços e ele então me confortar e tentar afastar minha dor. Eu havia represado aquela dor por tanto tempo, empurrando-a cada vez mais para o fundo, onde ninguém a pudesse ver. Agora, totalmente livre daquela dor, sentia-me estranhamente aliviada de não ter mais que escondê-la, de não me encontrar mais sozinha em minha tristeza. Não falamos mais nada; apenas nos confortamos mutuamente, com o tique-taque do relógio a quebrar o silêncio.

Capítulo Vinte e Um

Recaída

Uma esposa você não pode me dar; um filho você não pode me dar.
Dinheiro, sim. Mas de que adianta se tenho de viver sem o resto?

(Vincent para Theo, Nuenen, fevereiro de 1884)

Quando cheguei na casa amarela, na manhã seguinte, Vincent não atendeu, e a porta abriu com facilidade. Eu não queria ter voltado para a *maison*. Eu dissera a Vincent que ficaria com ele, que dormiria na cama dele ou no outro quarto — o que ele quisesse —, mas ele continuou afirmando que queria ficar sozinho. Ele insistiu que ficaria bem e disse que eu não precisava me preocupar.

Ele quase sempre se esquecia de trancar a porta quando saía. Ele poderia ter ido ao hospital ver o Dr. Rey, ao balneário público para tomar um banho, dar uma volta no jardim. Para me certificar, chamei seu nome ao entrar no ateliê — sem resposta. Durante a noite, ele tinha terminado o terceiro retrato de Madame Roulin. A pintura estava no chão, apoiada em uma mesa onde secaria lentamente, e uma nova tela já esperava no cavalete. Um esboço com linhas traçadas a carvão, e o começo da pintura me mostrava o que ele faria em seguida: uma quarta *répetition*. Quatro cópias do mesmo quadro. A mesma mulher balançando um berço.

Os girassóis

Sua paleta e os pincéis estavam empilhados sobre a bancada, onde ele os deixara. Tinta seca incrustava as cerdas; o verde da saia de Madame Roulin e do papel de parede ao fundo, o vermelho do chão, o laranja do cabelo dela. Aqueles pincéis eram de Pelo de Marta, enviados por Theo de Paris. Vincent sempre os limpava depois de trabalhar. Sempre.

Fui até o corredor e subi as escadas, quando o som de alguém cantando baixinho me fez parar. Era ele cantando, do outro lado da porta fechada — em holandês. Eu não conseguia entender a letra, mas a melodia alegre e ritmada era de uma cantiga de ninar. O que ele havia feito? Meu último pensamento antes de eu virar a maçaneta foi: "*Pelo menos, ele está vivo*".

As persianas estavam abertas para o frio de inverno e ele, sentado diante da janela, balançando o corpo de um lado para o outro, cantarolando aquela melodia, com os braços envolvendo a si mesmo. Ele não usava casaco; somente uma camisa e calças, e estava descalço. Vermelho nos dedos. Tinta; apenas tinta.

Ele me ouviu chegar, mas não se virou.

— Tenho que partir — ele disse, antes que eu pudesse falar. — Tenho que ir a Nuenen.

— Por quê? — perguntei. — Aconteceu alguma coisa com sua mãe ou com sua irmã?

— Theo disse que meu lugar é com a família. — Ele continuava a balançar na cadeira. — Theo disse que tenho que deixá-la.

Senti uma tontura e agarrei-me ao enxergão. Como Theo ficara sabendo de mim? Vincent não teria contado nada sem primeiro me avisar. Nem Dr. Rey, nem Joseph Roulin, e certamente não o reverendo Salles...

Gauguin.

Para se vingar de Vincent pelos girassóis — e talvez para se vingar de mim —, Gauguin contara tudo a Theo, e provavelmente mentira sobre a maior parte. Eu podia ver sua expressão, tão preocupada; eu podia ouvir sua voz, tão séria: "Uma prostituta de Arles mantém seu irmão sob uma espécie de feitiço. Ele quer desposá-la; é melhor você dar um fim nisso antes que ele se arruíne". Gauguin dizia que estava sendo amigo, que ele só queria ajudar. Até Theo acreditaria nele. Ele deve ter enviado a Vincent uma carta que chegara hoje pela manhã, ou um telegrama, caso estivesse muito preocupado.

— Se eu não for — Vincent continuou, ainda de costas para mim —, Theo vai parar de me mandar dinheiro. Não poderei pintar.

Eu estava errada sobre tudo. Errada em pensar que Theo seria compreensivo, errada em pensar que Vincent não me deixaria.

— Sua pintura, sempre sua maldita pintura! — eu gritei. — Como pode fazer isso sabendo quanto eu o amo? Como pode me jogar fora, como se eu fosse mais uma de suas prostitutas?

Nesse momento, ele voltou o rosto para mim, com os olhos vermelhos, os sinais das lágrimas marcando seu rosto.

— Não se preocupe. Eu mandarei alguma coisa de vez em quando...

— Mandará alguma coisa? O que acha que eu sou?

— Se eu puder fazer isso sem papai saber... Ele está mais bravo que Theo com essa história.

Ah, meu Deus.

— Vincent — eu disse, devagar —, seu pai está morto.

Ele inclinou a cabeça para me encarar.

— Ele veio nos visitar, você não se lembra? Achei que, quando ele visse como éramos felizes, ele entenderia, mas não. Nenhum deles entende. — Ele caminhou até mim e me envolveu em seus braços. — Quem sabe depois de um tempo lá eu possa convencer minha família e voltar para ficar com você. Podemos resolver nossos problemas, tentar novamente. — Ele suspirou na minha orelha: — Eu nunca tive a intenção de magoá-la, Sien.

Não havia carta de Theo, não havia viagem a Nuenen. Gauguin não dissera nada.

Ele não sabe quem eu sou.

Vincent segurou-me mais forte quando sentiu que eu tremia.

— Por favor, não chore, minha Sien. Prometo que farei o possível, por você e pelas crianças. Sinto muito.

Ah, meu Deus. Não. Não.

Eu me libertei de seus braços e disse:

— Vincent, querido, você parece exausto. Por que não descansa um pouco? — Fechei as persianas e o ajudei a deitar na cama.

Ele olhou para mim, com a cabeça no travesseiro.

— Durante a noite, fiquei olhando para o pequenino no berço por um bom tempo. Muito tempo. Vai ficar comigo, Sien?

Estremeci ao ouvir esse nome, mas tentei sorrir enquanto terminava de arrumar o cobertor.

— Só se você descansar. — Ele fechou os olhos, obediente, e eu senti sua testa. Não consegui ver nenhum sinal de febre. Era tudo culpa minha. Se eu....

Fechei a porta procurando fazer o mínimo de barulho e desci as escadas na ponta dos dedos. Mesmo se eu alugasse uma carruagem, demoraria uns trinta ou quarenta minutos para encontrar Dr. Rey e trazê-lo até ali. Eu não queria deixá-lo sozinho por tanto tempo...

— Onde está o fogo, *bello chatouno*? — gritou um velho sentado na frente do Café de la Gare enquanto eu atravessava a Place Lamartine. Encontrei Joseph Roulin na central dos correios, perto da estação, selecionando a última entrega, e, quando eu lhe contei o que estava acontecendo, ele passou o trabalho para outro funcionário e correu para a rua.

— Eu vou atrás do Dr. Rey — ele disse, olhando para trás. — Você, volte para casa.

Vincent estava na cama dormindo, agitado e gemendo, mas dormindo. Postei-me ao lado da janela, esperando a carruagem do médico chegar. Finalmente chegou, vindo pela praça, e eu apressei-me em descer e recebê-lo.

— Vamos levar Vincent para o hospital, mademoiselle — disse Dr. Rey, adentrando a casa com sua valise preta na mão. Ele havia trazido dois serventes, que carregavam uma maca, e Roulin estava com eles. O médico me impediu de segui-los até o andar de cima. — Deve ficar aqui — ele disse. — É bem provável que Vincent não reaja bem.

Quando os homens entraram no quarto de Vincent, primeiro houve um silêncio e, em seguida, um grito furioso:

— Eu não vou voltar! Não serei engaiolado! — Um estrondo e novamente a voz de Vincent, vomitando blasfêmias que eu nunca o ouvira usar.

Desembestei escada acima e corri na direção do quarto, mas Joseph Roulin me impediu de entrar, agarrando-me pelos ombros.

— Não pode entrar lá — ele disse. — Só vai piorar as coisas.

— Eles estão machucando Vincent!

— O médico está tentando aplicar-lhe um sedativo. Vá lá para baixo e fique fora do caminho.

Mais um estrondo e em seguida a voz do Dr. Rey:

— Vincent, somos seus amigos, estamos tentando ajudá-lo. Segurem firme!

Eu me contorcia para me libertar de Roulin.

— Eu não vou deixá-lo! Deixe-me entrar!

— Eles vão levá-lo para baixo e precisarão descer as escadas. Agora saia do caminho, como eu lhe disse, ou eu mesmo a tirarei! — Relutando, voltei ao meu lugar lá em baixo, e Roulin voltou correndo para dentro do quarto.

Os girassóis

Finalmente, o silêncio voltou, e então o Dr. Rey apareceu, advertindo os dois serventes para que tomassem cuidado ao descer as escadas. Roulin segurava atrás. Vincent estava inerte sobre a maca e eu soltei um gemido contido quando vi o que eles lhe haviam feito. Eles o tinham embrulhado em um forte tecido branco para que ele não pudesse mover os braços nem as pernas, e seu rosto estava congelado em uma expressão de raiva, com os dentes à mostra. Bloqueei o caminho para a porta e perguntei:

— Por que o amarraram? Ele não é um animal!

— Para proteger a ele próprio e aos que estão à sua volta — disse o Dr. Rey. — Vamos tirar quando chegarmos ao hospital. — Antes que eu pudesse retrucar, ele levantou a mão para que eu silenciasse. — Desejo ajudar Vincent tanto quanto a senhorita, mademoiselle. Por favor, tenha confiança de que farei o que é melhor para ele.

Meu olhar passou do rosto lívido de Vincent para os olhos determinados do Dr. Rey e saí do caminho. Roulin seguiu os serventes para ajudar a levantar a maca e colocá-la dentro da carruagem enquanto o doutor se deteve o suficiente para dizer:

— Eu temia que ele pudesse ter uma recaída; ele tentou fazer muita coisa, cedo demais. Farei tudo o que puder, mademoiselle. — Perguntei a mim mesma se deveria contar a ele sobre as notícias que haviam causado o ataque de Vincent, e decidi que não o faria. Nosso bebê era nossa tristeza, minha e de Vincent, e não queria que todos soubessem.

Roulin veio e ficou parado ao meu lado, enquanto observávamos o médico juntar-se aos serventes na carruagem e partir. Ele me bateu de leve no ombro.

— Vincent já saiu dessa uma vez e sairá novamente. É um homem determinado. — Ele pigarreou e acrescentou, rispidamente: — Desculpe-me se precisei ser rude lá dentro. Quer que a acompanhe até sua casa?

— Não, obrigada, monsieur. Vou ficar aqui mais um pouco.

— Mandarei avisá-la se tiver notícias. Avise-me se precisar de alguma coisa, *d'accord*? — Eu agradeci e ele deu um leve toque no chapéu e partiu rumo à central dos correios.

Pequenas coisas na casa — o quadro que Vincent mal começara, no cavalete, seu cachimbo descansando na cadeira com o livro que ele estava lendo — fizeram-me sentir mais impotente e vazia. Eu tinha de fazer alguma coisa; qualquer coisa. E então, levei a vassoura e a pá de lixo para o quarto dele. No confronto, ele havia quebrado sua jarra de porcelana e a bacia e atirado coisas para todos os lados. Sua cômoda estava vazia; a roupa de cama, amarrotada sobre o chão. Todos os quadros haviam caído das paredes — até mesmo as gravuras japonesas — e as molduras haviam se estilhaçado em mil pedacinhos. Somente o espelho permanecera intocado em seu lugar.

Com cuidado para não cortar as mãos, varri os fragmentos de porcelana e vidro e empilhei as gravuras sobre a cadeira. Pendurei as pinturas de volta na parede, e, em seguida, trouxe uma jarra e uma bacia do quarto ao lado e arrumei a cama, esticando as cobertas e afofando os travesseiros, como já havia feito muitas vezes. Recolhi as outras coisas de Vincent que estavam espalhadas na sala, colocando-as onde ele poderia achá-las facilmente. Seu chapéu amarelo de palha quase me fez chorar quando eu o pendurei em um cabide de madeira com seu macacão azul — aquele simplório chapéu amarelo de palha, mais gasto agora do que da primeira vez em que eu o vira, quase sete meses antes.

Sua navalha estava no canto. Quando fui até a mesa colocá-la com o resto das coisas, avistei meu reflexo no espelho, segurando-a, e minha mão tremeu. Teria ele olhado no espelho desse modo naquela noite de dezembro? Teria sido um corte lento e

Os girassóis

estudado ou lancinante, feito em um espasmo? Teria ele gritado ou suportado a dor sem emitir um som?

Abri as persianas com violência e atirei a navalha com toda a força de meu braço, para o mais distante de Vincent e de mim que consegui. Em seguida, levantei os cobertores da cama que eu acabara de fazer e entrei debaixo deles. O travesseiro dele cheirava a tinta e fumaça de cachimbo.

— Rachel, querida, acorde.

A voz de uma mulher que me fez pensar que estava em casa, um aroma de leite e pão assado. Abri os olhos e vi Madame Roulin, com o cabelo preso em um coque, o avental sobre o vestido verde, como se os retratos do ateliê tivessem ganhado vida. Quando ela perguntou há quanto tempo eu estava na casa, sentei e apertei o cobertor vermelho de Vincent contra o peito.

— Desde que o levaram embora.

Durante três dias eu vagara pelas salas vazias, sentada no ateliê, entre os quadros dele ou na cozinha, com xícaras de chá frio. Ficara olhando para fora da janela do quarto, para a Place Lamartine, observando os girassóis ou a tinta chapinhada na parede do ateliê. Eu estremecia a cada ruído e corria para ver quando o carteiro colocava alguma carta na caixa de correio. Nada de Joseph Roulin, nada do Dr. Rey. Somente uma carta de Theo, que coloquei sobre a mesa da cozinha para Vincent.

— Ficar doente não vai ajudá-lo, querida — Madame Roulin disse, com cara séria.

Dei de ombros e encolhi os pés.

— Desculpe-me, madame, mas por que veio aqui?

— Meu marido me contou o que aconteceu. Eu estava viajando com as crianças, visitando minha mãe em Lambesc. Vim limpar as coisas, mas parece que você já fez isso. — Ela olhou para o quarto, para os quadros de Vincent na parede, e de volta para mim. — Agora precisamos limpar você, pois assim se sentirá melhor. Fique aqui que eu vou pegar a água.

Ela retornou com uma moringa cheia e despejou água fresca na bacia.

— Venha lavar o rosto — ela disse, de modo maternal, como se eu fosse o jovem Camille. Foi bom lavar as marcas de três dias de lágrimas secas. — Agora sente-se. — Ela passou o pente de Vincent em meu cabelo emaranhado e estalou a língua quando viu os nós. — Onde é a sala de banho?

— Ele não tem. Ele vai até o hotel ao lado ou ao balneário público.

Ela estalou a língua novamente.

— Só um homem consegue viver sem uma banheira. Eles nem tomariam banho se não os forçássemos. Valha-me Deus, que cabelo lindo você tem!

Mamãe costumava dizer isso. Ela escovava meu cabelo desse jeito também, devagar e cuidadosamente, do alto da cabeça até as costas. Ela ficava escovando meu cabelo mesmo quando ele não tinha mais nós, para que ficasse brilhante, ela dizia. Se eu tinha alguma preocupação, se alguma coisa ruim havia acontecido naquele dia, tudo ia embora enquanto mamãe escovava meu cabelo.

— Madame Roulin — eu disse, baixinho —, a senhora precisa saber de uma coisa. Vincent e eu...

O pente correu novamente pelos meus cabelos.

— Eu já sei, querida. Vincent me contou tudo naquele dia em que fui visitá-lo no hospital, depois da primeira crise.

Ela tinha sido tão amável comigo no Café de la Gare, estava sendo tão amável comigo agora. Amável para Vincent, vindo posar para ele e fazendo jantar para ele na casa dela. Será que ela

Os girassóis

sabia de outras coisas, que seu marido tinha estado com Françoise naquela noite e em tantas outras?

— Ah, por Deus, não chore — ela falou, quando viu que eu levara a mão aos olhos. — Vincent precisa que você seja forte.

— Ninguém me disse nada — eu falei. — Eu não sei o que está acontecendo.

— Não há nada a dizer. Meu marido soube esta manhã que Vincent ainda... vê e ouve coisas. Mas o médico acha que ele vai sair desse estado, ampare-se nisso. — Ela me deu um tapinha no ombro. — Pronto, já está com aparência melhor. Agora, por que não vem comigo para casa? Pode tomar um banho quente, comer um bom jantar...

Sentar à mesa com os Roulin? Vê-la pegar Marcelle nos braços, fazê-la rir e dar-lhe beijinhos?

— *Non, merci,* é muito gentil de sua parte, mas...

— Não pode ficar aqui para sempre, querida.

— Sinto-me perto dele aqui — eu disse, com voz entorpecida. — Não posso ir embora.

Françoise foi a próxima a me achar. Roulin também contara a ela toda a história.

— Ficar doente não vai ajudar em nada — ela disse. Vindo da boca dela, isso soou mais como uma mandona irmã mais velha do que como uma mãe carinhosa. — Volte para a *maison* e saia deste lugar.

— Não posso voltar lá, Françoise. Se eu encontrar Jacqui...

— Jacqui foi embora. — Françoise contou a história com um prazer especial: como Madame Virginie ficara furiosa quando eu saí com Vincent, como ela esbofeteara Jacqui, chamando-a de cadela ingrata. Eu sorria de satisfação ao imaginar Madame atirando as coisas de Jacqui escada abaixo, Raoul colocando-a na rua: meu primeiro sorriso em dias. — Ela está trabalhando para o velho

SHERAMY BUNDRICK

Louis — Françoise disse. — Bons ventos a levem! Mas eu ainda acho que ela está perto demais. — A voz dela tornou-se mais suave. — Madame e as meninas estão preocupadas com você, Rachel. Por favor, venha para casa.

Relutei, mas concordei em voltar com Françoise para a Rue du Bout d'Arles. Todas foram amáveis comigo, como se eu fosse um frágil pássaro ferido precisando de cuidados especiais, mas eu não estava em paz. Ficava sentada em meu quarto todas as noites, como sentara acordada no quarto dele, esperando.

Na tarde do quinto dia, Roulin trouxe notícias. Durante três dias Vincent ouvira vozes e não reconhecia ninguém, nem mesmo o reverendo Salles ou o Dr. Rey. Ele não havia comido — dissera que a comida poderia estar envenenada — e não dormira. No quarto dia, ele ficara mais calmo, e o Dr. Rey o transferira do isolamento para a ala principal. Ele tinha voltado a reconhecer as pessoas e conseguia manter conversas curtas, mas logo se cansava. Roulin tinha ido visitar Vincent naquela manhã e ele parecia bem melhor.

— Ele perguntou se você estava bem — Roulin disse. — Está preocupado com você. — Era só o que eu precisava ouvir, e peguei meu xale para descer as escadas. — Espere até amanhã, Mademoiselle Rachel — Roulin gritou —, quando ele estiver melhor.

— Não, Monsieur Roulin — eu respondi. — Eu vou agora.

Paguei uma carruagem para me levar ao hospital e peguei o caminho conhecido para a sala do Dr. Rey, desta vez sem ninguém que tentasse me impedir. Ele não pareceu surpreso quando me viu em sua porta e anunciei:

— Quero ver Vincent.

— Boa tarde, mademoiselle — ele disse calmamente, tirando um par de óculos do nariz. — Monsieur Roulin lhe contou, eu presumo.

Senti meu rosto corar: onde estavam meus modos?

Os girassóis

— Boa tarde, doutor. Desculpe-me incomodá-lo, mas eu realmente preciso ver...

— E verá, mademoiselle. Vincent melhorou muito. As alucinações cessaram, ele está comendo e sente-se bem melhor. A visita de Monsieur Roulin o deixou bastante animado. — Enquanto Dr. Rey me acompanhava até a ala principal, ele continuou: — Ele se sentiu bem o suficiente para sair da cama hoje à tarde, então pode ser que o encontre perto da estufa. Pode permanecer mais tempo hoje, pois creio que ele ficará ainda mais animado.

Passei pelas fileiras de camas até a estufa nos fundos, onde Vincent estava sentado, sozinho, lendo um livro.

— O que está lendo? — perguntei, sentando-me ao lado dele.

Ele levantou os olhos e seu rosto se iluminou.

— É Dickens, *Um conto de Natal.* Ele me consola. — Ele levou o livro ao peito, subitamente olhando o mundo todo como um menino que pensasse ter se metido em problemas. — Eu a assustei novamente. Desculpe-me.

— Não é sua culpa, querido — eu disse. — Você passou por um choque terrível.

— Você está bem? Está bem mesmo, não está?

— Não precisa se preocupar comigo, *mon cher.* Você é que precisa ficar bom.

Os olhos dele passaram de mim para o livro em suas mãos.

— Dr. Rey acha que, mesmo quando eu me sentir melhor, talvez eu tenha que dormir e comer no hospital. Eu poderia ir ao meu ateliê ou sair para pintar durante o dia e à noite voltar para cá.

— Pode ser uma boa ideia, até que você fique mais forte — eu disse, sorrindo, e procurei a mão dele, que ardia por ficar perto da estufa. — Eu posso cuidar da casa enquanto você não está, deixá-la em ordem para quando você voltar.

SHERAMY BUNDRICK

— Não precisa fazer isso — ele murmurou. Quando eu disse que era bobagem, que eu queria ajudar, ele ficou inquieto, contorcendo-se um pouco na cadeira. — Se você quiser terminar tudo, eu compreenderei. — Meu sorriso se dissipou e eu larguei a mão dele. — O médico disse que eu devo melhorar — ele apressou-se em dizer —, mas e se eu não melhorar? Eu compreenderia se você não quisesse mais me ver. Podemos simplesmente...

— É isso o que você quer? — perguntei, com o coração aos pulos.

— É claro que não. Mas não posso pedir que você abdique de sua vida por minha causa.

Tentei pegá-lo em meus braços, para mostrar o que eu queria, mas ele se afastou, tentando proteger seu lado esquerdo. Foi então que eu percebi que não havia mais atadura.

Ele levou a mão à orelha quando viu que eu olhava para ela e sua voz tornou-se um sussurro.

— O Dr. Rey me fez tirá-la. É medonho. É medonho.

— Posso ver? — perguntei, o mais suavemente possível. — Prometo que não vou machucá-lo.

Ele não disse sim, mas também não negou. Ele não disse nada. Dei a volta em torno dele e sentei-me ao seu lado enquanto ele tirava a mão e a apoiava no colo. A ferida tinha sarado, mas o que ele havia feito estava lá para todos verem. Ele tinha cortado o lóbulo de forma diagonal, deixando uma borda desigual de carne no alto. O resto sumira.

Senti uma onda de repulsa, não pelo que eu via, mas pelas forças no interior dele que o forçaram a fazer isso. Repulsa à lembrança daquela noite, do sangue dele em minhas mãos. Eu pisquei e olhei para longe, forçando-me em seguida a olhar novamente. Aquela noite não define quem ele é, eu disse a mim mesma, esta deformidade não define quem ele é. Ele ainda é o

Os girassóis

meu Vincent, que pinta lindamente e que franze os olhos quando sorri para mim, e me abraça e me beija e me chama de sua pequena. Nada mudou. Nada mudou.

Isto é somente o que aconteceu com você, não é quem você é. Eu sei quem você é.

Levei minha mão até sua orelha e, levemente, meus dedos traçaram o contorno da pele que havia ficado. Todos os músculos do corpo dele se retesaram e ele tremeu ao meu toque. Suavemente — muito, muito suavemente —, eu disse em seu ouvido:

— Aqui está a resposta. Eu nunca o deixarei.

Capítulo Vinte e Dois

A Petição

Arles, tida como uma boa cidade, é um lugar muito estranho, e Gauguin tem razão em dizer que ela é "o buraco mais sujo do sul".

(Vincent para Theo, Arles, fevereiro de 1889)

Vincent melhorava um pouco a cada dia, e logo ele se sentia bem o suficiente para caminhar comigo no jardim do hospital. Às vezes, ele conversava, mas, quase sempre, não tinha vontade e simplesmente queria que só ficássemos juntos, escutando os pássaros, o farfalhar das folhas ao vento. Ele levantava a cabeça para o céu e, embora eu quisesse saber o que ele devia estar pensando, algo me impedia de perguntar. Ele nunca mencionou o bebê, mas eu o pegava observando meu rosto, e a dor e o arrependimento nos olhos dele eram muito claros.

Dez dias depois do ataque, Dr. Rey deu-lhe permissão para que voltasse à casa amarela e usasse o ateliê. Vincent concordou que deveria dormir e comer no hospital, e, embora eu acreditasse que ele se sentiria melhor em casa, não manifestei minha opinião. Roulin havia cobrido as paredes do ateliê para esconder as manchas de tinta e eu tinha ido atrás de novos pincéis, levando os pincéis velhos de Vincent comigo para comparação. Eles não tinham a mesma qualidade, mas eu esperava

Os girassóis

que servissem, pelo menos por enquanto. Quando os viu, ao lado de uma jarra perto de seu cavalete, Vincent me deu um beijo no rosto e disse que eram perfeitos.

No primeiro dia ele ficou desenhando tranquilamente em seu caderno, praticando com coisas que estavam na casa, mas, na tarde seguinte, eu cheguei e senti o cheiro de terebintina.

— Você voltou a pintar! — eu disse, entrando no ateliê. — Em que está trabalhando?

— Na quarta *répetition* do retrato de Madame Roulin — ele disse, fazendo uma careta para a tela sobre o cavalete. — A quarta *Berceuse*.

— Tem certeza de que é uma boa ideia? — perguntei.

— Por que não seria?

— Você estava trabalhando na primeira quando ficou doente da primeira vez — eu disse, hesitante. — Você tinha acabado de terminar o terceiro e começado este quando ficou doente da última vez...

— Eu não fiquei doente por causa do quadro — Vincent disse com impaciência. — Esta é uma imagem reconfortante, o tipo de quadro que homens solitários veriam e se lembrariam de suas esposas e mães. Eu o imagino pendurado entre duas das telas de girassóis para formar um tríptico de cores musicais, talvez em um café, onde os trabalhadores possam apreciá-lo. Não acha que dariam um belo efeito?

— Sim, *mon cher* — eu cedi.

— Não deve ser tão supersticiosa — ele acrescentou, e decidi esquecer o assunto.

Ele trabalhou no retrato por alguns dias e depois o colocou de lado para fazer mais uma cópia dos girassóis, desta vez sobre um fundo azul. Exceto por um ou outro resmungo, ele parecia satisfeito enquanto trabalhava — mas havia algo faltando; um fogo, aquela paixão que nunca lhe faltara antes. Aquele toque de amarelo, como Vincent dizia.

240

Uma semana depois que ele saiu do hospital, eu lhe disse que poderia pintar a mim.

Ele estava mexendo novamente na quarta *Berceuse*.

— Droga, não consigo fazer as mãos dela... O que disse? Neste momento?

Sua ansiedade o fez tropeçar nos próprios pés ao atravessar apressadamente o ateliê para achar um certo tamanho de tela e colocá-la no esticador, revirando em seguida potes de pincéis e caixas. Sentada na banqueta, eu ria dele.

— Não acredito que você aceitou! — ele disse, com aquela chama a brilhar nos olhos. — Eu espero por este dia desde que a conheci... Finalmente!

Ele trouxe da cozinha a poltrona que costumava utilizar para os modelos e a posicionou entre as janelas para pegar o sol da tarde antes de acenar para mim. Respirei fundo, sentei-me e arrumei minhas saias de um modo que eu pensei que fosse bom para o retrato. Ele andou em volta de mim e me estudou como havia feito com Dr. Rey: agachado, em pé, falando sozinho. Eu não era mais Rachel — era uma coleção de linhas, curvas e cores, seu desafio a ser captado na tela. Finalmente, ele balançou a cabeça em aprovação e começou a me posicionar, mexendo minhas mãos e meus braços como se eu fosse uma boneca.

— Você está muito dura — ele reclamou. — Não posso pintá-la desse jeito.

— Desculpe-me, Vincent. Estou muito nervosa.

— Não se preocupe, prometo que não vou machucá-la. — Ele me tocou no queixo e eu voltei a ser a sua Rachel. — Solte os ombros. Coloque esta mão no colo e dobre a outra sobre o braço da poltrona. Agora está relaxada demais. Corrija a postura. Ele pressionou minha coluna para me forçar a sentar de modo mais ereto e em seguida voltou ao cavalete, ainda dando instruções.

Os girassóis

Ele colocou a nova tela sobre o cavalete e depois pegou um pedaço de carvão e desenhou durante alguns minutos. — Esta será a coisa mais bonita que eu farei, você vai ver. Faz uma diferença enorme quando o pintor...

— ...está apaixonado pela modelo? — eu completei, levantando as sobrancelhas. Ele enrubesceu e me disse para não sorrir tanto.

Os olhos dele tremiam, indo de mim para a tela e da tela para as tintas. A mão dele corria para cima e para baixo, retornando à paleta para pegar mais tinta e voltando à tela enquanto ele delineava minha figura e as formas do quadro. Havia muito azul em sua paleta, o mesmo azul profundo que ele usava para o céu, e também o amarelo, sua cor favorita. Fiquei imaginando se ele me pintaria usando o vestido amarelo de que ele tanto gostava em vez do rosa que eu usava hoje.

Depois de algum tempo, meu braço começou a doer, e minhas costas, a endurecer, mas eu quase não notei. Eu não me cansava de vê-lo olhar para mim daquele modo, com os olhos passando por meu corpo para em seguida encontrarem os meus, eletrizando-me inteira. A cada pincelada, eu o sentia tocando-me, fazendo amor comigo bem ali no ateliê. Estávamos conectados como se fôssemos um, e eu, completamente enlevada.

Uma batida na porta nos fez pular.

— Diabos, quem será? — Vincent resmungou. — Se for Soulé, eu... mantenha a pose, vou me livrar deles.

Os passos dele. A porta se abre.

— *Oui?* Ora, *bonjour*, comissário d'Ornano. — Eu me aprumei na poltrona para poder ouvir. — Estou trabalhando neste momento, mas em que posso ajudá-lo?

— Temo que esta não seja uma visita social, Monsieur Van Gogh — disse o comissário. — Podemos entrar para conversar?

SHERAMY BUNDRICK

Quando o comissário d'Ornano entrou no ateliê e me viu posando na poltrona, tirou seu chapéu-coco dizendo um constrangido "*Bonjour*, mademoiselle". Eu já o havia encontrado uma ou duas vezes, em situações não tão oficiais; afinal, a *maison* era um estabelecimento legalizado.

— Talvez Mademoiselle Rachel deva esperar lá fora — ele sugeriu.

Vincent e eu trocamos olhares, e Vincent disse:

— Não há nada que ela não possa ouvir. *Qu'est-ce qui se passe?*

O comissário d'Ornano tirou um caderno, evitando olhar para nossas caras de curiosidade.

— Alguns de seus vizinhos, Monsieur Van Gogh, entraram com uma petição junto à polícia a respeito de seu comportamento.

— Que comportamento? — Vincent perguntou, e olhamos um para o outro, estarrecidos.

O comissário folheou seu caderno, ainda evitando nosso olhar.

— Diz aqui que o senhor bebe muito em público e que fica descontrolado.

— Eu não bebo desde dezembro — Vincent disse. — Um copo de vinho, de vez em quando, mas não tenho bebido absinto nem nada parecido. Mademoiselle Rachel e Joseph Roulin podem confirmar, e também Monsieur e Madame Ginoux, do Café de la Gare. — De minha poltrona, eu confirmei.

— Existe uma preocupação com o fato de o senhor permanecer na casa após sua mais recente hospitalização — o policial continuou. — Dizem que o senhor tem alucinações.

Vincent tamborilava com os dedos sobre a bancada.

— Eu venho aqui somente para trabalhar no ateliê. Durmo e como no hospital, sob supervisão do Dr. Felix Rey. Não tenho alucinações há quase duas semanas e não tenho razões para pensar que elas voltarão. Estou seguro de que o Dr. Rey teria prazer em

Os girassóis

discutir meu estado com o senhor e verificar o que eu acabo de dizer. — Seu tom firme, quase insolente, me enchia de orgulho.

O comissário fez algumas anotações e pigarreou.

— Dizem que o senhor... ataca mulheres.

— O quê? — Vincent e eu exclamamos.

As bochechas do comissário d'Ornano coraram.

— Uma senhora que mora aqui perto alega que o senhor a segurou pela cintura e que fez comentários obscenos antes de ontem. Outra senhora relata que o senhor a tocou de modo impróprio.

Eu pulei da poltrona.

— Isso é mentira!

— Mademoiselle, por favor, deixe que Monsieur Van Gogh responda sozinho.

— Posso lhe garantir que isso não é verdade — Vincent disse. — Eu nunca...

— Não, *não* é verdade — eu interrompi, cruzando os braços e encarando o policial. — A única mulher que ele toca sou *eu*.

— Mademoiselle, eu lhe imploro. — O comissário parecia constrangido. — O ponto crucial da questão, Monsieur Van Gogh, é que certos moradores da cidade acreditam que o senhor não esteja apto a viver entre eles. Na petição, pedem que o senhor seja hospitalizado imediatamente ou que fique aos cuidados de sua família. O prefeito me autorizou a acompanhá-la ao Hôtel-Dieu, onde será confinado até que alguma providência permanente seja tomada.

Eu corri e agarrei o braço de Vincent.

— Não pode fazer isso! É tudo mentira!

— Posso saber as identidades dos cidadãos que assinaram a petição, para que eu possa responder a essas acusações ridículas mais efetivamente? — Vincent perguntou. Ele estava tremendo um pouco, mas sua voz permanecia firme.

SHERAMY BUNDRICK

O comissário d'Ornano pigarreou novamente.

— As identidades estão sendo mantidas em segredo pela delicadeza do caso.

— Quer dizer que eles são covardes! — eu gritei. — Hipócritas e covardes!

— Dê-nos um momento — Vincent disse, e me puxou para o saguão. — Vá buscar Roulin o mais rápido possível.

— Eles não podem levá-lo. Eu não vou deixar.

— Você vai dar uma vassourada no comissário de polícia, *chérie?* — Ele sorriu e me fez um afago no queixo. — É tudo um mal-entendido, e posso resolver isso com a ajuda de Roulin. Não se preocupe. Agora vá.

Quando eu cheguei na central dos correios e contei, arfando, que a polícia estava tentando prender Vincent, Joseph Roulin imediatamente pôs-se a caminho, subindo a Avenue de la Gare tão depressa que eu quase não consegui acompanhá-lo. Mais de vinte pessoas tinham se reunido em frente à casa amarela, e dois *gendarmes* montavam guarda na porta. As notícias corriam depressa na Place Lamartine.

— Saiam da frente! Saiam! — Roulin gritava, abrindo caminho por entre a multidão. — Não têm nada melhor para fazer?

"Essa é a *putain* a quem o pintor deu a orelha", ouvi um homem dizer enquanto eu seguia Roulin, e uma voz esganiçada de mulher completou: "Deviam prendê-la, há prostitutas demais nesta cidade". Pude notar Marguerite Favier, da mercearia, e Bernard Soulé, do hotel, mulheres que eu tinha visto na Place Lamartine, homens que eu vira na Rue du Bout d'Arles, os meninos que nos importunaram através da janela do ateliê. Mas e o resto dos amigos de Vincent — por que ninguém mais estava ali para ajudá-lo? Onde estavam Monsieur e Madame Ginoux? O Café de la Gare ficava bem perto dali; certamente teriam visto a comoção.

245

Os girassóis

Roulin acabara de entrar na casa quando uma mulher disse: "Ele me agarrou e levantou minha saia na frente da mercearia de Marguerite. *Quel fou!*".

Eu não consegui ficar calada e virei-me para encará-la:

— É mentira!

Um homem postou-se na minha frente, que eu reconheci como sendo um dos clientes habituais de Minette.

— Quem você pensa que é para chamar minha esposa de mentirosa?

— Sua esposa sabe que você vai todo sábado à noite ao estabelecimento de Madame Virginie, ou você também é mentiroso? — retruquei. — Vocês são todos hipócritas! Fingindo ser bons cidadãos... Vocês não passam de mentirosos e abutres!

O falatório e os insultos tomaram corpo. "É uma desbocada, essa aí!" "Tão maluca quanto ele!" Um dos *gendarmes* deu um grito em tom indiferente: "Muito bem, gente, tenham calma", mas ele estava rindo com o resto deles.

Decidi entrar na casa, mas, antes que eu chegasse na porta, ela se abriu e o comissário d'Ormano surgiu, seguido de Vincent e Roulin.

— O que está acontecendo aqui? — ele vociferou. — Vocês, policiais, devem manter a ordem! O resto de vocês, sumam daqui!

A multidão o ignorou e começou a zombar de Vincent. "É o *fou rou!*" "Vai dar a outra orelha para a sua prostituta?" "Volte para o lugar de onde veio e leve-a junto!"

— Hipócritas! — eu gritei. — Miseráveis!

Vincent agarrou meu braço e me puxou na direção da casa.

— Espere, espere, sim? Sim? Só um minuto — Vincent disse ao irritado comissário, e levou-me para dentro, batendo a porta.

— Rachel, agir desse modo não me ajudará, e certamente não a ajudará também. Você só conseguirá se magoar ou ser presa.

SHERAMY BUNDRICK

Eu enxuguei as lágrimas de raiva com minha manga.

— Como pode ficar tão calmo?

— Eu tenho que ficar calmo para que a polícia veja que não sou um louco. Concordei em ir com eles até o hospital. — Eu comecei a protestar. — Escute, *ma petite*. O Dr. Rey vai conversar com eles e tudo vai ficar bem.

— Monsieur Roulin pode enviar um telegrama a Theo — eu disse. — Theo pode ajudar!

Vincent fez um gesto negativo com a cabeça.

— Não vou incomodar meu irmão com essa bobagem. Estou dizendo que tudo ficará bem, desde que eu vá sem criar confusão. E você precisa deixar que eu vá. Não quero que nada lhe aconteça por minha causa. Você promete?

Alguém bateu forte na porta. "Monsieur Van Gogh?"

— Promete? — ele perguntou novamente. Eu fiz que sim e ele me beijou na testa. — *D'accord*, então vamos. — Ele pegou minha mão e abriu a porta.

"Essa foi rápida!", um homem gritou. "Ela tem ceroulas mágicas, rapazes!"

Vincent apertou minha mão mais forte quando todos riram e eu ergui o queixo quando passamos pelos *gendarmes*. Roulin estava falando com o comissário, colocando o dedo no peito do homem, que era mais baixo que ele.

— Roulin, está tudo bem, *mon ami* — disse Vincent. — Por favor, garanta que Rachel volte para casa em segurança. — Pisquei, tentando espantar as lágrimas enquanto o vi desaparecer entre os rostos de escárnio e subir na carruagem da polícia. A multidão começou a se dispersar depois que eles partiram.

Eu percebi que tinha esquecido o meu xale, e Roulin me acompanhou de volta à casa, mas, quando chegamos, um *gendarme* impediu que entrássemos.

247

Os girassóis

— Tenho ordens para trancar a casa, monsieur. Ninguém pode entrar. — Atrás dele, outro *gendarme* trancava a porta com um pesado cadeado.

— Isso é ultrajante! — Roulin bramiu. — Não podem fazer isso a um homem inocente!

— Sinto muito, monsieur, são ordens.

— Malditas sejam essas ordens! Vamos, Mademoiselle Rachel, eu a levarei para casa.

Os girassóis trancados a sete chaves. Fiquei enojada e não disse uma palavra até atravessarmos a Place Lamartine e passarmos pela Porte de la Cavalerie. Alguns dos cidadãos remanescentes me olhavam com reprovação, mas ninguém ousou dizer nada com o corpulento Roulin a meu lado.

— O que vai acontecer a Vincent, Monsieur Roulin? — eu perguntei.

Roulin explicou o procedimento. Primeiro, os *gendarmes* entrevistariam Vincent e os médicos do hospital. Os cidadãos que assinaram a petição deveriam entrar com uma queixa formal da *gendarmerie* para que ela tivesse valor legal, e então alguns dos peticionários deveriam prestar depoimento à polícia para um *procès-verbal*. O prefeito decidiria o que fazer depois que todas as provas fossem recolhidas e analisadas.

— Vincent terá que ficar no hospital durante esse tempo todo?

— Parece que sim — Roulin suspirou. — Eu queria telegrafar ao irmão dele, mas ele insistiu para que eu não o fizesse.

— Quem diria essas coisas horríveis sobre ele? — eu me encolhi, sentindo frio sem meu xale. — Não é verdade, nem uma palavra.

Marguerite Favier e Bernard Soulé, sem dúvida. Aquela mulher que eu ouvi dizendo coisas sobre Vincent, e provavelmente o marido dela também —, como eles o conheciam eu não tinha

SHERAMY BUNDRICK

ideia. Mas quem mais? Madame Vénissat, a dona do restaurante onde Vincent costumava comer? Não, pelo que ele me havia dito sobre ela; ela sempre fora gentil e fazia pratos especiais para agradar o apetite dele. Seus antigos senhorios no Hotel e Restaurante Carrel? É quase certo; Vincent me contara sobre a discussão que tivera com eles a respeito de sua conta e como ele tinha ganhado o caso com o magistrado antes de mudar para o Café de la Gare. Não consigo adivinhar quem mais teria assinado essa petição. Vincent nunca havia prejudicado ninguém. Só a ele mesmo.

— Eu estava indo atrás de você — Françoise disse quando Roulin e eu entramos na *maison*. As notícias corriam tão rápido na Rue du Bout d'Arles quando na Place Lamartine.

As outras *filles* se reuniram em volta de nós. "Rachel, coitadinha!" "Como puderam fazer isso?" "A polícia o prendeu mesmo?"

— Quietas, todas! — Françoise ordenou. — Deixem que ela respire um pouco.

— Mademoiselle Rachel, se precisar de alguma coisa ou se houver algum problema, venha até minha casa; lá ficará segura — disse Roulin. — Um amigo de Vincent é nosso amigo.

— Obrigada, Monsieur Roulin — eu disse, com um sorriso de gratidão.

— Vamos tomar um chá — Françoise apressou-se a dizer, pegando-me pelo cotovelo e levando-me até a sala de Madame Virginie. Minette arrumou as almofadas do sofá para que eu ficasse confortável, Claudette colocou mais lenha na lareira. Deixei que elas me enchessem de atenções, mas eu pensava somente em uma coisa: quanto tempo mais Vincent poderia aguentar?

Capítulo Vinte e Três

Persuasão

*Infelizmente, o ato insano que causou sua primeira hospitalização
resultou em uma interpretação desfavorável de qualquer ato incomum
que este desafortunado jovem possa fazer.*

(Reverendo Salles para Theo, Arles, 2 de março de 1889)

— É uma abominação!

Perdi a conta de quantas vezes Joseph Roulin disse isso nas semanas que se seguiram à detenção de Vincent, normalmente seguido de resmungos acerca dos policiais e dos médicos burgueses.

O que Vincent pensara ser um simples mal-entendido acabou não sendo nada disso. Ele foi colocado no quarto de isolamento do Hôtel-Dieu — e mantido lá. Dr. Rey estava em Paris e os outros médicos impuseram regras muito restritas: negaram a Vincent qualquer distração, fossem livros ou caneta e papel para escrever cartas ou desenhar, ou qualquer visita, exceto a do reverendo Salles. Os médicos também não aceitariam cartas dirigidas a ele, então nem eu nem seus outros amigos poderíamos escrever uma nota sequer.

O inevitável aconteceu. Ele teve uma recaída e suas alucinações voltaram. O reverendo Salles disse aos médicos que isso era resultado de como Vincent vinha sendo tratado, mas eles

Os girassóis

não deram ouvidos. O reverendo fez o que pôde para confortar Vincent e manter Roulin informado de seu estado, e Roulin ia frequentemente à *maison* para me atualizar.

A investigação deflagrada pelas denúncias dos cidadãos continuava. Roulin soube, de um amigo na *gendarmerie*, que o comissário d'Ornano terminara as entrevistas exigidas com alguns dos peticionários, embora ele não conseguisse descobrir quem eram. O comissário, o prefeito e os médicos do Hôtel-Dieu concluíram que o lugar de Vincent era em um asilo, e só restava decidir para onde mandá-lo.

Eu esperava que Roulin a qualquer momento me desse a notícia de que Theo viera a Arles para resolver o problema, mas essa notícia nunca chegou. O casamento de Theo e Johanna aconteceria em breve, mas por que o próprio irmão de Vincent não vinha ajudá-lo? Talvez o próprio Vincent tivesse insistido para que Theo se mantivesse afastado. Talvez Theo nem soubesse.

— O Dr. Rey voltou — Roulin me disse um dia, em meados de março, depois de uma costumeira crise. Vincent já estava no hospital havia quase um mês. — Eu falei com ele quando me encontrei com o reverendo Salles, no Hôtel-Dieu.

— O que ele disse? — perguntei.

Roulin suspirou para dentro de seu caneco de cerveja.

— Ele insiste que os outros médicos são seus superiores e que ele não pode mudar as ordens deles. Vincent tem que ficar em isolamento até que seja transferido para outra instituição. — Ao meu grito de consternação, Roulin acrescentou: — Vincent manteve uma longa conversa com o reverendo Salles ontem e ele se sente bem melhor. Mas está furioso por ser mantido lá, e ainda mais furioso com relação a essa petição. Estou preocupado com nosso amigo. Mais um mês naquele quarto e ele enlouquecerá de verdade. — Ele me olhou com olhar ameaçador sob suas sobrancelhas cerradas. — Eu soube de mais uma coisa: o nome de uma das pessoas que assinou a petição.

— Quem, aquele sujeito, Soulé? — eu disse, distante. — Isso não seria surpresa.

Roulin cuspiu o nome como uma maldição:

— Ginoux.

— Monsieur Ginoux, do Café de la Gare? Mas Vincent é amigo dele, ele pintou Madame Ginoux no outono passado!

Roulin deu de ombros.

— Bem, agora ele deve querer Vincent longe daqui, porque ele certamente assinou aquela petição. — Roulin tinha encontrado por acaso Monsieur Ginoux na *gendarmerie* quando fazia uma entrega. Roulin disse *Bonjour* e deu-lhe as últimas notícias sobre Vincent, mas Ginoux agiu de modo suspeito e apressou-se em sair. — Fiquei com um mau pressentimento — Roulin disse —, então fui até meu amigo e perguntei, de modo direto, se Ginoux tinha assinado a petição. Meu amigo não é mentiroso. Disse que Ginoux assinou e prestou depoimento pessoal à polícia para o *procès-verbal*. — Roulin cerrou os punhos. — Lembro-me de todas as vezes que Vincent e eu nos sentamos para beber naquele café nojento, de todo o dinheiro que gastamos lá! Espere até Vincent saber disso.

— Monsieur Roulin, não deve dizer a ele — pedi. — Ele considera os Ginoux seus amigos, e ficaria extremamente magoado ao saber que foi traído.

— Não acha que Vincent deveria saber a verdade sobre esses pretensos amigos?

— Acho que lhe faria mais mal que bem — respondi. — Se as identidades dos queixosos forem mantidas em segredo, então Vincent não terá como saber. Devemos afastar esse assunto, para o próprio bem dele. — Roulin relutou, mas acabou concordando.

Os girassóis

Depois que ele subiu com Françoise, e pelo resto da noite, pensei muito no que poderia ser feito. Desafiar o desejo de Vincent e escrever a Theo? Não, eu teria de dizer quem eu era e por que me importava tanto. Devia haver alguma coisa...

Então eu soube o que poderia fazer. Eu, sozinha, e mais ninguém.

Na manhã seguinte, tirei do guarda-roupa o meu vestido vermelho mais atraente, o que tinha um amplo *décolletage* e inflamava como fogo. Vesti uma blusa limpa, apertei o espartilho e me analisei diante do espelho. Não era o bastante. Eu precisava mostrar mais.

Sem fazer barulho para não acordar as meninas, atravessei o saguão, fui até o quarto de Françoise e pedi que ela me apertasse mais.

— O que está planejando? — ela perguntou, desconfiada. Quando contei o meu plano, ela arqueou uma sobrancelha. — Entendo. Vire-se. — Ela apertou o espartilho com força e eu estremeci quando a armação de aço me beliscou em volta da cintura. — Que tal assim?

— Mais um pouquinho e eu não conseguiria respirar.

Os dedos dela deram um nó nas fitas na parte mais estreita das minhas costas.

— Os homens acham que controlam a todos, mas uma mulher pode dominar qualquer um deles mostrando um pouco dos seios. Por que não coloca este par de brincos? Eles tilintam bastante. Ele vai gostar.

Aceitei os brincos com um sussurrado *Merci* e voltei para o meu quarto, onde vesti a anágua e o vestido. Agora meus seios se avolumavam lindamente sob o decote.

Françoise viera atrás de mim e me olhava, preocupada.

— Por que não deixa que eu vá? Sou boa nesse tipo de coisa.

— Tem que ser eu — eu disse, balançando a cabeça. — Ele se sente atraído por mim, eu sei.

— O que vai fazer quando ele vier aqui qualquer noite dessas atrás de você?

Percebi que estava com olheiras e estendi a mão para pegar a caixa de pó de arroz.

— Acho que ele não fará isso. Ele parece respeitável, fidalgo demais.

— Mas e se ele vier?

— Então abrirei as pernas para ele como faço com todos os outros, não é? — retruquei. — Vincent precisa de mim. Ponto-final.

Françoise soltou um suspiro e saiu, preocupada, enquanto eu terminava de me arrumar. Um pouco de rouge para tirar a palidez, os lábios pintados de vermelho-rubi, como o arco do cupido. Um toque de água de rosas por trás das orelhas e entre os seios, os brincos tilintantes de Françoise. Analisei meu reflexo e lembrei que, certa vez, Vincent queria que eu posasse para um quadro de bordel. E era exatamente esse o lugar da mulher no espelho — ela não era eu; ela era uma estranha com uma máscara pintada. E eu a odiava.

Eu não podia deixar que um policial me visse assim, então precisava ser discreta. Dei uma olhadela para baixo e desci as escadas correndo, puxando a capa para esconder meu vestido e o capuz para esconder meu rosto. Àquela hora da manhã, a Rue du Bout d'Arles e outras ruas do *quartier reservé* estavam desertas, então seria fácil. Mais difícil seria atravessar o *centre de ville* para chegar ao hospital. Pelo menos, não era dia de mercado.

Peguei as ruas laterais para evitar olhares curiosos, mesmo tendo que andar mais. Um *gendarme* que caminhava na Rue Neuve me deu um susto e eu fingi que estava olhando a vitrine de uma casa de costura, rezando para que ele só visse minha capa lisa. Ele passou sem dizer nada e eu me ocultei rapidamente na rua mais próxima

Os girassóis

antes que ele pudesse olhar para trás. Ao longo do caminho, eu tentava pensar no que Vincent diria. Eu esperava que ele compreendesse que tudo o que fiz foi por ele.

Um sorriso e um tilintar de brincos convenceram o porteiro do Hôtel-Dieu a me escoltar pessoalmente até o Dr. Rey. A freira de plantão franziu a cara, mas nada disse, provavelmente pensando que eu era só mais uma prostituta com gonorreia. Dr. Rey se levantou da cadeira quando entrei em seu escritório e pareceu intrigado até eu afastar o capuz.

— Mademoiselle Rachel! Desculpe-me, eu não a esperava. Por favor, sente-se. — Eu desabotoei a capa e ele a pendurou na chapeleira ao lado da porta. Os olhos dele se demoraram em meus seios antes que ele se lembrasse das boas maneiras e indicasse uma cadeira.

— Em que posso ajudá-la?

— Vim conversar sobre Vincent — eu comecei, juntando as mãos sobre o colo. — Estou preocupada com ele.

O médico franziu a testa.

— Serei franco com você, mademoiselle, eu também estou. Como sabe, não havia nada de errado quando ele foi trazido para cá, mas agora...

— Monsieur Roulin me disse que ele está em um quarto isolado e que não pode receber visitas nem ter nada para se ocupar. Só isso já poderia enlouquecer um homem. — Ao ver que Dr. Rey assentia, abri bem os olhos e inclinei-me para a frente. — Não há nada que o senhor possa fazer?

Ele pigarreou, obviamente esforçando-se para manter o olhar no meu rosto.

— Falta-me autoridade nesse assunto, mademoiselle. O comissário d'Ornano ordenou que Vincent fosse mantido isolado, com apoio do prefeito Tardieu.

SHERAMY BUNDRICK

— Mas o senhor é o médico de Vincent.

— Não estou no comando. Dr. Delon, meu supervisor, foi quem internou Vincent e redigiu o relatório para o prefeito. Ele e os outros preferem dar ouvidos ao comissário d'Ornano que a mim. Sinto muito.

Procurei um lenço em minha bolsinha, e esqueci minha encenação, desatando a chorar. Um olhar de desamparo apareceu no rosto do Dr. Rey.

— Eu gostaria que houvesse algo a fazer. Não gosto de vê-lo nesse estado deplorável. — Ele fez uma pausa e acrescentou: — Nem os que se importam com ele.

Minha chance era agora. Engoli minhas lágrimas e sequei os olhos.

— Ficaria muito grata, doutor, se o senhor pudesse falar novamente com seus superiores — eu disse, respirando o mais fundo que consegui, para fazer meus seios crescerem. — Eu ficaria lhe devendo um grande favor.

Ele enrubesceu aos ouvir minhas palavras estudadas e mexeu em alguns papéis sobre a mesa.

— Eu sei que ficaria grata, mademoiselle, sei que todos os amigos de Vincent ficariam. Monsieur e Madame Roulin têm feito muita questão de ajudá-lo, e também o reverendo Salles.

— O senhor falou como o irmão de Vincent?

— O reverendo Salles acaba de iniciar correspondência com ele, e eu mesmo lhe escreverei em breve. Monsieur Van Gogh está preocupado; não quer que Vincent seja mantido aqui sem um motivo justo.

Torci meu lenço nas mãos.

— Então o senhor vai ajudar? *S'il vous plaît*?

Ele olhou para mim e eu me forcei a encará-lo. *Por Vincent. Por Vincent.*

257

Os girassóis

— Vou tentar. E, se a senhorita voltar dentro de dois dias, tomarei providências para que veja Vincent, de qualquer maneira.

Eu queria dar um pulo e abraçá-lo, mas me limitei a sorrir.

— Obrigada.

Dr. Rey pegou minha capa, mas, em vez de dá-la para mim, ele a colocou sobre meus ombros. As mãos dele permaneceram lá enquanto eu a amarrava em volta do pescoço — foi a primeira vez que ele me tocou — e eu percebi o que isso significava. Eu estava errada. Mais cedo ou mais tarde, eu o encontraria no estabelecimento de Madame Virginie.

Quando cheguei ao Hôtel-Dieu, dois dias depois, veio-me um ligeiro pressentimento de que Dr. Rey havia mudado de ideia. Mas o porteiro me deixou passar e a freira da ala masculina me levou até a ala principal, como se soubesse que eu viria. Se ela me reconheceu como a mulher assanhada que veio outro dia, manteve seus pensamentos para si, e explicou que Dr. Delon deu ordens para que Vincent fosse retirado do quarto de isolamento. Suspirei de alívio. Dr. Rey cumprira sua promessa.

Vincent estava lendo ao lado da estufa e pulou da cadeira para me dar um abraço apertado.

— Não acredito que você está aqui! Mas como conseguiu? — Eu disse a ele que tinha conversado com Dr. Rey, cuidadosamente omitindo outros detalhes da visita. Vincent me analisou com as sobrancelhas arqueadas, depois franziu a testa e eu segurei a respiração: teria algo em minha voz me denunciado? — Foi muito gentil da parte dele — ele disse.

Tentei não ficar nervosa.

— Então, você foi transferido do quarto de isolamento hoje pela manhã.

Ele me pegou pela mão e sentou-me ao seu lado.

Sheramy Bundrick

— Eles me deixam lá durante semanas e então me tiram novamente sem nenhuma explicação. Dr. Delon disse que eu poderia receber visitas, livros, caneta e papel... Que posso ir até a minha casa com um servente, pegar algum material de pintura e trabalhar, se quiser. — Ele balançou a cabeça. — É muito estranho.

— Talvez tenha algo a ver com a investigação policial — eu disse.

Ele me lançou outro olhar inquiridor.

— O Dr. Rey quer que eu fique pelo menos mais duas semanas. Não sei se ele contou, mas tive outro ataque. Foi curto, só alguns dias.

— Na verdade, Monsieur Roulin me contou. — Apertei a mão dele. — Sinto muito. Sente-se melhor agora?

— Eu me canso demais e às vezes me sinto um tanto perturbado. Quando eu voltar a trabalhar, isso vai passar. O Dr. Rey disse que talvez dentro de uma semana eu possa pintar fora do hospital, desde que um servente me acompanhe. Ele acha que sair do isolamento vai ajudar. Você virá me visitar?

— Mas que pergunta mais boba! — eu disse, dando-lhe um beijinho no rosto.

Com o dedo, ele desenhou alguma coisa na minha mão.

— Fiquei preocupado com você, sem saber notícias, sem saber se você estava bem. Alguém a importunou?

— Está tudo bem! — eu disse, alegremente. — Eu quero que você fique bem e saia daqui, só isso.

— Eu também. — Ele olhou nos meus olhos. — Por que tem que ser assim, Rachel?

Meu tom alegre desapareceu.

— Não sei, *mon cher*. Não sei.

Capítulo Vinte e Quatro

Decisões

Ele está totalmente consciente de seu estado e conversa comigo sobre o que aconteceu e sobre seu temor de que possa voltar, com franqueza e simplicidade tocantes.

(Reverendo Salles para Theo, 19 de abril de 1889)

A princípio, Vincent estava tão ansioso para deixar o Hôtel-Dieu quanto eu estava para que ele saísse. Ele reclamava constantemente de ficar preso lá dentro quando a primavera se aproximava, de ter de tomar medicamentos e comer a comida do hospital, de ficar entre freiras e gente doente o tempo todo. A polícia rejeitou as acusações feitas pelos peticionários — a mando de quem, Roulin não conseguiu saber —, então ele estava livre para sair quando Dr. Rey o julgasse pronto. O médico lembrou-lhe de que não deveria apressar as coisas; disse que ele precisava ficar mais algum tempo, mas isso não impediu Vincent de pensar adiante.

— Não vou voltar para a Place Lamartine — ele me disse um dia, quando estávamos sentados ao pé da estufa. — Soulé provavelmente já alugou a casa para outra pessoa. De qualquer maneira, nosso trato terminava no final do mês. O reverendo

Os girassóis

Salles acha que eu poderia encontrar alguma coisa perto do hospital. — Eu me ofereci para olhar alguns lugares, mas ele não aceitou. — Eu mesmo tenho que procurar, para analisar a luz e o espaço para o ateliê. O reverendo Salles disse que pode ir comigo, acho que para poder convencer um senhorio a alugar para o *fou rou*. — Ele deu um sorriso torto. — Estamos no começo de abril. Certamente sairei logo daqui.

Mas, assim que o Dr. Rey deu a Vincent permissão para que ele saísse para pintar, sua urgência em partir pareceu esmorecer. Agora eu é que estava impaciente e incomodada, perguntando a cada visita quando ele poderia receber alta. Duas semanas se passaram, mais uma semana depois delas, e ele contornava minhas perguntas — sobre um novo apartamento, sobre tirar as coisas da casa amarela — com as respostas mais vagas.

— Em breve, *ma petite* — ele dizia. — Em breve.

Em uma linda tarde, perto do final de abril, eu cheguei ao hospital e encontrei Vincent pintando no jardim do pátio. Era o dia mais quente daquela primavera até então, e as flores mostravam toda a sua cor, como se competissem para ver quem era a mais bela. Os bem cuidados canteiros de flores que circundavam o tanque de peixes misturavam margaridas, rosas e toda sorte de folhagens, e um doce aroma de ervas e laranjeiras perfumava o ar.

— Por que não para um pouco para conversarmos por um minuto? — eu sugeri.

Vincent olhou para sua tela e fez uma careta, depois limpou seus pincéis.

— Parece que vai chover — ele disse, ao passarmos pelos canteiros. — Preciso voltar ao trabalho em alguns minutos.

Coloquei minha mão no braço dele.

— Tenho que falar com você antes. Estou preocupada... Você parece não querer sair daqui, e eu realmente acho que...

SHERAMY BUNDRICK

— Fico feliz que tenha mencionado isso. Quero discutir algo com você. — Ele passou a mão no cabelo. — O Dr. Rey me ofereceu um apartamento que a mãe dele costuma alugar, um pouco acima na rua. Eu fui vê-lo com o reverendo Salles.

— Isso é ótimo! — eu exclamei. — Tem bastante espaço para você trabalhar?

— São só dois cômodos, mas tem bastante luz. Madame Rey fará um desconto no aluguel, então não sairá muito caro.

— Ah, querido, estou tão aliviada... Eu temia que você estivesse desistindo, de algum modo. — Ele não respondeu, e eu notei algo errado em sua expressão. — Vincent, o que foi?

— Não vou ficar com o apartamento.

Eu parei de andar e fiquei olhando para ele.

— Vai voltar para a casa amarela?

— E você acha que os bons cidadãos da Place Lamartine permitiriam?

— Então para onde você vai? — Assim que fiz a pergunta, achei que sabia a resposta. Ele iria para Paris morar com Theo e Johanna. Paris era tão longe...

Ele chutou um seixo do caminho.

— Vou me internar no asilo de Saint-Rémy.

As paredes pareceram me envolver.

Vincent me segurou antes que eu despencasse no chão e me carregou, arrastando-me até a mureta de pedra que cercava o tanque de peixes.

— Incline-se para a frente, coloque a cabeça entre as pernas — ele me instruiu, e em seguida levantou minha blusa e soltou as fitas do meu espartilho. Senti seus dedos quentes através do fino tecido da blusa. — Maldito espartilho! Pronto. Respire fundo.

Devagar, o mundo foi parando de girar.

263

Os girassóis

— Consegue se erguer? — ele perguntou, depois de esfregar minhas costas por alguns minutos. Fiz que sim e ele mergulhou a mão na água fria para passar no meu rosto. — Eu não sabia como lhe dizer. Eu até pensei em pedir ao reverendo Salles ou ao Dr. Rey para fazerem isso por mim.

— Por que estão mandando você para lá? — perguntei, quando do consegui falar.

— Ninguém está me mandando para lá, foi ideia minha — ele disse, mergulhando novamente a mão no tanque. — Será por alguns meses, somente. Discuti o assunto com o Dr. Rey e ele concorda que é melhor. Quando visitei o apartamento, percebi que tenho pavor de morar sozinho.

— Você não precisa ficar sozinho — eu disse. — Eu poderia morar com você e ajudar...

— Não posso forçá-la a ser minha enfermeira. — Ele cerrou o queixo naquele costumeiro jeito teimoso. — Rachel, escute o que estou dizendo, por favor. Preciso de descanso e paz para recobrar minhas forças, senão um dia não poderei mais trabalhar.

— Não poderia ficar aqui? As coisas vão indo tão bem... A cada dia você está melhor...

— Preciso sair um pouco de Arles. — O reverendo Salles e Theo já haviam providenciado tudo, ele disse, com o Dr. Peyron, em Saint-Rémy. Theo pagaria um quarto particular para Vincent e o Dr. Peyron disse que ele poderia ter outro quarto para utilizar como ateliê. Enquanto ele falava, eu fiquei imaginando os muros altos, as paredes frias de pedra que eu via quando criança. Ele pegou minha mão, com a voz cheia de tristeza. — Não sou capaz de cuidar de mim mesmo neste momento. Estou diferente do que eu era. Você e eu temos nos iludido por muito tempo. Não estou bem.

Eu sabia que ele dizia a verdade; talvez eu já soubesse havia muito tempo, mas isso não diminuía minha dor.

— Eu poderei visitá-lo?

Ele olhou para baixo, para nossos dedos entrelaçados.

— O reverendo Salles, Dr. Rey e meu irmão serão as únicas visitas permitidas. — Pensar nele sozinho naquele lugar era demais para mim, e eu irrompi em prantos no ombro dele. — *Ma petite*, por favor, não chore. Três meses, só isso, eu prometo. Por favor, tente compreender.

Parecia importante para ele ter meu consentimento, mesmo que as providências já tivessem sido tomadas e tudo estivesse certo. Aceitei o trapo limpo que ele me ofereceu e assoei o nariz.

— Eu compreendo, Vincent. Vai passar depressa e valerá a pena, para você voltar a ficar forte e sadio.

Ele beijou minha testa.

— Essa é minha menina. Podemos passar algum tempo juntos antes de eu partir, e enquanto eu estiver em Saint-Rémy, escreverei cartas e farei desenhos para você, *d'accord*?

— Promete? Não vai se esquecer de mim?

Uma centelha daquela antiga chama ficou visível em seu olhar.

— Como eu poderia?

A pouco mais de vinte quilômetros de distância, Saint-Rémy poderia muito bem ser do outro lado da França. Eu não conseguia mais dizer a palavra "asilo"; ela ficava engasgada na minha garganta.

— Quer levar estes livros com você para Saint-Rémy? — eu perguntava, enquanto ajudava Vincent a empacotar suas coisas, ou eu mencionava alguma coisa que faríamos "quando você voltar de Saint-Rémy", como se ele estivesse se preparando para uma expedição de pintura ou para as férias de verão.

Havia muito a arrumar naquela última semana, e isso ajudou a me distrair. Felizmente, Madame Ginoux se ofereceu para guardar os móveis de Vincent e alguns quadros que ainda não haviam

Os girassóis

secado no Café de la Gare, mas infelizmente ela cobraria pelo espaço. Eu tinha certeza de que essa decisão era coisa do marido, mas não comentei nada.

As outras coisas de Vincent foram divididas em malas para serem enviadas a Theo e um baú para ser levado a Saint-Rémy. O resto ele deu para mim, para o reverendo Salles ou para os Roulin. Ele queimou a maior parte de seus papéis.

— Tem certeza de que não quer guardar nada? — eu perguntei, ao vê-lo jogar no fogo cartas da família e de amigos. Ele deu de ombros e disse:

— Eu nunca guardo.

Embalar os quadros foi a coisa mais difícil de assistir: Vincent despregando cada tela do esticador, enrolando cuidadosamente, amarrando cuidadosamente os feixes com barbante. Deve ter cortado seu coração ver aquelas semanas e meses de trabalho saírem das paredes, saírem de seus lares no ateliê, serem mandadas embora como o último sinal de sua partida. Alguns quadros haviam sido danificados enquanto ele estivera no Hôtel-Dieu; chovera muito na primavera e, com a casa fechada pela polícia, ninguém podia acender uma lareira para secar o ar.

— Veja como está descascando — ele disse, pesaroso, ao ver o quadro em seu quarto. — Theo vai restaurá-lo. — Ele apertou jornal contra o quadro e embrulhou-o com os outros. Quando ele trouxe os girassóis e começou a tirá-los das molduras, eu tive que ir para a cozinha. Não consegui aguentar.

Ele havia sonhado tanto naquela casa amarela. Eu também.

— Onde está o quadro que você começou a fazer de mim? — eu perguntei, quando ele terminou de amarrar as pinturas. Eu não o via desde o dia da petição.

— Eu reutilizei a tela. — Ao ver a expressão em meu rosto, ele acrescentou: — Eu precisei, *chérie*, não tinha outra. Eu não podia terminá-lo como estava, de qualquer maneira. Começarei novamente em outra ocasião.

Minha careta tornou-se um sorriso.

— Em três meses ainda será verão, e você poderá me pintar ao ar livre, se quiser. — Ele retribuiu o sorriso e disse que daria um ótimo efeito.

Finalmente, tudo estava embalado. Monsieur Roulin ajudou Vincent a levar as coisas para o café, e as malas para Theo já estavam no trem a caminho de Paris. Pela manhã, Vincent iria para Saint-Rémy com o reverendo Salles, e combinamos de nos encontrar na casa pela última vez.

— Está usando meu vestido favorito — ele disse, ao abrir a porta.

Naturalmente, era o vestido amarelo que eu usara na primeira noite na *maison* de Madame Virginie.

— Nunca usarei este vestido para mais ninguém — eu disse, e beijei-lhe as faces.

Ele pegou minha mão e me levou para o ateliê. Como parecia estranho, sem nada nas paredes; somente um leve cheiro de terebintina ainda no ar.

— Tenho algo para você.

— Não precisa me dar nada... — eu comecei, mas me faltaram palavras quando ele trouxe o último quadro na casa amarela, ainda na moldura. Um dos quadros do jardim, mostrando o lugar onde ele me encontrara.

Ele falava suavemente, e sua voz tremia um pouco.

— Uma tarde dessas, desenhei aquele lugar a caneta e tinta. Eu queria desenhá-lo uma vez mais... Mas saiu melancólico demais. — Uma longa pausa. — Por que estava chorando naquele dia?

Levantei a cabeça, com o quadro nas mãos.

— No dia em que nos conhecemos? Você me viu?

Os girassóis

— Eu estava pintando atrás da faia. Você chorava tanto que eu não quis incomodar. Por que estava tão triste?

Eu suspirei, tentando lembrar da minha vida antes de ele entrar nela.

— Eu me sentia presa em uma armadilha. Perdida, como se ninguém nunca pudesse entender. Mas então eu abri os olhos e lá estava você.

— *Mon Dieu*, você ficou tão brava comigo — ele disse, dando uma risada, e eu também ri ao lembrar. Então ele ficou sério. — Não se arrepende, não é? De ter me encontrado naquele dia?

Suponha que eu soubesse o que aconteceria, quanta dor se misturaria aos momentos de alegria. Suponha que eu pudesse entrar no quadro e viver aquela tarde novamente. Quando eu me afastasse dele, ainda olharia para trás?

— Não me arrependo — eu disse a ele. — Nem um pouco.

Capítulo Vinte e Cinco

As Primeiras Cartas

17 de maio de 1889

Mlle. Rachel Courteau
a/c Mme. Virginie Chabaud
Rue du Bout d'Arles, nº 1
Arles-sur-Rhône

Ma chère Rachel,

Fiz a coisa certa vindo para cá. A mudança de cenário me faz bem, e aos poucos eu começo a perder meu medo da loucura. É uma doença como outra qualquer e eu continuo acreditando que posso ser curado. Neste momento sinto-me bem, embora continue a ser perturbado por pesadelos.

O Dr. Peyron ainda não me deu permissão para sair dos limites do asilo e pintar. Ele diz que devemos esperar algumas semanas para garantirmos que minha constituição possa aguentar, embora eu tenha assegurado a ele que pode. Durante a viagem para cá, vi que o campo por aqui é muito bonito e estou ansioso para pintar as oliveiras. Até lá, passo muitas horas trabalhando no jardim do hospital, que fornece bons motivos, entre os quais íris e lilases. Mas as tintas estão quase acabando e as telas também, e escrevi a Theo pedindo mais.

Os girassóis

Theo escreveu dizendo que meus quadros chegaram bem. Ele gostou, em particular, do retrato de Roulin (o retrato de corpo inteiro, sentado) e o estudo de minha cadeira com o cachimbo e a bolsa de tabaco. Ele também admirou o amarelo-sobre-amarelo dos girassóis e a noite estrelada sobre o Ródano. Quando penso quanto mais eu poderia ter realizado na minha casinha amarela... Mas é uma insensatez continuar falando dessas coisas.

Posso lhe pedir uma coisa? Eu não trouxe muitos livros e logo ficarei desprovido do que ler. Se pudesse enviar um ou dois volumes de sua escolha, eu ficaria muito grato. Pedi a Theo que me enviasse algo de Shakespeare para manter meu inglês em dia.

Minha menina querida, penso sempre em você e sinto muita saudade. Procure escrever me dizendo o que anda fazendo. Eu, em troca, prometo escrever mais regularmente.

Com um beijo no pensamento,

Vincent

19 de maio de 1889

M. Vincent van Gogh
Maison de Santé de Saint-Rémy
de Provence
(Bouches-du-Rhône)

Mon cher Vincent,

Estou aliviada em saber que você se sente melhor e que está bem acomodado, e fico contente que esteja encontrando motivos para pintar e desenhar. Espero que o médico logo permita que você saia para trabalhar — talvez Theo possa fazer esse pedido? Conheço muito bem os campos e bosques de Saint-Rémy e sei que encontrará muita serenidade pintando lá.

SHERAMY BUNDRICK

O que há para dizer sobre estes dias sem você? Neste momento, estou sentada sob a faia no jardim da Place Lamartine, desejando que você estivesse aqui. Tenho feito longas caminhadas até o campo: para o sul, até a Ponte Langlois, para oeste, até Trinquetaille, do outro lado do rio, para leste, seguindo o canal Roubine du Roi e até La Crau. Eu até subi o Montmajour pela primeira vez, e fiquei esperando que aparecessem cavaleiros em seus corcéis, ou um bando de trovadores com suas canções provençais. Os campos de trigo em torno de Arles estão mudando de verde para dourado, e logo chegará a época da colheita.

Aonde quer que eu vá, você está comigo. Eu o ouço falando os nomes das cores — ultramarino, azul-cobalto, verde-malaquita, amarelo-cromo — e imagino como você pintaria isto ou aquilo. Tentei fazer alguns esboços, pensando em mandar uma ou duas figuras, mas desisti. Você riria muito de meus patéticos rabiscos. Quem sabe quando você voltar para casa possa me ensinar a desenhar. Você me ensina a desenhar e eu lhe ensino a dançar. Feito?

Fico contente que Theo tenha gostado de seus novos quadros — não seria ótimo se ele encontrasse uma maneira de exibi-los? Sei que a lembrança da casa amarela ainda o deixa triste, mas o que passou, passou. Vamos procurar pensar no futuro.

Estou enviando alguns livros que achei que poderia gostar, junto com um pote de suas azeitonas favoritas para fazê-lo sentir-se em casa. Você pode ficar irritado com o que vou dizer, mas não trabalhe demais. Você deve descansar bastante para que possa voltar a Arles em breve.

Com todo o meu amor, e um abraço no pensamento.

Escreva logo.

Eternamente sua

Rachel

Capítulo Vinte e Seis

Um Novo Cliente

Colei as páginas do calendário de um almanaque barato do lado de dentro de meu guarda-roupa e marcava os dias depois da partida de Vincent para Saint-Rémy. No começo eu colocava um "X" com uma mão trêmula enquanto segurava as lágrimas, mas minhas lágrimas diminuíam enquanto os "X" aumentavam em número. A chegada de um envelope amarelo-claro nunca deixava de me alegrar, e eu passava horas respondendo. As cartas dele não eram tão efusivas e emocionais quanto as minhas, mas era o jeito dele. Havia sempre um parágrafo sobre o clima e como ele se sentia, diversos parágrafos sobre seu trabalho — a caligrafia ficava mais desalinhada enquanto ele se esforçava para fazer a caneta acompanhar seus pensamentos —, e depois, perto do final, sua reserva era deixada de lado e ele dizia coisas que um amante diria. Estas eram as sentenças que eu lia e relia à luz do lampião antes de dormir; estas eram as sentenças que me faziam levantar pela manhã e que me ajudavam a enfrentar o dia.

Tudo ia bem, na medida do possível. Até que, em uma noite de junho, quando eu e Françoise estávamos sentadas no bar na *maison*, tive uma surpresa importuna.

— *Merde* — resmunguei, quando vi o último cliente que atravessava a porta.

Em seu banco, Françoise virou-se para olhar e deu risada.

Os girassóis

— Fidalgo demais.

Dr. Rey certamente chamava a atenção, com seu fino terno e chapéu caro na mão. Apesar de ser bem cuidada, a casa de Madame Virginie era para trabalhadores, soldados e camponeses, e não para burgueses endinheirados. As *maisons* parisienses das quais Jacqui sempre se gabava eram lugares mais adequados para um médico, com meninas elegantes em penhoares elegantes, *salons* privados e champanhe a rodo. Dr. Rey teria de ir até Marselha se quisesse esse tipo de diversão por esta parte do mundo, mas ele parecia não querer uma mulher elegante em um penhoar elegante.

Eu nunca tinha visto Madame Virginie andar tão depressa. Ela praticamente deu um pulo na direção da porta para receber o novo cliente: bajulando-o, falando entusiasmadamente da qualidade de suas meninas, acenando para Suze, uma morena atrevida de Toulouse que havia tomado o lugar de Jacqui. Dr. Rey cumprimentou Suze com a cortesia de um cavalheiro, mas seu olhar vasculhou a sala para me encontrar, indicando a Madame que tinha vindo por minha causa. Suze pareceu frustrada por ter perdido esse bom partido, mas meu coração estancou.

— É uma boa oportunidade para você — murmurou Françoise. — Não se esqueça disso.

Desaprovei o comentário, mas consegui sorrir enquanto me aproximava do médico e o conduzia a uma mesa. Em voz baixa, ele pediu nosso vinho mais caro, cujas garrafas sempre ficavam empoeirando no alto da prateleira sobre o bar, e, quando fui pegá-la, Madame Virginie segurou meu braço e me disse para ser amável com ele. Para fazer o que ele quisesse, arrancar mais francos, se possível, e fazê-lo voltar. Eu vi moedas tilintando em seus olhos. Bem-feito para mim.

— Estou surpresa em vê-lo, doutor — admiti, ao servir o vinho.

274

SHERAMY BUNDRICK

— Com franqueza, mademoiselle, também estou surpreso por estar aqui. — Ele olhou para a sala de maneira pouco à vontade, notando olhares curiosos voltados em sua direção. — Eu nunca estive em uma *maison de tolérance*, embora, naturalmente, eu soubesse da existência delas.

— Um solteirão como o senhor... Nem mesmo em Paris? Certamente não paga uma *courtisane* para ir à casa de sua mãe — eu disse, provocando. O composto cirurgião do Hôtel-Dieu desapareceu quando Dr. Rey enrubesceu, balançou a cabeça e pegou sua taça de vinho, bebendo avidamente.

— Devagar, devagar — eu disse, colocando minha mão no braço dele. Ele deu um pulo quando o toquei. — Acredite em mim, é melhor não se embebedar. Por que não começa me chamando de Rachel? Fica mais amigável, *non*?

— Só se me chamar de Félix — ele respondeu, ainda com o rosto corado. — Dr. Rey parece inadequado nestas circunstâncias.

— Félix — repeti, olhando dentro de seus olhos. Eu raramente exagerava tanto, mas queria acabar logo com aquilo. Se Vincent descobrisse... *Não devo pensar em Vincent. Não devo pensar em Vincent.*

O médico pigarreou e bebeu mais um pouco.

— Qual é o procedimento normal?

— Tomamos um pouco de vinho, nos conhecemos melhor — eu aproximei um pouco a minha cadeira —, e, quando estiver pronto, vamos lá para cima. A menos que esteja pronto agora?

— Podemos conversar um pouco primeiro, se concordar, mademoiselle... Quero dizer, Rachel.

Dei um gole em meu vinho. Ele deu um gole no vinho dele. Ele analisava a sala; eu analisava o chapéu elegante sobre a mesa e ficava imaginando se ele o comprara em Paris. Ou será que a mãe escolhia as roupas dele?

— Foi visitar Vincent? — deixei escapar.

Os girassóis

Dr. Rey hesitou antes de responder.

— Fui visitá-lo dois dias atrás. Desde que obteve permissão para pintar fora do asilo, seu estado mental tem melhorado acentuadamente. Ele me mostrou alguns de seus quadros novos. — Eu tinha tantas perguntas, e estava prestes a fazê-las quando o médico me interpelou. — Perdoe-me se pareço rude, mademoiselle, mas não vim aqui falar sobre Vincent.

Eu brinquei com o pé de minha taça.

— Eu é que estou sendo rude. Perdoe-me.

— *Ce n'est rien.* — Ele falava em um tom terno. — Sei como deve ser difícil para você.

Vincent estar em Saint-Rémy ou eu entreter o médico dele? Eu não sabia o que dizer, então dei de ombros. Mais uma vez, ficamos em silêncio.

— *Salut, Docteur!* — veio um grito de saudação do outro lado da sala, e um homem um tanto rústico com roupas ainda sujas do trabalho no campo veio até a nossa mesa. — Nunca o vi antes por aqui. Lembra-se de mim, Jacques Perrot? O senhor consertou minha perna há umas duas semanas.

Dr. Rey ficou mais constrangido do que eu poderia imaginar.

— Sim, claro, Monsieur Perrot, boa noite. Como está a perna?

— Nova em folha — disse o homem, dando um pulinho. — Graças a Deus, porque a colheita está começando. Não sei o que seria se eu não pudesse ajudar a ceifar. E devo isso ao senhor. — Dr. Rey afirmou que tinha sido um prazer e Monsieur Perrot terminou a conversa com um vigoroso "Prazer em vê-lo, doutor. Agora, divirta-se!". Ele piscou para mim, e achei que o pobre doutor fosse chispar porta afora.

— Mademoiselle, talvez seja um momento conveniente para subirmos? — ele perguntou assim que Monsieur Perrot voltou à sua mesa e à sua *fille*. — Perdoe-me a pressa, mas...

SHERAMY BUNDRICK

— Tudo bem. Eu compreendo. — Levantei-me e estendi minha mão, que ele olhou curiosamente antes de dar-me a sua. Roliça e macia, aquela era a mão de um homem que não pegava em nada além de livros e instrumentos cirúrgicos. Não era a de um homem que carregava telas e segurava pincéis o dia inteiro, e que tinha um calo permanente no polegar esquerdo, de apertar uma paleta.

— Parece um quarto comum — disse Dr. Rey, surpreso, quando chegamos ao andar de cima.

Eu ri e acendi um lampião, puxando as cobertas.

— O que esperava?

Ele sorriu um pouco.

— Não sei o que esperava. Dizem coisas curiosas sobre... — Ele tossiu e colocou a mão no bolso do colete. — Eu lhe pago agora, mademoiselle? — ele perguntou, e desculpou-se por parecer muito abrupto.

— Pode me pagar agora, se quiser. Cinco francos. — Ele não titubeou, não pechinchou; simplesmente me deu uma nota e eu lhe dei o troco. Três francos para a minha caixinha, dois para Madame Virginie. — Por que não senta, fica à vontade e me diz o que deseja.

Ele não parecia nada confortável quando sentou.

— O de sempre, eu suponho.

Sentei em seu colo e ele se esquivou.

— Agora precisa relaxar — eu incitei, soltando sua gravata e começando a desabotoar seu colete. — Está agindo como se nunca tivesse estado com uma mulher antes. — Ele ficou vermelho como um adolescente nervoso. — Ah, não me diga. É mesmo?

— Presumo que isso não represente nenhuma dificuldade — ele disse, retesado —, mas se preferir não...

277

Os girassóis

Minhas mãos voltaram a desabotoar o colete, e sorri de modo encorajador. Por que diabos eu não tinha trazido o vinho para cima?

— Eu disse que pode me chamar de Rachel. Vamos nos divertir muito.

Foi estranho, sabendo que ele era médico. Enquanto eu me despia para ele, tentava não pensar nos exames constrangedores que o velho Dr. Dupin fazia três vezes por mês, verificando se tínhamos alguma doença: *Joelhos para cima e abra as pernas, por favor, mademoiselle. Muito bem, está saudável. Próxima!* Certamente Félix não examinaria minha saúde ao longo da noite. Aliás, naquele momento, ele nem se movia.

Eu deitei e abri minhas pernas, batendo na cama como se não pudesse esperar que ele viesse. Ele se permitiu me tocar, mas de modo desajeitado e um tanto acanhado. Se Vincent me via como uma obra de arte, então Félix estava olhando para mim como um bizarro espécime de laboratório, sobre o qual ele tinha lido nos livros, mas com o qual não sabia o que fazer na vida real. Mostrei-lhe onde e como devia me tocar, gemendo e arfando nos lugares certos para que ele sentisse que estava fazendo corretamente. Ele aprendia rápido e se saiu bem, mas foi tudo muito clínico.

— *Merci, mademoiselle* — ele murmurou, depois, claramente inseguro quanto à etiqueta nessa situação, mas tentando ser educado.

— Foi muito bom — eu disse a ele.

Ele reagiu como se tivesse tirado notas altas na escola.

— Posso vê-la novamente?

Lembrei-me das palavras de Françoise sobre uma boa oportunidade e pensei rápido: cinco francos por visita, três francos são meus. Supondo que ele viesse uma vez por semana, seriam vinte e quatro francos antes de Vincent voltar para casa. E se ele viesse com mais frequência... eu poderia dizer não? E se Vincent precisasse da ajuda dele...?

— Venha quando quiser — eu disse, afagando seu rosto. — Eu adoraria.

Senti uma pontada de culpa ao ver a expressão dele. Mas ainda bem que ele acreditou.

Quando Félix retornou, alguns dias depois, ele não veio de mãos vazias.

— Você me trouxe flores? — perguntei, consternada. Era Vincent quem fazia isso; apenas Vincent tinha esse direito. Vincent sempre colhia flores; ele não comprava buquês prontos na *fleuriste*.

— Eu... achava que todas as damas gostassem de flores — Félix disse, claramente confuso, baixando as mãos.

Pense no dinheiro. Pense em Vincent. Este homem pode ajudar Vincent.

Eu o confundi mais ainda dando um sorriso deslumbrante ao pegar o buquê em meus braços.

— Fiquei surpresa, só isso. Ninguém mais me traz flores. — Ele disse, galante, que traria flores sempre que eu quisesse, e eu fingi achar que era uma boa ideia.

Ele estava mais relaxado na segunda visita, contando-me histórias do hospital e de sua viagem a Paris. No quarto, ele me surpreendeu com sua ousadia — teria ele feito anotações para estudar o caso mais profundamente? Teria ele procurado nos livros de medicina? Tive de conter uma risada ao pensar nisso. Naquela noite ele queria praticar como despir uma mulher, e, enquanto ele se entretinha com os ganchos e buracos de meu espartilho, ocorreu-me que eu estava fazendo um enorme favor para sua futura noiva. Na verdade, essas visitas beneficiariam quase todos — era o que eu dizia a mim mesma ao embolsar seus cinco francos.

Até que, na terceira visita, Félix tentou me beijar.

Os girassóis

— O que foi? — ele perguntou, preocupado, quando eu virei o rosto no travesseiro para evitar sua boca. Expliquei, pacientemente, que eu não deixava os clientes me beijarem, e o tom dele mudou ao perguntar: — E Vincent, a beija?

— Ele não é meu cliente.

— Entendo — Félix disse, e saiu de cima de mim para vestir suas roupas.

— Não precisa ir embora — eu disse. — Há muitos outros lugares onde pode me beijar. — Ele não respondeu, só continuou a se vestir, e eu perguntei: — Quer seu dinheiro de volta? — Ele me disse que não e saiu antes que eu pudesse falar mais alguma coisa.

Eu achava que esse seria o fim do Dr. Félix Rey. Parte de mim ficou aliviada, mas o resto de mim se arrependia pelo dinheiro — tanto dinheiro! Eu até pensei se deveria beijá-lo. Não, eu disse com firmeza para mim mesma; somente Vincent. Esse homem não vai me comprar. De qualquer maneira, ele não vai mais voltar.

Mas ele voltou, e trouxe outro presente.

— Um chapéu novo! — mergulhei as mãos no papel de seda e retirei o toucado da alegre caixa listrada. Ah, era lindo, o chapéu mais lindo que eu já vira. De seda cinza com tule rosa, plumas rosa-claro, fitas cinza-prateado, uma rosa presa em um dos lados; ele devia tê-lo comprado na loja de chapéus perto da Place de la République, e devia ter pago uns vinte ou trinta francos. Mais dinheiro que muita gente via em uma semana.

— Espero que goste — ele disse, timidamente, como se não soubesse o que eu ia responder.

— Ah, eu adorei, obrigada. Mas é tão caro, não sei se devo aceitar...

— Seria uma honra se aceitasse. Por favor, experimente.

SHERAMY BUNDRICK

— Meu cabelo não está arrumado para um chapéu como este — eu disse, mas coloquei-o na cabeça assim mesmo.

Ele sorriu.

— Ele lhe cai bem. Devo admitir que sei muito pouco sobre chapéus femininos, e a *marchande* da loja precisou me ajudar. — Ele falou bem baixinho para que ninguém ouvisse: — Desculpe-me pelo que aconteceu da última vez. Espero que perdoe minha falta de sensibilidade.

Tirei o chapéu e segurei-o nas mãos, olhando para ele em vez de olhar para Félix.

— Félix, preciso explicar uma coisa para você. Eu...

— Não é necessário explicar. Eu conheço a natureza de seu relacionamento com Vincent, e não pretendo separá-la dele, mas espero que me permita vê-la enquanto ele estiver em Saint-Rémy. Você trouxe algo que estava faltando na minha vida. — Perguntei o que poderia ser, e ele respondeu: — Excitação, espontaneidade... tirar minha gravata e me divertir em vez ficar o tempo todo com a cabeça enfiada nos livros.

— Quando Vincent lhe disse isso, não creio que ele queria que fosse comigo — eu disse, de lado.

— Ele não precisará saber. Posso continuar a visitá-la?

Eu acariciei o cetim do chapéu, macio e frio em meus dedos. Que penas graciosas! Que material fino! Imaginei a *modiste* confeccionando o chapéu nos fundos da loja, escolhendo entre as peças de tecido das prateleiras, e em seguida selecionando as fitas e flores. A *marchande* colocando-o em um suporte na vitrine, virando-o de modo que a luz o favorecesse mais, depois embrulhando-o em papel de seda somente para mim. *Se eu continuar vendo Félix...* Afastei o pensamento, mas a verdade permanecia: o dinheiro dele era útil. E ele também.

— Vincent *nunca* deve vir a saber — eu corrigi. — E quando ele sair de Saint-Rémy...

Os girassóis

— Terminará tudo, eu entendo. Você me deixará honrado aceitando minha companhia, como aceitou meu presente? — Ele beijou minha mão quando eu disse um suave "sim". Ninguém nunca tinha beijado minha mão. Nem mesmo Vincent.

Suze e Minette correram para admirar meu lindo chapéu novo, e Félix sorriu de modo condescendente ao tirar um cigarro de um estojo prateado. Françoise trouxe uma bandeja de bebidas, cortesia de Madame Virginie, e me fez um leve sinal de aprovação.

Naquela noite, depois que Félix saiu, embrulhei o chapéu novamente e peguei papel e caneta para escrever a Vincent. Eu pretendia escrever uma carta alegre e animada, nada contando sobre meu novo cliente, mas as listras da caixa do chapéu zombavam de mim.

20 de junho de 1889

M. Vincent van Gogh
Maison de Santé de Saint-Rémy
de Provence
(Bouches-du-Rhône)

Mon cher Vincent,

Tento ser paciente e corajosa, mas a cada dia fica mais difícil. Não sei mais para onde ir sem você. Há alguma possibilidade de eu poder visitá-lo, por pequena que seja? Peça ao Dr. Peyron, eu lhe imploro. Diga a ele que sou uma prima francesa, a irmã de seu melhor amigo, sua noiva, qualquer coisa, para convencê-lo.

SHERAMY BUNDRICK

Ah, querido, eu penso todos os dias nas coisas que podemos fazer quando você estiver livre — quando ambos estivermos. Tudo que aconteceu, tudo que fizemos, não importará mais. Nada mais importará; apenas eu e você.

Espero ansiosamente pelas palavras que me farão ir correndo a Saint-Rémy.

Eternamente sua

Rachel

A tinta na página ficou manchada de lágrimas. Amassei a carta e atirei-a no lixo.

Capítulo Vinte e Sete

Só por Um Dia

Você se afeiçoa muito às pessoas que o viram doente, e me fez um bem imenso rever algumas pessoas que foram gentis comigo naquele momento.

(Vincent para Theo, Saint-Rémy, julho de 1889)

Vincent estava voltando a Arles.

Somente por um dia, somente para pegar os quadros que ele deixara secando no Café de la Gare, mas era só disso que eu precisava: apenas vê-lo, ouvir a voz dele novamente. Uma carta escrita às pressas chegou na manhã de sábado informando-me que ele pegaria o trem no domingo e que deveríamos esperá-lo no café por volta das onze horas.

— Você está com um humor excepcional — Félix observou naquela noite, enquanto bebíamos. Quando contei as novidades, incapaz de conter minha animação, sua resposta foi um curto "Entendo". Eu me arrependi; deveria tê-lo feito acreditar que a visita *dele* tinha me alegrado.

Já fazia três semanas que Félix me visitava: três vezes por semana, pontuais como o carteiro, no começo da noite — antes que o *salon* ficasse lotado, e meus lençóis, amarrotados. Nunca aos domingos. Seus modos finos e seus presentes subiriam à

Os girassóis

cabeça de qualquer mulher, e me tornaram o assunto preferido da casa. "Você me estraga com estes mimos", eu ralhava com ele ao desembrulhar um bracelete ou um frasco de *eau de cologne* especial. "É um privilégio mimá-la", ele respondia.

Mas, apesar de apreciar a companhia dele, nosso acordo me enchia de culpa. Culpa por estar traindo Vincent, culpa por estar enganando esse generoso médico. Eu via como os olhos negros de Félix brilhavam quando ele me olhava; eu sabia a diferença entre um homem que fornicava com uma mulher e um homem que fazia amor. Eu frequentemente me preocupava se Vincent descobriria, e rogava aos santos que Joseph Roulin viesse à *maison* em um horário mais avançado. Tantas vezes eu ensaiei um discurso para dizer na próxima visita de Félix, informando que não poderia mais recebê-lo. Mas aí ele aparecia com cinco francos, um presente e um sorriso, e minha determinação simplesmente sumia.

Não vou pensar em Félix, eu disse a mim mesma naquela manhã de domingo. *Hoje o dia é de Vincent.*

O trem atrasou, então fiquei sentada sozinha na frente do café, olhando na direção da Avenue de la Gare a cada ruído que ouvia. Eu temia encontrar Monsieur Ginoux, mas ele não estava lá. Madame Ginoux me trouxe um café e nem me cumprimentou. Três homens idosos sentados em outra mesa externa olharam para mim. "*Bonjour*, mademoiselle", disse um deles, e seus companheiros riram e cutucaram uns aos outros. "Está livre?" Eu, educadamente, disse que esperava alguém — educadamente só porque eu esperava a visita de Vincent, e porque o homem tinha idade suficiente para ser meu *grand-père*.

Quando Vincent finalmente surgiu na esquina, não vinha sozinho. Um jovem tímido o acompanhava, com as mãos nos bolsos, um ar de quem preferiria estar em outro lugar.

SHERAMY BUNDRICK

— *Bonjour*, Rachel — Vincent disse, beijando-me nas duas faces. — Este é Monsieur Jean-François Poulet, do hospital. O Dr. Peyron achou melhor ele vir comigo hoje para garantir que eu voltasse em segurança. Monsieur Poulet, esta é mademoiselle Rachel Courteau.

Poulet. A irmã dele e eu tínhamos estudado juntas em Saint-Rémy. Eu mal me lembrava dele, mas, pelo modo como gaguejou ao responder minha saudação, ele se lembrava bem de mim. Mantive-me altiva.

— Vamos tomar um café? — perguntei a eles.

Monsieur Poulet disse, aos tropeços, que sentaria dentro do café, para não nos incomodar, e desapareceu.

— Não foi ideia minha — Vincent disse depois que ele saiu. — Quem sabe possamos nos livrar dele mais tarde.

— Quem sabe — concordei, enquanto Vincent se sentava e Madame Ginoux já lhe servia um café, sorrindo para ele como não fizera para mim. — Não me importo. Estou tão feliz em vê-lo que você poderia ter trazido um padre junto e eu não me importaria. — Eu o analisei: seu rosto, seus braços vermelhos de pintar ao ar livre. O olhar desolado de antes havia quase se dissipado. — Você parece bem, *mon cher*. Eles devem estar realmente ajudando.

— Pintar ao ar livre novamente tem me feito muito bem, acima de tudo. Eu queria poder lhe mostrar os novos estudos. A paisagem em torno do hospital me inspirou. — Ele pegou minha mão. — E você... como tem passado?

— Bem, na medida do possível — eu respondi, esperando que ele não pudesse perceber Félix em minha expressão. — Já faz dois meses. Você vai sair em breve?

Seus olhos se encheram de surpresa diante de minha pergunta abrupta, e em seguida assumiram aquela expressão que ele fazia quando não queria me dizer alguma coisa.

Os girassóis

— Tive uma longa conversa com Dr. Peyron ontem. Ele acha que vai demorar pelo menos um ano para que eu possa me considerar curado.

— Um ano! — Eu apoiei minha xícara na mesa, fazendo um estrondo. — Vai ter que ficar lá o tempo todo?

— Teremos que ver como as coisas sucederão nos próximos meses. — Vincent soltou minha mão e calmamente mexeu seu café, olhando para dentro da xícara, e não para mim. — Quando cheguei ao asilo, percebi que demoraria mais tempo para que me recobrasse completamente. Um mês atrás, quando visitei a aldeia pela primeira vez, a visão das pessoas e o barulho da cidade me fizeram mal, como se eu fosse desmaiar. Agora estou melhor, mas preciso ser cauteloso.

— Você não disse nada disso em suas cartas, sobre ter que ficar mais tempo. — Eu podia sentir que minha voz saía estridente. — Você não me disse que se sentiu mal.

— Eu não queria preocupá-la. O Dr. Peyron disse que, se sair tudo bem na visita de hoje, poderei voltar outra vez, talvez dormir aqui. Isso fará o tempo passar mais depressa.

Eu tinha muitas outras perguntas, mas sabia que ele não as responderia. Então, em vez de perguntar, pedi-lhe que me dissesse o que queria fazer naquele dia, e ele disse:

—Passear, ver o campo. Visitar os Roulin, o reverendo Salles, o Dr. Rey... — Ele me tocou no rosto. — Ficar com você.

Eu não poderia visitar Félix com Vincent, meu Deus, que situação!

— Detesto atrapalhar quando você visita seus amigos — eu disse, e sugeri que eu fosse pegar algumas coisas para nosso almoço e o encontrasse mais tarde, para um piquenique. Vincent ponderou a ideia e concordou.

Nós três — ainda não havíamos nos livrado de Monsieur Poulet — saímos do café e atravessamos a Place Lamartine.

— Alguém já se mudou para a minha casa? — Vincent perguntou, ao ver cortinas de renda esvoaçando nas janelas de seu antigo ateliê.

Eu mesma tinha ficado chocada e triste, em maio, ao ver um jovem casal descarregando as coisas de uma carruagem e uma menininha correndo pela casa com sua boneca. Chocada demais, triste demais para mencionar isso em minhas cartas. Entrelacei meu braço no de Vincent.

— Você poderá ter uma casa nova quando voltar. Uma casa melhor, talvez no campo, com espaço para um jardim de flores.

— Há belos chalés ao longo da estrada para Tarascon — ele disse, parecendo animado com a ideia.

Vincent e Monsieur Poulet dirigiram-se à casa dos Roulin pela Rue de la Montagne des Cordes, enquanto eu fui procurar uma *boulangerie* e uma *charcuterie* que estivessem abertas. O problema de Félix me preocupou durante o caminho todo. Como médico de Vincent, ele ficaria triste ao saber que Vincent permaneceria mais tempo em Saint-Rémy; mas, como o homem que me fazia visitas regulares na *maison,* ele não ficaria nem um pouco triste.

Quando terminei minhas compras, Vincent e Monsieur Poulet estavam aguardando na fonte da Place de la République.

— Estive com os Roulin e o reverendo Salles — Vincent disse —, mas o Dr. Rey estava com um paciente. Você sabia que Roulin será transferido para Marselha?

— Ele nos contou há uns quinze dias — respondi. — Desculpe-me, mas ele pediu que eu não dissesse nada. Ele queria lhe contar pessoalmente.

Vincent franziu a testa.

— Que pena, embora isso signifique uma promoção e um pequeno aumento no salário dele. Sentirei falta deles.

Os girassóis

— Eu também. — E Françoise também. Ela caiu em prantos e saiu correndo da sala quando Roulin nos contou, uma demonstração de emoção que surpreendeu a nós todas. — Talvez possamos visitá-los em Marselha, quando você voltar. De trem expresso não é tão longe assim. E agora, que tal almoçarmos? Aonde iremos?

— Sul, para os pomares — Vincent disse imediatamente. — É tarde para as árvores estarem floridas, mas teremos sombra e tranquilidade. — Vincent olhou para Monsieur Poulet e eu pude ler seus pensamentos: *Queria que estivéssemos sozinhos.*

Atravessamos o Boulevard des Lices, e depois o Canal de Craponne, até a área dos pomares: ameixeiras, damasqueiros, todo tipo de frutas. Eu tinha estado ali com Vincent na primavera, quando tudo fica florido, e ficara sentada enquanto ele pintava. Hoje as árvores estavam verdes, com folhas que surgiam aqui e ali, e algumas ameixas precoces balançavam nos galhos. Monsieur Poulet pegou a comida que eu ofereci e afastou-se, enquanto Vincent e eu liquidamos rapidamente o pão fresco, linguiças de alho, queijo e vinho. Como *pièce de résistance*, eu trouxera um pote das azeitonas favoritas de Vincent, marinadas em salmoura e ervas, e ele soltou uma exclamação de deleite quando eu as tirei de minha cesta, fazendo um floreio.

— Fiquei surpresa por você não ter trazido o material de pintura — eu disse, recolhendo os restos de nosso piquenique, e ri quando ele tirou um caderno de desenho de sua mochila. — Eu sabia!

Ele se acomodou com as costas apoiadas no tronco de uma árvore e começou a desenhar, tirando azeitonas do pote para beliscar e jogando os caroços na grama. Eu apontei para o lugar ao lado dele sobre a grama e ele estendeu seu casaco para que eu me deitasse com a cabeça apoiada em sua coxa.

SHERAMY BUNDRICK

— Adoro trabalhar aqui — ele disse. — Na última primavera, quando eu tinha acabado de chegar em Arles, não me cansava de ver as árvores em flor. Para mim, era como no Japão: símbolos de vida nova.

Eu fiquei lá deitada enquanto ele continuava a falar — falava como se não tivesse ninguém com quem conversar havia muito tempo. Ele me contou o que tinha pintado e desenhado no asilo: coisas que ele já me contara em suas cartas, mas sua voz pronunciando as palavras tornava tudo novo. Ele descreveu o jardim do asilo, onde, no começo, passava a maior parte do tempo: mais selvagem, mais abandonado que o jardim da Place Lamartine, com roseiras que ninguém nunca podava e heras que ninguém aparava.

— Em um canto distante — ele disse, em voz baixa, pausando para apagar algo em seu desenho —, um banco de pedra sozinho entre troncos de pinheiros. As raízes nodosas e retorcidas das árvores, todo aquele verde pontilhado de rosa e violeta... é um eterno ninho verde para amantes, escondido no meio da loucura. — Ele fez mais uma pausa, desta vez para tocar meu cabelo. — Sinto sua falta, Rachel.

Era a primeira vez que ele dizia isso naquele dia, e senti as lágrimas brotando em meus olhos.

— Também sinto sua falta. Mais do que pode imaginar.

— Ora, vamos... — Ele limpou meu rosto com o polegar. — Nada de tristeza. Hoje não.

Ele deixou uma mancha no meu rosto, mas eu não a limpei.

— O que mais você pintou?

— Depois que o Dr. Peyron me permitiu sair, explorei a paisagem em volta do hospital e decidi pintar alguns estudos de oliveiras... — Ele evocou mentalmente não só as visões de suas pinturas, mas também as memórias de Saint-Rémy, todas as vezes em que eu havia vagado por aqueles mesmos lugares dos quais

OS GIRASSÓIS

ele falava. As montanhas, as fazendas com campos de trigo, as velhas pedreiras escondidas nos contrafortes das montanhas, onde mamãe dizia que eu nunca deveria ir sozinha. Fechei os olhos para imaginar os ociosos dias de verão, quando eu levava um livro para um pomar de oliveiras e ficava debaixo de uma árvore desse jeito, ouvindo a serenata das cigarras, os besouros pulando em minha saia. Pescar no canal com Philippe e outros meninos da aldeia, com inveja de que quando ficasse muito quente eles poderiam pular na água e nadar um pouco enquanto eu teria que ficar lá sentada na margem.

— Estou lhe dando sono? — Vincent perguntou, com uma risada.

— Nunca — eu retruquei, em seguida virando de costas e olhando para ele. — Você se deu conta de que faz um ano que nos conhecemos? Quase exatamente.

— Por que você acha que eu queria vê-la hoje? — Os dedos dele se moveram do lápis para o meu rosto, e em seguida para o meu pescoço. — Este colar é bonito. Não me recordo dele.

Ele não lembrava porque era presente de Félix. Quando eu, apressadamente, expliquei que o comprara no mercado — inventando uma história sobre um comerciante de Marselha e Françoise convencendo-me a comprá-lo —, Vincent correu os dedos pelas contas coloridas e disse:

— Vidro *Millefiori*, de Veneza, se não estou errado. Deve ter conseguido um bom preço.

Sentei-me e limpei a grama de minha saia.

— Theo virá visitá-lo em Saint-Rémy?

— Eu duvido. Ele tem outras coisas com o que se ocupar neste momento. Johanna está grávida.

Uma dor aguda, feito uma facada, me penetrou.

— Tão depressa? Eles se casaram em...

— Em abril. O bebê deverá nascer em janeiro e, se for menino, querem chamá-lo de Vincent. — Ele suspirou. — Não é que eu não esteja feliz por eles, Rachel, eu estou. Mas...

Nosso filho deveria estar nascendo por essa época. Às vezes, ainda penso em como teria sido, vendo minha barriga crescer, semana após semana, preparando-me para o parto, preparando a casa... E então o bebê nasceria e comemoraríamos do modo como todos os nascimentos provençais são comemorados. As mulheres que eu conheço trariam os presentes tradicionais, como pão, sal, ovos e fósforos — para garantir que o bebê crescesse e fosse bom, inteligente e reto como um fósforo —, e nossos amigos viriam até nossa casa para um grande banquete. Talvez neste exato momento estivéssemos na casinha amarela: ele estaria pintando, e eu, balançando o berço com meu pé enquanto fazia roupinhas amarelas.

— Acho que devemos voltar à cidade — eu disse, sem olhar para ele.

Vincent não respondeu; apenas colocou seu caderno de volta na mochila e o pote de azeitonas vazio em minha cesta. Monsieur Poulet retornou e me cumprimentou pelo almoço em voz baixa, tomando em seguida o caminho de Arles.

— Gostaria que o Dr. Peyron tivesse me permitido vir antes — Vincent refletiu, enquanto caminhávamos —, para que eu pudesse ter feito pelo menos um quadro da colheita.

— Você estará aqui em junho do ano que vem. — Procurei a mão dele e a virei sobre a minha. Eu conhecia cada linha, cada calo, cada mancha de tinta que parecia nunca sair, por mais que eu esfregasse. — Poderá pintar os campos de trigo quanto quiser, e depois dançar comigo em volta da fogueira na festa de Saint-Jean.

— Só se me ensinar, como prometeu, para que eu não caia *dentro* da fogueira. — Eu ri, e depois olhei dentro dos olhos dele, encontrando o olhar que eu reconhecia. Ele fez um movimento

Os girassóis

brusco com a cabeça, indicando a direção de uma mata ali perto, e, quando viu meu olhar atônito, ele disse: — Temos tempo. — Ele chamou Monsieur Poulet, que se apressou em voltar, como se houvesse algum problema. — Monsieur, poderia ir adiante e nos encontrar daqui a pouco no café?

As bochechas do jovem ficaram vermelhas, e as minhas também devem ter ficado.

— Não devo deixá-lo sozinho.

— Se isso me matar, morrerei feliz — Vincent disse, e eu não pude conter o riso.

As bochechas de Monsieur Poulet agora ficaram roxas.

— Vocês me alcançam quando... terminarem — ele resmungou, e seguiu pela estrada, evidentemente sem olhar para trás.

— Acho que ele ficou com inveja — Vincent disse, com um riso maroto. — E tem que ficar mesmo. — Eu ri novamente e ele me puxou para fora da estrada, para dentro de um ninho verde para amantes onde ninguém pudesse nos ver.

Monsieur Poulet fez uma cena, verificando seu relógio de bolso quando nos viu voltando sem pressa para o Café de la Gare.

— Devemos nos apressar, Monsieur Vincent, se quisermos pegar o trem. O Dr. Peyron nos queria de volta ao hospital antes do jantar.

— Preciso pegar meus quadros — Vincent disse. — Rachel, pode me ajudar?

Segui Vincent até um depósito nos fundos do café.

— Já me viu fazer isso antes — ele disse, pegando um rolo de barbante e um par de tesouras de uma prateleira. — Vou tirar as telas dos esticadores e você as enrola e amarra com o barbante. Com muito cuidado, ou a tinta pode descascar. Eu as embalarei mais adequadamente antes de mandá-las para Paris, mas preciso levá-las para Saint-Rémy intactas.

294

SHERAMY BUNDRICK

Trabalhamos rapidamente, em silêncio, e minha tristeza voltou. Aquilo me fez lembrar dos últimos dias em que embalamos as coisas dele na casa amarela, e eu tentei me distrair com os quadros. Mas nem isso ajudou. Eu podia me lembrar do dia em que ele pintou as castanheiras vermelhas, ao longo de um caminho no jardim público da Place Lamartine, como o sol da primavera iluminava as folhas, o modo como duas menininhas usando vestidos brancos sorriram para nós quando passaram com sua *maman*.

— Rachel, precisamos nos apressar — Vincent gentilmente me lembrou quando viu que eu estava parada olhando o quadro.

Enrolei a tela e amarrei-a com barbante, fazendo o mesmo com as outras. Em pouco tempo, embrulhamos as seis telas para serem levadas a Saint-Rémy e, de lá, enviadas para Theo. Monsieur Poulet tirou-as de minhas mãos e eu corri com os dois pela Avenue de la Gare até a estação de trem.

— Temos cinco minutos — Monsieur Poulet disse, ainda em tom de repreensão.

Chegamos na plataforma no momento em que ouvimos um apito e o trem despontou na curva. *Não vou chorar. Não vou chorar.*

— Cuide-se! — eu disse a Vincent. — Faça o que os médicos mandam e não trabalhe demais. — Ele beijou-me na testa, os olhos cintilando.

Monsieur Poulet acenou para Vincent de dentro do vagão de terceira classe para que ele se apressasse, e o condutor caminhava pela plataforma, chamando todos para embarcar.

— *Direction Tarascon! En voiture!* — Ele se aproximou de nós e apontou para o relógio na plataforma. — *En voiture, monsieur, s'il vous plaît*, temos um horário a cumprir.

O trem avançou. Vincent agarrou minha mão mais uma vez antes de pular para dentro do trem e fechar a porta do compartimento. Ele acenou pela janela com um sorriso e eu fiquei olhando do para o trem até ele se perder de vista.

Capítulo Vinte e Oito

Notícias do Asilo

16 de julho de 1889

M. Vincent van Gogh
Maison de Santé de Saint-Rémy
de Provence
(Bouches-du-Rhône)

Mon cher Vincent,

Não se aborreça com a demora em me escrever depois que voltou para Saint-Rémy. Estou contente que tenha conseguido terminar um lote para enviar a Theo. É muito animador ele ter mostrado algumas de suas obras de Arles para os artistas de Bruxelas — acha que pode ser convidado para expor na primavera?

Você pergunta como estou me sentindo acerca de sua decisão de permanecer mais tempo no hospital. Naturalmente, fiquei desapontada, mas concordo que sua cura é a coisa mais importante. Isso não me impede de sentir muitíssimo a sua falta, mas, como você diz, vai passar depressa. A esta altura do ano que vem tudo terá ficado para trás... e talvez estejamos comemorando seu sucesso em Bruxelas!

Cuide-se e anime-se. Escreverei em breve.

Eternamente sua

Rachel

Os girassóis

24 de julho de 1889

M. Vincent van Gogh
Maison de Santé de Saint-Rémy
de Provence
(Bouches-du-Rhône)

Mon cher Vincent,

Você não respondeu minha última carta, o que me faz pensar que
ela foi extraviada. Tudo aqui continua como antes. Está muito quente
e precisamos muito que chova. Como está o tempo em Saint-Rémy?
Consegue sair para pintar? Não se esqueça de usar um chapéu para o
sol não queimá-lo. Aquele seu chapéu idiota é melhor que nada!
Joseph Roulin manda lembranças. A família se mudará para
Marselha no fim de agosto e espero poder encontrar Madame
Roulin antes que eles partam.
Escreva logo e cuide-se.
Eternamente sua
Rachel

1º de agosto de 1889

M. Vincent van Gogh
Maison de Santé de Saint-Rémy
de Provence
(Bouches-du-Rhône)

Mon cher Vincent,

Já faz quinze dias que não sei de você e Monsieur Roulin também não tem notícias suas. Estou preocupada demais — você

está bem? Rezo para que você esteja muito ocupado trabalhando e que tenha se esquecido de escrever. Mande notícias logo. Não conseguirei descansar se não souber que você está bem e em segurança.

Eternamente sua
Rachel

3 de agosto de 1889

Prezada Mademoiselle Rachel,

Aconteceu o que temíamos. Dr. Rey soube que Vincent teve outro ataque uma semana depois de sua visita. Dr. Rey esteve em Saint-Rémy ontem e as notícias não são boas. Vincent está muito mal. Mas o Dr. Rey disse que o médico de lá é muito bom e que fará o melhor para ajudar nosso amigo. Tente não se preocupar, embora eu saiba como será difícil.

Minha esposa lhe manda lembranças. Ela reza pelo bem de Vincent todo dia.

De seu eterno criado
Joseph Roulin

3 de agosto de 1889

Dr. Félix Rey
Hospices civils de la Ville d'Arles
Rue Dulau

Prezado Félix,

Já faz mais de uma semana que você não me visita. Virá esta noite?
Rachel

Os girassóis

Quando Félix chegou, subi depressa com ele sem tomar nada, e joguei-lhe o bilhete de Roulin.

— Há quanto tempo você sabe disso?

Ele leu as poucas linhas e suspirou.

— Eu devia ter adivinhado que sua mensagem não tinha nada a ver com saudade. — Eu repeti a pergunta, desta vez de modo mais rude, e Félix suspirou novamente. — O Dr. Peyron me informou por telegrama dois dias depois de Vincent ter o ataque.

Arranquei o bilhete das mãos dele.

— Quase três semanas e não me disse nada?

— Achei que ficaria preocupada. Eu estava esperando que ele...

— Não, você achou que eu ficaria preocupada demais para ir para a cama com você. — O queixo de Félix caiu e seu rosto ficou roxo. — Não é por isso que me traz presentes? Não é por isso que veio aqui hoje? Não é por isso que afastou Vincent, para que pudesse colocar as mãos em mim?

— Ir para Saint-Rémy foi ideia dele — Félix disse, fervendo. — Não posso acreditar que você pensou que...

— Se tivesse cuidado melhor dele, ele não estaria lá! — eu rebati. — Você sabia que ele ficaria pior, você sabia!

— Rachel, não é justo. Eu fiz o possível para ajudar Vincent, você sabe que fiz. É lógico que havia o risco de uma recaída, mas eu acreditava que ir para Saint-Rémy ajudaria. E ele também. Não consigo entender por que está se comportando assim.

Eu queria que Félix gritasse comigo. Eu queria continuar gritando com ele porque eu não sabia com quem mais poderia gritar. O tom calmo dele, tão determinado a me acalmar, me fez silenciar e começar a soluçar.

— Você está em choque — ele disse, tirando um lenço do bolso do colete. — Sente-se aqui, vou lhe trazer um conhaque. Devo pedir a Madame Virginie ou a Mademoiselle Françoise? — Eu balancei a cabeça.

Quando ele voltou com o conhaque e eu já tinha tomado diversos goles, estimulada por ele, eu disse:

— Desculpe-me, Félix. Eu não queria dizer aquelas coisas horríveis.

— Eu sei que não — ele disse, batendo levemente em meu braço.

— Eu achei que ele fosse ficar bem... ele estava bem quando veio aqui... — Félix assentiu, olhando para o copo, e eu bebi outro gole. — Ele me disse que ficaria mais tempo do que tinha imaginado, mas que se sentia mais forte... ele estava triste pelo filho de Theo, mas...

Félix fez uma expressão de surpresa.

— Ele ficou triste com o quê?

— A esposa do irmão dele está grávida — eu disse, suavemente. — Ele ficou sabendo antes de vir aqui.

— E por que isso o deixaria triste?

— Ele gostaria de ter um filho — eu disse, falando ainda suavemente, e foi só. Félix não sabia sobre minha gravidez e eu não lhe contaria.

Félix tirou um pequeno caderno e um lápis do bolso do casaco e começou a escrever.

— Interessante — ele murmurou para si mesmo, e, em seguida, mais claramente, para mim: — Em dezembro, Vincent tinha acabado de saber do noivado do irmão. Em julho, da gravidez da cunhada. Problemas mentais não são minha especialidade, mas talvez o Dr. Peyron conheça casos parecidos nos quais os ataques sejam deflagrados por crises nas relações familiares. — Ele bateu de leve o lápis nos lábios. — Consegue se lembrar de alguma coisa relacionada ao irmão de Vincent que possa ter causado sua recaída em fevereiro?

Eu o encarei e disse:

Os girassóis

— Vincent não é um "caso"; ele é um ser humano.

— Claro. Desculpe-me. — Félix fechou o caderno e o recolocou no bolso. — Como Monsieur Roulin lhe informou, fui a Saint-Rémy ontem para avaliar a situação. Acredito que o pior já tenha passado.

— Ele tem tido alucinações?

Félix não me olhou nos olhos.

— Ocasionalmente, não tanto quanto antes. Embora, de acordo com o Dr. Peyron, ele...

— Ele... o quê?

— Ele tentou comer as próprias tintas. Felizmente, um dos serventes o viu fazendo isso e lhe administraram um emético imediatamente. — Ao ver meu olhar de indagação, ele acrescentou: — Algo para fazer o paciente vomitar, evitando que se envenene.

Eu comecei a chorar novamente e Félix puxou minha cabeça e a apoiou em seu ombro.

— Ele não sabia o que estava fazendo; foi logo no começo. Os médicos e atendentes estão cuidando muito bem dele e ele vai se recuperar logo. Não deve se preocupar, *ma petite*.

Eu me afastei.

— Não me chame assim. Nunca deve me chamar assim.

Ele tentou pegar minha mão, mas eu não deixei.

— Rachel, deixe-me tentar ajudar...

— Por favor, vá embora — eu disse. — Deixe-me sozinha, eu lhe imploro.

— Diga-me o que posso fazer. Qualquer coisa... farei qualquer coisa.

Ele tinha a mesma expressão desamparada daquele dia em março, o dia em que fui ao hospital procurá-lo. Naquele dia ele fez exatamente o que eu pedi. O sangue me fervia nas veias e minha voz parecia distante.

— Leve-me a Saint-Rémy.

— Não acho que seja uma boa ideia — ele respondeu; e a expressão desamparada sumiu de seu rosto.

— Você disse que faria qualquer coisa.

— Eu sei, mas...

Coloquei minha mão no joelho dele.

— A única maneira de vê-lo é se eu for com você. Eu tenho que vê-lo, Félix. — Meus dedos foram subindo por sua coxa. — Por favor?

4 de agosto de 1889

M. Vincent van Gogh
Maison de Santé de Saint-Rémy
de Provence
(Bouches-du-Rhône)

Mon cher Vincent,

Monsieur Roulin soube de seu ataque pelo Dr. Rey e eu falei com o doutor para saber como você estava. Não sei se você está em condições de ler esta carta, mas, querido, mando todo o meu amor e minhas preces para que você se recupere logo desta crise.

Perguntei ao Dr. Rey se posso ir junto quando ele for visitá-lo. Ele acha que não é conveniente neste momento, mas prometeu que providenciará uma visita quando você estiver melhor. Por favor, lute, lute para ficar bom, e estarei aí assim que puder.

Eternamente, eternamente <u>sua</u>,

Rachel

Capítulo Vinte e Nove

Rumo a Saint-Rémy

Pinto como se estivesse possuído... E acho que isso vai ajudar a me curar.

(Vincent para Theo, Saint-Rémy, começo de setembro de 1889)

29 de agosto de 1889

Mlle. Rachel Courteau
a/c Mme. Virginie Chabaud
Rue du Bout d'Arles, nº 1
Arles-sur-Rhône

Ma petite Rachel,

Minha cabeça ainda está bem desorganizada e é difícil para mim escrever por muito tempo, mas tenho de dizer quanto estou agradecido por suas muitas cartas nas últimas semanas. A crise já diminuiu bastante, embora minha língua ainda esteja inchada e eu tenha sonhos perturbadores ocasionalmente. Eu teria preferido que não soubesse de meu ataque até que estivesse melhor, mas deveria saber que você, de um modo ou de outro, ficaria sabendo.

Os girassóis

O Dr. Peyron me proibiu de pintar, o que me causou tremenda angústia, mas Theo o convenceu a relaxar essa medida. Ontem eu comecei um estudo da vista da minha janela, e hoje, um autorretrato. Estou magro e pálido como um fantasma, mas causa um efeito interessante, azul-violeta escuro, a cabeça esbranquiçada com o cabelo amarelo.

O Dr. Rey é muito gentil em trazê-la para me visitar. Vê-la me faria imenso bem, e eu espero que essa viagem se realize em breve.

Eternamente seu, como você é eternamente minha,

Vincent

Depois de receber a carta rabiscada a lápis de Vincent, a primeira notícia em semanas, comecei a infernizar Félix para irmos a Saint-Rémy.

— Não até que Vincent esteja mais forte — ele insistia, perante meus beicinhos e carrancas. — Não queremos que ele tenha uma recaída em decorrência de muita excitação. — Mas, quando Vincent mandou outra carta alegando sentir-se recuperado e perguntando mais uma vez quando eu o visitaria, Félix não teve mais desculpas. Ou talvez ele tenha se cansado de discutir comigo.

Com delicadeza, ele sugeriu que eu usasse "algo adequado" — "adequado" significava recatado, modesto e até burguês. Ele se ofereceu para me comprar um vestido, mas essa era uma extravagância que eu não podia aceitar. Por sorte, Minette e Claudette tinham sido costureiras antes de virem para a casa de Madame Virginie e trabalharam para uma das mais finas modistas da cidade, Madame Chambourgon. Claudette fez uma busca minuciosa em seus modelos de vestidos até encontrarmos um de que gostássemos e Minette se ofereceu para ajudar a encontrar o tecido e os ornamentos. Escolhemos uma musselina cinza, muito séria,

SHERAMY BUNDRICK

em uma loja renomada, a Grand Magasin de Nouveautés Veuve Jacques Calment et Fils e, no mercado, Minette me impressionou com sua perspicácia para pechinchar quando fomos escolher a renda, as fitas e os botões. Ocupar-me do vestido fez o tempo passar depressa, pois cortamos, alfinetamos, ajustamos e finalizamos um vestido simples, mas alinhado, no estilo *demi-polonaise* com gola alta de renda, uma fileira de botões nas costas inteiras e anquinhas suficientes para andar fazendo meneios.

— Você parece uma princesa! — Claudette exclamou quando abotoava o vestido para minha ida a Saint-Rémy. — Mas precisa de um pouco de rouge.

— Imagine! Damas não usam rouge — Minette disse, estofando as anquinhas. — Ah, não! Esquecemos as luvas! E lá fomos as três vasculhar nossos quartos até que eu encontrei um velho par de luvas pretas no fundo do guarda-roupa. Um dos dedos estava esburacado e a cor delas não combinava, mas teriam que servir. O chapéu de cetim rosa e cinza emergiu de sua caixa para ser usado pela primeira vez, e não pude conter um sorriso ao ver minha imagem, enquanto Minette cobria minha cabeça com alfinetes de prender o chapéu.

— Ainda bem que o mistral não está soprando — ela disse —, ou este chapéu iria parar no alto da montanha. Imagine como Monsieur Vincent ficará surpreso em vê-la assim!

Surpreso, de fato — eu não tinha avisado que ia.

— E como Monsieur Félix ficará fascinado — disse Françoise da porta, de onde estava observando a azáfama. — Ele não vai querer dividir, vai?

— Minha linda, temos que correr, ou vai perder o trem! — Minette gritou quando olhou para o relógio no corredor. Ela e Claudette palravam instruções enquanto me passavam a bolsa e me empurravam para descer. — Preste atenção, não deixe a barra varrer o chão...

OS GIRASSÓIS

— Mas não a levante muito; damas não mostram os calcanhares...
— Mantenha a cabeça erguida para não entortar o chapéu...
— Não amasse as anquinhas...
E então, juntas:
— Divirta-se! *À bientôt!*
Uma dama de verdade pegaria uma carruagem até a estação ferroviária, mas a mim parecia um desperdício de dinheiro para uma caminhada curta. Além disso, eu queria atravessar o jardim da Place Lamartine com meu lindo vestido novo. As senhoras sentadas sob as árvores, cujos filhos brincavam sob o sol matinal, nada teriam a criticar hoje, e notei certa inveja ao olharem para meu chapéu. Alguns homens idosos que jogavam *boules* fizeram um cumprimento com seus chapéus, em um respeitoso coro; dizendo: "Bom dia, Madame".

Cheguei na plataforma da estação dois minutos adiantada, com o estômago alvoroçado ao pensar em voltar a Saint-Rémy e ver Vincent. Félix já esperava por mim, e não estava só. Sendo um homem esperto, ele tinha convidado o reverendo Salles para vir conosco. Como eu poderia passar algum tempo sozinha com Vincent agora? Forcei um sorriso ao cumprimentá-los.

— Bom dia, mademoiselle. A senhorita chegou precisamente na hora — Félix disse. — Já comprei seu bilhete. — O olhar dele aprovou meu vestido e brilhou ao ver meu chapéu, embora ele mal pudesse me cumprimentar na frente do reverendo Salles. O reverendo saudou-me como se não soubesse que eu era uma *fille de maison* disfarçada, embora nós dois soubéssemos que ele não era nada bobo.

Eu começara a me dirigir para os vagões da terceira classe quando Félix me pegou pelo cotovelo e me guiou para a primeira classe. Primeira classe! Eu tentei aparentar que andava de primeira classe todo dia, mas, em segredo, deleitei-me com os assentos luxuosos e os corredores largos quanto subimos a bordo. Félix e o reverendo abriram exemplares do *Le Forum Républicain* e começaram a ler enquanto o trem começava a andar, e eu observava o campo passando, tirando uma luva para acariciar o assento de veludo cor de amora. Era a época da colheita das uvas, quando milhares de trabalhadores desciam para os vinhedos da região de Arles e os campos lá fora fervilhavam de atividade.

Trocamos de trem em Tarascon para pegar a linha local para Saint-Rémy, e, quando nos aproximávamos da aldeia, a paisagem mudou. Arles se escarranchava pelo Ródano, entre planícies que precisaram de séculos de drenagem e abertura de canais, e o pântano do Camargue ficava bem perto, para o sudoeste. Mas Saint-Rémy ficava longe do Ródano e dos pântanos, encravada entre os Alpilles — *l'Aupiho*, em provençal —, picos escarpados, sem vegetação, enfileirados como um colar pela zona rural. Ao ver as montanhas, meu coração deu um pulo, como se eu estivesse revendo velhos amigos há muito distantes, e minha mente perdeu-se nos dias felizes de minha infância.

"Papai, conte-me como conheceu mamãe", gorjeava minha voz de sete anos de idade, sentada no colo de papai ao pé da lareira.

"Rachel, já ouviu essa história mais de mil vezes."

"Por favor?"

"*D'accord*", papai respondia, olhando para mamãe, que, sentada costurando, retribuía a ele o olhar com um sorriso. "Eu tinha vindo de Avignon para Saint-Rémy para ser professor da escola e houve uma grande *fête* para a Assunção de Nossa Senhora..."

"Como há todo ano!"

"Todas as moças casadoiras da cidade dançavam na praça na frente do Mairie. Sua mãe dançava a farândola ao som de gaitas e pandeiros e eu achei que ela era a menina mais bonita que eu já vira."

"Mamãe estava usando um vestido amarelo, não estava?"

Os girassóis

Papai olhou novamente para mamãe. "Sim, ela parecia um girassol dançando ao vento. Ela sorriu para mim e, naquele momento, eu soube que tinha de desposá-la." Eu dei risada, como sempre fazia.

"Eu tenho os olhos de mamãe, não é, papai?"

Papai segurou meu queixo e fingiu analisá-los. "Sim, *ma pichoto* Rachel, e algum dia um jovem se apaixonará por você como eu me apaixonei por sua mãe."

Eu ri novamente e sussurrei no ouvido dele: "Ela ainda o enfeitiça, papai?"

"Todos os dias de minha vida, pequena. Todos os dias de minha vida."

Ele se trancou em um mundo de livros e papéis depois que ela morreu, escrevendo seu próprio livro sobre Saint-Rémy, que nunca terminaria. Recordei-me de um outro dia e uma outra voz daqueles últimos anos. "Rachel não é mais uma menina, papai." Minha irmã Pauline, seis anos mais velha, e já casada. Eu a ouvi falando através da porta entreaberta do gabinete de papai. "Não pode deixá-la solta por aí, as pessoas vão comentar. Já estão comentando."

Meu pai suspirou. "Ela tem o espírito de sua mãe, Pauline."

"Mimá-la não trará mamãe de volta", Pauline disse agressivamente, como se ela fosse o pai e papai fosse a criança. "Ela tem quatorze anos! É uma jovem mulher, e deve se portar como tal. Vadiar pelos olivais com os meninos como uma perdida... Madame Vallès a viu!"

"Tenho certeza que foi perfeitamente inocente. Está cometendo uma injustiça com sua irmã."

"Quem se casará com uma jovem malfalada que se comporta como uma cigana?"

"Já basta!", papai retrucou. "Vou conversar com Rachel. Não a incomode com seus mexericos."

310

SHERAMY BUNDRICK

"Não são mexericos, papai", Pauline insistiu. "Estou tentando fazer o que é melhor para a família, para que a desgraça não caia sobre nós."

"Chega!" Papai raramente levantava a voz, e eu tomei um susto. "Deve se preocupar com seu marido e seu bebê e deixar que eu me preocupe com Rachel."

"Não diga que eu não o avisei. Ela trará a vergonha a todos nós se o senhor não lhe puser rédeas." Os passos pesados de Pauline se dirigiram para a porta e eu fugi depressa para não verem que eu estava escutando.

Félix me trouxe de volta ao presente.

— Mademoiselle Courteau, chegamos. — Eu não tinha notado que o trem parara e pedi desculpas enquanto pegava minha bolsinha para acompanhá-los.

Pisar na plataforma e ver a estação inundou minha mente de lembranças. Quando a estação foi construída e o primeiro trem chegou de Tarascon, a cidade inteira deu vivas ao ver os passageiros saindo dos vagões. Papai me colocou nos ombros para eu poder ver melhor e me comprou um sorvete de morango antes de voltarmos para casa. Anos mais tarde, eu veria meu último dia ali, quando ficara de pé com minha mala nas mãos, jurando nunca mais voltar.

Um servente do asilo veio nos receber, saudando Félix e o reverendo Salles com intimidade respeitosa.

— O hospital fica além da cidade, do outro lado, onde é mais tranquilo — o reverendo disse, quando chegamos à carruagem que nos aguardava. — Era um mosteiro antes da Revolução, chamado Saint-Paul-de-Mausole por causa de uma ruína romana que fica ali perto. Tornou-se um asilo no começo deste século, e hoje o Dr. Théophile Peyron é o diretor. As Irmãs da Ordem de São José de Viviers atuam como enfermeiras, cuidando especialmente de pacientes do sexo feminino, e existem

OS GIRASSÓIS

também serventes homens. Um padre católico é o capelão, Père Eugène de Tamisier, e eu ajudo ocasionalmente a atender os pacientes protestantes.

— Há mulheres no hospital? — perguntei.

— O hospital pode acomodar cinquenta homens e cinquenta mulheres, embora neste momento haja quartos vazios. Pacientes do sexo feminino e do masculino vivem separados, e não é permitido que se vejam.

O reverendo Salles mostrou lugares de interesse e me contou coisas que eu já sabia sobre a história de Saint-Rémy enquanto tomávamos a perimetral que saía da estação e contornava o *centre de ville*. Sua voz plácida encobria o ruído dos cascos dos cavalos e, para ser educada, eu fazia uma pergunta ou outra de vez em quando, fingindo prestar atenção. Passamos pela igreja de Saint-Martin, que não era a igreja de minha família, mas aonde íamos de vez em quando ouvir concertos de órgão. Mais adiante, na rua, ficava a Mairie, a prefeitura, e a praça onde papai se apaixonou por mamãe enquanto ela dançava a farândola. Virando à esquerda e seguindo uma outra rua, via-se a escola onde papai lecionou por tantos anos.

Entretanto, nossa casa não ficava no *centre de ville*. Mamãe não conseguia se afastar dos campos e das montanhas, então papai comprou uma pequena casa de fazenda ao norte da aldeia, perto de um prado repleto de girassóis e papoulas vermelhas. Eu ainda podia ver mamãe de joelhos no jardim, enfiando as mãos na terra e elogiando as ervas e os legumes para que eles crescessem. Papai me ensinou sobre os romanos, matemática e outras coisas que se aprende na escola, mas mamãe me ensinou a cozinhar, a costurar e a conhecer os ventos. Todos conhecem o mistral, mas existem outros ventos também: o vento leste, chamado Levante, o oeste, Traverso, o sul, Marin, que trazia a

SHERAMY BUNDRICK

chuva, e muitos outros — o Biso, o Majo Fango, o Montagnero...
Mamãe me ensinou sobre todos.

A carruagem passou sob os plátanos que sombreavam a
perimetral e depois rumou para o sul, na direção de Saint-
-Paul-de-Mausole. Bosques de oliveiras nodosas se alinhavam
ao longo da estrada, com ocasionais fileiras de ciprestes para
proteger as plantações contra o mistral. Os Alpilles se apro-
ximavam e a estrada tornou-se uma subida íngreme, com o
formidável Mont Gaussier à nossa frente e, à nossa esquerda,
os picos gêmeos conhecidos como Les Deux Trous. Eram de
calcário cinza, moldados pelos ventos do tempo, com árvores
cobrindo suas encostas mais baixas — mas nunca eram realmente cinza, pois as montanhas roubavam as cores eternamente
mutantes das nuvens e do céu. Hoje, elas estavam tingidas de
lilás com púrpura profundo nas fendas. Eu já podia sentir o
aroma de tomilho selvagem.

O reverendo Salles ainda falava.

— Estamos quase chegando ao hospital, mademoiselle. Observe, à esquerda, as ruínas romanas conhecidas como Les Antiques, o
orgulho de Saint-Rémy, um mausoléu com frisos esculpidos e um
arco triunfal. Não tão completo como o arco de Orange, mas um
soberbo exemplo da arquitetura gálico-romana.

Eu já tinha visto as ruínas Les Antiques mais vezes do que era
possível contar, então olhei-as rapidamente e pensei nelas com
a mesma pressa. Eu não conseguia parar de me mexer de modo
nervoso quando começamos a nos aproximar dos muros do hospital, arrumando o meu chapéu, embora ele estivesse arrumado,
e alisando o meu vestido, mesmo que não houvesse uma só ruga.
Félix me observava, disfarçadamente, de vez em quando. Ele mal
abrira a boca desde que descemos do trem, e provavelmente estava
arrependido de ter me trazido.

Os girassóis

O servente pulou da carruagem para empurrar os portões de madeira que marcavam a entrada do hospital, e continuamos por uma alameda. Eu vivera tantos anos em Saint-Rémy e nunca havia tido motivo para entrar naquele lugar; somente ouvira histórias e rumores. Passamos por uma capela ("século XII, a mesma era de Saint-Trophime, parte do mosteiro original", entoou o reverendo) e continuamos até uma série de prédios mais novos que formavam o centro do hospital e incluía um grande jardim.

Um homem mais velho com grossos óculos pretos aguardava-nos na escada da frente, com outro homem mais velho que usava um casaco com listras azuis. Félix me apresentou ao Dr. Peyron como sendo a vizinha de Vincent em Arles, e o Dr. Peyron me observou por cima de seus óculos como se medisse minha respeitabilidade. O homem do casaco listrado me foi apresentado como sendo Charles Trabuc, o chefe dos serventes do hospital.

— Onde está nosso paciente? — perguntou o reverendo Salles. — Suponho que ele não tenha concordado em sair para o jardim hoje.

Dr. Peyron balançou a cabeça.

— Ele ainda se recusa. Está em seu quarto, escrevendo cartas.

As boas maneiras exigiam que eu ficasse calada, mas não consegui me conter.

— *Excusez-moi*, doutor, mas como assim, ele se recusa?

O Dr. Peyron me mediu mais uma vez por sobre os óculos.

— Ele não sai há quase dois meses, mademoiselle. Desde antes da crise.

Acompanhei os homens e subimos a escada, adentrando o saguão do prédio.

— Esta é a ala masculina — disse Dr. Peyron, e acrescentou: — Vamos tomar chá em minha sala e em seguida Monsieur Trabuc os levará para visitar Vincent.

SHERAMY BUNDRICK

— Perdoe-me, doutor, mas talvez Dr. Rey e o reverendo tenham coisas que desejem discutir com o senhor em particular? — disse Monsieur Trabuc. — Eu poderia levar mademoiselle para ver Monsieur Vincent agora, se preferirem.

Nós quatro — Félix, o reverendo, Dr. Peyron e eu — olhamos para ele com diferentes graus de surpresa. Félix e o reverendo pareceram desconfiados; Dr. Peyron pareceu confuso, e eu devo ter parecido suspeita. Dr. Peyron olhou para Félix e o reverendo Salles e, como não houve objeção, ele disse:

— Parece-me uma boa ideia. A menos, mademoiselle, que deseje tomar chá.

Balancei a cabeça em negativa e sorri.

— Os senhores poderão conversar com mais liberdade se eu não estiver presente. — Félix franziu as sobrancelhas, fazendo para mim uma cara de desaprovação.

— Por aqui, mademoiselle — disse Monsieur Trabuc, conduzindo-me pela direita até um longo corredor, enquanto os outros viraram à esquerda. Olhando para trás, olhando para a frente, eu só conseguia ver corredores com câmaras baixas e barras nas janelas. Tudo era cinza: as paredes, o teto, o piso; tudo era feito de frias pedras cinza. Nossos passos ecoavam pelo prédio, evocando quais espíritos passados eu não sabia, e um cheiro rançoso envolveu minhas narinas.

— Que bom ter vindo, Mademoiselle — disse Monsieur Trabuc enquanto caminhávamos. — Monsieur Vincent fala da senhorita quase sempre e ficará feliz em vê-la.

— Sabe quem eu sou?

— Sim, mademoiselle. Quando ele estava doente, pedia-me para ler suas cartas em voz alta.

Eu enrubesci e olhei para ele, horrorizada, imaginando se, por dentro, ele ria da idiota *fille de maison* apaixonada por um dos

Os girassóis

pacientes. Mas ele tinha olhos gentis — plácidos, escuros, que devem levar conforto aos muitos que sofrem —, e eu, instintivamente, senti que podia confiar nele. Fiquei me perguntando se teria sido ele a salvar Vincent quando ele havia comido suas tintas. Devia ter sido ele.

Tínhamos subido uma escada que dava voltas e seguíamos por outro corredor quando um gemido muito alto me assustou.

— É só um paciente — Monsieur Trabuc disse. — Alguns ficam agitados muito facilmente e gritam sem nenhum motivo. Monsieur Vincent não suporta o barulho, então Dr. Peyron o colocou em um quarto distante dos outros.

Os gemidos foram enfraquecendo conforme nos aproximávamos de uma robusta porta de madeira no fim do corredor. Monsieur Trabuc deu uma olhadela através de uma pequena janela que havia na porta e em seguida bateu, respeitosamente dizendo:

— Monsieur Vincent? Posso entrar?

A voz familiar respondeu e meu coração se agitou em meu peito. Monsieur Trabuc introduziu-me na sala com uma surpreendente centelha nos olhos antes de fechar a porta, indo esperar no corredor. Vincent estava escrevendo, apoiado em uma raquítica escrivaninha de madeira no canto, com as costas voltadas para mim.

— *Bonjour*, Vincent — eu disse baixinho.

Ele quase derrubou a cadeira quando pulou e me tomou em seus braços.

— Eu achei que estivesse tendo alucinações novamente! — ele murmurou em meu ouvido. — Achei que não fosse real!

— Sou o mais real possível. Dr. Rey e o reverendo Salles me trouxeram para uma visita e vou ficar a tarde inteira. — Afastei-me para olhar o rosto dele. — Como você está, *mon cher*? Eu estava tão ansiosa para vê-lo... tão preocupada...

SHERAMY BUNDRICK

— Estou melhor, muito melhor agora que você está aqui! Venha, deixe-me olhar para você! — Ele puxou-me para que eu me sentasse ao lado dele na cama e fez uma cara estranha. — Mas que diabos é isso que está usando? Não parece você mesma. Parece uma *petite bourgeoise* com essa coisa na cabeça.

Minhas bochechas devem ter ficado tão acesas quanto o rosa de meu toucado.

— Eu tinha que parecer uma dama, ou não me deixariam vir.

— Humm. Não gosto muito de damas. Damas não me deixam fazer isso... — Ele me puxou para si novamente e tentou fuçar no meu pescoço através da gola de renda.

— Não, não podemos. Monsieur Trabuc está esperando lá fora. Além disso, vai me desarrumar. — Afastei-o com alguns tapinhas e levei as mãos à cabeça para tirar os alfinetes do chapéu.

— Nunca se importou que eu a desarrumasse. — Ele correu os dedos ao longo das minhas costas e eu estremeci. — De quantos botões precisa um vestido?

— O suficiente para fazê-lo comportar-se, parece-me.

— Minhas desculpas, mademoiselle. — Os olhos dele brilhavam. — Posso ter sua permissão para beijá-la se prometer não desarrumá-la?

Juntei meus lábios de modo empertigado, mas não havia nada empertigado no beijo dele. Nem no meu, depois que começamos.

— Ai, meu chapéu — eu disse quando ele caiu de minha cabeça e rolou no chão. Levantei-me para limpá-lo e o coloquei sobre a cadeira ao lado da escrivaninha. — Então, este é o seu quarto?

Exceto pelo piso de ladrilhos vermelhos e pelas cortinas verdes já desbotadas, era tão cinza quando o resto do hospital. A cama de ferro era estreita; o travesseiro, fino; o colchão, encaroçado. Havia uma poltrona forrada com tapeçaria perto da janela, gasta e já sem cor, com as pernas escarranchadas, talvez remanescente

317

Os girassóis

de algum antigo paciente cuja família deixara trazer suas peças favoritas da mobília de casa. Espremido ao lado da porta, um pequeno lavatório com alguns ganchos para pendurar roupas. Quando fui até a janela e abri as cortinas, assustei-me ao ver barras de ferro. Vincent juntou-se a mim e disse:

— Pelo menos eu tenho uma linda vista.

Lá embaixo havia um campo de trigo, recém-arado e esperando as sementes, encerrado por muros cinza. Além dos muros, uma pequena fazenda com uma *mas* de campo, onde uma mulher estendia a roupa para secar. Para além da fazenda, grupos de árvores salpicavam os contrafortes dos Alpilles, ondulando contra o céu. E, mais ao longe — centenas de quilômetros além —, os próprios Alpes se elevavam no horizonte, montanhas como eu nunca vira a uma distância que eu nunca percorrera. Uma linda infinidade de árvores e terra e montanhas e céu, mas tudo isso por trás de muros de pedra e barras de ferro.

— Eu vejo o nascer do sol todas as manhãs — Vincent disse —, e eu os vi arando bem ali naquele campo, depois da minha crise. Logo eles virão para a colheita.

— O Dr. Peyron falou que você não quer sair — eu disse, com os olhos nas montanhas distantes.

Ao meu lado, ele endureceu.

— É por isso que eles a trouxeram? Para me convencer a sair?

— É claro que não; foi ideia minha vir. Mas por que prefere ficar nesse pequeno aposento por trás de barras de ferro se você gosta de pintar ao ar livre?

Ele deu de ombros.

— Não sei. Suponho que ficar lá fora me faz sentir solidão.

— E se eu fosse com você hoje, só até o jardim? — Ele deu de ombros novamente e não respondeu. — Não pode deixar que o medo o impeça de fazer o que quer. Não foi isso o que você me disse um dia?

— Vamos ver, *ma petite*, vamos ver. Mas primeiro quero que veja meus quadros.

Percorremos mais corredores, passamos por mais janelas com barras de ferro, com Monsieur Trabuc à nossa frente, rumo à sala que Vincent usava como ateliê. O barulho dos pacientes aumentou e Vincent tomou a minha mão. Um homem usando cartola e capa de seda sobre seu pijama, levando uma bengala com o punho coberto de marfim, surgiu de um dos quartos e curvou-se, dizendo em um francês elegante: "Madame, Messieurs, desejo-lhes um ótimo dia". Monsieur Trabuc e Vincent curvaram-se para cumprimentá-lo, como se estivessem acostumados àquilo, e eu segui o exemplo deles, com uma mesura.

— Ele foi um banqueiro muito rico — Vincent sussurrou depois que o homem passou por nós. — E acha que ainda é.

Durante o caminho, Vincent me contou sobre a vida no asilo. Mesmo nos piores casos, ele disse, não havia, de fato, um tratamento, exceto pelos banhos de duas horas dados duas vezes por semana para acalmar os nervos dos pacientes. Vincent também tinha de trajar o longo roupão branco e se sentar em uma banheira de porcelana, esperando pacientemente até que o mandassem sair. Os pacientes violentos podiam ser mantidos na banheira o dia inteiro, com pranchas de madeira presas nas bordas para que somente as cabeças e pés ficassem de fora, com seus gritos de protesto ecoando pelas paredes de pedra. Monsieur Trabuc salientou que as condições em Saint-Paul-de-Mausole eram muito melhores que nos hospitais do passado, e o tratamento muito mais humano, mas Vincent revirou os olhos, vindo atrás de Monsieur Trabuc, e declarou:

— Não importa. — Quando perguntei o que os pacientes faziam o resto do tempo, Vincent deu de ombros e disse: — Eu tenho meus livros e minha pintura, mas a maioria fica sentada sem fazer nada.

Os girassóis

— Eles recebem visitas? — perguntei.

— Às vezes, mas acho que grande parte foi esquecida pela família. Baixei a voz.

— Eles o assustam?

— Os perigosos estão em outra ala, então não os vejo. Quando eu cheguei, sim, ficava assustado com os gemidos e os ataques que eles tinham, mas desde então tenho percebido que há uma estranha amizade entre os pacientes. Eles não me assustam mais. Ah, chegamos.

Tínhamos descido as escadas até o andar térreo da ala por onde eu entrara. Monsieur Trabuc destrancou uma porta de madeira e nos conduziu para dentro, mais uma vez indo esperar discretamente no corredor.

Aqui, a janela com barras de ferro dava para o jardim da frente, e a generosa luz da tarde realçava as cores dos quadros de Vincent, espalhados por toda a sala. Inalei o cheiro familiar de tinta e fumaça de cachimbo, contente por livrar meus pulmões do ranço sentido nos corredores, e festejei o sentimento de estar perto dos quadros dele novamente. O ateliê improvisado estava tão desorganizado quanto o da casa amarela, com tubos e vidros de tinta jogados por todo canto, do peitoril da janela até o piso. O outro quarto, onde ele dormia, — aquele tedioso e cinza — era o quarto de um estranho. Este quarto era o próprio Vincent.

Ele começou a vasculhar as telas apoiadas nas paredes.

— Mandei um carregamento para Theo há alguns dias, então nem tudo está aqui. Eu já lhe disse que dois de meus quadros estarão na quinta exibição dos Indépendants em Paris? Um quadro de íris que pintei no jardim daqui quando tinha acabado de chegar e o que fiz à margem do rio, em Arles. Theo me disse que as íris não estão em um lugar de muito destaque, mas que o quadro noturno está bem posicionado.

Eu imaginei bandos de parisienses parados diante de nossa noite estrelada, comentando baixinho, admirando as cores.

— Estou tão orgulhosa de você! — eu disse, e sabia que meus olhos brilhavam como as luzes das pinturas dele. — E aquela exibição em Bruxelas sobre a qual me escreveu? Alguma novidade?

— Os convites só são realizados em novembro, mas Theo me disse que outro Vingtistes esteve em Paris recentemente e viu meu trabalho. Theo disse que ele se interessou.

— Como ele poderia não se interessar? — Beijei Vincent no nariz e ele enrubesceu. — Eu não lhe disse que tudo daria certo algum dia?... E já está dando!

— Não vamos nos apressar. Eu sei que não devo ter muitas expectativas. — Ele virou-se para seus quadros. — Tenho tido tanta vontade de fazer retratos ultimamente, mas é quase impossível encontrar bons modelos aqui. Tenho este aqui... — Ele me mostrou um retrato de Monsieur Trabuc, com boa semelhança e que captava a força oculta daquele homem. A voz de Vincent encheu-se de respeito enquanto ele descrevia a carreira do servente antes de vir para Saint-Rémy, seu trabalho em um hospital de Marselha durante a epidemia de cólera, como ele ajudou Vincent durante sua crise. A palavra "cólera" me arrepiou — meu pai morreu dessa doença —, mas o retrato me confortava, sabendo que aquele homem bom estava cuidando de Vincent.

O costumeiro falatório de Vincent ia crescendo a cada tela que ele mostrava, discursando sobre ciprestes e campos de trigo, sobre a disseminada hera rasteira e as oliveiras e suas folhas prateadas.

— Eu queria poder ir lá à noite — ele suspirou, mostrando-me uma cena de uma aldeia calma sob um grupo de estrelas reluzentes, um cipreste flamejante tentando alcançar o céu. — Fiz este a partir da minha imaginação, em junho. — Ele encolheu os ombros diante de minha exclamação de deleite e colocou-o de

Os girassóis

lado. — Theo gosta mais quando eu retrato a natureza. Agora, este você vai reconhecer.

— Você pintou novamente seu dormitório em Arles? Por quê?

— Theo me mandou de volta o original para que eu pudesse copiá-lo antes que ele mandasse realinhá-lo. Olhe os quadros na parede.

Havia quatro quadros pendurados na parede acima da cama dele com a nova pintura: dois em cima e dois mais abaixo. Um autorretrato dele à esquerda, e, à direita, uma jovem morena em um vestido cor-de-rosa, olhando recatadamente para baixo, com o cabelo preso em um coque — eu, como ele tinha me desenhado no Alyscamps.

— Você nunca está distante de mim, Rachel — ele disse.

Desatei a chorar e ele largou o quadro para me abraçar.

— Fiquei tão assustada quando soube que você estava doente — eu disse, soluçando. — Eu achava que não aconteceria novamente.

— Eu também. Eu também.

— Por que aconteceu de novo? Por quê?

— Eu não sei. O Dr. Peyron acha que é epilepsia.

— Epilepsia! — Uma palavra terrível, assustadora. — Isso significa que...

— Que eu posso ter ataques a vida inteira. Eu sei.

Apertei-o ainda mais, como se quisesse impedir que a doença o roubasse de mim.

— Terá que ficar aqui a vida toda?

— Não posso, ou certamente ficarei louco. Passarei o inverno aqui e depois terei que decidir. Tente não se preocupar, *chérie*. Dr. Peyron pode estar enganado.

Ele olhou em volta, procurando um trapo limpo, mas eu havia trazido um lenço em minha bolsinha.

— Não acha que está trabalhando demais, acha? — eu perguntei.

Sheramy Bundrick

Ele franziu a testa daquele jeito costumeiro.

— Trabalhar é a única coisa que me faz realmente bem. É a única coisa que me distrai das ideias estranhas que enchem a minha cabeça.

— Mas...

— Pare. — Ele me beijou, não o beijo apaixonado de antes, mas um beijo suave de consolação. Ele beijou minha boca, as duas faces, meu nariz, minhas pálpebras fechadas...

— Aí estão. Procurei por toda parte.

Nenhum de nós ouvira Félix abrir a porta.

— Eu queria mostrar meus quadros para Rachel — Vincent disse friamente, enquanto eu me afastava e enxugava as lágrimas.

— É isso o que estavam fazendo? — Félix perguntou, igualmente frio. Lancei-lhe um olhar de aviso.

— Se não quisesse que eu ficasse com ela, não deveria tê-la trazido — Vincent retrucou. — Estávamos indo caminhar no jardim. Sozinhos.

Vincent me pegou pelo braço e saímos, passando pela frente de Félix e parando no corredor, onde Monsieur Trabuc observava e aguardava.

— Tem permissão para ir sem Monsieur Trabuc? — Félix perguntou, para a irritação de Vincent e a indiferença de Monsieur Trabuc. — Rachel, esqueceu seu chapéu no quarto de Vincent — ele acrescentou. Voltei atrás para pegá-lo das mãos dele, recusando-me a olhá-lo nos olhos.

Vincent não teceu comentários quando o alcancei e continuamos a andar pelo corredor.

— Não precisamos fazer isso — eu disse. — Podemos voltar para o seu quarto ou...

— Eu quero fazer isso — ele disse, concisamente. — Para viver no mundo, para conquistar minha vida de volta, tenho que fazer isso.

323

Os girassóis

Mas seus passos foram ficando mais vagarosos quando chegamos ao saguão, parando diante das portas que davam para fora. Com um suspiro determinado, ele abriu uma delas, estendendo o outro braço para trás, à minha procura, e caminhamos para a luz do sol.

— Quero lhe mostrar uma coisa — ele disse, conduzindo-me para um pinheiro alto, e a voz dele ficou mais suave. — Durante minha crise, houve uma tempestade terrível, com muitos relâmpagos, muitos trovões. Eu só soube que esta árvore tinha sido atingida por um raio quando me senti bem o bastante para voltar ao ateliê e olhar pela janela. Eles tiveram que cortar o tronco, deixando esta ferida aberta. — Ele tocou a casca da árvore. — Mas olhe! Este pequenino galho está se enroscando para cima, ainda está vivo. O gigante foi derrotado, ele está sombrio, mas ainda orgulhoso. Ele continua aqui.

— Ele continua aqui — eu repeti, com um nó na garganta.

Além do pinheiro e de uma fileira de roseiras, um caminho levava para o meio do jardim, passando por uma fonte de pedra que hoje estava silenciosa, com a água suja cheia de folhas e das agulhas dos pinheiros. Como esse jardim era diferente dos agradáveis canteiros de flores do hospital de Arles... — a grama estava muito alta, a hera subia pelas árvores, ervas daninhas brigavam com as flores silvestres, disputando território e atenção.

— Até onde você quer ir? — perguntei, depois de passarmos por um socalco e chegarmos a outro. — Está se sentindo bem?

Vincent olhou para meu vestido e sorriu.

— Até onde *você* quer ir? Não devemos amarrotar seu vestido.

— Irei aonde você for.

Seguimos o caminho sinuoso até um canto do jardim, onde havia um banco de pedra entre os pinheiros — o mesmo que ele me descrevera —, e quase não se via o prédio do hospital. Subitamente, senti vontade de vestir minhas próprias roupas, e não

SHERAMY BUNDRICK

aquele vestido ridículo com corpete apertado e gola sufocante. Eu queria jogar o cetim por cima do muro e, com ele, todos os grampos de cabelo e os sapatos que me incomodavam e pisar sobre a terra com os pés descalços.

— Eu tinha esquecido como era bonito aqui — Vincent disse, ao sentarmos. — Terei que escrever para Theo pedindo mais tinta vermelha e amarela antes que venha o outono.

Ele colocou o braço em torno de mim e eu me aninhei junto ao seu corpo, sentindo-me como se nunca tivesse saído dali. Os galhos dos pinheiros se arqueavam sobre nossas cabeças como os arcos de uma igreja, e eu fechei os olhos para escutar melhor um insistente casal de pássaros gorjeando um para o outro pelo ar. Um dia, monges em seus trajes solenes haviam caminhado sob aquelas árvores, rezando o terço e sussurrando suas preces. Clamando por perdão.

— Vincent, preciso lhe contar uma coisa.

Ele não disse nada e eu pensei que não tivesse ouvido. Então, muito suavemente, ele disse:

— Não há nada que precise me contar.

— Sim, há. Eu...

— Não há nada que precise me contar — ele repetiu, com a voz suave e ao mesmo tempo triste.

Ele já sabia.

Eu queria perguntar como ele adivinhara, há quanto tempo sabia. Eu queria me defender, dizendo que Félix não significava nada para mim e que seus presentes bobos eram somente isso, presentes bobos. Ele nunca me afastará de você, eu queria dizer. Em vez disso, passei meus braços em volta de seu pescoço, inspirei seu cheiro de cachimbo e terebintina e disse:

— Eu amo você, Vincent. Só você.

Ele beijou minha testa.

Os girassóis

— Desculpe-me por deixá-la sozinha, desculpe-me por não ter cuidado de você como merecia. Um dia eu lhe mostrarei quanto a amo. Porque eu a amo, com toda a força de meu ser. E cuidarei de você. Prometo.

— Vincent sabe sobre Félix — eu disse a Françoise quando voltei para a casa de Madame Virginie.

Os dedos dela pararam nos botões do meu vestido.

— Tem certeza? — ela perguntou, e depois que eu contei o que ele disse: — Bem, ele não pediu que parasse de ver Félix, não é?

— Ele não gosta. Eu sinto.

— Mas que diabos ele espera de você? Que passe fome esperando por ele? — Ela puxou com força os botões mais teimosos.

— Ah, eu tenho certeza que ele não gosta, mas, até que cuide de você como merece, precisa pensar no seu futuro. Félix lhe paga bem, traz presentes a você, e, caso não tenha percebido, ele olha para você de modo extasiado.

— Está dizendo que Félix me pedirá em casamento um dia? Você sabe que não.

— Naturalmente, eu sei que não — ela retrucou, livrando-me do vestido, que joguei no chão. — Mas ele poderia lhe arranjar uma casa e dar-lhe uma vida confortável. Tirá-la daqui, como você sempre disse querer.

— Até ele se cansar de mim e me abandonar. Não é uma vida confortável. — Fui até o lavatório passar uma esponja no pescoço e nos braços, grudentos por ficarem o dia inteiro sob a musselina. — Vincent me ama.

— De trás dos muros de um asilo! Pode ser que ele não saia mais de lá, Rachel. O amor pode deixar você sozinha ou com muita fome — Françoise zombou, sacudindo o vestido para pendurá-lo. — Eu lhe disse desde o começo.

326

Franzi a cara para ela no espelho.

— Você nunca gostou de Vincent, não é?

— Não é questão de gostar dele. A questão é que me importo com você, e quero vê-la feliz. Você não é feliz. Vejo em seus olhos, você não é a mulher que costumava ser. — Antes que eu retrucasse, ela suspirou e disse: — Não quero brigar com você. Estou dizendo que deve usar a cabeça. Deitar-se com Monsieur Félix não é pior do que deitar com qualquer outro *mec*, e só uma idiota o rejeitaria.

Minette apareceu à porta.

— Rachel, chegou isto para você.

Abri a caixa que ela me deu — finos chocolates suíços — e um bilhete, escrito pela mão educada de Félix.

Cara Rachel,

Não tive oportunidade de lhe falar no trem, com o reverendo Salles fazendo-nos companhia, mas peço desculpas pelo modo como agi hoje. Foi errado de minha parte ser tão presunçoso e rude. Espero que possa me perdoar. Posso vê-la amanhã à noite?

Lembranças,

Félix

Entreguei o bilhete para Françoise e ela deu de ombros, indiferente.

— Faça o que quiser. Eu já lhe disse o que penso.

Caro Félix,

Aceito suas desculpas. Sim, pode vir me visitar amanhã à noite. Estarei esperando.

Rachel

Capítulo Trinta

Convites

2 de novembro de 1889

Mlle. Rachel Courteau
a/c de Mme. Virginie Chabaud
Rue du Bout d'Arles, nº 1
Arles-sur-Rhône

Ma petite Rachel,

O tempo tem mudado, os dias se tornam mais lúgubres e a chuva, mais frequente. Theo se ofereceu para pagar mais ao Dr. Peyron para que eu pudesse ter lenha para a estufa em meu ateliê, caso contrário, meus dedos ficariam tão gelados que seria difícil pintar.

Por causa do mau tempo, tenho trabalhado nos estudos das cores de Millet, baseado em um fardo de gravuras que Theo me enviou. Isso me ensina e me consola, pois anseio pintar figuras. Uma que fiz, você gostaria muito: um camponês e uma camponesa sentados juntos diante de uma fogueira sob a luz do lampião, um esquema de violetas e liláses delicados. De costas para nós, o homem está muito ocupado tecendo uma cesta, e sua mulher costura com prazer enquanto o filhinho deles dorme no berço, logo atrás. Fiquei emocionado ao pintá-lo. Gostaria de poder lhe mostrar, mas ele tem

Os girassóis

de embarcar no próximo lote para Theo. Johanna gostará dele, pois Theo escreveu recentemente contando que ela começa a sentir a criança dentro dela. Theo deve estar profundamente emocionado, e fico muito contente que as coisas tenham mudado tanto para ele.

O *Angelus* de Millet foi vendido por meio milhão de francos em Paris em julho último. Meio milhão de francos pelo trabalho de um pintor morto, e quando ele ainda vivia não recebeu nada parecido. É extraordinário.

Ainda sem novidades dos Vingtistes de Bruxelas. Para mim é completamente indiferente se serei lembrado, mas Theo ainda tem esperanças. Um crítico holandês chamado Isaäcson escreveu uma pequena nota sobre mim no jornal *De Portefeuille*, e eu lhe mando uma tradução. Não há necessidade de dizer que eu acho o que ele disse extremamente exagerado.

(em seguida, em uma letra diferente, como se ele tivesse deixado a carta de lado e depois voltado a ela...)

Minha querida, tenho notícias esplêndidas: o Dr. Peyron me deu alta para retornar a Arles sozinho e posso voltar no dia seguinte. Monsieur Trabuc deve ter dado sua opinião sobre meu presente estado de saúde; caso contrário, eu não poderia explicar por que meu pedido foi concedido tão facilmente. Preciso esperar que Theo mande dinheiro para a viagem, mas planejo chegar no trem da manhã de Tarascon, dia 14 de novembro. Estou contando os dias.

Com um beijo no pensamento
Vincent

Já decorrera quase um ano desde que sentamos no terraço daquele mesmo café na Place du Forum? Vincent havia chegado

SHERAMY BUNDRICK

naquela manhã no trem de Saint-Rémy via Tarascon e eu o encontrara na estação, usando vestido e barrete arlesianos emprestados por Françoise. Vincent achou que eu tivesse arrumado um quarto no Café de la Gare, mas eu o surpreendi ao levá-lo pelas sinuosas ruas medievais até uma estalagem do outro lado da cidade. Eu não queria arriscar ver ninguém na Place Lamartine que nos trouxesse lembranças ruins e estragasse nosso dia.

Ele ficou ainda mais surpreso com a saudação efusiva da solteirona de óculos que ficava na recepção — *"Bonjour*, Madame Courteau, vejo que o trem de Monsieur Courteau chegou no horário" —, mas não disse nada. Ela se ofereceu para nos trazer chá e eu contive um riso, dizendo: "Não, obrigada" — e puxei o braço de Vincent para que subisse as escadas. Logo em seguida, nós dois brigávamos com os grampos que seguravam meu cabelo e com o xale de renda *fichu*.

Acordei de um cochilo com o cheiro do cachimbo de Vincent enchendo o quarto.

— Não devia fumar na cama — eu disse, com um bocejo e espreguiçando. — É um bom modo de começar um incêndio.

— As melhores ideias surgem quando se está fumando cachimbo na cama. — Ele me tocou no queixo. — Você sorria enquanto dormia.

O olhar dele me inflamava.

— Como posso evitar? Não quero que vá embora.

— Temos a noite de hoje e todo o dia de amanhã. Agora, onde vamos comer? Você deve estar faminta. Eu, pelo menos, estou. Que tal o café da Place du Forum?

— Não sei... — eu comecei, e me detive.

— Estar com outras pessoas não me incomodaria. Esse assunto está encerrado. Estou tão cansado de lentilhas e grão-de-bico... Acho que gostaria de comer *bouillabaisse*.

Os girassóis

Vincent, felizmente, não tinha entendido. Eu não estava falando do problema dele, eu pensara em Félix. A caminho da estalagem, eu tinha evitado passar na frente do Hôtel-Dieu e dera uma grande volta por essa mesma razão. Eu não sabia onde a família de Félix morava, mas seria muito desagradável se morassem perto da Place du Forum.

Mas ali estávamos, e nem sinal de Félix. Vincent tinha percebido como eu analisara o ambiente quando nos aproximamos do toldo amarelo e murmurou:

— Eu ficarei bem, de verdade. — A culpa me consumiu até eu conseguir afastá-la.

O café estava tão animado e agradável quanto da última vez, com garçons passando apressadamente, clientes conversando mais alto que o tinir dos pratos e o tilintar dos copos. Ninguém nos olhou mais demoradamente, ninguém pareceu reconhecer a mim nem a Vincent.

— É estranho estar aqui e saber que os Roulin se foram — Vincent dizia, enquanto atacava sua *bouillabaisse*. — Você viu Madame Roulin antes de eles partirem?

— Sim, combinamos de nos encontrar no jardim da Place Lamartine. Você precisava ver como Marcelle cresceu. Ela já fala tantas palavras... — Eu me detive novamente. Não queria dizer a ele que Marcelle tinha vindo no meu colo e tentado puxar as penas de meu chapéu antes que sua *maman* a resgatasse. Que ela tinha sorrido para mim e tentado dizer algo que parecia muito importante.

— Madame Roulin mandou-lhe lembranças — foi só o que eu disse.

— Recebi uma bela carta de Roulin há algumas semanas. Eles penduraram os retratos e os quadros das espirradeiras que eu lhes dei na casa nova. — Vincent tirou os olhos do prato e inclinou a cabeça. — *Ma petite*, tenho me sentido melhor ultimamente do que durante um ano. Não precisa mais se preocupar que as coisas me perturbem. — Em seguida, ele espetou um camarão com o garfo e, tão calmamente como se estivesse falando que o tempo continuaria bom amanhã, acrescentou: — Recebi um convite para a exposição de Bruxelas.

Deixei escapar um gritinho estridente que fez os outros clientes virarem para olhar.

— Estamos juntos o dia inteiro e você só me diz isso agora? Ah, eu sabia que você seria convidado este ano! Quantos quadros? — Ele respondeu que haveria espaço para seis de seus quadros maiores e eu bati palmas. — Quais você vai escolher? Ah, os girassóis, por favor, escolha os girassóis!

Ele riu.

— Acho que você ficou mais animada que eu.

Inclinei-me sobre a mesa e procurei a mão dele.

— Você também deve estar animado!

— Ficarei mais quando escolher os quadros. Os belgas têm um talento enorme. Eles me fazem sentir inferior.

Fiz um gesto com a outra mão, como se espantasse os padrões de belgas imaginários.

— Que bobagem! Vincent, até eu sei que essa é uma chance maravilhosa para você. Quantos artistas haverá na exposição? — Ele mencionou meia dúzia de nomes, alguns dos quais eu reconheci como seus amigos de Paris: Paul Signac, Henri de Toulouse-Lautrec e Lucien Pissarro. Ele mencionou um pintor chamado Cézanne, de Aix, e fiquei cheia de orgulho por haver um pintor provençal na exposição. Um outro, um certo Monsieur Renoir, que deve ter sido muito importante, a julgar pela reverência na voz de Vincent quando disse o nome dele.

Perguntei se Gauguin fora convidado e Vincent levantou as sobrancelhas.

Os girassóis

— Não. Mesmo se tivesse sido, ele declinaria. Nosso amigo Émile Bernard fez isso. — Quando eu perguntei por quê, ele disse: — Eles não se dão com Signac. Eles não gostam do estilo neoimpressionista que ele defende e consideram coerente recusar expor junto com ele ou com outros que trabalham no mesmo estilo.

— E Gauguin se dá com alguém? — eu resmunguei.

Vincent pousou o garfo.

— Rachel, já deveria tê-lo perdoado a esta altura; eu perdoei. O que aconteceu foi minha culpa, tanto quanto dele. Tenho me correspondido regularmente com ele e com Bernard sobre o trabalho que eles estão desenvolvendo. Não gosto de tudo, mas é interessante e eu acho uma pena que eles não exponham em Bruxelas.

Enfiei o último naco de minha *ratatouille* na boca sem comentários. Não conseguia evitar pensar em Gauguin essa noite. Da última vez em que fomos ao café, ele estava morando na casa amarela; nós nos achávamos a algumas semanas do desastre e não sabíamos.

Levantei os olhos para encontrar Vincent olhando pensativamente para mim.

— Você acha que devo mandar somente os girassóis amarelo-sobre-amarelo — ele perguntou —, ou os que têm o fundo azul também?

— Ah, os dois... os dois!

Depois que terminamos de comer e Vincent pagou a conta, ele sugeriu que caminhássemos ao longo do rio antes de voltarmos para a estalagem. Eu não conhecia bem este *quartier* e ele tampouco, então viramos duas vezes na direção errada e rimos de nosso fraco sentido de orientação. Quando encontramos o rio, subimos os degraus até o alto barranco de pedra, virando no sentido da correnteza até a Ponte Trinquetaille, com sua armação e balaustrada de ferro. Outros casais trocavam beijos às escondidas sob a luz da lua e sorrimos um para o outro quando paramos para apreciar a vista. Havia barcas de carvão paradas na ribanceira do rio, esperando para descarregar na manhã seguinte, enquanto mais adiante um pescador solitário tentava a sorte. Sob nossos pés, o Ródano seguia tenazmente seu curso até o Mediterrâneo, quieto e calmo sob a brisa noturna. Vincent dobrou seu casaco sobre meus ombros e depois colocou seu braço em volta de mim para me aquecer.

— Seus quadros estarão à venda na exposição de Bruxelas? — eu perguntei.

Ele tinha ficado quieto enquanto andávamos e deu uma resposta curta.

— Sempre estão. Mas nunca são vendidos.

— Por quanto seriam vendidos, se fossem? — Vincent explicou que era Theo quem fixava os preços, e eles provavelmente seriam comercializados por quatrocentos ou quinhentos francos cada um. — Ora, seriam três mil francos se todos fossem vendidos! — exclamei.

Ele fez uma careta.

— Posso me considerar afortunado se vender *um*.

— Mas e se fossem vendidos? O que você faria com três mil francos?

Ele pensou por um momento e, quando respondeu, seu tom era sério.

— Pararia de pegar o dinheiro de Theo. Alugaria... talvez até comprasse uma casa. — Ele parou e olhou para a água. — Casaria com você.

Senti-me tonta e me segurei na balaustrada.

— O que disse?

Ele sorriu e falou mais alto:

— Casaria com você.

— Mas... mas... não teria que fazer isso. — Nunca tínhamos falado sobre casamento, nem uma só vez. — Eu não... não sou boa o bastante para casar com você.

Os girassóis

— Se eu sou bom o bastante para expor em Bruxelas — ele disse, solenemente —, você é boa o bastante para ser Madame van Gogh.

Madame van Gogh. Eu nunca ousara pensar nesse nome.

— Mas sua família...

— Se eu ganhar dinheiro suficiente, posso mandar minha família às favas.

Fiquei olhando para dentro do rio escuro, sem saber como fazer a pergunta que precisava fazer.

— Por que está falando nisso agora? Antes você sempre dizia que não era hora.

Ele me pegou nos ombros e me fez encará-lo.

— Eu tenho sido egoísta e covarde por muito tempo. Quero ter um lar com você, quero uma família com você, eu quero você, Rachel. Você e mais ninguém. Quer se casar comigo na primavera, quando eu sair de Saint-Rémy?

Eram todas as palavras que eu queria que ele dissesse. As palavras que eu ansiara ouvir no ateliê da casa amarela, em seu quarto com paredes azuis, em meu quarto na *maison*. Bem aqui, sob as estrelas, há um ano. Eu cobri o rosto dele com beijos e lágrimas, para a diversão de um *gendarme* que passava.

— Sim... ah, sim!

— Então eu preciso me concentrar para me sair bem em Bruxelas, não? — Ele tirou um lenço do bolso das calças e enxugou meus olhos. — Escute, mesmo se eu não vender nada, daremos um jeito. Talvez eu possa organizar uma exposição em Marselha. Roulin poderia me ajudar a fazer isso, ou tentar pegar algumas encomendas de retratos...

Pensei nos francos de Félix se acumulando em minha cômoda. Na primavera...

— Daremos um jeito, *mon amour* — eu concordei. — Daremos um jeito.

Capítulo Trinta e Um

Les Lettres des Docteurs

31 de dezembro de 1889

Dr. Félix Rey, chef interne
Hospices civils de la Ville d'Arles
Rue Dulau
Arles-sur-Rhône

Caro Dr. Rey,

É meu dever informar-lhe que Monsieur Van Gogh foi vítima de outro ataque. Ele adoeceu subitamente na noite de 23 de dezembro, no dia do aniversário de sua primeira crise. Ele está bastante desalentado e novamente tentou ingerir suas próprias tintas.

Monsieur Trabuc me disse que Monsieur Van Gogh estava com um humor excepcional nas semanas que precederam sua última crise: pintando ativamente, comendo bem, sustentando longas conversas. Sua viagem a Arles, em novembro, não lhe fez mal algum; na verdade, ela pareceu levantar seu ânimo. Monsieur Trabuc relata que Monsieur Van Gogh se manteve ocupado depois de sua viagem, preparando uma série de quadros para uma exposição em Bruxelas. Ele falava com otimismo sobre a possibilidade de vender seu trabalho lá.

Os girassóis

A única perturbação que ele parece ter enfrentado é que desejava ir a Arles novamente para passar o Natal, mas eu não permiti. Senti que seria imprudente, dado que Arles foi o cenário de seu colapso um ano atrás, e estou certo de que concordaria comigo acerca dessa decisão. Esse ataque foi consideravelmente mais breve que a crise anterior, durante o verão, e Monsieur Van Gogh já está praticamente recuperado. No entanto, é desanimador saber que é provável que ele adoeça novamente.

Manté-lo-ei informado de quaisquer acontecimentos posteriores.

Atenciosamente,

Th. Peyron, Diretor

Maison de Santé de Saint-Rémy de Provence

25 de janeiro de 1890

Dr. Félix Rey, chef interne

Hospices civils de la Ville d'Arles

Rue Dulau

Arles-sur-Rhône

Caro Dr. Rey,

Monsieur Van Gogh sofreu mais uma crise. Ele adoeceu dois dias depois de uma breve visita a Arles para ver uma amiga doente, esposa de seu antigo senhorio, embora eu esteja convicto de que essa amiga doente não tenha sido a razão de seu colapso. Ele também o visitou em Arles, e, se o fez, existe alguma suspeita do motivo pelo qual ele teve outro ataque? Monsieur Trabuc crê que a proximidade do parto da cunhada de Monsieur Van Gogh o tenha afetado, pois Monsieur Van Gogh demonstrou

SHERAMY BUNDRICK

sinais de ansiedade com relação ao assunto. Monsieur Trabuc também lembra que alguns dos quadros de Monsieur Van Gogh estão em uma exposição em Bruxelas, e disse que Monsieur Van Gogh também se mostrou ansioso com isso.

Admito estar perplexo perante essa situação. Ao contrário da maioria dos pacientes, ele pode estar lúcido e normal um dia, arrasado no dia seguinte, e voltar a ficar lúcido e normal novamente, quando o ataque passa. Suspeito que uma forma de epilepsia seja a causa, mas não sei ao certo como ajudá-lo, ou se há algo a fazer em um caso como esse. Neste momento, Monsieur Van Gogh parece estar melhorando, mas nos últimos dias ele não foi capaz de desenhar nem de pintar, e respondia às perguntas que lhe eram feitas de modo incoerente.

Confio que passará, como antes, mas apreciaria qualquer percepção que possa ter sobre como prevenir tais ataques no futuro.

Atenciosamente,

Th. Peyron, Diretor

Maison de Santé de Saint-Rémy de Provence

30 de janeiro de 1890

Dr. Théophile Peyron, Director

Maison de Santé de Saint-Rémy

de Provence

(Bouches-du-Rhône)

Caro Dr. Peyron,

Que decepção saber da última crise de Monsieur Van Gogh! Ele não veio me ver durante sua visita e, na verdade, não vejo

Os girassóis

Monsieur Van Gogh desde que fui a Saint-Rémy, em setembro. Estou inclinado a concordar com Monsieur Trabuc que os acontecimentos da família de Monsieur Van Gogh ou os relacionados à exposição de Bruxelas podem ter levado suas faculdades mentais ao limite máximo.

Embora eu hesite em criticar sua decisão de permitir que Monsieur Van Gogh viaje, talvez ele não deva fazer mais viagens no futuro próximo. Arles não é longe de Saint-Rémy, e a jornada não é cansativa, mas essas visitas só fazem exacerbar suas dificuldades existentes.

Atenciosamente,

Félix Rey, *chef interne*

Hospices civils de la Ville d'Arles

Capítulo Trinta e Dois

Crise

18 de fevereiro de 1890

Mlle. Rachel Courteau
a/c Mme. Virginie Chabaud
Rue du Bout d'Arles, nº 1
Arles-sur-Rhône

Ma petite Rachel,

Tenho ótimas notícias. Theo vai apresentar dez das minhas pinturas para o Salon des Indépendants em Paris agora em março — *dez*! Nosso amigo Paul Signac faz parte da comissão e vai garantir que tudo esteja bem posicionado.

Meu amigo Henri de Toulouse-Lautrec escreveu-me sobre a exposição em Bruxelas. Theo não pôde comparecer à abertura por causa do nascimento de meu pequeno sobrinho, mas diz que minhas pinturas causaram boa impressão. Todo mundo fala delas, ele diz, em especial dos girassóis. Nada ainda sobre vendas, mas, assim como Theo, Lautrec acredita que seja só uma questão de tempo. Ele diz que o artigo que Monsieur Aurier escreveu sobre mim no mês passado teve bastante repercussão.

Minha querida menina, percebe o que tudo isso significa? Chega a ser demasiado, minha cabeça fica tão confusa que

Os girassóis

preciso até descansar a caneta e respirar fundo para me acalmar. Tenho certeza que vai rir desse pensamento — você, que sempre dizia que muitas coisas boas estavam predestinadas a acontecer. Assim como Theo. Sou um homem de sorte por ser o depositário de tanta fé do meu irmão e de minha futura esposa.

Agora vou terminar esta carta porque minha cabeça está latejando e eu queria me deitar por alguns instantes. Pode ser a mudança de tempo, pois a primavera já se mostrou um pouco esta semana, mas prefiro pensar que também estou sobrecarregado. Espero poder ir a Arles em breve, especialmente porque não pude vê-la durante a minha breve visita algumas semanas atrás. Se não fosse por esse maldito resfriado que peguei depois de voltar, teria regressado mais cedo.

Com um beijo no pensamento

Vincent

P.S.: Comecei uma tela para o meu sobrinho: ramos de amêndoa florescendo contra um céu azul, que eu espero que venha a ser uma das melhores coisas que já fiz em Saint-Rémy.

— Sinto muito, mas não posso mais recebê-lo.

Encarei a mim mesma no espelho acima da lareira no salão de Madame Virginie, respirei profundamente e tentei mais uma vez. "Félix, é muito duro dizer isso, mas não posso mais recebê-lo." A qualquer momento, Félix estaria sentado no sofá, olhando para mim com seu sorriso sereno, e eu teria de lhe dizer a verdade. Deveria ter feito isso logo após Vincent ter proposto casamento, mas o dinheiro de Félix me manteve calada. Toda vez que contava a pilha de moedas e notas na gaveta de minha escrivaninha, pensava sobre o que aquele dinheiro poderia comprar: novos pratos, papel de parede florido, sementes para plantar um jar-

SHERAMY BUNDRICK

dim. Deitada em minha cama, imaginava uma casa de campo na estrada para Tarascon — não uma daquelas casas imensas com portões cheios de pilares, mas uma casinha simples, com um telhado de sapé e uma chaminé escurecida pelo tempo. Com um ateliê fartamente iluminado, onde Vincent faria quadros de cores vivas, e um campo de girassóis por perto, onde nossos filhos poderiam brincar.

As cartas de Vincent alimentavam meus sonhos ainda mais que o dinheiro de Félix. Desde aquela visita em novembro, suas palavras carregavam tamanha esperança, tamanha fé como eu não via nele havia muito tempo. Parágrafo após parágrafo, sobre a nova pintura que fizera para a exposição em Bruxelas e quanto Theo gostara dela, a certeza de Theo que as vendas logo começariam, como ele se sentia bem e forte, um artigo escrito sobre ele no *Le Mercure de France*. Ele enviou-me o artigo e chorei ao ler o que o crítico, Monsieur Aurier, dizia sobre o trabalho de Vincent. E agora a notícia de uma nova exposição.

Eu tinha de dizer a Félix a verdade.

Uma batida na porta do salão.

— Qual é a ocasião, para nos encontrarmos aqui? — Félix perguntou enquanto me dava um beijo em cada face. Fiquei aliviada ao ver que ele não tinha trazido flores nem presente.

— Achei que precisávamos de um lugar calmo para conversar. — Entreguei-lhe um copo de conhaque e fiz sinal para que sentasse no sofá. Em seguida, fui para a poltrona próxima à lareira e cruzei as mãos sobre o colo. Melhor fazer isso rápido, antes que eu mude de ideia. — Félix, não posso mais recebê-lo.

Ele me encarou sem palavras e, em seguida, bebeu seu conhaque de um trago, de uma forma que eu nunca o vira fazer antes, inclinou-se para a frente e olhou fixamente para o chão. O olhar em seu rosto...

Os girassóis

— É muito difícil para mim — eu disse. — Tivemos ótimos momentos juntos e não queria perder sua amizade.

— Por quê? — indagou. — Por que agora?

— Vincent e eu estamos noivos e vamos nos casar. Desde novembro.

Félix puxou um lenço do bolso de seu colete e enxugou a testa.

— Então por que não me disse isso em novembro? — abaixei o olhar, fitando minhas mãos e não respondi. — Como se eu já não soubesse... — ele acrescentou amargamente.

— Félix...

— Achei que você se afeiçoaria a mim, assim como se afeiçoou a ele. Eu devia ter adivinhado.

— Eu me importo com você, por favor, não pense o contrário. Por favor, não torne tudo mais difícil do que já é. — Como ele não respondeu, continuei: — Arrisquei muito ficando com você todo este tempo. Faz tempo que Vincent descobriu.

Félix arregalou os olhos.

— Quando?

— Compreendi que ele sabia no dia em que fomos para Saint-Rémy.

— *Merde.* — Eu nunca ouvira Félix praguejar. Ele alcançou a garrafa de conhaque e serviu-se de mais um copo. — E ele permitiu que continuasse me encontrando? Disse-lhe que continuasse me vendo?

Não gostei do que Félix estava insinuando.

— É óbvio que não. Tenho certeza que ele pensou que nossos encontros tinham acabado.

— Se estão mesmo noivos, por que ele não lhe disse para deixar seu emprego no estabelecimento de Madame Virginie? Que tipo de homem deixa a sua noiva...

Eu me remexi na poltrona.

— Não é tão simples. Precisamos de dinheiro.

— E eu era a melhor maneira de obtê-lo.

— Félix, por favor...

— O que a faz pensar que ele pode cuidar de você como um marido deveria?

Seu tom de voz me fez estremecer.

— Algumas pinturas de Vincent estão em uma exposição em Bruxelas neste momento e ele tem todos os motivos para pensar que algumas delas venderão. Foi escrito um artigo sobre ele no mês passado em Paris, em uma revista, e no próximo mês ele vai participar de outra exposição em Paris. Ele é forte e saudável, já se passaram quase cinco meses desde que teve a última crise...

Félix tomou outro gole de conhaque.

— Rachel, Vincent sofreu mais duas crises nas últimas seis semanas. — Senti a cor do meu rosto se esvair. — Uma começou no dia 23 de dezembro, quando fazia um ano desde seu primeiro ataque...

— Isso não é verdade! Ele me escreveu naquela manhã e disse que se sentia bem.

— ...e a outra foi no final de janeiro, depois que esteve em Arles para uma visita. Ele a viu quando esteve aqui?

Balancei a cabeça.

— Ele veio visitar Madame Ginoux, e, quando chegou aqui, eu havia saído para um passeio. Eu não sabia que ele estava chegando, e ele não podia esperar.

— Dois dias depois, ele teve um novo ataque. Ambas as crises duraram cerca de uma semana, portanto, mais curtas que as anteriores, mas foram graves mesmo assim.

— Ele não disse nada sobre nenhuma crise — protestei. — Ficou gripado algumas vezes e estava muito doente para escrever, mas...

— Ele tem mentido para você.

Pus-me de pé:

Os girassóis

— Como sei que *você* não está mentindo para mim?

Félix puxou duas cartas do bolso e entregou-as a mim. *Está bastante desalentado e tentou mais uma vez ingerir suas próprias tintas... normal em um dia, arrasado no outro... Admito estar perplexo perante essa situação, mas não sei ao certo como ajudá-lo, ou se há algo a fazer em um caso como esse.* Se há algo a fazer em um caso como esse. Se há algo a fazer em um caso como esse...

— Por que está me dizendo isso? — perguntei. — Para me magoar? Para me fazer ficar com você?

— Para alertá-la. Para que você saiba perfeitamente o que está fazendo se optar por se comprometer com esse homem.

Sacudi os papéis do Dr. Peyron.

— Você acha que isto faz diferença?

— Deveria. Por favor, ouça-me, antes que cometa um tremendo erro. Vincent...

Amassei as cartas e atirei-as no chão.

— O único erro que cometi foi continuar com você por todo esse tempo. E pensar que eu sentia pena de você, quando só o que você queria era estragar tudo.

— Isso não é verdade. — Ele se levantou do sofá e veio na minha direção. — Gosto imensamente de você e só quero o que é o melhor para você. — Ele levantou a mão. — Deixe-me terminar. Não posso deixá-la ir sem dizer que teria ficado encantado — *ficaria encantado* — em dar-lhe uma vida com segurança, longe deste local. Uma vida que, não importa o que ele diga, ele não pode lhe dar.

— Por favor, não...

— Minha mãe tem um apartamento para alugar. Está vazio agora e pode ser seu. Eu pagaria o aluguel em seu nome, cuidaria de você. Eu a mimaria. — Ele sorriu, mas não retribuí o sorriso. — Você não teria que se preocupar com mais nada. Eu cuidaria de você.

— Até que chegasse a hora de você encontrar uma esposa — falei, tranquila. — Casar-se com uma burguesa adequada, e ter crianças burguesas adequadas. Você não pode casar comigo, não é mesmo? Ou será que você me manteria à disposição para fazer coisas que sua esposa não faria?

Ele corou e ajeitou o colete.

— Rachel, por favor.

— Sua mãe nunca permitiria alguém como eu em sua família. Você nem ao menos poderia contar a ela sobre a minha existência. Eu seria a garota que você manteria trancada do lado de fora para sua diversão, igual a qualquer outra prostituta.

— Não seria assim — ele disse, pegando em minha mão. — É verdade que a minha posição social proíbe-me certas coisas, mas eu sempre me certificaria de que estivesse bem cuidada.

— Mesmo depois de me jogar fora?

Ele soltou minha mão.

— Não seria assim — repetiu.

— De que outro modo poderia ser? — perguntei, da forma mais suave que consegui. — Sinto muito, Félix. Eu amo Vincent e vou me casar com ele. Nada que você ou qualquer outra pessoa diga mudará isso.

Ficamos em silêncio. Félix olhando para mim como se esperasse eu mudar de ideia; eu, por minha vez, olhando-o e desejando nunca mais me deixar seduzir por seu dinheiro e seus presentes.

— É melhor eu ir embora — ele disse finalmente, pegando seu chapéu. — Não creio que ainda exista alguma coisa a ser dita.

— Sinto muito — falei de novo. — Gostaria que as coisas tivessem sido diferentes.

Ele se curvou para beijar meu rosto.

— Mesmo desapontado como estou, foi uma honra desfrutar de momentos tão felizes com você. Se algum dia precisar do que

Os girassóis

quer que seja, se houver alguma coisa que eu possa fazer por você, espero que me chame.

Depois que ele saiu, peguei as cartas do Dr. Peyron do chão, abri-as, alisei-as e as li novamente. E chorei.

Dois dias depois, recebi uma mensagem de Vincent, dizendo que chegaria a Arles para uma visita na noite do dia 22 — aquela noite. *Pedi ao Dr. Peyron permissão especial para visitá-la, pois há algo que preciso lhe dizer. É importante demais para que seja dito por carta.*

Eu já havia lido e relido as cartas de Dr. Peyron para Félix e até as sabia de cor. Li também as antigas cartas de Vincent, imaginando que poderia ter perdido alguma pista. *Peço desculpas por não ter escrito durante o feriado*, ele disse, logo após o ano-novo, *mas trabalhar ao ar livre resultou em um resfriado... Tenho passado os dias na cama, conseguindo apenas dormir e ler, até hoje.* Ele mentira para mim, tal como eu mentira para ele ao manter Félix em segredo. Será que um casamento poderia ser construído com base em segredos, em mentiras?

O relógio da estação bateu oito horas. O trem de Tarascon logo adentraria a estação e Vincent desceria os degraus do vagão da terceira classe. Logo ali, na Rue du Bout d'Arles, um bando de zuavos cantarolava canções militares indo ao encontro das *filles*, felizes que só. Eu implorara por uma folga no trabalho aquela noite, alegando dor de cabeça, e sussurrara a Minette que mandasse Vincent para cima quando ele chegasse.

Logo após ouvir seus passos leves no corredor, ouvi repentinas batidelas em minha porta e levantei-me, alisando meu vestido amarelo.

— Pensei que a encontraria no salão — disse ele, quando pedi que entrasse.

348

— Eu não queria me envergonhar na frente de todos — falei com um sorriso bobo e me joguei em seus braços. Ele havia emagrecido novamente. Estava mais robusto quando o vi da última vez, mas agora tinha emagrecido novamente.

— Há algo errado? — ele perguntou, examinando meus olhos. — Você está diferente.

— Senti sua falta, só isso. O que é aquilo? — Apontei para uma pintura embrulhada que ele havia deixado apoiada contra a escrivaninha.

— Um presente para Madame Ginoux. Vou dar a ela amanhã de manhã. Depois pensei em darmos um passeio pela estrada que vai para Tarascon, antes de pegar o trem. Temos que começar a procurar uma casa. — Eu o encarei e ele disse, triunfante: — Vendi uma pintura em Bruxelas, aquela com o vinhedo vermelho. Quatrocentos francos.

Pulei de volta em seus braços com um grito de alegria.

— Oh,·Vincent! Oh, meu querido!

— Não é suficiente para fazer tudo o que eu queria — ele acrescentou. — Não consigo me sustentar só com isso. Mas já é um começo.

— Sim, e ainda há a exposição no próximo mês!

Ele pegou minha mão entre as suas e apertou-a com força.

— *Écoute*, mesmo que eu não venda nada no Indépendants, vou contar tudo a Theo. Pedirei ajuda dele para que possamos nos casar na primavera, como havíamos planejado. Estou bem e saudável, vou deixar o hospital e então poderemos... — A expressão em meu rosto me traiu. — O que foi?

— Vincent, eu sei sobre as duas crises. — O sorriso dele esmaeceu e os olhos tornaram-se gélidos. — Por que você escondeu isso, *mon cher*? Antes de começarmos a fazer planos para o nosso casamento, precisamos falar sobre isso.

Os girassóis

— Ele lhe contou, não é?

Sem querer, olhei de relance as cartas sobre a escrivaninha. Havia me esquecido de escondê-las. Vincent pegou-as e, após ler, rasgou-as em pedacinhos.

— Você ainda está se encontrando com ele? — ele perguntou, e eu não disse nada. — Responda-me, diabos. Está...?

— Não. Eu terminei tudo.

— Quando?

Olhei para os pedaços de papel caído.

— Há dois dias.

— Você esteve se deitando com o maldito médico durante todo este tempo? Depois que eu... depois que nós... — Tentei tocar-lhe o braço, mas ele começou a dar voltas pela sala. — Você deve ter conseguido um bom preço — ele disse, desdenhosamente. — Quanto?

— Vincent, por favor, ouça...

— Quanto? — ele gritou. Ao sussurrar minha resposta, ele pegou algumas moedas no bolso e jogou-as em cima da cama. — Aumentou seu preço. Eu só trouxe dois francos.

— Não significou nada, eu juro! Fiquei com o dinheiro dele, foi só isso, dinheiro como estou economizando para nós, Vincent... nós!

— Para que você possa brincar de Madame van Gogh da mesma maneira que brincou de pequena burguesa? — Ele pegou a caixa de chapéu em cetim listrado e sacudiu o chapéu para mim. — É por isso que você se vende? Por um maldito chapéu?

— O que você esperava que eu fizesse? Que morresse de fome enquanto esperava por você? — as palavras de Françoise saíram da minha boca. — Eu não tenho um irmão em Paris para me mandar dinheiro!

Vincent arremessou o chapéu no chão e agarrou meu punho até que eu gritasse de dor.

— Retire o que disse!

— Pare, você está me machucando...

— Já falei, retire o que disse!

— Não quis dizer isso, por favor, pare!

Algo despertou dentro dele ao ouvir meus apelos. Podia vê-lo como bolhas chegando à superfície quando ele relaxou o rosto crispado e afrouxou a mão em meu pulso. Em seguida, ele caiu no chão, e ficou balançando para a frente e para trás como naquele dia terrível na casa amarela.

— Desculpe-me, desculpe-me, não sei o que deu em mim...

Françoise irrompeu porta adentro, o vestido desabotoado, um cliente seminu atrás dela no corredor.

— Que diabos está acontecendo? Saia desta casa, seu...

— Não, Françoise, ele está doente! — Joguei-me no chão ao lado de Vincent e o envolvi em meus braços. — *Shh*, passou, meu amor, já foi.

— O que diabos ele fez? — Françoise indagava. — Se ele machucar você, eu vou...

— Perdoe-me, por favor, perdoe-me... — Vincent dizia, e em seguida começou a balbuciar palavras em holandês. Embora eu não pudesse entender mais que poucas palavras, percebi que estava recitando a Bíblia.

— Mande chamar Félix — implorei a Françoise. — Ele está no Hôtel-Dieu.

Ela parara de gritar e estava olhando para Vincent como se ele fosse um animal em uma jaula. Seu cliente tinha ido embora.

— Tem certeza que é melhor...

— Vá! — gritei, e ela correu pelo corredor chamando Raoul. Segurei Vincent enquanto ele ainda tagarelava, até que, lentamente, ele foi parando. Seus olhos estavam vidrados, desfocados, e ele respirava com dificuldade.

Os girassóis

— Fique comigo, *mon cher* — murmurei. — Vou cuidar de você, você vai ficar bem... — Eu não sabia se ele podia me ouvir.

Félix apareceu na porta cerca de vinte minutos depois, com a maleta de médico na mão.

— Você não me disse que era Vincent — ele falou para Françoise, entrando no quarto e abaixando-se para sentir o pulso de Vincent. — O que aconteceu, Rachel?

— Eu disse que sabia sobre as crises, ele me perguntou como eu soubera, começamos a discutir... — *Sobre você*. As palavras não ditas pairavam no ar. — Então ele ficou tomado, de repente.

— Tomou algum absinto, alguma bebida alcoólica? — Balancei a cabeça e Félix disse, bruscamente: — Ele já devia estar à beira de um ataque quando veio aqui. Eu disse ao Dr. Peyron que não o deixasse viajar. Vincent, pode me ouvir? — Ele notou meu punho, que ainda estava vermelho onde Vincent me segurara, mas, mesmo de cara amarrada, não fez nenhum comentário. — Mademoiselle Françoise, eu preciso que Raoul me ajude a descer Vincent pela escada. Vamos levá-lo ao Hôtel-Dieu. — Sugeri levá-lo para o Saint-Rémy, mas Félix disse no mesmo tom seco: — Não há tempo. Mademoiselle Françoise?

— *Oui, Docteur* — Françoise disse e desapareceu.

— Félix — perguntei —, você teria vindo se soubesse?

— Sim. É o meu dever, como médico. E prometi a você. — Ele evitava me encarar. — Traga um pouco de água; vamos ver se ele bebe alguma coisa.

Levantei-me para pegar um copo de água no jarro sobre a pia. Vincent fitava o vazio quando perguntei se queria um gole, mas, quando molhei meus dedos na água e dei batidinhas em seu rosto, saiu de seu estupor e olhou para Félix.

— O que ele está fazendo aqui?

— Estou aqui para ajudar — disse Félix. — Vou levá-lo para o Hôtel-Dieu.

SHERAMY BUNDRICK

— Vá para o inferno! — Vincent esforçava-se, tentando se levantar, e eu soltei um grito quando ele cambaleou. — Você adoraria me deixar preso, não é, doutor? — Tentei pegar a mão dele, mas ele me empurrou. — Não quero a maldita ajuda de ninguém! — Ele disparou porta afora, para o corredor e através das escadas, agarrando a pintura para Madame Ginoux ao sair.

Eu ia segui-lo, mas Félix me impediu.

— Não podemos deixá-lo ir assim — eu disse.

— Ele não vai muito longe. Vou pegar a carruagem e buscar dois assistentes no Hôtel-Dieu. Ele pode ficar violento novamente e não quero que você se machuque.

Françoise enfiou a cabeça na porta.

— Vincent saiu em direção à Place Lamartine. Mandamos Raoul atrás dele?

— Não. Mademoiselle Françoise, fique aqui com Rachel — disse Félix, recolhendo a maleta e se levantando. — Traga um licor para ela. — Ele entregou-lhe um franco e então, já na porta, olhou-me de relance e sorriu, pensativo, com pena de mim. — Não se preocupe. Envio uma mensagem assim que tiver conseguido levar Vincent em segurança para o hospital.

O relógio bateu uma hora e nenhuma mensagem de Félix havia chegado. Passei sorrateiramente por Françoise, que cochilava, e desci as escadas em direção à rua. Segurei o meu xale bem enrolado em volta do corpo e corri em direção às torres da Porte de la Cavalerie, na Place Lamartine, onde não havia sinal do transporte ao hospital, nem sinal algum de Vincent.

— *Salut, ma belle*, eu estava justamente procurando uma garota bonita para mim — falou, enrolado, um zuavo bêbado, vindo em minha direção. Esquivei-me por entre as cercas vivas do jardim público, rezando para encontrar Vincent junto à faia ou ao cedro, ou que ele me encontrasse. Nem eu o encontrei, nem ele a mim, embora eu tenha ficado esperando até de madrugada.

353

Os girassóis

Somente na tarde do dia seguinte eu soube o que acontecera. Após Félix ter convocado os dois assistentes, procurou por todos os lugares onde pensava que ele poderia estar — o Café de la Gare, a margem do rio, a estação de trem —, mas não encontrou nenhum vestígio de Vincent. Após duas horas de busca, ele desistiu, parando no primeiro telégrafo para enviar uma mensagem urgente ao Dr. Peyron.

Monsieur Trabuc e Monsieur Poulet estavam a caminho de Arles, pela manhã, quando avistaram Vincent, desfalecido e inconsciente sob um cipreste, perto de uma casa de campo na estrada para Tarascon. Eles o recolheram à sua carruagem e rapidamente levaram-no de volta ao asilo. A pintura de Madame Ginoux nunca foi encontrada.

Capítulo Trinta e Três

A Estrada de Volta

Fico tão contente que o trabalho de Vincent esteja sendo mais apreciado. Se ele estivesse bem, acredito que eu não desejaria mais nada, mas parece que isso não vai acontecer.

(Theo para sua mãe Anna e irmã Willemien, 15 de abril de 1890)

Não havia nenhuma carruagem na frente da estação de Saint-Rémy. Atravessei a aldeia a pé, pela perimetral, passei os olivais e Les Antiques, chegando aos muros de Saint-Paul-de-Mausole. Tinham retirado a neve naquela manhã, o último suspiro do inverno antes da chegada da primavera, mas deixaram o bastante para ensopar meus sapatos e manchar a barra do meu vestido. O vento norte que migrava dos Alpes cortava minha capa feito um punhal, e o respeitável vestido de musselina, ideal para o clima de setembro, não me fornecia nenhuma proteção. A visão do Monte Gaussier e de seus inabaláveis companheiros deveria ter levantado meu ânimo, mas só me tornou ainda mais triste, pois as montanhas estavam cinza e sem vida sob o céu de chumbo.

Duas semanas haviam passado desde o colapso de Vincent. Félix me mandava mensagens na *maison* com as últimas notícias do Dr. Peyron, embora ele mesmo não tivesse mais aparecido. A culpa me assolava sempre que chegava alguma coisa com a

Os girassóis

letra dele, e eu ficava me perguntando por que ele ainda se dava ao trabalho de fazer aquilo. Infelizmente, as notícias não mudaram muito. Vincent mal conseguia falar, quase não comia, e parecia perdido em uma névoa onde ninguém poderia encontrá-lo. Incapaz de aguentar por mais tempo, pedi a Félix que escrevesse uma carta convencendo Dr. Peyron a me deixar ver Vincent, e sem protestar, sem me repreender, Félix enviou-me uma.

O porteiro do hospital me acompanhou até a entrada da ala masculina e depois voltou correndo para seu posto. Toquei o sino e esperei no primeiro degrau da escada, esfregando minhas mãos por baixo das luvas finas. O Dr. Peyron apareceu, e, quando pedi para ver Vincent, ele disse:

— Monsieur Van Gogh está proibido de receber visitas, com exceção do pastor. Tenha um bom dia.

— Eu estive aqui em setembro, talvez se recorde de mim. Tenho uma carta do Dr. Rey...

O Dr. Peyron ignorou o papel que eu lhe estendi.

— Lembro-me perfeitamente, mademoiselle. Da última vez em que esteve aqui, Monsieur Van Gogh saiu do prédio sem permissão e sem supervisão, com a senhorita.

— Só fomos até o jardim. O que isso tem a ver com...

Ele me analisou por cima dos óculos.

— E me disseram que, em uma visita anterior a Arles, vocês dois se comportaram de modo impróprio.

Monsieur Poulet, aquele tagarela.

— Mas...

— Monsieur Van Gogh não a visitou em sua mais recente viagem, antes do colapso? — Eu não respondi, e ele disse: — Todos os ataques de Monsieur Van Gogh tiveram alguma conexão com Arles, durante o tempo em que ele morava lá ou em relação a uma visita.

SHERAMY BUNDRICK

— Ele foi a Arles em novembro e não teve um ataque. Ele continuou me ignorando.

— Portanto, sou forçado a concluir que alguma coisa ou alguém relacionado a Arles é a origem dos problemas de Monsieur Van Gogh.

— Não pode estar sugerindo que a doença dele seja culpa minha!

O Dr. Peyron me encarava, do alto da escada, como o Cristo no julgamento do portal de Saint-Trophime.

— Minha jovem, não estou sugerindo. Estou declarando abertamente que a sua presença é prejudicial à recuperação dele! Retire-se desta instituição agora mesmo ou mandarei chamar o porteiro!

— Doutor, o senhor não entende. Vincent e eu desejamos nos casar. Eu lhe imploro...

— Pelo que sei, mademoiselle está trabalhando em um bordel de Arles. Uma mulher dessas não é esposa adequada para homem nehum. Talvez tenha enganado o impressionável Dr. Rey, mas a mim não enganará. Tenha um bom dia.

— Espere, por favor... — Era tarde demais. A porta se fechara.

Eu não poderia me arrastar de volta para Arles como uma criminosa, expulsa de Saint-Rémy por aquele padre puritano. Eu ficaria ali até que alguém me deixasse entrar, e, se algo acontecesse, seria responsabilidade do Dr. Peyron. Limpei a neve de um banco próximo e sentei-me, abraçando a mim mesma sob a capa. Se eu já fosse esposa de Vincent, pensei, estaria ao lado dele. Se nosso noivado tivesse sido publicado no *Le Forum Républicain* e proclamado em voz alta em uma igreja, eu estaria com ele. Mas uma amante, uma prostituta — essa deve ficar na neve. *Uma mulher dessas não é esposa adequada para homem nenhum.*

Os girassóis

E se o Dr. Peyron tivesse razão? Eu sempre atribuíra a culpa do primeiro ataque a Gauguin, mas aquela última briga entre Gauguin e Vincent fora por minha causa. A notícia de meu aborto causou o segundo ataque. O terceiro, no hospital de Arles, não teve nada a ver comigo, mas o quarto aconteceu logo depois da visita dele, em julho. Todo esse tempo eu culpara Gauguin, Theo, Johanna, por ter ficado grávida, o povo da cidade de Arles, pela petição. O próprio Vincent, por trabalhar demais. Todos, menos eu.

— Mademoiselle Courteau? Por que não tocou o sino para poder entrar?

Eu estava tão absorvida em meus próprios pensamentos que não tinha visto Monsieur Trabuc sair do hospital.

— O Dr. Peyron não me deixou entrar — eu respondi, com os dentes batendo de frio. — Ele disse que sou uma má influência para Vincent.

Senti que eu balançava sobre o banco.

— Venha comigo — Monsieur Trabuc disse, pegando meu braço. — Se eu levá-la até a ala onde Monsieur Vincent está instalado, o Dr. Peyron não a encontrará.

Segui Monsieur Trabuc para dentro da ala masculina, descendo corredores, subindo escadas. Estava ainda mais quieto que na minha última visita, e fiquei olhando por cima do ombro, com medo que o Dr. Peyron — ou outra pessoa — pudesse me ver. Monsieur Trabuc destrancou uma porta ao lado do quarto de Vincent.

— Pode se recuperar aqui. Há um cobertor pesado na cama, e voltarei logo trazendo chá e água quente.

Retirei a capa e as luvas molhadas e embrulhei o cobertor em volta dos ombros. Aonde Monsieur Trabuc tinha ido tão depressa eu não tinha ideia, mas me pareceu que voltara logo após ter saído. Ele despejou água quente em uma bacia enquanto eu dava goles no chá, para que ele me esquentasse por dentro.

SHERAMY BUNDRICK

— Com sua permissão? — Monsieur Trabuc perguntou, apontando para meus pés. Assenti, e ele retirou meus sapatos e meias, colocando lentamente meus pés dentro da água. — Poderia ter se queimado no frio, ou pegado uma pneumonia, mademoiselle. Ficar doente não ajuda em nada...

— Como está Vincent?

Ele esfregava a minha panturrilha para aquecer a pele.

— Achamos que ele melhoraria em poucos dias, mas desta vez está demorando mais para passar.

— Ele pediu para me ver?

Monsieur Trabuc agora se ocupava em enxugar um pouco de água que havia caído no chão.

— Não, mademoiselle. Quando perguntei se ele queria que a chamasse, ele disse que a senhorita não viria e que eu não deveria me dar ao trabalho. — Ao ver minha expressão, ele suspirou e disse: — Não devo me intrometer, então não vou perguntar o que aconteceu, mas, seja o que for, Monsieur Vincent está muito pesaroso por isso. — Ele pegou a xícara vazia da minha mão. — Eu tentei dizer a ele para não ir a Arles, mas ele disse que o Dr. Peyron lhe dera permissão e pronto.

— Por que disse isso a ele?

— Monsieur Vincent já estava sensível uma semana antes de viajar. Ele pintava todo dia e parecia bem, mas havia alguma coisa... — Ele balançou a cabeça. — Eu não podia dizer bem o que era, e ainda não posso.

Minha cabeça está latejando... eu queria deitar por alguns instantes... pode ser a mudança de tempo, pois a primavera já se mostrou um pouco esta semana, mas prefiro pensar que também estou sobrecarregado. Estava tudo lá, na última carta que ele mandara. As exposições, o artigo, o filho de Theo, a venda do quadro... e, em seguida, Félix. Tinha sido demais.

Os girassóis

Tirei os pés da bacia e enxuguei-os com a toalha que Monsieur Trabuc havia me dado.

— O Dr. Peyron acredita que a doença dele seja culpa minha.

— Mademoiselle, se há algo que aprendi nestes anos todos em que trabalho com os doentes, é que não se pode explicar as coisas assim tão facilmente.

— Acha que é minha culpa? — eu insisti.

— Se eu achasse que não deveria estar aqui, eu não a teria deixado entrar — ele respondeu, cordialmente. — Se colocar suas meias e sapatos, eu a levarei para ver Monsieur Vincent.

À porta de Vincent, Monsieur Trabuc puxou com força a pequena janela e olhou para dentro.

— Ainda dormindo, como eu previa — ele disse, baixinho, e tirou seu molho de chaves para destrancar a porta e me deixar entrar. — Ele estava muito agitado hoje de manhã, então eu lhe dei um sedativo.

— Por que o cheiro de cânfora? — perguntei, em pânico. — A cólera chegou aqui?

— Mais baixo, mademoiselle. É para ajudar Monsieur Vincent a dormir. Um pouco de cânfora no travesseiro acalma a mente.

Vincent estava enroscado em si mesmo como uma bola, sob o pesado cobertor, e ajoelhei-me para olhar seu rosto e afagar sua face. Ele parecia ter envelhecido anos nessas semanas em que eu ficara sem vê-lo, com novas linhas na testa e fios grisalhos nas têmporas que eu não notara antes.

Um lampejo de azul chamou minha atenção para um quadro pendurado aos pés da cama. Uma *Pietà* — uma grande e colorida *Pietà*. O corpo inerte de Cristo caído sobre um afloramento de rochas, enquanto sua mãe olhava para mim com uma expressão suplicante, vestida de azul, os olhos sulcados de tanto chorar.

360

— Vincent pintou esse quadro? — sussurrei, embora soubesse que sim.

— No outono, depois do primeiro ataque que ele teve aqui — Monsieur Trabuc respondeu. — Quando ele teve a crise no Natal, pediu que eu o pendurasse onde ele pudesse vê-lo da cama.

— É uma cena católica. Ele não é católico.

Monsieur Trabuc foi até a mesa de Vincent e me deu uma gravura da mesma cena, desbotada, amassada, rasgada no canto.

— Monsieur Vincent tinha esta gravura pendurada aqui até que a rasgou durante um acesso e jogou o óleo do lampião nela. Quando ele se recuperou, ficou tão triste por causa disso que fez a própria pintura.

Devolvi a gravura para Monsieur Trabuc e fiquei olhando para a *Pietà*. Eu conhecia o rosto da Virgem; eu o compreendia. Aquele olhar perdido por ter feito todo o possível para salvar alguém, e esse alguém acabar lhe faltando. O rosto de Cristo estava na sombra, mas o dela brilhava sob a luz; a inclinação de sua cabeça imitando a dele, e também as linhas das rochas. Por trás deles, uma tempestade se dissipava, com nuvens azul-violeta movendo-se rapidamente pelo céu, o vento encrespando o manto da Virgem. Além da tempestade, os raios dourados do sol.

Palavras de antigas orações borbulharam dentro de mim, orações que havia muito tempo eu não dizia. *Ave Maria, gratia plena, Dominus tecum.* Papai me dera o rosário de mamãe quando ela morreu, mas ele estava esquecido dentro de uma gaveta na casa de Madame Virginie. *Benedicta tu in mulieribus, et benedictus fructus ventris tui, Jesus.* Eu me recordei de passar os dedos sobre as contas, sentindo sua forma delicada, ouvindo o ruído que produziam uma contra a outra. Recordei-me também da voz de mamãe, aumentando e abaixando com as palavras latinas, guiando-nos na oração, à luz das velas. *Sancta Maria, Mater Dei, ora pro nobis peccatoribus, nunc et in hora mortis nostrae. Amen.*

Os girassóis

— Como um protestante pode pintar um quadro desses? — eu refleti em voz alta.

— Monsieur Vincent disse que, quando ele era jovem e muito religioso, adorava tanto a igreja que ia a todos os serviços de domingo do lugar onde morava, fossem católicos ou protestantes. Ele disse que acreditava que Deus estava em todos eles.

Olhei para o rosto adormecido de Vincent.

— Ele nunca me contou essas coisas.

Monsieur Trabuc colocou a mão no meu ombro.

— Monsieur Vincent é um homem bom, de coração bom. Só a doença o enche de escuridão. — Ele verificou seu relógio de bolso. — Vou deixá-la um pouco a sós com ele. Toque aquele sino sobre a mesa se precisar de ajuda.

Quando ele saiu, puxei uma poltrona para perto da cama e fiquei com Vincent, segurando sua mão.

— Existem tantas coisas sobre você que eu ainda não sei. Desculpe-me pelo que aconteceu. Desculpe-me por mentir para você, desculpe-me pelas coisas abomináveis que eu disse. — Eu beijei a mão dele e a coloquei sobre meu coração. — Por favor, perdoe-me. Por favor, volte para mim.

Meu quarto em Saint-Rémy. Estou rezando o rosário com as contas de mamãe e tentando refletir sobre os Mistérios, mas continuo vendo o rosto de meu pai, contorcido pela dor.

Os passos de minha irmã Pauline vindo até o meu quarto. "É cólera", ela diz, bruscamente, escancarando minha maleta. "Ajude-me a arrumar suas coisas, você vai morar comigo por algum tempo. Fico surpresa por você não estar doente também."

De joelhos, eu levanto. "Não deixarei papai. Vou ficar e ajudar a cuidar dele."

"Você deveria ter cuidado de papai, para começo de conversa. Deixá-lo ir para a escola quando duas crianças estavam com cólera..."

Fico horrorizada. "Eu não sabia, como eu poderia saber?"

"Porque não chamou um médico quando ele disse que estava doente, há dois dias?"

"Papai disse que era só uma dor de estômago, que não era nada demais!"

Ela me olha enquanto abre as gavetas de minha cômoda e joga roupas dentro da mala aberta. "Talvez se você passasse menos tempo com aquele Philippe..."

Meus olhos se encheram de lágrimas. "Eu não vejo Philippe há uma semana! Ficarei com papai." Dirijo-me para o quarto dele, mas ela me pega pelo braço e diz que o médico proibiu. Liberto-me dela e digo que não me importo.

Saio depressa para o corredor e abro a porta do quarto de papai. Há um cheiro forte e desagradável de cânfora, um cheiro forte de morte. O rosto de papai está branco e ele se vira no travesseiro, a expressão do médico é sombria. "Rachel, não deveria estar aqui", o médico diz. "Eu disse a Pauline..."

"Rachel?" Papai abre os olhos e olha para mim. Dou um passo adiante, mas ele balança a cabeça.

Quero abraçar papai. Quero ficar e cuidar dele. "Não", papai diz, quando dou outro passo. "Você, não. Você, não."

"Ele não quer que pegue cólera", o médico explica, dando-me um frasco. "Tintura de cânfora. Tome três gotas duas vezes por dia, bem diluídas em água, durante uma semana. Eu dei a sua irmã e para a família dela também. Agora, você tem de ir."

"Quero me despedir de papai", eu sussurro. Eu sei que será a última vez.

"Despeça-se da porta", o médico responde, asperamente. "A menos que queira ficar doente."

Papai sorri e eu percebo que lhe dói falar. "Não se preocupe, minha pequena. Sua mamãe tomará conta de mim."

Os girassóis

"Eu o amo, papai", eu digo e choro mais forte.

"Eu a amo, minha pequena Rachel." Ele fecha os olhos. Fico me perguntando se ele morreu diante de mim, mas seu peito ainda palpita.

"Adeus, papai", eu digo a ele, mas não sei se ele ouve. Dou meia-volta e ando pelo corredor, onde Pauline aguarda para me levar embora.

— Rachel...?

Eu fui despertada e me sacudi na poltrona velha. Vincent estava deitado de lado e me observava, com os olhos pesados.

— Trabuc mandou buscá-la? — ele perguntou, falando lentamente devido ao efeito do sedativo. — O que houve em Arles... eu não queria...

Coloquei-me de joelhos ao lado dele.

— Nós dois dissemos coisas que não queríamos dizer. Vamos esquecer tudo aquilo.

— Eu sabia que aconteceria novamente — ele sussurrou, com a expressão completamente franzida. — Orgulho, orgulho demais.

Levei um momento para compreender.

— Você acha que está sendo punido pelo artigo e pela venda em Bruxelas? Por ter ficado contente? — O lábio inferior dele tremeu, e eu disse com firmeza: — Vincent, sua pintura é uma dádiva de Deus, não uma punição. Você não deveria ter medo do sucesso; não tendo trabalhado tanto. — Eu sorri e virei a cabeça na direção da *Pietà*. — Mas que protestante você é tendo pintado uma cena católica?

Uma tênue centelha de luz surgiu em seus olhos, um leve sorriso.

— É o único que aguento ter aqui. É Délacroix. — O nome saiu com esforço, devagar.

SHERAMY BUNDRICK

Uma batida na porta e Monsieur Trabuc entrou com uma bandeja, parecendo satisfeito em ver Vincent falando.

— Gostaria de um pouco de sopa, Monsieur Vincent?

Perguntei que horas eram — pensando no trem que voltava a Arles — e, quando Monsieur Trabuc disse que já era bem tarde, apressei-me em vestir a capa.

— Ah, meu Deus, preciso voltar para a cidade. Eu queria poder ficar mais tempo, mas tenho que ir.

— Você virá novamente? — Vincent perguntou, e eu olhei para Monsieur Trabuc, que fez um sinal com a cabeça, permitindo, e em seguida sorriu.

Quando me dirigia aos portões do hospital, passei pela capela onde as irmãs oravam e o padre cuidava de seu rebanho. Não havia nenhum Julgamento Final sobre o portal, nenhuma visão terrível do Apocalipse, com anjos bravios e demônios aterradores. Em vez deles, lá dentro estava Maria, com os braços estendidos em saudação e consolo. *Entre, entre*, ela parecia dizer, e, ignorando o tempo, esgueirei-me porta adentro, sob seus braços que aguardavam.

Era um lugar simples para orações simples. Sem quadros grandiosos nem tapeçarias suntuosas. Não senti medo nem rejeição; senti-me em paz, como se a Presença na capela apreciasse a minha presença e quisesse me escutar. Ao me aproximar da plácida estátua de Maria, ao lado do altar, senti que podia falar com ela como eu sempre havia falado com minha mãe, ou com Françoise, ou mesmo com Madame Roulin. Contei tudo a Maria, e antes de sair, pronunciei as palavras de sua oração, imaginando as contas do rosário de mamãe em minhas mãos.

A crise de Vincent durou dois meses, a mais longa de todas. Sempre que podia, eu ia a Saint-Rémy e, em algumas noites, quando do o Dr. Peyron estava fora, o gentil Monsieur Trabuc permitia

Os girassóis

que eu dormisse no quarto ao lado. O vestido burguês ficara em Arles, pois eu precisava usar roupas que aguentassem as tarefas de enfermeira, e trazia aventais limpos em minha cesta. Monsieur Trabuc me ensinou como cuidar de Vincent: como mudar a roupa de cama sem ele precisar levantar, como barbeá-lo sem cortar seu queixo, ajudá-lo a comer sem derramar tudo.

— E eu disse que não a forçaria a ser minha enfermeira — Vincent falou, certa tarde, cheio de arrependimento, enquanto eu esfregava o piso vermelho, deixando-o limpo como não ficava havia muito tempo.

Eu me apoiei sobre os calcanhares e coloquei a mão no quadril.

— Fique bom logo e eu não precisarei mais ser — provoquei, e ele conseguiu dar uma pequena risada antes de voltar a afundar a cabeça no travesseiro.

Alguns dias eram muito ruins. Em surtos de melancolia, Vincent se recusava a falar e ficava deitado na cama encarando o teto ou virava de lado para olhar a janela. Nesses dias, eu, pacientemente, lia para ele, e, embora ele não tivesse nenhuma reação, eu esperava que isso o acalmasse e que ele conseguisse ouvir as palavras. Ele não teve alucinações em minha presença, mas Monsieur Trabuc me disse, em segredo, que por vezes, à noite, ele começava a balbuciar coisas em holandês e que precisava de uma gota de sedativo.

Tão rápido quanto uma tempestade poderia se materializar em um dia de verão, seu estado sombrio podia dar lugar a um pranto violento, e eu colocava o livro de lado para abraçá-lo enquanto ele soluçava. Eu nunca sabia por que ele se amargurava tanto, que memórias ou pensamentos o assombravam. Eu só sabia que ele sofria, e me esforçava ao máximo para não cair em prantos com ele. Eu olhava para a Pietà sobre sua cabeça e pedia à Virgem Maria que me desse forças, pois, se eu me desesperasse,

366

tanto Vincent quanto eu cairíamos. Só quando eu estava novamente no trem para Arles é que me permitia chorar em meu lenço, quando Vincent não podia me ver.

Em outros dias — os melhores dias — eu chegava e o encontrava quase normal, embora fraco. Ficávamos conversando, ele deitado na cama e eu remendando suas roupas ou fazendo algo de que ele necessitasse, ou simplesmente sentava com meus dedos entrelaçados aos dele. Ironicamente, esses dias pareciam bênçãos, como se estivéssemos forjando laços entre nós que fazia muito tempo haviam sido deixados de lado. Vincent me contava coisas de seu passado que eu nunca soubera, coisas que nunca repetirei a ninguém, e eu lhe contava meus segredos mais profundos. Em cada uma dessas tardes, eu ficava um pouco mais segura de que queria ser sua esposa, de que estava disposta a suportar a escuridão em troca daqueles preciosos minutos de luz.

Certa tarde, ele disse que queria desenhar. Monsieur Trabuc encontrou um lápis e um caderno em sua escrivaninha; eu ajudei Vincent a se sentar na cama e ele pegou o lápis com sua mão trêmula.

— Parece estranho — ele disse, franzindo a testa ao contemplar o papel em branco. — Eu queria desenhar meu pé — ele disse, e eu afastei os lençóis para que ele pudesse ver os dedos do pé. O lápis rabiscou e rabiscou. A cada traço, sua testa enrugava mais e mais, até que ele se irritou de frustração, blasfemou e quebrou o lápis ao meio. — Droga! Não está saindo certo!

— Talvez ainda não seja a hora — eu o acalmei. — Pode tentar outro dia.

Na tarde do dia seguinte, ele pediu novamente seu caderno e um lápis.

— Só se você prometer não quebrá-lo — eu disse, depois que Monsieur Trabuc apontou um dos pedaços restantes com seu

Os girassóis

canivete. Dessa vez, Vincent queria desenhar sua tigela de sopa, e dessa vez ele foi mais devagar, respirando fundo a cada linha que traçava. Quando terminou, perguntei se ele queria descansar, mas ele insistiu em desenhar sua caneca e a colher antes de devolver o caderno. Depois disso, todo dia ele pedia seu material de desenho, e as ilustrações o mantinham ocupado quando ele não queria conversar.

— *Souvenirs du nord* — ele disse, quando já desenhava havia uma semana e quis que eu visse seus esboços. — Memórias do norte. Durante todos os meus ataques, repetidas vezes, vi a minha vida na Holanda, especialmente minha infância em Zundert e o tempo que passei pintando camponeses em Nuenen.

Folheei o caderno e encontrei, com os desenhos da mobília do quarto, desenhos trêmulos de camponeses arando terras ou caminhando ao lado de chalés cobertos de neve.

— Você deve ter sido muito feliz lá, para se recordar a toda hora.

— Quando eu me sentir bem o bastante para escrever novamente, pedirei a Theo que me envie os desenhos antigos. Eu gostaria de retrabalhar alguns deles, e também de refazer algumas pinturas antigas. — Ele sentou-se ereto quando eu virei uma página. — O esboço que está olhando agora eu fiz baseado na lembrança de meu quadro mais ambicioso da Holanda, de uma família de camponeses jantando à luz do lampião. Este eu realmente gostaria de refazer.

Fiz uma careta para ele por cima do caderno.

— Vincent...

— Eu sei, eu sei, não devo apressar as coisas.

Na semana seguinte, ele informou que estava pronto para pintar. Quando Monsieur Trabuc pigarreou e disse que o Dr. Peyron havia proibido, Vincent afirmou, irritado:

SHERAMY BUNDRICK

— Não planejo beber minhas tintas, se é isso o que quer dizer.

— Você não consegue nem se levantar da cama — eu protestei.

— Posso, se me ajudar.

Ele continuaria a nos incomodar até conseguir o que queria, então eu puxei Monsieur Trabuc para um canto e sugeri que ele fosse buscar o cavalete, a caixa de tintas de Vincent e uma tela. Vincent se arrastou para fora da cama e eu o ajudei a chegar até a cadeira ao lado da janela aberta. Ele inalou a brisa da primavera e sorriu.

— Está vendo, *ma petite*? Isso me faz bem. — Os olhos dele brilharam como os olhos de um menino no Natal quando Monsieur Trabuc reapareceu. Ele nos explicou como armar o cavalete e, quando o tínhamos colocado a seu gosto, abriu a caixa de tintas e tirou sua paleta. — Não vou exagerar, eu prometo — ele disse, diante de meu olhar preocupado ao vê-lo tatear os tubos de tinta.

Ajudei-o a espremer tintas, a colocar um pouco de terebintina em um pote, a montar a tela sobre o cavalete. Ele respirou fundo e afundou o pincel em uma poça de tinta verde, suspirando como se fosse o homem mais feliz do mundo. Deixei que trabalhasse como queria, embora eu estivesse sempre observando, enquanto trocava os lençóis e tirava o pó dos seus livros. Quando ele terminou — Monsieur Trabuc havia trazido uma tela bem pequena —, inclinou a cabeça e estudou o que tinha feito, e eu dei uma olhada por cima de seu ombro. Ele tinha pintado uma fileira de chalés com telhados verdes sob um sol escaldante, com grama verdejante e um homem com pernas duras andando entre eles, com uma pá no ombro.

— Não está muito bom — declarou Vincent —, mas mostra um caminho.

— Ele se exauriu — reclamou Monsieur Trabuc enquanto caminhávamos para o quarto de Vincent na vez seguinte que o visitei, com voz irritada, diferente de sua placidez habitual.

Os girassóis

— Eu tentei dizer a ele que era melhor parar de desenhar por alguns dias e descansar, mas ele não me ouviu. Agora está de cama novamente, sem conseguir fazer nada. E ele quer o cachimbo. Eu lhe disse que não.

— Se não deixarmos que ele pinte, ele ficará ainda mais perturbado — eu disse. — Ele é teimoso demais, não podemos impedi-lo. — Monsieur Trabuc resmungou e pegou uma vassoura para varrer o corredor.

— *Bonjour, mon cher* — eu disse, festiva, ao abrir a porta de Vincent, e fui até sua cama para dar-lhe um beijo no rosto. — Ora, você está quase recuperando sua cor habitual.

— É porque tenho trabalhado. Agora eu me cansei, mas sinto-me forte como não me sentia há tempos. Olhe o desenho na escrivaninha. — Eu analisei seu esboço de uma cadeira ao lado da lareira. — A perspectiva está quase perfeita. Está tudo voltando, minha menina, está voltando.

— Muito bem — eu disse, colocando o desenho de lado. — Mas não vamos apressar as coisas, *d'accord*? O que vamos ler hoje? — Eu peguei o romance de capa amarela que Monsieur Trabuc deixara na poltrona: *L'Oeuvre*, de Émile Zola.

— Na verdade, Theo mandou um pacote. Poderia abri-lo e ler a carta para mim? — Ele nunca tinha me deixado ler nenhuma das cartas de Theo, e quando eu perguntei se tinha certeza, ele balançou a cabeça vigorosamente. O pacote continha gravuras, que ele examinou, extasiado. — Theo sempre sabe do que eu gosto. *A Ressurreição de Lázaro* não é tão bom assim. — Jesus estava no centro do quadro, levantando a mão para retirar o enfraquecido Lázaro de sua tumba. — Rembrandt... — Vincent disse, pronunciando o nome com a solenidade de um padre.

— Rembrandt. Ele fez a pintura do cirurgião que você mostrou... — eu me detive.

SHERAMY BUNDRICK

Vincent pareceu não notar.

— Um gênio. Em Amsterdã e em Haia, eu passava horas diante dos quadros dele. Leia a carta, por favor.

Tentei não rasgar o envelope e tomei muito cuidado para desdobrar o papel finíssimo. O endereço da galeria de Theo vinha no alto, e o nome "Goupil & Co., Tableaux, Objets d'Art, Boussod Valadon & Cie, Successeurs" estava impresso em estilo elegante.

— A letra de Theo é melhor que a sua — eu disse. — Ele escreve como um cavalheiro.

— É porque ele sempre fez o que devia fazer na escola. Eu não.

Comecei a ler.

— "Meu caro Vincent, como eu ficaria contente em ir apertar sua mão na festiva ocasião de seu aniversário" Oh! Quando foi o seu aniversário?

— Alguns dias atrás, em 30 de março.

— Então você deve estar com...

Ele arqueou uma sobrancelha.

— Trinta e sete, se quer saber.

— Trinta e sete — eu provoquei, estalando a língua. — Meu Deus! "Será uma data festiva para você, ou ainda está se sentindo infeliz? O que faz durante o dia? Tem alguma coisa para distrair a mente? Pode ler, e tem tudo o que quer? Depois de sua última carta, eu esperava que entrasse em um período de convalescença e que pudesse em breve me dizer que se sentia melhor. Meu irmão querido, como é triste estarmos tão distantes um do outro, e saber tão pouco do que o outro está fazendo." Theo parece tão agradável. Por que ele não vem visitá-lo?

— É uma longa viagem, e muito cara. Ele tem o trabalho e o bebê para cuidar.

As próximas sentenças sumiram em minha garganta. "Por esse motivo, fico contente em informá-lo que me encontrei com o

Os girassóis

Dr. Gachet, aquele médico que Pissarro havia mencionado. Ele dá a impressão de ser um homem muito inteligente. Fisicamente, ele lembra você. Assim que chegar aqui, nós o consultaremos; ele vem a Paris diversas vezes por semana para atender pacientes. Quando lhe contei como suas crises aconteceram, ele me disse que não acredita ser algo relacionado à loucura, e que, se ele achasse que fosse, garantiria o seu restabelecimento, mas que era necessário falar com você para formar uma opinião mais precisa. Ele é um homem que pode ser de grande valia para nós quando você vier. Já conversou com o Dr. Peyron sobre isso? E o que ele diz?"

— O que foi? — Vincent perguntou, ansiosamente. — Há algo de errado com o bebê?

Por mais que eu desejasse saber do que Theo falava, não queria fazer perguntas; não enquanto Vincent estivesse doente e facilmente irritável. Pulei a passagem sobre o Dr. Gachet e continuei a ler o resto da carta. "Ainda não voltei a ver os Indépendants, mas Pissarro, que foi lá todos os dias, me disse que você fez muito sucesso entre os artistas. Também lá estavam amantes da arte que discutiram seus quadros comigo sem que eu atraísse a sua atenção para eles."

— Que notícias boas! — eu disse, tentando me animar.

— Nenhuma venda?

— Parece que não. — Vincent fez uma careta e me pediu que continuasse lendo.

Theo contou mais sobra a exposição, deu uma descrição da primavera em Paris, notícias de Johanna e do bebê, e encerrou a carta: "Meu irmão querido, estou ansioso para saber se está se sentindo melhor e para receber mais detalhes sobre seu estado de saúde. Mantenha-se animado e apegue-se à esperança de que as coisas em breve vão melhorar. Envio também algumas reproduções de águas-fortes de Rembrandt. São tão lindas... Um cordial aperto de mão deste irmão que muito lhe quer. Theo."

SHERAMY BUNDRICK

— Ele parece muito amável — eu disse. Durante todo esse tempo eu o havia imaginado como um homem pudico, frio e insensível, mas Theo não pareceu ser nada disso.

— Ele tem que ser amável para me aguentar — Vincent retrucou.

Coloquei a carta e o pacote de lado e peguei *L'Oeuvre*, um livro que eu tinha lido logo depois que Vincent e eu nos conhecemos. Eu tinha gostado dele naquela ocasião — ficara encantada porque o personagem principal desenhava uma jovem enquanto ela dormia, e a tristeza da história me tocou —, mas, naquele dia, em especial, a história do obcecado pintor Claude e sua muito sofrida amante/esposa Christine era a última coisa de que eu precisava. Minha voz tremeu em uma passagem que descrevia a confusão de Claude perante a gravidez de Christine, e Vincent, da cama, estendeu o braço para pegar minha mão.

— Desculpe-me — eu balbuciei. — É uma história tão triste...

Os olhos dele me perscrutavam.

— Vamos parar de ler por hoje.

Coloquei o livro no chão.

— Quais os quadros que estão na exposição de Paris? Você nunca me disse quais Theo escolheu.

— Eu queria uma mistura dos trabalhos de Arles e Saint-Rémy... — eu fingia ouvir, mas minha mente fervilhava. Quem era esse Dr. Gachet e por que Theo o contatara? O que Theo queria dizer com: "Quando você vier"? Será que Vincent tinha planos de ir a Paris sem me comunicar?

— Tem certeza de que está bem? — Vincent tinha parado de falar e olhava para mim. Respondi que eu só estava cansada, e ele disse, com tristeza: — Você se exauriu por minha causa. Eu disse que não precisava vir com tanta frequência...

Os girassóis

— Não é isso. Eu gosto de vir para ficar com você, eu adoro passar meu tempo com você. — Minha voz começou a tremer novamente.

Ele sentou-se na cama para me abraçar — a primeira vez que nos abraçávamos desde seu último ataque. Normalmente, eu me mantinha distante por causa de Monsieur Trabuc.

— Vamos lá... o que a incomoda? Eu me sinto bem, como há tempos não me sentia. Logo estarei correndo por aí, eu sei.

Correndo por aí, em Paris, era o pensamento que não me saía da cabeça.

— Monsieur Trabuc disse que você se cansou demais trabalhando — eu disse. — Preocupa-me que você possa voltar a piorar.

— É só isso? Diminuirei um pouco o ritmo, se isso a fizer se sentir melhor. Ficarei um pouco sem pintar, e desenharei menos. Farei isso até que eu esteja bem o suficiente para sair da cama. *D'accord?*

Sorri, aninhada no ombro dele. Por hoje, eu teria de me contentar com isso.

Como prometera, Vincent não voltou a pintar durante o período em que estava doente, e somente uma vez ou outra ele pegou seu caderno de desenho. Mesmo assim, a crise demorou mais três semanas para passar completamente. Um dia ruim, alguns dias bons... Sua disposição e força oscilavam sem nenhum padrão. Então, em uma tarde perto do final de abril, voltei a Saint-Rémy, depois de alguns dias de ausência, e soube que Vincent tinha saído do quarto e que estava trabalhando no ateliê. Ele já trabalhava lá havia alguns dias, sem falhar. Com os braços carregados de rosas que eu colhera no caminho, abri a porta e deparei com Vincent diante do cavalete.

SHERAMY BUNDRICK

— Entre, estou terminando — ele disse. Ele tinha pintado um buquê de íris: azuis, roxas e verdes, contra um fundo tão amarelo quanto seus girassóis. Eu não o via utilizar um amarelo desses desde que ele saíra de Arles. — Você trouxe rosas! Que encantador, obrigado. Estas íris já estão murchando; vamos colocá-las aqui. — Ele largou os pincéis e jogou as íris no chão, enfiando em seguida minhas rosas no jarro e arrumando suas hastes com carinho. — Vou pintá-las em seguida.

— Quer dizer que você está bem? — perguntei, confusa. Na semana anterior ele mal conseguia se mexer.

Ele voltou a pegar os pincéis e a paleta para dar pinceladas azuis sobre as íris.

— O ataque passou como um mistral, varrendo as nuvens e deixando somente a luz do sol. Eu não só tenho tido vontade de trabalhar, mas também voltei a escrever cartas, e ontem enviei a Theo um carregamento dos quadros que secaram durante minha crise.

Havia algo mais. Eu podia sentir, pela sua resposta animada, eu podia sentir nos seus gestos nervosos e no modo como ele evitava olhar para mim. Assim como naquele dia, há um ano, quando ele me disse que viria para Saint-Rémy. Quando voltou a falar, tinha a voz séria.

— Você já sabe sobre o Dr. Gachet, não é, *chérie*? — Fiz que sim, olhando para o chão. — Um dia desses, quando me senti bem para ler minhas cartas, vi o parágrafo que você não leu em voz alta. Era por isso que estava tremendo naquela tarde, não era? — Fiz que sim, mais uma vez. — E é por isso que você não tem sido... você mesma ultimamente?

Com o pé, remexi as íris jogadas no chão.

— Você vai embora? Vai para Paris morar com Theo?

— Vou a Paris visitar Theo, e em seguida vamos a uma aldeia chamada Auvers-sur-Oise, que fica a uma hora da cidade. O velho

Os girassóis

Camille Pissarro comentou com Theo sobre o Dr. Gachet, um médico que mora lá, especialista em melancolia e colecionador de quadros.

Lá fora, no jardim, as íris o encantaram. Ele as colheu, trouxe-as para o ateliê, sorriu para elas enquanto as pintava — durante esse tempo, elas foram a única coisa no mundo dele. Até que veio o próximo quadro e ele não precisava mais delas. Eu as recolhi do chão e coloquei-as sobre a cadeira.

— Há quanto tempo está planejando isso?

— Theo mencionou o assunto pela primeira vez no outono.

— Por que não me disse?

Ele colocou o material de pintura de lado e segurou minhas mãos. Azul e amarelo lhe tingiam os dedos.

— Eu achava que não precisaria de outro médico. Mas você viu o que o Dr. Gachet disse a Theo; ele acredita que pode me ajudar. Não é isso o que nós dois queremos?

— Sim, mas... eu não quero que você vá embora.

Vincent olhou para mim, e em seguida deu uma sonora gargalhada.

— Não me surpreende que você estivesse triste! Quero que vá comigo, minha menina, para casarmos, como tínhamos planejado!

Fiquei aliviada, e, em seguida, aterrorizada.

— Mas e quanto a Theo? Você não vendeu nenhum quadro na exposição dos Indépendants, não podemos impor nada a ele.

— Tenho os quatrocentos francos de Bruxelas — Vincent disse. — De qualquer maneira, quando ele a conhecer, a aprovará.

— E se ele não aprovar? Eu também tenho dinheiro, mas não é o bastante para começarmos uma vida juntos.

Ele largou minhas mãos, empurrou as íris murchas de volta para o chão e se afundou na cadeira.

— Eu achei que você ficaria louca para ir. Achei que iria querer pular no primeiro trem.

SHERAMY BUNDRICK

— Eu quero pular no primeiro trem, querido — respondi, sentando no colo dele. — Mas você tinha razão quando me pediu para ter paciência. Talvez eu não deva ir a Auvers neste momento. Talvez você deva conversar com Theo primeiro.

Ele correu os dedos pelo cabelo e propôs um plano. Iria sozinho e visitaria Theo e Johanna por alguns dias antes de ir para Auvers-sur-Oise. Em Auvers, ele ficaria em um albergue barato para economizar dinheiro e escreveria a Ginoux para que enviasse seus móveis, para que ele pudesse começar a procurar um chalé. A princípio, não diria nada a Theo sobre mim, não até que ele estivesse estabelecido em Auvers e preparasse o caminho. Quando chegasse a hora...

— Acha que ficará doente novamente em Auvers? — eu perguntei, baixinho.

— É possível. Não podemos fingir que não. Mas acredito que recuperarei meu equilíbrio no norte, e, com o Dr. Gachet para me ajudar, creio que ficarei bem.

— Quando estivermos casados — eu sorri e apertei o nariz dele —, seremos tão felizes que você não terá motivo para ficar doente. Nem vai precisar de nenhum Dr. Gachet.

Ele sorriu ao ouvir o que eu disse.

— Por volta do fim do verão, no máximo, mandarei buscá-la. Aí, enfim...

— Monsieur e Madame van Gogh — eu murmurei, e dei-lhe um beijo barulhento, afastando em seguida suas mãos matreiras e pulando de seu colo.

Ele deu os toques finais em suas íris enquanto eu olhava alguns quadros que haviam ficado do último lote para Theo.

— Pedirei aos Trabuc que enviem estes depois que eu chegar em Auvers — Vincent disse. — Não estarão secos quando eu partir, e quero fazer mais alguns estudos.

Os girassóis

Uma pequena tela me chamou a atenção.

— *A Ressurreição de Lázaro* — eu disse.

— Gostei tanto da gravura que Theo me enviou que decidi pintar baseado nela.

Vincent tinha pintado somente uma parte da cena. Salvo pelos invisíveis poderes curativos de Cristo, o enfraquecido Lázaro se esforçava para abrir os olhos depois de ter voltado dos mortos. Suas duas irmãs reagiam, chocadas ao vê-lo, uma tirando o pano de seu rosto e abrindo os braços, a outra a seus pés, com as mãos levantadas. Um sol brilhante — um sol redondo e amarelo que não estava na gravura, o sol particular de Vincent — iluminava as três figuras com a esperança na madrugada da ressurreição.

Lázaro tinha cabelos e barba ruivos. Vestindo os trajes do homem salvo, o homem curado, Vincent pintara a si próprio.

Capítulo Trinta e Quatro

Os Trens de Tarascon

12 de maio de 1890

Mlle. Rachel Courteau
a/c Mme. Virginie Chabaud
Rue du Bout d'Arles, nº 1
Arles-sur-Rhône

Ma chère Rachel,

O Dr. Peyron não fez objeções com relação à minha partida e concordou que uma mudança de clima pode me fazer bem. Theo mandou 150 francos para a viagem e eu já comecei a preparar tudo. A princípio, Theo insistiu que alguém me acompanhasse durante todo o percurso, pois ele estava preocupado que a tensão da viagem pudesse deflagrar uma crise no trem. Eu disse a ele que todos os meus ataques tinham sido seguidos por um período de calma, e que eu me sentia extremamente calmo no momento. É justo eu ter de ser escoltado como um animal perigoso?

Eu gostaria de encontrá-la na estação de Tarascon dia 16 — devo pegar o primeiro trem da tarde partindo de Saint-Rémy — para que possamos passar algum tempo juntos. Você irá?

Com um beijo no pensamento

Vincent

Os girassóis

Eu andava à esmo pela estação de Tarascon, pela sala de espera, pela plataforma, novamente na sala de espera, pulando a cada apito de locomotiva. Finalmente, o trem de Vincent chegou e eu corri para ajudar quando o vi descendo dos vagões de terceira classe. Como de costume, ele estava sobrecarregado com uma variedade de coisas: cavalete e esticadores nas costas, a caixa de tintas em uma mão, a valise na outra.

— Sempre um porco-espinho — eu provoquei, estendendo a mão para pegar a valise. Ele estava usando seu terno de veludo preto e o melhor chapéu, pronto para as ruas de Paris, mas os sapatos, precisando de cera, ainda carregavam a terra da Provença.

Ele riu e apertou seus lábios contra os meus.

— *Bonjour, chérie*. Venha, vamos conferir o horário do trem antes de fazer qualquer coisa.

Dentro da sala de espera, Vincent consultou a lousa com a lista de partidas e então andou até a bilheteria, onde o funcionário verificou algo em um grosso volume. Ele fez um sinal afirmativo para o que o funcionário lhe perguntou e tirou dinheiro para comprar a passagem. Ele sorria quando voltou para mim.

— O trem para Lyon é às seis horas, e de lá vou a Paris.

Olhei para o relógio da sala de espera. Era quase uma hora.

— Poderíamos almoçar e dar uma volta por Tarascon — ele disse —, ou podemos fazer um estudo concentrado de um dos hotéis locais. O que prefere?

— Não tenho fome. E você?

— Comeremos depois, então.

Perto da estação, havia três hotéis, e Vincent dirigiu-se ao que parecia mais bem cuidado. Fiquei imaginando quantos amantes já tinham vindo ali para um último encontro.

— Quantas noites? — perguntou a mulher na portaria, e, quando Vincent disse que era somente pela tarde, ela jogou

SHERAMY BUNDRICK

uma chave sobre o balcão. — Dois francos. Quarto três, no alto da escadaria.

— Poderia enviar alguém para nos chamar às quatro e trinta? — Vincent pediu, ao pagar pelo quarto e assinar o livro de registros. Dei uma olhadela por cima de seu ombro e sorri para o rabisco que ele fizera: *M. et Mme. V. van Gogh.* Meu futuro, em preto e branco, para todos verem.

O quarto dispensava comentários — o tipo de quarto que cheirava a fumaça velha, com traças nos cantos —, mas pelo menos era limpo. Ajudei Vincent a tirar tudo o que tinha nas costas e a apoiar as coisas em uma cadeira velha. Ele pousou o chapéu em uma mesa ao lado da janela, fechou as cortinas e então ficamos parados, olhando um para o outro.

— Precisamos fazer isso mais do que uma vez a cada seis meses — ele disse, e ambos rimos.

— Espere para ver quando eu chegar em Auvers.

Fizemos amor com uma ternura que honrava os quase dois anos que passamos juntos. Eu sabia que ele pintava meu retrato em sua cabeça, lábios e dedos, pincelando cada linha como as cerdas de marta contra a tela. Ele sussurrava cores em minha pele para me fazer rir, tons disso, matizes daquilo, que ele usaria para cada ombro, cada seio, cada perna, e me fez jurar que um dia ele teria sua chance.

— Quando estivermos casados — eu lhe disse, e ele declarou que eu sempre fora boa negociante. Eu o desenhei em minha cabeça o mais fielmente que consegui, o vermelho amarelado de seus cílios, as sardas castanhas chuviscadas em seu nariz, seu cheiro, seu gosto. Sua orelha ferida, há muito tempo curada, há muito tempo aceita.

Dormimos nos braços um do outro, aninhados juntos, como gatinhos. Antes de acordar, meio sonolenta, fiquei imaginando

Os girassóis

como seria a próxima vez em Auvers-sur-Oise. *Auvers. Auvers.* O próprio nome é um rio manso fluindo pela língua, um lugar onde, finalmente, encontraríamos paz. Estendi a mão para tocar o rosto de Vincent e sua face estava molhada.

— O que houve? — perguntei, alarmada.

— Rachel, eu quero lhe dizer... — Ele afastou o cabelo de meu rosto e ficou brincando com os cachos entre seus dedos. — Estes últimos dois anos foram os mais difíceis da minha vida, mas foram também os mais felizes. Você se doou tanto para mim, um presente que eu nem merecia. Sentirei sua falta, *ma petite.*

— Não demorará muito para ficarmos juntos — eu o tranquilizei com um beijo. — Alguns meses.

— Eu sei, mas... — Ele olhou na direção da janela e a sentença lhe escapou. Em seguida, sentou-se. — Quero desenhar você.

— Desse jeito? Deixe-me pentear o cabelo e lavar o rosto.

— Não. Do jeito como está agora.

Puxei o cobertor para cobrir meus ombros.

— Nua, não. Não antes...

— De casarmos. Eu sei. *Zut*, você não era tão retraída. — Ele sorriu e escorregou da cama, colocou as calças, pegou seu caderno de desenho e abriu as cortinas.

— Quantas mulheres já posaram nuas para você? — eu perguntei enquanto ele se acomodava, sentado de pernas cruzadas sobre a cama, e começava a desenhar.

Ele arqueou as sobrancelhas.

— Ah, nunca me perguntou isso antes.

— Eu sei de uma, aquele italiana de Paris...?

— Muito poucas além dela. Não fui tão bem-sucedido quanto gostaria em persuadir jovens a tirar as roupas em nome da arte. — Ele deu risada enquanto apagava alguma coisa no quadro.

— Qual é a graça?

SHERAMY BUNDRICK

— Antes de ir para Paris morar com Theo, passei alguns meses na Antuérpia e associei-me a uma academia de arte onde podia desenhar modelos vivos. Mas os alunos raramente retratavam mulheres de verdade; eles desenhavam a partir de moldes de gesso das estátuas. Uma tarde, o professor de desenho trouxe um molde de uma Vênus nua. Eu a achei muito magra, então dei-lhe mais curvas nos seios e nos quadris em meu desenho... do modo como gosto das minhas mulheres. — O sorriso maroto voltou.

— Quando o professor viu o que eu tinha feito, rasgou meu papel ao meio. Ele disse que eu tinha transformado uma Vênus clássica em uma dona de casa flamenga.

— Não! O que você fez?

— Pulei do meu banquinho e esbravejei: "O senhor não deve entender nada de mulheres, ou saberia que uma mulher de verdade tem quadris e traseiro!" — Rimos como há muito tempo não o fazíamos. — Saí daquele lugar enfurecido e nunca mais voltei. — Fiquei dando risada enquanto o lápis brincava sobre o papel mais um pouco. — Pronto; *j'ai fini*. Que ver?

Balancei a cabeça.

— É seu. — Ele sorriu para a página, fechou o caderno de desenho e eu perguntei: — Que horas são?

— Devem ser quase quatro horas.

Dei uma palmadinha na cama.

— Acredito que ainda tenhamos mais meia hora.

— Acredito que esteja correta.

Quando vieram bater à porta, uma voz suave disse: *Seize heures et demie, monsieur* — Vincent estava prendendo meu espartilho e eu ria e me contorcia.

— Não consigo prender se não parar quieta — ele ralhou, o que me fez rir mais ainda.

383

Os girassóis

Ele tentou prender meu cabelo, mas também não deu certo, então ele se contentou em beijar meu pescoço enquanto eu ficava parada na frente do espelho.

— Não consigo prender se você não parar — eu disse. A resposta dele foi enfiar a mão por baixo de minha anágua e acariciar minha coxa. Eu suspirei e inclinei-me para ele. — Não vai conseguir pegar seu trem se continuarmos neste ritmo.

— Venha comigo — ele murmurou, a barba roçando a minha clavícula.

— Não me tente. Nós temos um plano.

A mulher que estava no andar de baixo não tirou os olhos do livro-caixa quando descemos e Vincent devolveu a chave.

— Há um café do outro lado da rua — ele disse, quando saímos. — Vamos jantar antes da hora.

A comida cheirava bem, mas eu só consegui ficar olhando para o prato, com meu humor alegre esvaindo-se ainda mais rápido ao som de cada trem que passava. Vincent me estimulava a comer alguma coisa e, para contentá-lo, dei umas garfadas em meu *omelette du jour*, mas não senti gosto de nada.

Na estação, ele entrou na sala de telégrafo para mandar uma mensagem a Theo e eu fiquei andando de um lado para o outro entre os bancos da sala de espera. Mais viajantes chegavam para pegar os trens vespertinos: trens para Lyon, trens para Marselha, trens para toda a Provença. Meu trem para Arles, de acordo com a lousa, partiria às seis e meia. Um homem barrigudo entrou, com expressão de pânico, e em seguida suspirou de alívio ao encontrar sua carteira no bolso da calça. Uma moça estava aninhada em um soldado de uniforme, a cabeça dela no ombro dele, a mão dela no braço dele — ele deve estar a caminho de Marselha e, de lá, provavelmente seguirá viagem para o Norte da África; ela deve estar pensando se o verá novamente.

Acenei para um vendedor de flores que passava e comprei uma flor amarela. Quando Vincent voltou, eu a enfiei na casa de um de seus botões.

— A que horas você chega? — perguntei.

Ele olhou para a flor e sorriu.

— Dez da manhã, na Gare de Lyon. Theo me encontrará lá, e aposto que ele não vai pregar os olhos esta noite.

— Vai me escrever ou mandar um telegrama quando chegar?

— Tentarei enviar um telegrama de Paris, e escreverei uma carta adequada quando chegar em Auvers.

Cinco minutos para as seis, dizia o relógio acima de nós.

— Devemos ir para a plataforma — eu disse, com o coração murchando dentro do peito.

Uma multidão nos seguiu, todos procurando pelo trem. O que aconteceria se eu subisse a bordo com ele? O que aconteceria se Theo me visse descer do vagão com seu irmão? Ele enfrentaria Vincent ali mesmo ou agiria de modo educado e esperaria até que chegássemos ao apartamento? Será que Johanna me olharia com escárnio? Será que Theo nos expulsaria de sua casa? Se eu fosse com Vincent para Paris neste momento em vez de esperar que ele facilitasse o caminho, o que de pior poderia nos acontecer?

Muito mais do que eu gostaria de arriscar. Eu tinha de deixá-lo ir.

A sirene da plataforma soou e os passageiros que aguardavam começaram a pegar suas bagagens, despedindo-se das pessoas que amavam. Vincent colocou sua valise e a caixa de pintura no chão e pegou meu rosto em suas mãos, com os olhos flamejando de determinação.

— Eu a verei novamente?

— É só chamar — eu sussurrei — e eu irei encontrá-lo.

Ele me beijou na testa.

Os girassóis

— No fim do verão. Estarei esperando.

Ele pegou suas coisas no momento em que o trem parou, pendurando os esticadores e o cavalete nas costas. A multidão nos empurrava, o condutor gritava: *"Direction Lyon! En voiture!"* e, soprando seu apito, não havia tempo, não havia tempo, nunca havia tempo suficiente. Nossas mãos se tocaram e Vincent se foi, subindo no vagão de terceira classe, olhando pela janela e acenando. Beijei minha mão e mandei-lhe o beijo, acenando com um sorriso vacilante — fiquei acenando até não ver mais o trem. Depois, atravessei os trilhos vazios até a plataforma do lado oposto, para aguardar o trem para Arles.

Capítulo Trinta e Cinco

Setenta Dias em Auvers

25 de maio de 1890

Mlle. Rachel Courteau
a/c Mme. Virginie Chabaud
Rue du Bout d'Arles, nº 1
Arles-sur-Rhône

Ma petite Rachel,

Passei três dias em Paris e agora estou em Auvers. Ver Theo, assim como conhecer Johanna e meu pequeno xará, encheu-me de alegria. Jo é sensível, cordial e encantadora, e meu sobrinho é um tesouro. Theo está bem, embora eu o tenha achado mais pálido que na última vez em que o vi, e com uma tosse violenta. Ela o perturba há muitos anos e agora piorou, e o apetite dele está menor do que eu gostaria. Eu o incentivei a consultar o médico novamente e propus que a família toda passasse os feriados vindouros aqui, para desfrutar do ar do campo. Theo insiste que está devendo uma visita à Holanda para que a criança possa conhecer seus avós, mas eu insisti que uma viagem curta seria melhor.

No apartamento de Theo eu tive a oportunidade de ver minhas telas desde que comecei. São tantas que algumas estão enroladas e guardadas debaixo das camas! Outros quadros meus estão

Os girassóis

sendo guardados por Père Tanguy, proprietário de uma loja de artigos para pintura, onde compro tintas e telas há muito tempo. É um *trou au punaises*, um buraco infestado de insetos, e não é um lugar totalmente adequado. Eu trouxe quatro telas de Saint--Rémy para me fazer companhia e para mostrar ao Dr. Gachet, mas no momento não tenho espaço para mais. Resido no sótão de um antigo albergue em frente à *mairie*, a prefeitura. Custa três francos e cinquenta centavos por noite, mais do que eu gostaria de pagar, mas as coisas aqui são assim. Depois de muita discussão, Theo concordou em manter a mesada de 150 francos, mas espero que chegue um momento em que eu não precise dela.

O Dr. Gachet parece uma personalidade excêntrica com índole nervosa. Seu rosto mostra os traços da dor pela morte da esposa, há alguns anos, mas, quando o assunto é pintura, ele abre um sorriso. Ele possui uma grande coleção, que já teve a amabilidade de me mostrar: um Pissarro muito bom, duas telas florais de Cézanne, entre muitas outras. Ele me convidou para pintar em sua casa na terça-feira; ele tem um lindo jardim, que fornecerá bons efeitos, e espero que possa convencê-lo a posar para um retrato.

Quando indaguei sobre minha doença, ele respondeu que eu deveria trabalhar com ousadia, sem pensar no que aconteceu de errado comigo. Ele é um médico que conhece tinturas e ervas, e disse que se eu achar a melancolia difícil demais para aguentar, ele poderá atenuar a intensidade. Mas no momento tudo vai bem, e não tenho necessidade de nada.

Há muita cor por aqui. As casas de classe média são cobertas de flores, parecem mais casas de campo e, para mim, as mais bonitas são os chalés colmados cobertos de musgo, que ficam cada vez mais raros com o passar do tempo. Não é difícil imaginar *une petite famille van Gogh* vivendo em um deles, e eu trabalho com ousadia (como Gachet disse), com essa visão arraigada firmemente

388

SHERAMY BUNDRICK

em minha cabeça. Aguardo com ansiedade suas cartas, que iluminarão meus dias e trarão o sul até mim. Aqui está meu endereço:

V. van Gogh
chez Ravoux, Place de la Mairie
Auvers-sur-Oise
(Seine-et-Oise)

Com um beijo no pensamento,
Vincent
P.S.: Não tive notícias dos Ginoux com relação à minha mobília, apesar de ter escrito a eles duas vezes, deixando claro que lhes reembolsarei as despesas. Gostaria de lhe pedir que visite Madame Ginoux e providencie isso.

28 de maio de 1890

M. Vincent van Gogh
chez Ravoux, Place de la Mairie
Auvers-sur-Oise
(Seine-et-Oise)

Mon cher Vincent,

Françoise e eu acabamos de voltar de Saintes-Maries-de-la--Mer, onde participamos de uma peregrinação em homenagem às santas Marie Jacobé e Marie Salomé. Viajamos de diligência durante cinco horas pela Camargue, por uma estrada deserta que atravessa pântanos e planícies arenosas cobertas de grama. Milhares de pessoas lotaram a aldeia para a festa, indo à missa e em seguida reunindo-se na praia, quando as estátuas das santos foram lançadas ao mar dentro de um pequeno barco. Nunca vi

Os girassóis

nada parecido: a cantoria, a choradeira, a esperança nos olhos dos fiéis. Acendi velas na igreja e rezei para que estas mulheres abençoadas consigam tocá-lo aí em Auvers e que seu processo de cura continue indo bem. Envio também uma *carte postale* do festival para que coloque em seu quarto. Você pode pensar que é superstição — ou talvez não —, mas suponho que toda ajuda que pudermos reunir será bem-vinda.

E o que encontrei ao voltar a Arles? Uma carta sua que me encheu de alegria! Sinto-me tão feliz que você esteja achando Auvers um lugar tranquilo, e que esteja se sentindo forte e bem. Parece-me que o Dr. Gachet está confiante quanto ao seu restabelecimento, o que me faz pensar se as Maries já terão me ouvido.

Em Saintes-Maries, fui até a praia no meio da noite e fiquei parada, sozinha, com os pés no mar. Olhei para as estrelas pensando em você aí, distante, e meu desejo de estar com você é tão grande que sinto como se fosse uma dor dentro de mim. Ainda a sinto, e conto os dias para que possamos estar juntos novamente e ficar olhando para as estrelas no céu de Auvers no nosso lindo chalé com musgo.

Eternamente sua
Rachel

5 de junho de 1890

Mlle. Rachel Courteau
a/c Mme. Virginie Chabaud
Rue du Bout d'Arles, nº 1
Arles-sur-Rhône

Ma petite Rachel,

Sua carta me tocou tanto que quase chorei. Imaginar você balançando na diligência naquela estrada agreste para poder rezar por mim foi comovente demais e não aguentei. Coloquei a *carte postale* em minha escrivaninha para que possa pensar em você sempre que me sento lá. Minha *Pietà* também está pendurada na parede, então eu tenho um trio de mulheres abençoadas em Auvers, e uma menina muito querida aí em Arles, para cuidar de mim. O que me torna um homem realmente abençoado.

Ideias para trabalhar não param de chegar. Levanto-me todas as manhãs por volta das cinco e vou dormir às nove da noite. As pessoas do lugar onde me hospedo são gentis e estou me alimentando muito bem.

Tornei-me amigo do Dr. Gachet. Na semana passada, eu pintei dois estudos na casa dele: uma babosa com cravos e cipreste e, no domingo passado, algumas rosas brancas, com uma figura branca. Ofertei-lhe os quadros para mostrar que, mesmo não podendo pagar em dinheiro pela ajuda que me dá, ele pode ser compensado em quadros.

No domingo, jantamos com o filho dele, de dezesseis anos, e a filha, um pouco mais jovem que você. O Dr. Gachet faz questão de mandar a empregada preparar jantares elaborados, com quatro ou cinco pratos, embora eu lhe diga que não é necessário. Como eu desejava, terminei um retrato do bom médico: a cabeça com um boné branco, as mãos com um leve matiz de carne, uma sobrecasaca azul e fundo azul-cobalto, inclinado sobre uma mesa vermelha na qual estão um livro amarelo e uma dedaleira com flores roxas. Ele ficou muito satisfeito e acho que farei uma cópia para ele.

Theo, Johanna e o bebê passarão uma semana de suas férias aqui antes de prosseguir para a Holanda. O Dr. Gachet visitou Theo na galeria para lhe dizer que estou totalmente recuperado e

Os girassóis

que ele não vê motivo para que os ataques retornem. Sinto-me tão calmo e com tanto domínio do pincel que só posso acreditar nele.

Dois dias atrás, pintei um quadro que sei que você vai gostar muito: um estudo da igreja da aldeia, um efeito no qual o prédio aparenta ser de cor violeta, contra um céu azul profundo, puro cobalto. As janelas do vitral parecem bolhas em ultramarino, e o teto é violeta, parcialmente laranja. No primeiro plano, algumas plantas verdes em flor e areia com o brilho rosado do sol sobre ela. Essa igreja muito antiga fica em uma colina no alto da cidade, como se a governasse, e, acima dela, sobre um platô, ficam os campos de trigo.

Como eu anseio compartilhar este lugar com você, *ma petite!* Quanto mais eu vir Theo neste verão, mais fácil será falar sobre o nosso casamento com ele. Quando a oportunidade se apresentar, eu a aproveitarei.

Com um beijo no pensamento
Vincent

13 de junho de 1890

Mlle. Rachel Courteau
a/c Mme. Virginie Chabaud
Rue du Bout d'Arles, nº 1
Arles-sur-Rhône

Ma petite Rachel,

Theo, Johanna e meu sobrinho vieram a Auvers no domingo passado para um almoço na casa do Dr. Gachet e passamos uma tarde esplêndida juntos. Dr. Gachet e seus filhos se deram bem com Theo e Johanna, como eu previa; Theo já conhecia o Dr.

Gachet e Mademoiselle Gachet tem idade suficiente para fazer companhia a Johanna. Eu introduzi *le petit* aos animais do quintal do Dr. Gachet e ele se divertiu muito, e eu também. Depois do almoço, fomos dar um longo passeio pelas margens do Oise, e Theo veio até o albergue examinar meus quadros.

Fiz mais estudos das casas entre as árvores, um estudo das vinhas, e, ainda ontem, uma tela tamanho 30 de uma paisagem sob chuva: campos até perder de vista, diversos tipos de plantações verdes, uma pequena carruagem e um trem a distância. Em breve, espero pintar mademoiselle Gachet, talvez ao piano. Continuo me sentindo forte e com saúde, com a mente tranquila, como há muito tempo não estava.

Recebi uma carta de Madame Ginoux. Monsieur Ginoux foi seriamente ferido por um touro quando ajudava um amigo a desembarcar animais de uma carroça e foi por isso que não deram notícias antes. Madame Ginoux garantiu que meus móveis logo estarão a caminho.

Cuide-se bem, minha menina, e espero com ansiedade ter notícias suas em breve.

Com um beijo no pensamento

Vincent

16 de junho de 1890

M. Vincent van Gogh
chez Ravoux, Place de la Mairie
Auvers-sur-Oise
(Seine-et-Oise)

Querido Vincent,

Os girassóis

Que bom que você pode desfrutar de almoços agradáveis e reforçar os laços com a família Gachet! Imagino que o Dr. Gachet possa vir a ajudar, com sua coleção de arte e seus contatos em Paris. Também é bom que Theo e Johanna tenham conhecido melhor os Gachet e que possam se tornar amigos. Quem sabe quando eles vierem passar as férias em Auvers, o Dr. Gachet e sua filha tenham interesse em hospedá-los. Suponho que você não tenha arriscado falar em particular com Theo sobre o futuro.

Estou surpresa que queira pintar mademoiselle Gachet — achei que não ligasse para as *petites bourgeoises* e suas afetações. Suponho que ela tenha boas maneiras e boas roupas, e que toque piano de modo encantador, como uma dama bem-criada deveria fazer. Que cuide da mesa de chá com elegância, toda vestida de branco. Sem dúvida, ela deve discorrer sobre arte e pintura de modo inteligente, tendo crescido cercada pela coleção de arte do pai. Isso certamente tornará a tarde mais estimulante, quando chegar a hora de pintá-la.

Rachel

20 de junho de 1890

Mlle. Rachel Courteau
a/c Mme. Virginie Chabaud
Rue du Bout d'Arles, nº 1
Arles-sur-Rhône

Minha querida menina,

Realmente creio que sua impaciência esteja levando a melhor. Theo e eu ainda não tivemos oportunidade de discutir assuntos em particular, mas lhe asseguro que estou plantando as sementes. *Chérie*, não foi você mesma quem exortou a paciência desta vez? Que disse que não devemos impor nada a Theo?

Em Arles, imagino que o trigo nos campos esteja dourado e maduro, com a aproximação do período da colheita, mas em Auvers a colheita ainda está distante, e o trigo só agora começa a ficar dourado. As coisas devem seguir seu próprio ritmo, ou arriscamos perder tudo. Não crê que eu também estou impaciente? Deito em meu sótão todas as noites, olhando para a lua pela janela e pensando em como seremos felizes quando chegar a hora.

Quanto a pintar mademoiselle Gachet, estou sentindo uma certa *rivalité féminine*? Não estou certo se devo me divertir ou ficar bravo com suas insinuações — ou lisonjeado, se acharmos que o ciúme é um barômetro da afeição. *Ma petite*, para treinar retratos, é necessário ter modelos. Eu não pintei Madame Roulin e Madame Ginoux? E Madame Trabuc, na *maison de santé*? Acabo de terminar um retrato da filha do casal onde me hospedo (em azul, com fundo azul) e gostaria de encontrar uma camponesa que posasse para mim em meio ao trigo. São modelos, somente modelos, todas.

O Dr. Gachet ficará satisfeito se eu pintar sua filha, e eu lhe oferecerei o retrato em reconhecimento de sua amizade. Não é para mim. Se me lembro corretamente, pedi a você que posasse repetidas vezes até você aceitar, e ainda não tive o prazer de terminar um quadro seu.

Só o que peço é que confie em mim.

Meu trabalho e minha saúde continuam bem. Comecei a pintar em um novo formato, em telas de 1 metro de comprimento por somente meio metro de altura, o que me estimula. Eu já terminei um estudo dos trigais, outro de um castelo ao pôr do sol e o terceiro de uma vegetação rasteira com duas figuras

OS GIRASSÓIS

passando por uma floresta, um homem e uma mulher de braços dados. Enquanto eu pintava este novo estudo, asseguro-lhe que não tinha mademoiselle Gachet na cabeça.

Com um beijo no pensamento
Vincent

26 de junho de 1890

M. Vincent van Gogh
chez Ravoux, Place de la Mairie
Auvers-sur-Oise
(Seine-et-Oise)

Mon cher Vincent,

Suponho que o ciúme e a impaciência tenham mesmo me possuído, e peço desculpas por isso, mas não consigo evitar. Estou a oitocentos quilômetros de você e me preocupo mais e mais, a cada dia, que algo aconteça agora, que estamos tão perto de nossa felicidade. Confio em você, por favor, não pense o contrário, e sei que está fazendo todo o possível para plantar as sementes na cabeça de Theo antes de falar abertamente com ele. É que é difícil, meu querido. Parece que está tudo tão distante há tanto tempo...

Chegará o dia em que você não precisará de outra mulher para posar. No trigo, ao piano (embora eu não tenha ideia de como tocar), em sua cama... em qualquer lugar que me queira, serei sua. Não acho que mademoiselle Gachet diria isso!

Com todo o meu amor
Sempre sua
Rachel

SHERAMY BUNDRICK

2 de julho de 1890

Mlle. Rachel Courteau
a/c Mme. Virginie Chabaud
Rue du Bout d'Arles, nº 1
Arles-sur-Rhône

Ma petite Rachel,

Recebi uma carta perturbadora de Theo. O pequeno está gravemente doente, talvez devido a uma infecção proveniente do leite de vaca. A própria Johanna já está doente há uma semana — doente demais para amamentá-lo —, e o leite substituto parece não ter feito bem ao bebê. O médico afirmou que a criança não corre risco de vida, mas mesmo assim Theo e Johanna estão muito ansiosos, e agora eu também. Theo diz que *le petit Vincent* geme sem parar e que nada o conforta.

O resto da carta não reflete o meu irmão, que é normalmente tão calmo e composto. Ele está pensando em deixar a galeria e abrir a sua própria com ajuda financeira de Dries Bonger, irmão de Jo. Não entendo o que ele pretende com esta ideia. Isso só trará fracasso e ruína. Recuso-me a acreditar que Jo apoie esse plano, embora Theo não diga nada. Só posso esperar que ele seja fruto da preocupação e que seja esquecido quando a saúde do pequeno melhorar.

Theo diz algo muito interessante: "Tenho, e espero, do fundo do meu coração, que você, um dia, tenha uma esposa a quem possa dizer essas coisas". É esta a oportunidade que esperamos?

Eu gostaria de ir a Paris para ajudá-lo, mas Theo diz que eu não devo visitá-los até que Jo esteja melhor. Planejo insistir

Os girassóis

novamente que eles passem as férias todas em Auvers, pois viajar até a Holanda pode ser demais para Jo e para o bebê.

Fico contente que as coisas entre mim e você estejam como devem estar, mesmo que a impaciência, por vezes, tome conta de nós. Vou cobrar sua promessa de posar para mim, então pode se preparar para ficar sentada por muitas horas — ou deitada —, completamente imóvel, enquanto eu me deleito em olhar para você, por cima, por baixo, e pintar sua figura até que estejamos ambos satisfeitos.

O retrato de mademoiselle Gachet está acabado. O vestido é vermelho, a parede ao fundo é verde, com pontos laranja; o piano, violeta escuro. O pai dela me prometeu fazê-la posar para mim em outra ocasião, sentada ao órgão, para continuar com o tema musical.

Cuide-se, *chérie*. Eu a manterei informada sobre meu progresso com Theo.

Com um beijo no pensamento
Vincent

5 de julho de 1890

M. Vincent van Gogh
chez Ravoux, Place de la Mairie
Auvers-sur-Oise
(Seine-et-Oise)

Mon cher Vincent,

Que penosas estas notícias sobre seu sobrinho! Talvez sejam só os primeiros dentes, e nada mais sério! Espero que tanto ele quanto Johanna se recuperem logo. Por favor, tente não ficar ansioso demais com relação a eles nem com as ideias de Theo

SHERAMY BUNDRICK

para abrir uma galeria só dele. Eu sei o que você deve estar pensando, e lhe imploro, mais uma vez, que não se preocupe. Daremos um jeito, não importa o que Theo decida.

Correndo o risco de parecer uma noiva ciumenta demais: poderia me agradar, não pintando mademoiselle Gachet novamente?

Eternamente sua
Rachel

7 de julho de 1890

Mlle. Rachel Courteau
a/c Mme. Virginie Chabaud
Rue du Bout d'Arles, nº 1
Arles-sur-Rhône

Ma petite Rachel,

Ontem, fui a Paris visitar Theo e Johanna, e, embora eu esteja contente pelo pequeno estar muito melhor, foi um dia penoso e difícil em muitos outros aspectos. Eu pretendia ficar algumas noites, mas tive necessidade de fugir quase imediatamente.

Estas tempestades que pairam sobre nós me fazem sentir muito triste, como se minha vida estivesse ameaçada em sua raiz e meus passos fossem hesitantes. Temo, mais do que nunca, que eu seja um fardo para Theo, que me coloque entre a família dele e a verdadeira felicidade. Eu lhe contaria tudo o que aconteceu, mas pensar nisso só me traz mais dor, e acredite em mim quando digo que você também ficaria perturbada.

Hoje, tentei trabalhar, mas o pincel quase escorregou de meus dedos. Pintei os vastos campos de trigo sob um céu turbulento,

Os girassóis

e não precisei ir a lugar nenhum para tentar expressar tristeza e solidão extremas.

O que fazer?

Vincent

9 de julho de 1890

M. Vincent van Gogh
chez Ravoux, Place de la Mairie
Auvers-sur-Oise
(Seine-et-Oise)

Meu querido Vincent,

Não posso suportar pensar em você nesse estado, e me dá medo imaginar o que pode ter acontecido entre você, Theo e Johanna para causar tudo isso. Foi ideia de Theo sair da galeria? Ou, que Deus me perdoe, você falou com ele sobre nós e tudo deu errado?

Devo ir para Auvers agora? Tenho dinheiro para a passagem. Por favor, não ceda ao desespero, e saiba que eu o amo com todas as minhas forças.

Eternamente sua

Rachel

TELEGRAMA —14 de julho de 1890
Para: Vincent van Gogh, chez Ravoux, Auvers-sur-Oise
De: Rachel Courteau,
Rue du Bout d'Arles nº 1, Arles-sur-Rhône
Mensagem: Não tive notícias. Temo outra crise. Por favor, escreva.

SHERAMY BUNDRICK

14 de julho de 1890

Mlle. Rachel Courteau
a/c Mme. Virginie Chabaud
Rue du Bout d'Arles, nº 1
Arles-sur-Rhône

Ma petite Rachel,

Sinto se a deixei preocupada, por favor, desculpe-me. Não tive outra crise, embora tivesse temido, durante algum tempo, que uma estivesse se aproximando. Jo e Theo me escreveram na semana passada acerca dos assuntos que discutimos em Paris, e, embora nossos problemas não estejam resolvidos, estamos caminhando para um entendimento.

Theo pediu a Messieurs Boussod e Valadon um aumento de salário, com a condição de que, se ele não fosse concedido, ele pediria demissão. Essa discussão aconteceu dia 7, então esperamos pelo resultado com o fôlego suspenso. Isso determinaria muitas coisas. Eu não conversei com Theo sobre você durante a visita a Paris; por favor, alivie essa aflição. Não era hora.

Pensando só em mim, eu lhe diria para pegar o trem para Auvers, mas lhe imploro que permaneça em Arles até que saibamos o que acontecerá com o emprego de Theo. Ele e Johanna virão me visitar e passarão uma semana aqui. Espero que muitas coisas sejam discutidas e resolvidas durante esse período, depois do qual poderemos prosseguir como planejamos.

Aguardo o dia em que essas tempestades terão passado.

Com um beijo no pensamento

Vincent

OS GIRASSÓIS

CARTE POSTALE
15 de julho de 1890

Mlle. Rachel Courteau
a/c Mme. Virginie Chabaud
Rue du Bout d'Arles, nº 1
Arles-sur-Rhône

Ma petite Rachel,

Theo e Johanna não virão passar nenhuma parte de suas férias em Auvers. Eles irão diretamente para a Holanda, onde Jo e o bebê permanecerão por três semanas e Theo, somente por uma, retornando em seguida a Paris. Não posso lhe dizer quão desapontado e, sim, furioso eu estou por eles terem mudado de planos tão subitamente, deixando-me abandonado aqui. Não consigo imaginar o que eles estão pensando.
Seu Vincent

18 de julho de 1890

M. Vincent van Gogh
chez Ravoux, Place de la Mairie
Auvers-sur-Oise
(Seine-et-Oise)

Mon cher Vincent,

Por favor, deixe-me ir até você para enfrentarmos as tempestades juntos. Estou certa de que a decisão de Theo nada

402

tem a ver com os sentimentos dele por você. Tenha paciência com ele e não deixe o desapontamento agir sobre você de maneira indevida.

Meu querido, lembre-se sempre do quanto eu o amo. Você não está sozinho.

Eternamente sua
Rachel

26 de julho de 1890

Mlle. Rachel Courteau
a/c Mme. Virginie Chabaud
Rue du Bout d'Arles, nº 1
Arles-sur-Rhône

Ma petite Rachel,

Mais uma vez, desculpe-me pela demora em responder, mas há muito no que pensar.

Theo retornou a Paris, mas imagino que ainda não tenha novidades de Messieurs Boussod e Valadon, ou ele teria me dito em sua última carta. Sinto-me estranhamente calmo com relação à situação, mesmo que esta espera seja difícil, e continuo a pensar que é melhor você ficar em Arles até que tudo esteja arranjado.

Incluo nesta carta alguns esboços de coisas nas quais trabalho esta semana: um do jardim do pintor Daubigny (ele vivia em Auvers, e sua viúva ainda está aqui) e dois esboços de telas tamanho 30 representando campos de trigo depois da chuva. Os trigais estão amarelo-ouro e, em algumas fazendas, a colheita já começou. Escrevi a Theo pedindo mais tintas, pois estou quase sem.

Os girassóis

Minha menina querida, meu amor por você é profundo como sempre foi. Neste momento, é ele quem me dá forças para continuar, quando outras coisas parecem me escapar. Logo encontraremos nossa própria colheita, quando poderemos desfrutar de tudo.

Com um beijo no pensamento, eternamente seu.

Vincent

1º de agosto de 1890

Mlle. Rachel Courteau
a/c Mme. Virginie Chabaud
Rue du Bout d'Arles, nº 1
Arles-sur-Rhône

Chère Mademoiselle,

Escrevo em nome de meu irmão, Vincent, para dar notícias que eu não gostaria de dar.

Sinto lhe informar que ele não se encontra mais entre nós. Na noite do dia 27 ele se feriu em Auvers-sur-Oise e veio a falecer pouco tempo depois. Antes de morrer, ele me contou de sua bondade com ele e falou da senhorita com grande afeição. Ele me perguntou se eu poderia fazer alguma coisa para ajudá-la em nome dele, então estou enviando quatrocentos francos, na esperança de que sejam de alguma ajuda. Vincent ganhou esse dinheiro com a venda de um quadro em uma exposição recente em Bruxelas.

Por favor, aceite as condolências de minha família pelo que deve ser um choque terrível para a senhorita, como foi para nós.

Se houver mais alguma coisa que eu possa fazer, por favor, não hesite em me contatar por intermédio do endereço acima, ou em minha casa: 8 Cité Pigalle, Paris.

Minhas saudações, mademoiselle,

Théodore van Gogh

Goupil & Co.
Tableaux – Objets d'Art
Boussod, Valadon, & Cie. Successeurs
19, Boulevard Montmartre, Paris

Capítulo Trinta e Seis

Paris, agosto de 1890

Não consegui salvá-lo.

Nenhum de nós conseguiu. Nem Theo, nem ninguém da família de Vincent, nem Félix, nem os outros médicos que se mostraram indecisos, fingindo saber o que faziam. Ele se feriu, foi o que Theo disse, mas eu sabia que não tinha sido um acidente. Teria Vincent bebido terebintina ou comido suas tintas? Teria ele se cortado e, dessa vez, sangrado até morrer? Teria Dr. Gachet feito algo para ajudar Vincent nestas últimas semanas, ou teria ele jubilosamente insistido que Vincent somente pintasse?

Por que Vincent teve de morrer?

Quatro dias após a carta de Theo, eu comprei um frasco de láudano no boticário. Para me ajudar a dormir, eu disse ao atendente, com voz trêmula.

— Só um pouco de cada vez — ele alertou —, ou uma manhã dessas a senhorita pode não acordar mais.

O frasco era menor do que eu esperava, mas seria o bastante. Fui para o jardim público da Place Lamartine e sentei-me à sombra do arbusto de cedro. Outro dia quente, mas um dia calmo; nem mesmo as lavadeiras estavam lá para me perturbar. As espirradeiras começavam a florir e as cigarras de verão zumbiam um convite. *Durma, Rachel. Durma.*

Os girassóis

Tirei a rolha do frasco e cheirei o láudano que ele continha. Seria como absinto: estranho a princípio, e depois mais doce, perto do final? Deveria beber tudo de um só gole, ou lentamente, saboreando o momento? Morrer era como pegar o trem para algum lugar novo, como dissera Vincent naquela noite perto do Ródano. Se eu beber isto, pensei, logo estarei de pé na plataforma de uma estação de trem nesse novo lugar — uma plataforma movimentada, como a de Tarascon. Eu olharei por entre um mar de gente e lá estará ele, com seu chapéu amarelo. Ele me encontrará, cheio de sorrisos, pegará minha mão e começaremos novamente. Só que desta vez, não terá fim.

Irei aonde você for.

Que cheiro amargo tem o láudano!

Uma lembrança me veio, então. Vincent no hospital de Arles, depois de sua primeira recaída, quando a atadura tinha caído e ele parecia um menino perdido. Seus olhos grandes, suas palavras. *Não posso pedir que abdique de sua vida por minha causa.*

Tampei o frasco e coloquei-o de volta em minha bolsa.

Na manhã seguinte, eu disse a Françoise que iria a Paris, encontrar o irmão de Vincent e saber a verdade.

— Não havia nada que você pudesse fazer — ela disse, enquanto eu jogava as roupas em meu baú. — Você deu a ele todo o amor que tinha.

— Eu poderia ter ido a Auvers — respondi. — Talvez ele ainda estivesse vivo.

— Ele estava doente, você não podia fazer nada. É uma bênção que ele não tenha que sofrer mais.

Eu não podia acreditar no que estava ouvindo.

— Uma bênção! Uma bênção que ele tenha se matado, uma bênção que ele esteja morto? O que você sabe sobre o sofrimento dele, você, que nunca gostou dele e queria que eu me afastasse dele?

SHERAMY BUNDRICK

Ela me pegou pelos ombros e me olhou diretamente nos olhos.

— O espírito dele agora pode ter paz de uma maneira que ele nunca teve quando estava vivo. Você sabe disso.

— Ele está em paz? — eu perguntei. — A igreja diria que ele está no inferno pelo que fez.

— É isso em que você acredita?

— Não sei mais no que acredito. — Eu me afastei dela e enterrei meu rosto no vestido amarelo de que ele tanto gostava, o que ele sempre dizia que parecia o sol. — Eu nem me despedi dele. Eu daria tudo para lhe dizer que o amo mais uma vez.

Ela colocou uma mão sobre meu braço.

— Ele sabia, querida. Ele sabia.

— Então por quê? Por que ele me deixou?

— A doença deve ter sido demais para ele. — Nós duas ficamos quietas. Em seguida, eu enxuguei os olhos e continuei a fazer as malas. Françoise me ajudou a dobrar as coisas e perguntou: — Você vai voltar?

— Não. Se eu tiver que começar novamente, farei isso em Paris. Não como uma *fille de maison*; por Deus, não! Com um emprego respeitável e uma vida honesta.

— Você não sabe nada sobre Paris — ela disse, franzindo a cara. — Nunca esteve em uma cidade grande.

— Eu tenho que fazer isso, Françoise. Em todo lugar que vou, em todo lugar que olho, só vejo ele e a vida que poderíamos ter tido juntos. Se eu ficar em Arles, enlouquecerei. Ou morrerei.

Madame Virginie não se surpreendeu quando pedi que fosse comigo à *gendarmerie* para tirar meu nome do registro de prostituição. Ela me desejou boa sorte em Paris e me surpreendeu, depositando uma nota de cinquenta francos na minha mão. Dei meus vestidos mais decotados e as joias mais vistosas para as outra meninas da *maison*, mas elas insistiram em pagar. Tudo isso mais os quatrocentos francos e o dinheiro que eu tinha poupado somavam mais do que o bastante para a passagem e para me sustentar até conseguir encontrar um emprego.

Na noite anterior à minha partida, vaguei pela margem do rio e pelo lugar onde Vincent costumava pintar. Vi o sol se pôr no horizonte, as estrelas começarem a brilhar. "Como se chamam as estrelas em provençal?", Vincent me perguntou naquela noite, antes de me beijar e me dizer que ele me amava.

"*L'estelan*", eu sussurrei, agora para o rio, e em seguida tirei o frasco de láudano de minha bolsa e atirei-o com toda a força. Ao ouvir o som dele batendo na água, dei meia volta e caminhei na direção da Rue du Bout d'Arles pela última vez.

Viajar de trem de Arles até Paris demora quinze horas. Os bancos duros dos vagões de terceira classe machucaram as minhas costas a viagem inteira, e eu dava graças à brisa que passava pelas janelas abertas, levando embora o mau cheiro dos corpos não lavados de agosto. Quanto mais nos aproximávamos do norte, mais o céu ia mudando, do azul brilhante da Provença para um cinza prateado, e eu me perguntava se Paris seria tão cinza quando Vincent sempre dizia.

Um homem com sotaque do norte tentou puxar conversa comigo depois que saímos de Lyon. Era óbvio o que havia por trás de seus comentários sobre o tempo, e eu temi que algo de minha vida pregressa ainda permanecesse em mim e ele tivesse percebido, apesar do vestido de dama, do chapéu e das luvas que eu usava. Antes, eu teria mantido a conversa, vendo a chance de ganhar dois francos facilmente, mas informei-lhe que estava indo a Paris encontrar meu noivo. Seus olhos entretidos diziam que ele não acreditava em mim.

Tudo o que eu possuía estava no baú que viajava no vagão de carga ou comigo mesma. Enfiados em minha valise estavam a carta

SHERAMY BUNDRICK

de Theo, todas as cartas de Vincent, de Saint-Rémy e de Auvers--sur-Oise, e o *santon* que ele me dera na noite da *pastorale*. Seu quadro do jardim da Place Lamartine, eu embrulhara em papel pardo e o levava comigo, em vez de submetê-lo ao carregador de bagagens. Teria sido mais fácil levá-lo se eu tivesse arrancado a moldura e o esticador e enrolado a tela, mas eu não havia conseguido fazê-lo.

Quando o trem deu um solavanco para parar na Gare de Lyon, em Paris, eu desci os degraus do vagão e tive uma visão extraordinária: a altíssima cobertura de aço e vidro sobre a estação, nuvens de vapor de locomotivas, pombas voando em um frenesi. Mais gente do que eu já vira em um único lugar, todos tentando chegar a seu destino ao mesmo tempo, dando encontrões e se empurrando, sem quase dizer *Pardon*. Segurei a alça de minha valise e mantive o quadro de Vincent grudado em mim enquanto tentava chegar ao vagão de bagagens, onde consegui ver o homem que tentou conversar comigo no trem, olhando diretamente para mim com o mesmo sorriso insolente. Ele viu que não havia ninguém esperando por mim. Viu que eu estava sozinha.

Um carregador colocou meu baú em um carrinho para levá-lo para fora da estação. Com ele ao meu lado para abrir caminho, eu me senti mais segura, e olhava a *gare* à minha volta, maravilhada. Um restaurante imponente ficava no final da plataforma, com um relógio imenso, enormes placares de chegadas e partidas, e condutores que passavam pelas plataformas gritando os nomes de lugares longínquos: Marselha! Chamonix! Veneza! Roma! *En voiture, mesdames et messieurs, en voiture!*

Diante de uma fila de carruagens do lado de fora da estação, um homem idoso pulou do assento do condutor com agilidade surpreendente e foi ajudar o carregador a descarregar o baú.

— Para onde vai, mademoiselle? — Eu admiti que não sabia, e o jeito ritmado do meu francês o fez sorrir. — *Vous êtes provençale?*

Os girassóis

— Sim, de Arles. — Eu sorri ao ver seu tom amigável. — É a primeira vez que venho a Paris.

Ele me ajudou a subir na carruagem.

— Entre, mademoiselle, e vamos acomodá-la. Vai visitar alguém?

— Só amanhã. Hoje eu preciso encontrar um albergue. Perto de Montmartre, talvez? A pessoa que vou visitar mora no número 8, Cité Pigalle.

O condutor sentou-se no banco e pegou o chicote.

— É bem abaixo de Montmartre. Conheço um lugar um pouco mais adiante no *butte* que é adequado para uma dama sozinha. Limpo, não muito caro. — Eu agradeci e em seguida afundei-me nas almofadas, e sorri para mim mesma. Ele me chamara de dama.

Com um estalar do chicote, tínhamos partido, e Paris começou a desfilar diante de mim. Tantas carruagens, tantas ruas. Eu vi meu primeiro ônibus, apinhado de gente dentro e em cima — como os cavalos conseguiam puxá-lo? O condutor percebeu que eu olhava para a direita e para a esquerda, direita e esquerda.

— Paris deve parecer estranha para uma jovem do sul — ele disse.

— Nunca vi nada igual. Quantas pessoas vivem aqui?

— Umas duas milhões, eu creio, mas muito poucos hoje são parisienses. — O velho bateu no peito com orgulho. — Minha família está aqui há séculos. Meu *grand-père* foi um dos primeiros a entrar na Bastilha quando ela caiu. Mas muita coisa mudou desde que eu era um menino, mademoiselle. Meus pais, que Deus os tenha, não reconheceriam Paris hoje em dia.

Viramos em um bulevar que se estendia a perder de vista, ladeado por árvores graciosas e prédios modernos de pedra cinza. Multidões enchiam as calçadas e os terraços dos cafés, caminhando e se pavoneando, como em um desfile. Fiquei embasbacada com as mulheres ricamente vestidas, com suas anquinhas atrevidas e chapéus estilosos, roupas que deviam ter comprado em um dos *grands magasins* ou então mandado fazer em um dos muitos *couturiers* da cidade. Cartazes enormes me diziam que eu poderia ter a aparência igual à delas se comprasse em uma das lojas de departamento: Le Moine St-Martin, Le Bon Marché, La Parisienne. "*La plus grande maison de confections pour dames*", alardeava um dos cartazes, "a maior loja de roupas femininas!". *Robes et manteaux! Peignoirs, jupes, et tournures! Chaussures! Chapeaux!* Antes eu achava a elegância parisiense embriagante, mas agora ela me assustava e me fazia encolher no assento. Eu já sabia quantos problemas um chapéu elegante podia causar.

— Vou deixá-la depois de Cité Pigalle — disse o velho —, para que possa ver onde seu amigo mora. — Ele dizia rapidamente os nomes das ruas ao passarmos por elas, apontando com o chicote nesta ou naquela direção e dizendo coisas como: "Para lá fica a Gare Saint-Lazare, se quiser ir até os *banlieues*", ou "O Opéra fica nesta rua". Eu não conseguiria me lembrar de tudo o que ele estava me dizendo, mas ele queria tanto ajudar que eu balançava a cabeça ou comentava sempre que ele dizia alguma coisa.

— *Voilà*, a Cité Pigalle — ele disse, e acenou para um beco sem saída. — Estamos na Rue Pigalle agora, perto do Boulevard de Clichy. Não é uma caminhada muito longa de onde a deixarei, mas eu alugaria uma carruagem, mesmo assim. Pode encontrar uma na Place des Abbesses.

A aparência de respeitabilidade que cercava a Cité Pigalle mudou completamente quando chegamos à Place Pigalle, um pouco mais adiante. Cafés de boa aparência e lojas rodeavam a *place*, mas as mulheres levianamente vestidas e pintadas que flanavam

Os girassóis

em volta de uma fonte redonda davam a ela um ar totalmente diferente. Elas olharam com curiosidade para nossa carruagem, e eu reconheci esses olhares esperançosos, ansiosos por alguns francos que pagariam o jantar.

— Não se preocupe, vai ficar respeitável novamente — o condutor me assegurou. — As meninas vêm para cá na esperança de que os artistas as contratem como modelos. Chamam este lugar de mercado de modelos dominical. Nos outros dias, bem, é um outro tipo de mercado. — Ele deu risada e, em seguida, pediu desculpas.

Subimos o *butte Montmartre* e serpenteamos por um labirinto de ruas que misturava apartamentos modernos e lojas com prédios mais velhos e depauperados. Algumas ruas pareciam ruas de aldeia, com parreiras, hortas particulares e até alguns moinhos. As pessoas dali tinham uma aparência diferente — eram mais parecidas com o povo da Provença —, e os cartazes coloridos anunciavam não lojas de departamento, mas salões de baile e cabarés: Le Divan Japonais, Le Chat Noir, Le Moulin Rouge. *Tous les soirs! Grande Fête! Entrée Libre!* Ah, certamente, entrada de graça, mas, uma vez lá dentro, você seria aliciado a gastar tudo o que tinha em bebidas — até uma interiorana como eu sabia disso.

— Montmartre não fazia parte de Paris até trinta anos atrás — o velho explicou. — Era uma cidade separada, e precisava-se pagar uma taxa para sair do *butte* para o centro. Os legítimos montmartrenses ainda dizem que não são parisienses.

— Onde fica a Rue Lepic? — perguntei, recordando-me do nome da rua onde Vincent morava.

— Ali atrás, alguns minutos a pé. Vai encontrar lá o Moulin de la Galette, uma casa de danças que fica fervilhando aos domingos. — Logo em seguida, ele puxou os arreios e os cavalos pararam. — *Et voilà*, Rue de Ravignan e Hôtel du Poirier. Creio que será do seu gosto.

SHERAMY BUNDRICK

Ele estendeu a mão para me ajudar a descer e, antes de entrar no albergue, parei e olhei à minha volta. Tínhamos chegado a uma praça onde uma série de ruas se encontravam, em uma descida suave. Um bom número de pessoas passava por ali — comerciantes carregando coisas para e de suas lojas, homens idosos descansando nos bancos sob os castanheiros —, mas não era uma praça grande; nem a metade do tamanho da Place Lamartine.

O condutor da carruagem reapareceu, acompanhado por uma mulher rechonchuda que limpava as mãos cheias de farinha no avental.

— *Bonjour*, está procurando um quarto? — Eu disse que sim e dei-lhe meu nome e ela disse: — Sou Madame Fouillet. São três francos por noite, cama e comida, e isso inclui uma taça de vinho no jantar. Lavar roupa é extra. — Ela me olhou de modo severo e acrescentou: — Não me importo de receber uma jovem sozinha, mas esta é uma casa decente, mademoiselle. Não tolerarei homens estranhos entrando e saindo daqui.

Senti meu rosto corar.

— *Oui, Madame*.

— Não que você pareça desse tipo, mas ficaria surpresa com o que acontece com boas jovens do interior quando conhecem um homem da cidade com aquela conversa doce. — Ela fez um sinal com a cabeça, indicando o quadro embrulhado sob meu braço. — É artista?

— Não, Madame. Meu... um amigo pintou.

— Há muitos artistas no *quartier*, e em breve haverá mais. Monsieur François, dono daquele prédio do outro lado da rua — ela acenou para o outro lado da *place* —, acaba de transformá-lo em ateliês. Isso vai mudar as coisas por aqui; haverá mais *mecs* procurando garotas fáceis. — Ela suspirou e eu corei novamente.

415

Os girassóis

— Jacques! — Madame Fouillet berrou, e um adolescente de pernas longas apareceu, correndo. — Ajude Monsieur Pierrot com o baú da moça. Quarto 10. Meu filho Jacques, mademoiselle, a ajudará se eu não estiver por aqui. Minha filha Amélie trabalha comigo na cozinha e faz a limpeza.

Madame Fouillet tagarelava feito um papagaio enquanto eu a seguia pela escada até meu quarto.

— Há uma sala de banho no fim do corredor. Grite lá para baixo se precisar de água quente em um horário diferente, senão um de nós trará água quente às sete da manhã, todos os dias. Trarei um pouco agora, depois que se acomodar, pois tenho certeza de que gostaria de um banho. Há boa água de beber na *place*, na *fontaine Wallace*...

— Perdão, onde?

— Naquela engenhoca de ferro com as mulheres nela. Lençóis limpos uma vez por semana, mas você arruma sua cama, *d'accord*? O jantar é às sete em ponto todas as noites, e o desjejum é às sete e meia todas as manhãs. Vou deixar que arrume suas coisas.

Eu mal balbuciei um *merci* e dei-lhe vinte e um francos pela primeira semana e ela já tinha sumido. O quarto tinha mobília simples, com uma cama de ferro, gaveteiro, mesa e lavatório, mas eu abri as persianas e deparei com uma vista espetacular dos telhados de Montmartre até Paris, lá embaixo. Em Arles, eu gostava de subir na torre da arena romana para olhar para o campo; era fácil ver onde a cidade começava e terminava. Paris não parecia terminar nunca. Vasta e intimidante, ela prosseguia sem fim até o horizonte. Será que um dia eu me sentiria em casa ali? Ou me cansaria, como Vincent se cansara?

Desembrulhei o quadro de Vincent e coloquei-o sobre a mesa. Madame Fouillet ainda não tinha trazido a água, então eu decidi tirar meu chapéu e fazer a cama. Tentei me sentir alegre ao sacudir os lençóis e enfiá-los no lugar, roubando olhares pela janela, mas a sensação daqueles dias turbulentos me dominava. Afundei no colchão, soluçando e apertando o travesseiro contra o peito.

Não ouvi Madame Fouillet bater à porta, e não percebi que ela a abrira.

— Mas o que é isso, querida? — ela disse, derramando a água do jarro na pia. — Você não é a primeira moça a ter saudade de casa, e não será a última. De onde você é?

— De Arles, no sul, na Provença.

— Deus do céu, você está cansada, só isso. Lave-se e tire um cochilo, depois desça e coma um bom jantar. Tudo parecerá melhor pela manhã. Meu Deus, olhe só essas cores! — ela disse, ao ver o quadro de Vincent. — Seu amigo pintou isso? Qual é o nome dele?

— Vincent van Gogh. Ele costumava viver aqui, na Rue Lepic.

— Não o conheço. E onde ele vive agora?

Olhei para o chão.

— Ele morreu, há algumas semanas.

— Ah, querida, eu sinto muito. — Ela deu um tapinha no meu ombro, como Françoise faria. — Acenderei uma vela para ele na Saint-Pierre. Você e ele tinham um relacionamento?

— Íamos nos casar.

— Sinto muito — ela repetiu, com um suspiro. — Perdi um homem há vinte anos, durante a Comuna. Os soldados atiraram nele. Depois de algum tempo eu me casei com outro, tive filhos, mas... — Os olhos dela voltaram para o jardim da Place Lamartine. — Ele fez muitos quadros, seu noivo?

Era a primeira vez que alguém o chamava de meu noivo. Olhei para ela e sorri.

— Mais do que a senhora poderia imaginar.

Capítulo Trinta e Sete

Cité Pigalle, 8

É uma tristeza que pesará sobre mim por muito tempo e que certamente não abandonará meus pensamentos enquanto eu viver.

(Theo à sua mãe, 1 de agosto de 1890)

No dia seguinte, às quatro horas da tarde, um horário respeitável para uma visita, aluguei uma carruagem na Place des Abbesses para me levar ao longo do *butte Montmartre* até a Cité Pigalle. O condutor se ofereceu para me deixar na frente da porta de Theo, mas eu desci onde a Cité encontra a Rue Pigalle, imaginando que alguns minutos de caminhada me ajudariam a organizar os pensamentos. Ao andar pelas pedras da calçada, olhando para cada porta em busca do número 8, eu comecei a prestar menos atenção ao barulho da Rua Pigalle, que ficara para trás, e passei a notar que estava sendo observada por diversos pares de olhos escondidos atrás das cortinas de renda branca. A Cité Pigalle não parecia ser uma rua que recebesse muitos estranhos.

O número 8 era o último à direita, escondido atrás de uma cerca de ferro trançada por hera verde. No mesmo instante em que cheguei ao portão, a *gardienne* bramiu.

— *Vous cherchez quelqu'un?* — ela perguntou, com o sotaque parisiense mais carregado que eu já ouvira.

Os girassóis

Eu quase disse: "Não, obrigada" e saí correndo por onde entrara, mas, em vez disso, empinei os ombros e disse:

— Monsieur e Madame van Gogh, por favor.

— *Troisième étage, em uméro six* — ela disse, de modo brusco, e abriu o portão.

Atravessei um pequeno jardim com liláses, abri a porta da frente e comecei a subir as escadas espiraladas até o terceiro andar. A cada degrau eu ficava mais nervosa. Talvez fosse falta de educação aparecer assim, sem avisar. Talvez Theo e Johanna não estivessem interessados na arlesiana *amoureuse* de Vincent. Talvez eles nem estivessem em casa.

Uma mulher de pequena estatura, com cabelos castanhos curtos, enormes olhos pretos e vestida de preto abriu a porta do apartamento seis.

— *Bonjour*, Madame, desculpe-me incomodá-la — eu disse, arfando devido à subida. — Procuro Monsieur e Madame van Gogh.

— Eu sou Madame van Gogh — ele respondeu, com um sorriso. — Posso ajudá-la?

— Sou Rachel Courteau. Eu era amiga de Vincent em Arles e vim até aqui apresentar minhas condolências à sua família.

Ela reconheceu o nome, eu percebi em seus olhos. Seu sorriso desvaneceu, retornando rapidamente em seguida.

— Não quer entrar e tomar um chá? — Ela ficou de lado para me deixar passar para o corredor. — Temo que meu marido só volte bem mais tarde. — O francês dela não era tão correto como o de Vincent; um forte sotaque holandês temperava suas palavras, e ela falava com certa hesitação.

— Obrigada, eu ficaria encantada.

Ela me conduziu a um pequeno *salon*, onde a visão dos quadros de Vincent me fez faltar a respiração. Uma cena de colheita nas planícies de La Crau brilhava com seus amarelos fortes sobre a lareira, enquanto, acima do piano, estava uma amendoeira, florindo delicadamente contra um céu azul. Pomares arlesianos em flor, rosa e pêssego estavam pendurados em outra parede e, sobre o canapé, a noite estrelada sobre o Ródano. Fazia mais de um ano que eu o vira pela última vez.

Eu podia sentir que Johanna me estudava enquanto eu estudava os quadros; não com desprezo, mas com curiosidade. Uma dama como ela só conhecia prostitutas a distância, de dentro da segurança de sua carruagem, quando muito, e ela certamente nunca deveria ter falado com uma. Quanto ela saberia sobre mim? Quanto teria Vincent contado a Theo, quanto Theo teria julgado adequado contar à esposa? Que Deus me perdoe, estaria ela pensando que eu viera a Paris pedir dinheiro a Theo?

— Posso pendurar seu chapéu, mademoiselle? — Johanna perguntou, com outro sorriso. Eu tirei os grampos do recatado toucado preto que havia comprado em Arles, entreguei-o a ela e voltei-me para apreciar a noite estrelada. — Este foi exibido no Salon des Indépendants em setembro — ela disse. — A amendoeira sobre o piano, ele pintou quando o bebê nasceu. Mas, por favor, fique à vontade — com um gesto gracioso, ela indicou uma poltrona —, e eu voltarei em um minuto com nosso chá.

Eu me acomodei e olhei em volta do *salon*. Prateleiras de livros cobriam as paredes — a maioria deles, livros literários e de arte, pelos títulos que pude reconhecer —, e uma partitura estava a postos no piano. A mobília era bonita, mas não extravagante. Até mesmo os quadros de Vincent não estavam em ricas molduras douradas, mas em simples molduras brancas e lisas, que valorizavam as cores ao máximo.

— Seu marido trabalha na galeria de Boussod & Valadon, *n'est-ce pas*? — perguntei, quando Johanna retornou com uma bandeja e a colocava em uma mesa baixa.

Os girassóis

— Vincent deve ter lhe contado. Messieurs Boussod e Valadon, na verdade, possuem três galerias aqui em Paris, e outras no exterior. Meu marido dirige a filial do Boulevard Montmartre, onde está há nove anos. Ele trabalha muito. Demais. — Uma sombra lhe turvou a expressão.

Então eu estava certa ao pensar que Theo não teria deixado seus empregadores; a carta que ele me escreveu estava em papel timbrado da Boussod e Valadon. Teriam concedido o aumento que ele pediu ou ele ficara muito apreensivo quanto ao futuro e desistira de sair? Vincent não sabia quando me escreveu a última carta. Ele soubera depois? Eu não podia perguntar a Johanna, então eu simplesmente disse:

— Seu apartamento é lindo, madame.

A expressão dela ficou mais leve.

— Você acredita que foi meu marido quem o decorou? Eu morava em Amsterdã até nos casarmos, então Theo encontrou este apartamento e o preparou. Trocávamos cartas emocionantes, discutindo a cor das cortinas e do papel de parede! — Ela riu enquanto servia nosso chá nas xícaras de estilo japonês. — Quando eu vim para cá, parecia que tudo o que mais admirava tinha sido escolhido por Vincent quando ele e Theo moraram juntos. Aquele vaso no consolo da lareira, por exemplo, ou este jarro sobre a mesa de chá. "Vincent comprou isto", Theo dizia, ou "Vincent achou isso tão bonito". — O sorriso no rosto dela desapareceu novamente. — Não passava um dia sem que falássemos dele. Ainda é assim.

Dirigi-me à lareira para ver o vaso que ela mencionara mais de perto, que tinha o formato delicadamente arredondado e um pequeno pé, azul como um ovo de tordo. Não era difícil imaginar Vincent em um *marché aux puces* ou em alguma lojinha suja de Montmartre sorrindo para sua descoberta enquanto tirava o vaso da prateleira. Orgulhoso de seu prêmio, ele provavelmente o enchera de flores e pintara um quadro. Eu o peguei e girei-o nas mãos, notando uma pequena lasca na borda, que parecia estar lá havia muito tempo. Vincent não teria se importado. Suas falhas fariam com que ele o apreciasse ainda mais.

Senti que Johanna me estudava novamente, suas perguntas não verbalizadas pairando no ar. Ambas tínhamos coisas que queríamos saber, mas a etiqueta pedia que falássemos de amenidades.

— Vincent dizia que era agradável ter a família tão perto quando ele estava em Auvers — eu disse, colocando o vaso em seu lugar e voltando para a mesa. — Ele sempre os visitava?

— Ele veio somente duas vezes. Da primeira vez, por três dias, quando veio de Saint-Rémy. Eu nunca havia me encontrado com ele, e fiquei surpresa em ver como ele parecia saudável e animado depois de um ano no... Ele parecia mais saudável que Theo. Ficou tão contente em nos ver e visitar seus amigos... Um dia depois que ele chegou, pela manhã, Theo e eu o pegamos vagando pelo apartamento em manga de camisa, tirando seus quadros para olhar para eles. Alguns, ele não via fazia anos.

— Como um pai que não vê os filhos há muito tempo — eu disse, e tive que sorrir pensando no dia em que ele voltou para a casa amarela, depois da primeira crise.

Johanna também sorriu.

— *Exactement*. Fomos vê-lo em Auvers em um domingo e almoçamos com o Dr. Gachet e sua família. Quando Vincent nos encontrou no trem, ele trouxe um ninho de pássaro para o bebê. — Um ninho de pássaro. Como o que ele havia me dado. — Ele se recusou a comer até que tivesse mostrado *todos* os animais que o doutor tinha: gatos, cães, coelhos, galinhas e até patos. Vincent queria que fôssemos passar as férias em Auvers, mas precisávamos ir para a Holanda ver meus pais.

Planejávamos visitá-lo mais tarde, mas... — O sorriso dela transformou-se em tristeza.

— Vincent me escreveu dizendo que pintou um retrato do Dr. Gachet.

— Sim — ela disse —, e é muito bonito. Theo o guardou em algum lugar. — Ela estendeu uma travessa com bolinhos. — Devemos muito ao Dr. Gachet. Foi ele quem mandou uma mensagem a Theo quando... — Ela levantou a sobrancelha e se deteve.

Eu queria ouvir o que tinha acontecido, mas ainda não. Olhei para o piano. — Vincent também disse que retratou mademoiselle Gachet.

— Marguerite? Sim, mas esse quadro ele deu ao pai dela. Eu nunca o vi. — Johanna fez uma pausa e franziu a testa. O modo como eu pronunciara o nome deve ter me denunciado. — Não havia nada entre eles, mademoiselle — ela disse, gentilmente.

Ela sabia exatamente quem eu era. Ela não podia me dizer que sabia — damas não conversam sobre essas coisas —, mas ela sabia que eu não era só mais uma prostituta, que eu tinha sido muito importante. Ela continuou:

— Marguerite pode ter se entusiasmado. Theo achava que sim, mas Vincent certamente não estava interessado nela. Não era o tipo dele. — Ela corou quando percebeu o que havia dito. — Desculpe-me, não tive intenção de...

— Não foi nada — eu a confortei. — Você disse que Vincent os visitou duas vezes...?

— Ele veio no começo de julho, mas ficou menos de um dia. Não foi uma boa visita. — Ela apertou os lábios e ficou olhando para sua xícara. — Você o conhecia havia bastante tempo, não é?

— Dois anos.

— Então deve saber como ele era, às vezes... — ela disse, com desagrado. — Tão teimoso... — Ela suspirou. — Quisera poder

424

tê-lo visto mais uma vez para lhe pedir desculpas por ter sido impaciente. Não foi uma boa visita.

Johanna bebericava seu chá e seu rosto refletia o turbilhão dentro dela. Teriam Theo e Vincent discutido sobre a vontade de Theo de largar a galeria? Teria Johanna brigado com Vincent, dito coisas sobre sua dependência de Theo para irritá-lo? *Temo, mais do que nunca, que eu seja um fardo para Theo, que eu me coloque entre a família dele e a verdadeira felicidade*, Vincent escrevera naquele dia.

Um gemido alto vindo de outro aposento quebrou o silêncio.

— Ah, meu Deus, com licença, por favor — Johanna disse e, em seguida, saiu depressa e voltou com o bebê. O sobrinho de Vincent. Sua carne e sangue. — Este é o pequeno Vincent, faminto e pronto para jantar. Você se incomodaria de segurá-lo enquanto eu esquento a mamadeira?

Para meu alívio, *le petit Vincent* não reclamou enquanto eu andava com ele pelo *salon*; não se importava de estar nos braços de uma estranha. Ele tinha cabelo ruivo, como seu tio, pequenas penugens contra a pele alva, e seus olhos azul-esverdeados me olhavam com solenidade. Diante do quadro do pomar em flor, eu juraria que ele inclinou a cabeça para estudar as cores. Cantarolei uma cantiga de ninar provençal bem baixinho e fui recompensada com um sorrisinho torto que me deixou ao mesmo tempo alegre e triste.

Do corredor, uma voz parecida com a de Vincent me deu um sobressalto.

— Jo?

— Olá, querido — Johanna respondeu da cozinha. — Voltou cedo.

— Monsieur Valadon esgotou a minha paciência hoje. Eu não via a hora de ir embora. — Passos lentos e cautelosos, e não rápidos

Os girassóis

e inquietos, como os do irmão. — Estou tentando convencê-lo que me deixe fazer outra exposição exclusiva do trabalho do velho Pissarro. Ele ficava repetindo que a exposição de Raffäelli não foi coberta pelo *Le Figaro*, então, para quê fazer outra? Ele não entende... Não tem visão nenhuma. Nem vou perder meu tempo pedindo que exiba a obra de Vincent. Minha grande esperança ainda é Durand-Ruel.

— Que pena que não teve um bom dia, querido — Johanna interrompeu, e sua animação parecia forçada. — Mas agora já está em casa, então esqueça tudo isso.

— Tem razão, meu amor, como sempre. Onde está meu rapazinho?

— No *salon*. Temos visita.

Johanna e Theo entraram no *salon*, e Johanna me apresentou, voltando em seguida para a cozinha. Theo tinha o mesmo cabelo avermelhado de Vincent, mais castanho-avermelhado do que cor de cobre, como se raramente visse o sol. Os mesmos olhos, penetrantes e curiosos. Mas ele era mais alto e mais esguio, e certamente mais arrumado, com seu bigode muito bem aparado, seu terno cuidadosamente passado e sapatos lustrosos, sem o mínimo sinal de sujeira. O retrato perfeito de um homem de negócios bem-sucedido, até eu notar como seu casaco estava largo sobre seus ombros arqueados, e como seus olhos eram assustados.

— *Bonjour, mademoiselle* — ele disse, e eu estendi a mão, ainda segurando o bebê nos braços. — Bem-vinda à nossa casa. Fico feliz em poder conhecê-la. Vejo que já conheceu o membro mais importante desta família. — Ele sorriu para o bebê, que esticou os braços e arrulhou para seu papai. Passei o pequeno Vincent para Theo e, por um instante, seu olhar assustado desapareceu. — Por favor, vamos nos sentar.

Sentia-me intimidada na presença desse homem que era uma figura tão central na vida de Vincent.

— Também me alegra conhecê-lo, Monsieur Van Gogh. Vim apresentar minhas condolências, em primeiro lugar, para dizer como sinto pela sua perda, e, em segundo lugar, agradecer-lhe pela ajuda que me forneceu.

Ele ficava olhando para mim com aqueles olhos que pareciam tanto os de Vincent. Estaria surpreso com minha aparência — surpreso que eu tivesse boas maneiras e que não parecesse nem um pouco com Sien Hoornik?

— Obrigado por suas condolências. Estou ciente que também sofreu uma perda, então aceite as minhas também. — Inclinei a cabeça, agradecendo. — Quanto à minha ajuda, fico honrado por cumprir um dos últimos desejos de meu irmão. Quando chegou em Paris?

— Ontem.

— Onde está hospedada?

— No Hôtel du Poirier, na esquina da Rue de Ravignan, em Montmartre.

— Uma boa escolha. Veio até aqui para me visitar?

— Não, monsieur. Decidi sair de Arles e começar uma vida nova.

Ele franziu a testa.

— O que pretende fazer?

— Antes de tudo, arranjar um emprego, monsieur. Hoje de manhã eu vi uma floricultura perto do albergue que colocou um anúncio procurando uma vendedora. Pensei em passar por lá.

— Não é a *fleuriste* da Place des Abbesses?

— Sim, essa mesmo.

Theo sorriu de maneira nostálgica.

— Essa loja não fica longe de onde Vincent e eu morávamos. Ele ia lá quase todas as tardes admirar as flores. A proprietária, Madame Hortense, sempre sentia pena dele por não ter dinheiro extra, então lhe dava os buquês que sobravam, que ninguém tinha comprado. Ela é uma mulher generosa, e daria uma patroa honesta.

Os girassóis

A coincidência me deixou muda. Uma onda de calor percorreu o meu corpo e eu subitamente senti como se alguém estivesse cuidando de mim. Como se eu não estivesse sozinha.

Balançando o bebê sobre o joelho, Theo colocou a mão no bolso do colete e me deu seu cartão de visita. *Th. van Gogh*, dizia, em letra cursiva, *Boussod, Valadon & Cie., 19 Boulevard Montmartre*.

— Por favor, mande lembranças a Madame Hortense. Estou certo de que ela se lembrará de Vincent e de mim, e levará isso em consideração na hora de escolher alguém.

— Obrigada. É muito gentil.

— Meu irmão ficaria tão contente, mademoiselle... Ele queria que tivesse uma vida boa.

— Obrigada, monsieur — eu repeti, olhando para o cartão em minhas mãos.

Johanna voltou ao *salon*.

— A mamadeira está quente. Vou dá-la na cozinha para que vocês possam continuar conversando. — O sorriso dela era frágil, como se fosse quebrar nas pontas.

— Pronto, meu rapazinho — Theo disse, passando o bebê para Johanna. — Vou me servir de conhaque. Não gostaria de um *apéritif*, mademoiselle? — Eu, educadamente, recusei.

Theo trouxe uma taça de conhaque da sala de jantar e voltou a se acomodar na poltrona. Quando ele levou a mão ao bolso do casaco para procurar sua cigarreira, foi tomado por um acesso de tosse tão forte que teve de largar a taça na mesa.

— Sente-se bem, monsieur? — eu perguntei, pensando se deveria chamar Johanna.

— Esta maldita tosse já me atormenta há muito tempo — ele disse, ainda ofegante, com um sorriso trêmulo. — Não consigo me livrar dela. Reumatismo, também. Devo estar ficando velho. — Ele bebeu um gole do conhaque, e sua mão tremia.

SHERAMY BUNDRICK

Associei o que eu estava vendo com as coisas que Vincent me contara sobre a saúde do irmão, e então eu soube. Johanna também sabia, embora eu duvidasse que Theo pudesse assumir diante de sua bem-criada esposa o mal que o afligia. A sífilis era uma coisa volúvel. Alguns levavam vidas praticamente saudáveis depois de tratar dos sintomas, enquanto outros não escapavam das dores, da paralisia e do manicômio. Theo provavelmente a contraíra anos antes, o suficiente para não contaminar sua esposa e seu filho, e ele, provavelmente, deve ter consultado médicos em segredo e passado pelo tratamento com mercúrio também em segredo. Mas não lhe servira de nada. Tive a sensação de que não demoraria muito tempo para que Theo van Gogh seguisse o irmão que tanto amava.

Theo tirou um cigarro de sua cigarreira prateada. Cruzando as pernas, ele fechou os olhos para soltar a fumaça, da maneira como Vincent sempre fazia.

— Deseja saber o que aconteceu? — ele perguntou. — Não é também por isso que veio aqui?

Ele conseguia me perceber tão bem quanto seu irmão. Balancei a cabeça, e meu coração começou a disparar.

— Não há uma maneira fácil de lhe dizer — ele falou, lentamente —, embora eu quisesse lhe poupar o choque. Ele atirou no próprio abdome. Ao cair da noite, em um domingo, em um campo de trigo em Auvers.

Vincent com um revólver nas mãos, olhando um mar de ouro. Vendo o pôr do sol, pensando que tudo terminaria logo. Vincent caindo ao chão. Vincent sozinho.

Não havia mais ar na sala.

Theo pressionou a taça de conhaque contra meus lábios. Eu dei um gole, deixando que seu calor me queimasse por dentro, quente como o sol de julho.

Os girassóis

— Onde ele arranjou um revólver? — eu consegui perguntar.

Theo voltou para sua poltrona e acendeu mais um cigarro. Ele devia ter apagado o primeiro.

— Ninguém sabe, ou pelo menos ninguém admitiu ter dado um a ele. A arma não foi encontrada. Ele a deixou em algum lugar antes de voltar para a cidade.

— Voltar para a cidade? Ele não morreu lá?

Theo olhava fixamente para o cigarro em seus dedos.

— Ele deve ter desmaiado, mas recobrou os sentidos e se arrastou até o albergue onde estava morando. Monsieur e Madame Ravoux descobriram o que ele havia feito e mandaram avisar o Dr. Gachet. Gachet me mandou uma mensagem na galeria, porque Vincent não queria lhe dar meu endereço residencial — ele disse a Gachet que eu não deveria ser incomodado. Na manhã seguinte, assim que recebi a mensagem, dirigi-me a Auvers e ele ainda estava vivo. Passamos cerca de doze horas juntos. — Foi tranquilo, Mademoiselle, tem que saber disso. Ele ficou deitado, fumando seu cachimbo, e conversamos. Sobre nossa infância na Holanda, sobre Jo e o bebê, seus quadros... e ele me contou sobre você. De como você era importante para ele e como ele queria desposá-la. — Um longo silêncio, como se Theo estivesse reunindo forças para continuar. — Um pouco depois da meia-noite, ele disse, muito baixinho: '*La tristesse durera toujours*' fechou os olhos, e tudo terminou.

A tristeza durará para sempre. Suas últimas palavras.

Theo foi até a lareira e ficou olhando para o quadro da colheita em Arles, e tocou levemente o vaso azul de Vincent. Ele jogou o cigarro dentro da lareira e murmurou:

— Eu me culpo.

— Não foi culpa sua — Johanna tinha reaparecido no vão da porta. — Você fez tudo o que pôde para ajudá-lo.

Ele deu meia-volta para encará-la.

— E se eu tivesse dito a ele que conseguira arranjar minha situação na Boussod e Valadon, que eu não deixaria a galeria, no final das contas? Eu contei a você, eu contei a mamãe, por que não pensei em contar a ele? Uma carta a mais e ele ainda poderia estar vivo... No que eu estava pensando? — A voz dele ficava mais alta a cada indagação, e ele foi ficando ainda mais parecido com Vincent.

— Pare! Por favor, pare! — Johanna protestou, e em seguida passou a falar holandês. Eu não conseguia entender suas palavras agitadas, mas compreendia seu tom e as lágrimas em seus olhos. Pedindo licença de modo quase inaudível, ele pegou-a pelo cotovelo e a levou para o corredor.

Ele voltou algum tempo depois, e eu ainda conseguia ouvi-la soluçando no quarto. Ele pediu desculpas mais uma vez e disse:

— Tudo isso tem causado uma tensão terrível. Especialmente para Jo, com o bebê para cuidar.

— É melhor eu ir embora.

— Não, por favor. Eu quero conversar com você sobre Vincent. Não devemos fingir que nada aconteceu; devemos falar sobre ele. Jo receia que seja pior eu ficar me alongando no assunto, mas ela está errada. — Ele apertou a mandíbula, em uma carranca. Igual ao irmão.

Olhei para a taça que eu segurava, agora já vazia.

— Onde ele está?

— No cemitério de Auvers-sur-Oise. Eu sabia que ele gostaria de ficar no campo. — O olhar de Theo passou por mim e foi parar em algum lugar distante. — É um lugar ensolarado, em uma colina, em meio aos trigais que ele pintou. No dia em que o enterramos, compareceram seus amigos de Paris e os novos amigos que ele fizera em Auvers. Colocamos seu caixão em

Os girassóis

uma sala do andar térreo do albergue e eu o cerquei com seus quadros, seu cavalete, suas tintas e a paleta, e até seu cachimbo. Seus amigos trouxeram radiantes flores douradas... Fazia muito calor, mas o dia estava lindo. Um dia feito para ele.

— Theo? — a voz de Johanna, pequena e triste, vinha da porta do *salon*. Ela estava com o rosto inchado de tanto chorar e levava uma cesta com o bebê dentro. — Vou levar Vincent para dar uma volta. Ele precisa de ar fresco.

— É uma ótima ideia, querida. — Theo atravessou a sala e beijou-a na testa, tocando debaixo de seu queixo. — Tenha cuidado com as escadas.

— Foi um prazer conhecê-la, mademoiselle — Johanna disse. — Espero que volte a nos visitar.

— Eu adoraria. Também foi um prazer conhecê-la, Madame van Gogh. — Sorri para ela, tentando mostrar que eu entendia; eu entendia tudo. Ela retribuiu o sorriso; ela sabia o que eu estava lhe dizendo. Em seguida, ela se foi.

— Gostaria de ver os quadros de Vincent? — Theo perguntou. — São tantos que não cabem todos aqui, mas ficarei honrado em lhe mostrar o que tenho. O resto está guardado na loja de Père Tanguy, na Rue Clauzel.

Andando pelo apartamento e olhando os quadros de Vincent, era como me apaixonar novamente por ele. As partes da vida dele que eu conheci, as partes que eu não conhecia, todas misturadas ali, Cité Pigalle, 8: telas pequenas, telas grandes, cores calmas, cores vibrantes. Theo me falava sobre os quadros, mas era a voz de Vincent que eu ouvia, breves e ternos sussurros em meu ouvido.

"Vou contar-lhe um pouco sobre a Holanda", disse a voz, enquanto eu estudava os quadros do país, camponeses sombrios escavando os campos, tecelões trabalhando em seus teares. Cestas de frutas, uma família reunida em volta de uma mesa sob a

432

SHERAMY BUNDRICK

luz de uma lamparina, comendo somente batatas. Largas pinceladas de marrom, cinza, bege e preto, as cores da própria terra.

— Vincent dizia que queria pintar um quadro que falasse do
trabalho manual — Theo falou —, de gente honesta ganhando seu
sustento. Ele dizia que um quadro de camponeses devia cheirar a
toucinho, fumaça e batatas fumegantes.

"Agora vou lhe contar sobre Paris", a voz de Vincent sussurrou. Buquês e mais buquês de flores vivas, provavelmente da loja
onde, quem sabe, um dia, eu darei os buquês que sobrarem a
algum pintor faminto. Uma mulher opressiva sentada sobre uma
mesa em forma de pandeiro, com um cigarro na mão, uma caneca de cerveja na frente — Agostina Segatori, a italiana, tinha
que ser. O próprio rosto de Vincent olhava para mim, de muitas
telas, uma diferente da outra. Ali ele era uma alma sombria tentando se encaixar na vida parisiense com seu terno preto e chapéu
de feltro; lá, o frenético artista trabalhando, diante de seu cavalete, com pincéis e paleta. Duas vezes ele se pintou com aquele
chapéu amarelo idiota que, depois de todo esse tempo, conseguia
me fazer sorrir. Somente os olhos eram os mesmos em todas as
pinturas. Questionando, buscando.

"Sobre Arles, você já sabe, *ma petite.*" Os quadros que eu
conhecia e amava — a casa amarela, o quarto dele, retratos dos
amigos —, quadros que evocavam tantas coisas dentro de mim.
Os girassóis. Meus girassóis amarelos. "Você se lembra?", perguntou a voz. "Você se lembra?", Theo observava meu rosto, e eu
sabia que ele queria me perguntar coisas sobre minha vida com
Vincent. Eu também sabia que ele não o faria.

— É estranho — Theo disse, ao pararmos antes de ver as três
telas do jardim da Place Lamartine. — Ele mencionou quatro
quadros deste jardim em suas cartas, e ele até me enviou o esboço
do quarto. Mas me enviou somente três.

Os girassóis

— Ele o deu para mim — eu disse, baixinho.

Theo demorou um instante para responder.

— Fico feliz em saber.

De Arles a Saint-Rémy. Eu conhecia alguns destes, mas muitos ele havia mandado para Theo antes que eu pudesse ver. Bosque de oliveiras após bosque de oliveiras, cipreste após cipreste. Quando eu vi o cipreste em um campo de trigo, olhei para o céu e disse, com a voz embargada:

— Ele pintou o vento. — Ao ver o olhar perplexo de Theo, eu acrescentei: — Em um dia de mistral, é essa a sensação quando o vento atravessa os Alpilles. Um redemoinho. — Fiz voltas com as mãos para tentar explicar, receosa de parecer uma interiorana boba. Mas Theo não olhava para mim como uma boba. De modo algum.

Um pequeno quadro me surpreendeu mais do que os outros. Vincent tinha imaginado uma cena de crepúsculo, o céu verde, amarelo e laranja com uma esguia lua crescente. Ciprestes espinhosos entre gordas oliveiras, com frias montanhas azuis a distância e um casal caminhando entre as árvores. O homem estava vestido todo de azul, mas dessa vez não tinha o chapéu amarelo de palha; seu cabelo e barba vermelhos estavam lá, para todos verem. Ele guiava a mulher pelo bosque, segurando sua mão para que ela não tropeçasse. Ela usava um vestido amarelo-vivo.

— Vincent pintou este em Saint-Rémy, mas não sei exatamente quando — Theo disse. — Ele nunca o mencionou em suas cartas. Ele apareceu em um carregamento que um dos serventes enviou depois que Vincent veio para Auvers. Eu queria ter perguntado sobre ele.

Era assim que Vincent nos via. Andando juntos para sempre, sob uma lua que falava de consolação e infinito. Congelados em tinta. Congelados no tempo.

434

SHERAMY BUNDRICK

Theo inclinou-se para a frente e olhou o quadro mais de perto, e em seguida olhou para mim, subitamente compreendendo.

— Eu gostaria que ele tivesse me contado sobre você há mais tempo — ele disse, com voz terna. — Eu costumava dizer a Jo: eu queria que Vincent encontrasse uma mulher que o amasse tanto que tentasse entendê-lo... embora eu soubesse que essa mulher teria que ser alguém muito especial e muito paciente. Eu sei porque ele achava que não podia me contar, mas ele estava errado. As coisas já não eram como tempos atrás.

Coloquei a mão no ombro dele.

— Não foi culpa sua. Nenhum de nós poderia saber o que aconteceria. — Theo não respondeu.

— Você tem alguma pintura de Auvers? — eu perguntei, quando voltamos ao *salon*.

— Só uma. Eu dei uma para a coleção do Dr. Gachet, o resto está com Père Tanguy. Theo desapareceu na sala de estar e trouxe o quadro, que apoiou sobre o canapé. — Vincent estava experimentando o formato duplo em Auvers. Ele nunca parou de crescer em seu trabalho; nunca parou de tentar coisas novas.

Uma encruzilhada em um campo de trigo dourado, sob um céu azul brilhante, três caminhos serpenteando a distância, para um destino ainda invisível. Corvos pretos, um bando deles, descendo — ou estariam alçando vôo? Não entendi esse quadro; não entendi o que Vincent estava tentando dizer. Diante deste quadro, a voz silenciou.

— Ele lhe contou sobre a exposição deste ano? — Theo perguntou, com os olhos brilhando. — O Les Vingt, em Bruxelas, em fevereiro, o Salon des Indépendants aqui, em março. Jo e eu comparecemos à abertura dos Indépendants, e você deveria ter visto o efeito que os quadros dele tiveram. Todos falavam sobre eles. Nosso amigo Paul Gauguin disse que eles eram o ponto alto

435

Os girassóis

da mostra, e Monsieur Claude Monet considerou o trabalho de Vincent o melhor da exposição.

Eu sorri para ele.

— Sim, ele me contou.

— Recebi tantas cartas, mademoiselle, e não somente da família e de amigos. Monsieur Monet nunca encontrou Vincent pessoalmente, mas enviou uma mensagem afável. Se Vincent pudesse ter visto o respeito que tanta gente demonstrou ter por ele e as coisas que disseram sobre seus quadros... — Os olhos dele brilhavam como os de Vincent, quando tinha uma nova ideia. — Estou planejando uma retrospectiva com o melhor do trabalho dele. Paul Durand-Ruel, um dos *marchands* mais importantes de Paris, esteve aqui outro dia discutindo as possibilidades.

— Vincent teria adorado tudo isso — eu lhe disse, sorrindo, e toquei seu braço.

As sombras do crepúsculo já roubavam a luz da sala e Theo acendeu duas lamparinas no consolo da lareira.

— Gostaria de ficar para jantar? Nossa governanta está de folga hoje, mas Johanna poderá fazer uma boa refeição holandesa. Ela voltará a qualquer momento.

— Obrigada, eu já tomei muito de seu tempo.

— Então espero que nos visite novamente, sempre que quiser ver os quadros dele... Ah, eu ia esquecendo! Por favor, espere aqui. — Mais uma vez, ele desapareceu dentro da sala de jantar, dessa vez trazendo um maço de cartas desajeitadamente amarradas com uma fita amarela. — São para você.

Todas as minhas cartas de quando Vincent estava em Saint-Rémy e Auvers.

— Obrigada.

— Fiquei surpreso ao encontrá-las com os pertences dele em Auvers. Ele raramente guardava cartas. — Theo sorriu, melancólico. — Eu sou o oposto. Guardo quase todas as cartas que ele me escreveu, centenas delas ao longo dos anos, não sei por quê. Agora eu as leio para me sentir perto dele novamente. — Ele parou, e suas próximas palavras foram um sussurro. — Éramos tão próximos.

Naquela noite, desamarrei o maço de cartas à luz do lampião e li as páginas que havia escrito, sorrindo com algumas, chorando com outras. A última carta que eu enviara para Auvers estava puída e amarrotada, como se Vincent a tivesse dobrado e aberto muitas vezes, talvez a carregado no bolso. Passei os dedos pelo papel, acariciando-o, confortada em saber que o último toque havia sido o dele. Pelo menos ele morreu sabendo que eu teria atravessado a distância — o mundo — por ele, se ele me pedisse. E eu ainda o faria.

Capítulo Trinta e Oito

Encruzilhadas

Subimos a colina nos arredores de Auvers conversando sobre ele, sobre o impulso ousado que dera à arte, sobre os grandes projetos que ele sempre imaginava, e do bem que ele havia feito a todos nós.

(Émile Bernard, pintor, ao crítico G. Albert Aurier, Paris, 31 de julho de 1890, escrevendo sobre o funeral de Vincent)

Aos domingos, o povo da cidade provavelmente lotava o trem para Auvers-sur-Oise, fugindo para o campo para fazer piqueniques, andar de barco e confraternizar. As senhoras em suas batas de verão, os homens com seus chapéus *canotier*, todos ávidos para deixar as mazelas da semana para trás. Mas hoje não; não em uma quarta-feira comum. Eu viajava sozinha no vagão de terceira classe, assistindo, pela janela, Paris se transformar em árvores e campos.

Cerca de uma hora depois de partir da Gare du Nord, desci na pequena estação de Auvers, com suas plataformas gêmeas. A igreja era fácil de achar, avultando-se no alto de uma colina sobre a aldeia, mas como chegar lá? O cemitério da cidade seria lá perto?

Virei à esquerda depois da estação e segui o que parecia ser a rua principal da cidade. Auvers não poderia ser mais diferente de Paris ou de Arles — passei não somente por um, mas por dois varredores de rua em minha pequena caminhada. Os muros brancos do Hôtel de Ville pareciam mais uma caixa de bombons do que um austero prédio do governo, e um par de *gendarmes* entediados se espreguiçava sob as árvores. Estava prestes a lhes pedir alguma orientação quando vi o Café de la Mairie, com seus cartazes pintados anunciando um *Commerce de Vins/Restaurant* e oferecendo *Chambres Meublées*, quartos mobiliados para alugar. Eu soube de pronto que aquele era o lugar onde Vincent morara. E morrera.

Moradores do lugar ocupavam duas mesas na frente do albergue, bebericando café e mastigando brioches. Seus olhos me avaliaram como uma estranha na cidade, mesmo inclinando a cabeça, em um cumprimento silencioso. Seriam clientes habituais? Teria algum deles conhecido Vincent? As janelas do telhado do albergue iluminavam os quartos do sótão, as *chambres meublées* do cartaz. Qual teria sido o dele? Alguém estaria dormindo lá agora, ou o quarto era evitado como sendo o aposento onde morrera um suicida?

Uma menina de avental branco sobre vestido azul estava limpando uma terceira mesa. Filha do dono, eu presumi, com nariz arrebitado e uma fita azul no cabelo. Seu rosto dizia que ela não tinha mais de quatorze anos, embora tivesse o corpo de uma menina bem mais velha. Seu pai devia ter muito trabalho mantendo os meninos da aldeia a distância.

— Posso me sentar aqui? — eu perguntei, apontando para uma cadeira vazia.

Ela passou o pano na mesa uma última vez. — *Je vous en prie.* Posso lhe trazer alguma coisa, Madame?

— Chá, por favor. — Quando ela voltou, eu perguntei: — É verdade, mademoiselle, que muitos artistas vêm morar em Auvers-sur-Oise?

As pessoas do lugar sentadas na outra mesa faziam o possível para ouvir.

— *Oui,* Madame, alguns deles moraram aqui no albergue do meu pai. Neste momento temos Monsieur Hirschig, da Holanda, e Monsieur Valdivielse, da Espanha — ela gaguejou ao dizer os nomes estrangeiros.

— Algum outro artista morou aqui recentemente?

Ela limpava migalhas invisíveis do assento da cadeira do outro lado da mesa.

— *Oui,* Madame, Monsieur Vincent. Ele era um bom homem, muito respeitado em nossa cidade.

— Você o conheceu bem? Quanto tempo ele ficou aqui?

— Uns dois meses, Madame, mas eu não o conheci muito bem. — O pai dela devia tê-la proibido de ficar conversando com os homens lá hospedados. — Ele não era de falar, ficava muito calado. Ele fazia as refeições aqui, nunca recusava um prato. Sempre sorria e me agradecia quando eu levava lençóis limpos. À noite, depois do jantar, ele desenhava figuras para a minha irmãzinha Germaine, para fazê-la rir. Ele gostava de brincar com ela. Ela tem dois anos.

— Ele pintava muito?

Os olhos dela se arregalaram.

— Ah, sim, mais do que qualquer um de nós pensava ser possível para um homem só. Todas as manhãs ele ia para o campo e voltava na hora do almoço, e depois, à tarde, ele trabalhava no quarto que papai deixa os pintores usarem ou saía novamente. — Ela levantou o queixo, orgulhosa. — Ele me pintou uma vez.

Lembrei-me de uma das cartas onde ele mencionava o retrato, e agora que eu a conhecera, não me surpreendia. Dei um sorriso.

— Pintou?

— Uma manhã, quando eu estava pendurando a roupa para secar, saindo do nada, ele disse: "Ficaria contente se eu fizesse seu retrato?". Ele mal tinha falado comigo antes, eu não acreditei.

Os girassóis

Eu disse para ele, de um jeito bem educado: "Senhor, eu terei que perguntar ao meu pai". Ele disse: "Não poderia ser de outra forma, senhorita, pergunte ao seu pai". Papai me disse que podia, "porque ele era um bom homem e não tentaria fazer nada que não devesse". Monsieur Vincent não falou nada enquanto pintava meu retrato, mas, quando terminou, ele me elogiou por eu não ter me mexido nem uma vez.

— Você gostou do seu retrato?

Ela titubeou.

— Não era o que eu esperava, madame. Mas eu gostei de ele ter me pintado com meu vestido azul, este aqui, e ter feito o resto do quadro azul também. Ele está lá em cima, no meu quarto. Ele também deu um quadro para meu pai, do Hôtel de Ville no Dia da Bastilha. — Ela acenou na direção da prefeitura, do outro lado da praça.

— O que aconteceu com Monsieur Vincent?

Ela baixou a voz para os outros clientes não ouvirem.

— Ele morreu, madame, no quarto dele, lá em cima. Ele atirou nele mesmo no trigal atrás do *chateau*. Como ele conseguiu chegar aqui, não sabemos, mas ele conseguiu, e papai pediu que Monsieur Hirschig fosse chamar o médico.

— Dr. Gachet.

Ela pareceu surpresa por eu saber o nome.

— Não, o médico da aldeia, Dr. Mazery. Mas ele tinha ido a Pontoise ver um paciente, então Monsieur Hirschig foi buscar o Dr. Gachet. O Dr. Mazery veio depois. — Ela abaixou mais ainda a voz. — Eu os ouvi brigando sobre o que podia ser feito por Monsieur Vincent. O Dr. Gachet disse que era inútil, colocou uma atadura no ferimento de Monsieur Vincent e foi para casa. Ele só voltou quando Monsieur Vincent tinha morrido e levou muitos quadros embora.

SHERAMY BUNDRICK

— Como assim? Ele os pegou?

— O irmão de Monsieur Vincent veio de Paris para ficar com ele — um homem bom, com olhos tão tristes como eu nunca vira antes, e depois que Monsieur Vincent faleceu, ele disse que podíamos escolher qualquer quadro. Papai não quis parecer ganancioso e disse que estava contente com os dois que Monsieur Vincent dera à nossa família. Ele disse ao irmão de Monsieur Vincent que ele podia ficar com os outros quadros. Mas Dr. Gachet e seu filho fizeram um pacote enorme com eles, depois do enterro, quando não fazia nem uma hora que Monsieur Vincent estava debaixo da terra.

A careta da menina me dizia exatamente o que ela achava disso, e eu também fiquei ressentida. Se Dr. Gachet queria tanto os quadros de Vincent, por que não pagou por eles quando Vincent estava vivo, quando ele conhecia a situação financeira de Vincent e sabia que ele precisava de dinheiro? As coisas teriam sido diferentes se ele tivesse feito isso?

— Mademoiselle Gachet também veio? — eu perguntei.

A menina recolheu minha xícara vazia e balançou a cabeça.

— Dizem que ela mal sai de casa. *Alors*, é uma família estranha. Eles não são daqui. Quer outro chá? — Dessa vez, ela trouxe não somente uma nova xícara de chá, mas também um brioche crocante. — Perdoe-me se pareço intrometida, madame, mas... — ela titubeou — a senhora é amiga de Monsieur Vincent? Ele contou a papai que tinha morado no *Midi*, e seu sotaque é do sul.

Tentei não parecer triste demais ao responder:

— Sim, sou.

— A senhora era namorada dele? — Eu confirmei, e ela colocou a mão sobre a boca. — Oh, Madame, e eu aqui falando sem parar...

— *Ce n'est pas grave*, mademoiselle — eu disse, sorrindo. — Eu queria saber o que tinha acontecido. Foi por isso que vim.

Os girassóis

As lágrimas lhe brilhavam nos olhos.

— Monsieur Vincent nunca contou que tinha uma namorada. Sinto muito, madame.

— Obrigada — eu disse, suavemente. — Obrigada, também, por ter sido tão amável com ele. Ele disse coisas lindas sobre sua família nas cartas. — Isso a fez sorrir. — Posso lhe perguntar, mademoiselle, se sabe por que ele... fez o que fez?

Ela enxugou os olhos no avental.

— Não, madame, ele parecia contente por estar aqui. Ele era muito reservado, mas nunca imaginamos que fosse infeliz. Foi o maior choque de nossas vidas quando ele... — Ela parou por um instante e perguntou em voz baixa: — A senhora veio até aqui para vê-lo?

Eu só consegui balançar a cabeça, afirmando que sim.

— Se virar à direita no final de nosso prédio, verá a Rue de la Sansonne. Vá por ela e suba as escadas à sua frente. A rua serpenteia colina acima e atravessa o *quartier de l'église*, e depois suba mais uma escada até a igreja. O cemitério fica logo depois.

— Obrigada, mademoiselle. Como se chama?

— Adeline Ravoux, madame. E realmente sinto muito. Ele era um bom homem.

Mademoiselle Ravoux disparou para dentro do albergue ao ouvir a voz da mãe chamando seu nome. Deixei alguns *centimes* sobre a mesa e comecei a andar pela rua, virando onde ela havia indicado. A estreita Rue de la Sansonne subia a colina, passando por uma mansão senhorial, e fiquei imaginando quantos parisienses mantinham casas de campo por ali. O Dr. Gachet devia ser um deles — em um outro dia, em outra época, eu teria perguntado a mademoiselle Ravoux onde ele vivia. Eu teria invadido a casa dele enfurecida e o confrontado, acusando-o de não ter cuidado de Vincent como deveria. Mas hoje não. Até Marguerite

444

SHERAMY BUNDRICK

Gachet, que me enchera de ciúmes quando eu lia as cartas de Vincent, não significava mais nada para mim.

Os bem cuidados chalés caiados ao longo da rua, com suas floreiras coloridas, o ar fresco do campo que lavava os pulmões; era fácil ver por que Vincent gostava de Auvers. Eu podia vislumbrar as colinas arredondadas a distância, a névoa que ainda pairava sobre elas, mesmo àquela hora da manhã. Em algum lugar por ali ficava o Oise, certamente um rio mais tranquilo que o Ródano, que recebia barcos de passeio aos domingos, e não as barcas de carvão rumo a Marselha. Havia algo agradável em qualquer direção que olhássemos — nunca haveria falta de motivos para os quadros de Vincent. Em sua última carta, ele dissera que havia pedido mais tintas para Theo. Ele não tinha planejado morrer, eu tinha certeza.

Mais adiante, ficava a escadaria que levava à igreja. Esta era muito velha; pelo menos tão velha quanto a Saint-Trophime, mas não tão grande, com grossas paredes de pedra e um robusto campanário. Andei até os fundos dela, mas não consegui encontrar o cemitério. Mademoiselle Ravoux dissera que era um pouco adiante, mas em que direção? O caminho mais próximo serpenteava colina acima, por uma mata densa. Levantando a saia, comecei a subi-lo, e nesse momento os sinos da igreja me assustaram, ecoando alto pelo vale, dez badaladas juntas seguindo-me enquanto eu caminhava pelas pedras.

Saí da sombra das árvores e fui dar em um platô coberto por campos de trigo. Quando Vincent chegara ali, em maio, esse trigo devia estar jovem e verde. Ele o vira amadurecer a seu tempo, até assumir um dourado vivo, tão dourado quanto o quadro que Theo me mostrara. Agora a colheita já terminara. Os ceifeiros tinham feito seu trabalho e os fardos de grãos pareciam mulheres com vestidos amarelos, dançando graciosamente sob o imenso céu azul.

Os girassóis

Algo me disse para continuar subindo, em meio aos campos, e, no alto do platô, cheguei a uma encruzilhada. A encruzilhada do quadro de Vincent.

Ele havia andado por aquele mesmo caminho, com telas, cavalete amarrado nas costas, o rosto escondido no chapéu de palha. Ele havia montado seu cavalete bem onde eu estava, visto a encruzilhada como eu a via agora. Ele sentara em seu banquinho dobrável e dera pinceladas na tela, as mãos manchadas de tinta azul e amarela. De vez em quando ele parara para olhar em volta, inclinando a cabeça como sempre fazia quando estava pensando; tirara o chapéu e passara os dedos distraidamente pelos cabelos. Ele balançara a cabeça e sorrira ao perceber o que precisava ser feito em seguida e voltara ao trabalho.

A visão em minha mente era mais real que tudo o que eu havia sentido desde o dia em que ele morrera, tão real que eu esperava que ele virasse e me visse. Mas hoje não havia corvos voando. Não havia tempestades no céu, e o sol acariciava a terra como um amante. Um dia lindo. Um dia feito para ele.

Sem ouvir nada além do vento que sussurrava em meu ouvido, eu me senti atraída para algo maior do que eu, algo que Vincent teria chamado de infinito. Tirei os grampos do cabelo e deixei que ele caísse sobre as costas. Fechei os olhos e estendi os braços, girando sem parar, em círculos, como uma criança faria — cada vez mais depressa —, deixando que a vertigem me levasse e o doce aroma do trigo colhido me envolvesse. Cascas amarelo-ouro me picavam as pálpebras, e, nesses segundos em que rodava, eu queria abraçar o próprio sol.

Não estou sozinha. Não estou sozinha.

Abri os olhos e me vi diante da murada de pedra do cemitério, no fim do caminho. Eu ainda poderia recuar, pensei, sentindo a tontura passar, eu ainda poderia recuar. Longe de Auvers-sur-Oise

— teria de ser bem longe —, eu poderia fingir que ele não tinha realmente partido, que era tudo um sonho do qual eu acordaria um dia, e ele estaria ao meu lado.

Fiquei parada na minha própria encruzilhada, deixando que o vento me dissesse qual direção tomar. Não havia como partir. Vincent estava esperando por mim, no fim do verão, como ele tinha prometido. Não havia como voltar.

Ici repose Vincent van Gogh, 1853-1890.

No cemitério, ajoelhei-me diante da recém-talhada lápide, da terra recentemente mexida e cobri meu rosto com as mãos. Trinta e sete anos. Centenas de quadros ele fez, mas quantos ainda ficaram por pintar? Quantos dias e noites juntos ficaram sem serem vividos, quantas palavras sem serem ditas? As imagens voavam pela minha cabeça, uma atrás da outra: seus olhos amorosos em Tarascon, seu rosto pálido no hospital, seu toque quando tudo era brilho e luz, seu sorriso sob as estrelas. Os girassóis. Seus eternos girassóis.

Quebrando o silêncio como um mensageiro, um corvo chamou, e chamou novamente. Abatida pela dor, voltei os olhos para o céu, mas nada vi, exceto as nuvens em torvelinho.

Sei que você está aqui.

Sinto sua presença, quente e real, como se estivesse sentado ao meu lado. O vento esvoaça meu cabelo e acaricia meu rosto como você costumava fazer, suave, carinhoso. Sussurro seu nome, e sei que você me ouve. Se eu estender minha mão, imagino que me tocará.

Mon cher, eu cheguei tarde demais; como eu gostaria de ter estado aqui para segurar sua mão e acalmar seu sono. Graças a Deus, Theo estava com você, para afastar seu medo, para que a última coisa que você visse fosse um rosto cheio de amor.

Perdê-lo como perdi todos os que eu amava era demais para mim, e pensei em unir-me a você. Cheguei perto, mas algo me impediu. Algo me fez atirar o láudano no rio, algo me disse que minha hora ainda não chegara. Eu sei que a voz que murmurou em meu ouvido era sua. Mesmo na morte, você ainda fala comigo.

Vim aqui para tentar entender, vim aqui em busca de respostas. Acho que não as encontrei — talvez nunca as encontre —, mas este lugar tranquilo sob o sol me faz acreditar que, não importa o que o tenha feito tirar a própria vida, você está em paz. Sua tristeza não durará para sempre. Sua tristeza já passou, e, neste mesmo momento, você caminha por estes campos com seu pincel a prumo para captar tudo o que vê. Eu sei. Eu sinto.

Beijo a minha mão para você, meu amor, como fiz no dia em que você pegou o trem e eu o vi pela útima vez nesta vida. Aperto a minha mão contra o coração e lhe dou não um adeus, mas um *au revoir*. Eu o encontrarei novamente.

Espere por mim.

Notas da Autora

Fontes históricas ainda existentes revelam muito pouco sobre a verdadeira Rachel. O breve artigo sobre o surto de Van Gogh, na edição do dia 30 de dezembro de 1888 do *Le Forum Républicain* (incluída no Capítulo 15, parcialmente traduzida), menciona seu primeiro nome, ocupação e endereço e a identifica como a jovem por quem Vincent procurou no bordel, oferecendo-lhe o pedaço de sua orelha. Uma breve notícia em outro recorte de jornal (Bailey, 2005, "Leitura Adicional") a chama somente de "garota do café", enquanto em uma carta ao pintor Émile Bernard, não muito tempo depois daquela noite, Paul Gauguin refere-se a ela como "uma jovem deplorável". (O relato de Gauguin, em sua autobiografia, de 1903, *Avant et Aprés*, muda a história e faz Vincent dar o pacote ao "encarregado"). Um oficial da polícia arlesiana chamado Alphonse Robert, recontando o que aconteceu, em 1929, afirmou que uma prostituta conhecida como Gaby lhe deu a orelha e disse que Vincent "tinha lhes dado um presente"; entretanto, não fica claro se Robert afirmara que "Gaby" era a mesma garota para quem Vincent dera, de fato, a orelha. O relato de Robert fornece o nome da madame do bordel (Virginie), recentemente verificado por Martin Bailey como sendo Virginie Chabaud (Bailey, 2005, página 36). Os registros municipais sobre bordéis de 1871 a 1891 permanecerão lacrados até 2042;

OS GIRASSÓIS

então, se esses documentos fornecem o sobrenome de Rachel (ou nome verdadeiro, se ela estivesse usando um pseudônimo), idade etc., os estudiosos ainda não os examinaram.

Em suas cartas, o verdadeiro Vincent relata muito pouco sobre suas visitas ao que ele chamava de "a rua das moças boas" e não fornece o nome de nenhuma garota. Uma das poucas referências ao "incidente da orelha" está em uma carta dirigida a Theo, em aproximadamente 3 de fevereiro de 1889 (LT576), quando ele diz: "Ontem, fui ver a moça que eu procurei quando estava fora de mim", em outras palavras, Rachel, possivelmente para pedir desculpas. Ele acrescenta: "Ela tinha ficado perturbada e desmaiou, mas já recuperou a calma". Que Rachel, como era de esperar, tenha realmente desmaiado ao receber o "presente" de Van Gogh foi, mais adiante, atestado por Gauguin, em sua carta a Bernard.

Este romance nasceu da pergunta: quem foi Rachel? Para ter procurado por ela naquela noite, Vincent devia conhecê-la, mas quanto? Ele era somente mais um cliente, somente mais uma prostituta — ou não? Imaginei um relacionamento baseado na premissa de que, se *tivesse existido* alguma coisa entre a verdadeira Rachel e o verdadeiro Van Gogh, este teria, provavelmente, mantido o caso em segredo de Theo, temendo sua desaprovação, depois do desastroso caso com Sien Hoornik, cinco anos antes.

Procurei situar do modo mais fiel possível a história ficcional de Rachel dentro do quadro histórico dos últimos dois anos da vida de Van Gogh. Mantive grande fidelidade à cronologia das obras de Vincent e aos acontecimentos que se desenrolaram em Arles, Saint-Rémy e Auvers-sur-Oise. Também tentei permanecer fiel à personalidade histórica de Vincent de acordo com o que interpretei com base em suas cartas, trabalhos e outras fontes de pesquisa. Tais acontecimentos, como o número e a duração dos ataques de Vincent entre dezembro de 1888 e maio de 1890, a

Sheramy Bundrick

petição dos cidadãos de Arles, sua detenção por parte da polícia e, naturalmente, o "incidente da orelha" são atualidades históricas, embora eu os tenha imaginado pela óptica de uma romancista.

Existem algumas exceções com relação à precisão cronológica. Joseph Roulin foi transferido para Marselha no final de janeiro de 1889, e sua família juntou-se a ele alguns meses mais tarde; eu os mantenho em Arles até setembro, para conveniência dramática. A visita de Van Gogh à *pastorale* no Folies Arlésiennes aconteceu em janeiro de 1889, não em dezembro de 1888, e ele não teria comparecido com Joseph Roulin, que já havia partido para Marselha.

A maior parte dos personagens é inspirada em pessoas reais, com as seguintes exceções: Françoise, Jacqui e as outras meninas da *maison* (mas não Madame Virginie, a verdadeira *patronne* do Rue du Bout d'Arles, nº 1); Raoul, o segurança; o velho Dr. Dupin; Madame Fouillet, de Paris; e vários personagens sem nome. Bernard Soulé, Marguerite Favier e Joseph Ginoux, de fato, estavam entre os que assinaram a petição contra Vincent, como ressaltado recentemente no livro de Martin Gayford, *The Yellow House* (em "Leitura Adicional").

As cartas que Vincent escreve para Rachel no romance são criações minhas, embora leitores familiarizados com as verdadeiras cartas de Van Gogh perceberão que peguei emprestada uma frase ou outra, para verosimilhança. A carta de Theo que Rachel lê no Capítulo 32 é a única carta onde eu utilizei textualmente a carta original: carta T31 da atual tradução inglesa padronizada, datada de 29 de março de 1890. As citações que abrem os capítulos provêm de cartas e documentos que sobreviveram.

Quanto ao "incidente da orelha", há diferentes relatos do que tenha realmente acontecido. A versão de Gauguin, como escrita em *Avant et Après*, é tida como exagerada: ele fala, por exemplo, que Vincent o perseguiu com uma navalha em punho,

451

Os girassóis

no escuro da Place Lamartine, embora não o faça em descrições anteriores daquela noite. Evitei usar o relato de Gauguin por essa razão, embora eu tenha usado sua versão do que Vincent diz a Rachel ("Você se lembrará de mim") em vez da fala menos romântica relatada no *Le Forum Républicain* ("Guarde este objeto com cuidado"). Martin Bailey, em seu artigo de 2005 (em "Leitura Adicional"), postula, com base em boas evidências, que Gauguin e Vincent souberam do noivado de Theo com Johanna Bonger na manhã do dia 23 de dezembro e isso pode ter perturbado Vincent até o limite.

O que havia de "errado" com Vincent van Gogh? Existem muitas teorias, que vão da epilepsia (o diagnóstico defendido por seus médicos), envenenamento pelo chumbo contido nas tintas, um tipo de sífilis (não provado para ele, mas certo no caso de Theo van Gogh), envenenamento por absinto, e muitas outras. Martin Gayford defende bem a tese do transtorno bipolar em seu livro de 2006, um diagnóstico compartilhado pelo Dr. Jean-Marc Boulon, atual diretor da casa de saúde Saint-Paul-de-Mausole, em Saint-Rémy. Eu discuti os sintomas de Van Gogh e as circunstâncias com a Dra. Susan Toler, professora de psicologia da Universidade do Sul da Flórida em São Petersburgo, e ela também chegou a um diagnóstico de transtorno bipolar. No romance, o Dr. Félix Rey faz uma ligação entre os ataques de Vincent e o que acontece em seu relacionamento com Theo, embora, historicamente, não haja evidências de que ele o tenha feito; eu fiz isso em proveito do leitor, já que muitos hoje veem essa conexão. O gatilho emocional que criei para a primeira recaída de Vincent, em fevereiro de 1889 é, naturalmente, ficcional.

O trabalho de muitos historiadores, críticos de arte e estudiosos de outros campos mostrou-se inestimável. Convido os leitores a olhar a bibliografia parcial apresentada na seção "Leitura

SHERAMY BUNDRICK

Adicional", mas gostaria de destacar a erudição dos trabalhos de Martin Bailey, Anne Distel e Susan Alyson Stein, Douglas Druick e Peter Kort Zegers, Martin Gayford, Jan Hulsker, Leo Jansen, Hans Luitjen, Ronald Pickvance, Debora Silverman, Judy Sund, Bogomila Welsh-Ovcharov e Carol Zemel como sendo particularmente proveitosos. Antecipo, desde já, a nova edição da correspondência de Van Gogh, editada pelo Van Gogh Museum em 2009, o ponto alto de um trabalho de quinze anos realizado pelo Van Gogh Letters Project.

Quadros de Van Gogh com Referências no Romance

Todos os quadros e desenhos descritos ou mencionados no romance realmente existem, exceto os três esboços de Vincent e o retrato inacabado de Rachel. Esta lista apresenta alguns dos quadros de Van Gogh mencionados, que montam a uma fração de sua produção real. Suas datas históricas são compatíveis com a estrutura temporal do romance, com algumas pequenas exceções, onde movi alguma coisa um pouco para o passado ou para o futuro. A ordem na qual as várias versões de *La Berceuse* foram pintadas é questionada; eu sigo a cronologia desenvolvida por Kristin Hoermann Lister (em "Leitura Adicional"), embora não mencione a quinta versão, pintada em fins de março de 1889 (hoje no Kröller-Müller Museum).

A verdadeira Rachel pode aparecer no quadro *O Bordel* — a garota da esquerda, com vestido amarelo —, embora isso não seja confirmado. Van Gogh pretendia pintar um quadro de bordel baseado no esboço a óleo *O Bordel*, mas não se sabe por que não o fez. O quadro que Vincent dá a Rachel no romance é *O jardim do Poeta II*. Embora o verdadeiro Vincent tenha enviado a Theo uma carta com o esboço deste quadro, ele nunca foi enviado a Paris, e seu paradeiro permanece desconhecido desde então. Van Gogh

OS GIRASSÓIS

presenteou alguns amigos com seus quadros, e é provável que tenha feito isso com *O Jardim do Poeta II*. Só não sabemos quem.

Capítulo 2:
Retrato de Joseph Roulin (O carteiro Roulin), Julho de 1888, Museum of Fine Arts, Boston
La mousmé (A moça), Julho de 1888, National Gallery of Art, Washington

Capítulo 3:
O café à noite na Place Lamartine, Setembro de 1888, Yale Univ. Art Gallery

Capítulo 4:
O jardim público da Place Lamartine (O jardim do poeta I), Setembro de 1888, Art Institute of Chicago
Retrato de Patience Escalier, Agosto de 1888, Coleção Particular
Barcas de carvão, Agosto de 1888, Coleção Particular
Autorretrato como Bonzo, Setembro de 1888, Harvard Univ. Art Museums
Os girassóis, Agosto de 1888, National Gallery, Londres
Os girassóis, Agosto de 1888, Neue Pinakothek, Munique
Vaso com três girassóis, Agosto de 1888, Coleção Particular
Vaso com cinco girassóis, Agosto de 1888, Destruído na II Guerra Mundial

Capítulo 5:
Terraço do café à noite, Setembro de 1888, Kröller-Müller Museum, Otterlo

SHERAMY BUNDRICK

Capítulo 6:
Noite estrelada sobre o Ródano, Setembro de 1888, Musée d'Orsay, Paris

Capítulo 7:
A casa amarela, Setembro de 1888, Van Gogh Museum, Amsterdã
A vinha verde, Setembro de 1888, Kröller-Müller Museum, Otterlo
O quarto de Van Gogh em Arles, Setembro de 1888, Van Gogh Museum, Amsterdã
Jardim público com arbusto redondo (O jardim do poeta II), Setembro de 1888, Paradeiro desconhecido deste 1888
Jardim público com casal e abeto (O jardim do poeta III), Setembro de 1888, Coleção Particular
Os amantes (O jardim do poeta IV), Setembro de 1888, Paradeiro desconhecido desde a II Guerra Mundial

Capítulo 8:
O Alyscamps, Outubro de 1888, Kröller-Müller Museum, Otterlo

Capítulo 9:
O bordel, Outubro de 1888, Barnes Foundation, Pensilvânia
A italiana (Mulher nua reclinada) (Agostina Segatori?), Começo de 1887, Kröller-Müller Museum, Otterlo

Capítulo 16:
O semeador, Novembro de 1888, Van Gogh Museum, Amsterdã
O semeador, Novembro de 1888, Bürhle Foundation, Zurique
Retrato de Madame Ginoux (A arlesiana), Novembro de 1888, Musée d'Orsay, Paris

Os girassóis

Espectadores na arena, Novembro de 1888, Hermitage Museum, São Petersburgo

Retrato de Joseph Roulin (O carteiro Roulin), Nov/Dez de 1888, Kunstmuseum Winterthur

O escolar (O garoto de quepe), Nov/Dez de 1888, Museu de Arte de São Paulo

Retrato de Camille Roulin, Nov/Dez de 1888, Philadelphia Museum of Art

Retrato de Camille Roulin, Nov/Dez de 1888, Van Gogh Museum, Amsterdã

Retrato de Armand Roulin, Nov/Dez de 1888, Museum Boymans-van Bruningen, Rotterdã

Retrato de Armand Roulin, Nov/Dez de 1888, Museum Folkwang, Essen

Madame Roulin com bebê, Dezembro de 1888, Metropolitan Museum of Art

La Berceuse (Madame Roulin), Dezembro de 1888 /Janeiro de 1889, Boston, Museum of Fine Arts

Natureza-morta: cachimbo, cebolas e lacre (Natureza-morta com cebolas e prancha de desenho), Janeiro de 1889, Kröller-Müller Museum, Otterlo

Autorretrato com orelha enfaixada, Janeiro de 1889, Coleção Particular

Capítulo 17:
Retrato do Dr. Félix Rey, Janeiro de 1889, Pushkin Museum, Moscou

Capítulo 19:
Os girassóis, Janeiro de 1889, Van Gogh Museum, Amsterdã

SHERAMY BUNDRICK

Capítulo 20:
La Berceuse (Madame Roulin), Janeiro de 1889, Art Institute of Chicago
La Berceuse (Madame Roulin), Jan/fev de 1889, Metropolitan Museum of Art

Capítulo 22:
La Berceuse (Madame Roulin), Fev/março de 1889, Amsterdã, Stedelijk Museum
Os girassóis, Fins de janeiro de 1889, Philadelphia Museum of Art

Capítulo 23:
Pátio do Hospital de Arles, Abril de 1889, Coleção Oskar Reinhart

Capítulo 26:
Castanheiras no parque público, Abril de 1889, Coleção Particular

Capítulo 28:
Íris, Maio de 1889, J. Paul Getty Museum, Los Angeles
Noite estrelada, Junho de 1889, Museum of Modern Art, Nova York
O Enfermeiro Trabuc (Retrato de Charles Trabuc), Setembro de 1889, Kunstmuseum Solothurn
Quarto de Van Gogh em Arles, Setembro de 1889, Musée d'Orsay, Paris

Capítulo 29:
Noite (La veillée), *(A partir de Millet)*, Outubro de 1889, Van Gogh Museum, Amsterdã

Os girassóis

Capítulo 31:
A vinha encarnada, Novembro de 1888, Pushkin Museum, Moscou

Capítulo 32:
Pietà (a partir de Délacroix), Setembro de 1889, Van Gogh Museum, Amsterdã
Chalés colmados ao sol (Reminiscências do norte), Março de 1890, Barnes Foundation, Pensilvânia
Natureza-morta com íris contra fundo amarelo, Fins de abril/começo de maio de 1890, Van Gogh Museum, Amsterdã
Ressurreição de Lázaro (a partir de Rembrandt), Maio de 1890, Van Gogh Museum, Amsterdã

Capítulo 34:
A igreja de Auvers, Junho de 1890, Musée d'Orsay, Paris
Mademoiselle Gachet (?) no jardim, Junho de 1890, Museé d'Orsay, Paris
Retrato do Doutor Gachet, Junho de 1890, Coleção Particular
Vegetação com duas figuras, Junho de 1890, Cincinnati Art Museum
Retrato de Adeline Ravoux, Junho de 1890, Cleveland Museum of Art
Marguerite Gachet ao piano, Junho de 1890, Kunstmuseum Basel
A Prefeitura de Auvers no Dia da Bastilha, Julho de 1890, Coleção Particular

Capítulo 36:
Colheita em La Crau (A carroça azul), Junho de 1888, Van Gogh Museum, Amsterdã
Amendoeira em flor, Fev/abril de 1890, Van Gogh Museum, Amsterdã

SHERAMY BUNDRICK

Comedores de batatas, Abril de 1885, Van Gogh Museum, Amsterdã

Mulher no café (Agostina Segatori), Começo de 1887, Van Gogh Museum, Amsterdã

Campo de trigo com ciprestes, Setembro de 1889, National Gallery, Londres

Casal ao luar (Casal andando sob a lua crescente), Maio de 1890?, Museu de Arte de São Paulo

Campo de trigo com corvos, Julho de 1890, Van Gogh Museum, Amsterdã

Algumas Palavras sobre os Lugares...

Uma placa marca o lugar da casa amarela de Vincent, na Place Lamartine, destruída por bombas aliadas em 1944. O hotel de Bernard Soulé ainda está de pé, mas os prédios que abrigavam a mercearia de Marguerite Favier, o Restaurante Vénissat e o Café de la Gare foram danificados no bombardeio e posteriormente demolidos. A maior parte do jardim público da Place Lamartine hoje é um estacionamento. A Rue du Bout d'Arles é hoje a Rue des Écoles; o prédio que um dia abrigou o bordel de Rachel está em ruínas. No centro de Arles, é possível visitar a arena romana, a igreja de Saint-Trophime, o jardim público do Boulevard des Lices, e relaxar em um café no mesmo lugar que Vincent retratou, na Place du Forum. O Alyscamp é tombado pelo patrimônio histórico e aberto ao público.

Em Saint-Rémy, a casa de saúde ainda é um hospital em funcionamento, hoje abrigando cem pacientes do sexo feminino que fazem arteterapia sob os cuidados da Fondation Valetudo. Uma parte do hospital está aberta a visitantes, incluindo a capela e uma reconstrução do quarto de Vincent. Os prédios que abrigaram o verdadeiro quarto de Vincent e seu ateliê são reservados para pacientes e suas visitas; por conseguinte, também o jardim onde ele desenhava e pintava. Em volta do asilo, podemos ver oliveiras que evocam as da época de Vincent; recentemente, foi aberto o sítio arqueológico de Glaem um, ao lado do hospital, cujas escavações

Os girassóis

começaram na década de 1920. Vincent pisava sobre uma cidade antiga quando pintou o Monte Gaussier e não sabia.

Em Paris, a Gare de Lyon ainda é a porta para o sudeste da França. Uma rua contígua à estação é hoje chamada Avenue Van Gogh, em homenagem ao pintor. Em Montmartre, a antiga Place Ravignan é hoje Place Émile Goudeau. O Hôtel du Poirier, situado ali no final do século XIX e começo do século XX, hospedou muitos artistas e escritores, entre eles Albert Camus e Amedeo Modigliani. Os ateliês da praça, mencionados por (uma ficional) Madame Fouillet e convertido em 1890 pelo proprietário (real) do edifício, Monsieur François, foram mais tarde apelidados de Bateau Lavoir, e são mais conhecidos como sendo o lugar onde Pablo Picasso pintou *Les Demoiselles d'Avignon*, em 1907. O apartamento de Vincent e Theo, número 54 da Rue Lepic, ainda é uma residência particular. O apartamento de Theo e Johanna, Cité Pigalle, nº 8, também é uma residência. Minhas descrições do último são baseadas em cartas trocadas pelo casal durante o período de noivado, conforme compiladas em *Brief Happiness* (em "Leitura Adicional").

A estalagem em Auvers-sur-Oise onde Vincent viveu e morreu, conhecida como Auberge de la Mairie naquela época, depois como Auberge Ravoux, tomando o nome do antigo dono. Hoje, após passar por uma restauração geral, o Auberge Ravoux (também conhecido como a Maison de van Gogh) tem seu restaurante aberto ao público mais uma vez. É possível visitar o quarto no sótão onde Vincent morreu, nunca mais ocupado por causa do suicídio. Assim como Arles e Saint-Rémy, Auvers tem placas sinalizando os locais de Van Gogh para os visitantes: na igreja, por exemplo, e na encruzilhada de *Campo de trigo com corvos*.

O túmulo de Vincent está no cemitério de Auvers-sur-Oise; em 1881, foi aprovada uma lei decretando que todos podiam ser enterrados no mesmo cemitério, independentemente de suas crenças religiosas ou do modo como morreram. Theo van Gogh — que morreu em janeiro de 1891, de complicações ocasionadas por uma sífilis terciária — está enterrado ao lado de seu irmão, tendo seus restos mortais sido transferidos de Utrecht em 1914, a pedido de Johanna van Gogh-Bonger. Johanna está enterrada em Amsterdã, ao lado de seu segundo marido, Johan Cohen Gosschalk. Johanna merece ser reconhecida por sua significativa contribuição para a propagação do legado de Vincent, assim como seu filho, Vincent Willem van Gogh, que, entre outras coisas, fez um trabalho junto ao governo holandês para a criação do Museu Van Gogh.

A casa do Dr. Paul Gachet em Auvers-sur-Oise foi restaurada recentemente e está aberta ao público. Muito da coleção de Gachet, incluindo alguns quadros da família, de autoria de Van Gogh, podem ser encontrados no Musée d'Orsay; o filho de Paul Gachet e sua irmã, Marguerite, venderam outros quadros de Van Gogh na primeira metade do século XX (incluindo *Marguerite Gachet ao piano* para o Kunstmuseum Basel em 1934 — ver Distel e Stein, 1999, em "Leitura Adicional"). O coração da coleção da família Van Gogh, incluindo a maioria das cartas de Vincent, um grande número de materiais de arquivo e pinturas feitas por Vincent e outros artistas amigos dele e de Theo, compõe a coleção do Van Gogh Museum, em Amsterdã. Ao longo dos anos, quadros e desenhos foram se espalhando por museus, galerias e coleções particulares em todo o mundo. Hoje, eles alcançam preços que chocariam e deixariam desnorteado o artista que os realizou.

Leitura Adicional
(bibliografia parcial das obras consultadas)

The Complete Letters of Vincent van Gogh, 3 vols., Introdução de V. W. van Gogh, prefácio e introdução de Johanna van Gogh-Bonger, 1914.

BAILEY, Martin. "Drama at Arles: New Light on Vincent van Gogh's Self-Mutilation", *Apollo* 162, set. 2005, pp. 30-41.

BAYLE, Louis. *Grammaire provençale*, 2. ed. L'Astrado, 1967.

CARRIÉ-RAVOUX, Adeline. "Les Souvenirs d'Adeline Ravoux sur le sujet de Vincent van Gogh à Auvers-sur-Oise." *Les Cahiers de Van Gogh*, 1956, pp. 7-17.

CORBIN, Alain. *Women for Hire: Prostitution and Sexuality in France after 1850*. Trad. A. Sheridan. Harvard Univ. Press, 1990.

DISTEL, Anne e STEIN, Susan Alyson. *Cézanne to Van Gogh: The Collection of Doctor Gachet*. Exposição catalogada, The Metropolitan Museum of Art, 1999.

DORN, Roland, et al. *Van Gogh Face to Face: The Portraits*. Cat. exposição, Thames and Hudson, 2000.

DRUICK, Douglas W. e ZEGERS, Peter Kort. *Van Gogh and Gauguin: The Studio of the South*. Exposição catalogada, Thames and Hudson, 2001.

GAYFORD, Martin. "Gauguin and a Brothel in Arles." *Apollo* 163, mar. 2006, pp. 64-71.

Os girassóis

_____. *The Yellow House: Van Gogh, Gauguin, and Nine Turbulent Weeks in Arles*. Little, Brown, and Company, 2006.

HARSIN, Jill. *Policing Prostitution in Nineteenth-Century Paris*. Princeton Univ. Press, 1985.

HOMBURG, Cornelia. *Vincent van Gogh and the Painters of the Petit Boulevard*. Exposição catalogada,, Saint Louis Art Museum, 2001.

HULSKER, Jan. "Critical days in the hospital at Arles: Unpublished letters from the postman Joseph Roulin and the Reverend Mr. Salles to Theo van Gogh." *Vincent* 1, nº 1, 1970, pp. 20-31.

_____. *Vincent and Theo van Gogh: A Dual Biography*. Fuller Publications, 1985.

_____. "Vincent's stay in the hospitals of Arles and St-Rémy: Unpublished letters from the Reverend Mr. Salles and Doctor Peyron to Theo van Gogh." *Vincent* 1, nº 2, 1971, pp. 21-44.

_____. "What Theo Really Thought of Vincent." *Vincent*, 3, nº 2, 1974, pp. 2-28.

ISKIN, Ruth. *Modern Women and Parisian Consumer Culture in Impressionist Painting*. Cambridge Univ. Press, 2007.

IVES, Colta, *et al. Vincent van Gogh: The Drawings*. Cat. exposição, The Metropolitan Museum of Art, 2005.

JANSEN, Leo. *Van Gogh and His Letters*. Van Gogh Museum, 2007.

JANSEN, Leo; Luijten, HANS e BAKKER, Nienke (ed.). *Vincent van Gogh: Painted with Words, The Letters to Émile Bernard*. Rizzoli, em parceria com o Van Gogh Museum, 2007.

SHERAMY BUNDRICK

JANSEN, Leo e Robert, JAN (ed.). *Brief Happiness: The Correspondence of Theo van Gogh and Johanna Bonger*. Van Gogh Museum, 1999.

JIRAT-WASIUTYNSKI, Vojtech. "A Dutchman in the South of France: Van Gogh's Romance of Arles." *Van Gogh Museum Journal*, 2002, pp. 78-89.

LEAF, Alexandra e Leeman, FRED. *Van Gogh's Table at the Auberge Ravoux*. Artisan, 2001.

LISTER, Kristin Hoermann. "Tracing a Transformation: Madame Roulin into *La Berceuse*." *Van Gogh Museum Journal*, 2001, pp. 63-83.

LUIJTEN, Hans. *Van Gogh and Love*. Van Gogh Museum, 2007.

MATHEWS, Patricia. "Aurier and Van Gogh: Criticism and Response." *Art Bulletin* 68, Mar. 1986, pp. 94-104.

PERROT, Philippe. *Fashioning the Bourgeoisie: A History of Clothing in the Nineteenth Century*. Trad. Richard Bienvenu. Princeton Univ. Press, 1994.

PICKVANCE, Ronald. *Van Gogh in Arles*. Exposição catalogada, The Metropolitan Museum of Art, 1984.

_____. *Van Gogh in Saint Rémy and Auvers*. Exposição catalogada,The Metropolitan Museum of Art, 1986.

_____. *"A Great Artist is Dead"*: Letters of Condolence on Vincent van Gogh's Death, HEUGTEN, S. van e PABST, F. (ed.). Van Gogh Museum, 1992.

SILVERMAN, Debora. *Van Gogh and Gauguin: The Search for Sacred Art*. Farrar, Strauss and Giroux, 2000.

Os girassóis

STOLWIJK, Chris e THOMSON, Richard. *Theo van Gogh, 1857–1891*. Van Gogh Museum, 1999.

SUND, Judy. "The Sower and the Sheaf: Biblical Metaphor in the Art of Vincent van Gogh." *Art Bulletin* 70, dez. 1988, pp. 660-76.

_____. *True to Temperament: Van Gogh and French Naturalist Literature*. Cambridge Univ. Press, 1992.

_____. *Van Gogh*. Phaidon, 2002.

THOMSON, Richard, *et al. Toulouse-Lautrec and Montmartre*. Cat. exposição, National Gallery of Art, 2005.

VEEN, Wouter van der. " 'En tant que quant à moi': Vincent van Gogh and the French Language." *Van Gogh Museum Journal*, 2002, pp. 64-77.

WELSH-OVCHAROV, Bogomila. *Van Gogh à Paris*, Cat. exposição, Musée d'Orsay, 1988.

_____. "The Ownership of Vincent Van Gogh's 'Sunflowers.'" *Burlington Magazine* 140, nº 1140, mar. 1998, pp. 184-92.

WHITNEY, Charles. "The Skies of Vincent van Gogh." *Art History* 9, 1986, pp. 351-62.

WOLK, Johannes van der. *The Seven Sketchbooks of Vincent van Gogh*. Thames and Hudson, 1987.

ZEMEL, Carol. *Van Gogh's Progress: Utopia, Modernity, and Late Nineteenth-Century Art*. Univ. of California Press, 1997.

Este livro foi impresso pela Prol Editora Gráfica
para a Editora Prumo Ltda.